RICK RIORDAN

AS PROVAÇÕES DE

APOLO

LIVRO CINCO
A TORRE DE NERO

Tradução de Giu Alonso e Regiane Winarski

intrínseca

Copyright © 2020 by Rick Riordan
Publicado mediante acordo com Gallt & Zacker Literary Agency LLC.

TÍTULO ORIGINAL
The Tower of Nero

PREPARAÇÃO
Nina Lopes
Marcela Ramos

REVISÃO
Carolina Vaz

ADAPTAÇÃO DE CAPA E DIAGRAMAÇÃO
Julio Moreira | Equatorium Design

ARTE DE CAPA
Joann Hill

ILUSTRAÇÃO DE CAPA
© 2020 John Rocco

CIP-BRASIL. CATALOGAÇÃO NA PUBLICAÇÃO
SINDICATO NACIONAL DOS EDITORES DE LIVROS, RJ

R452t

    Riordan, Rick, 1964-
        A torre de Nero / Rick Riordan ; tradução Regiane Winarski, Giu Alonso. - 1. ed. - Rio de Janeiro : Intrínseca, 2020.
        336 p. ; 23 cm. (As provações de Apolo ; 5)

    Tradução de: The tower of Nero
    ISBN 978-65-5560-101-5

    1. Ficção. 2. Literatura infantojuvenil americana. I. Winarski, Regiane. II. Alonso, Giu. III. Título. IV. Série.

20-65967   CDD: 808.899282
                                            CDU: 82-93(73)

Meri Gleice Rodrigues de Souza - Bibliotecária - CRB-7/6439

[2020]
Todos os direitos desta edição reservados à
Editora Intrínseca Ltda.
Av. das Américas, 500, bloco 12, sala 303
22640-904 – Barra da Tijuca
Rio de Janeiro – RJ
Tel./Fax: (21) 3206-7400

Para Becky.
Toda jornada me leva para casa, para você.

1
Cobra com cabeças
Atravancando a viagem
Que tênis fedido

QUANDO SE VIAJA por Washington, D.C., é até de se esperar ver algumas cobras com roupa de gente. Mas ainda assim fiquei bem preocupado quando uma jiboia de duas cabeças embarcou no nosso trem na Union Station.

A criatura tinha se enfiado num terno de seda azul, passando o corpo pelas mangas e pelas pernas da calça, simulando membros humanos. Duas cabeças saíam pela gola da camisa de botão como periscópios gêmeos. Levando-se em conta que era basicamente uma bexiga gigante em forma de animal, daquelas famosas em aniversários infantis, a jiboia tinha movimentos muito graciosos e se sentou na outra ponta do vagão, virada para nós.

Os outros passageiros a ignoraram. Sem dúvida, com a percepção afetada pela Névoa, viam só mais um passageiro comum. A cobra não fez nenhum movimento ameaçador. Nem chegou a olhar para nós. Até onde eu sabia, era só um monstro cansado voltando para casa depois de um dia de trabalho.

Mas eu não podia simplesmente supor...

— Não quero te assustar... — sussurrei para Meg.

— Shh — respondeu ela.

Meg levava a regra do vagão silencioso a sério. Desde que havíamos embarcado, quase todos os ruídos no vagão vinham dela fazendo "shh" toda vez que eu falava, espirrava ou pigarreava.

— Mas tem um monstro aqui — insisti.

Ela tirou os olhos da revista de cortesia, a sobrancelha erguida por trás dos óculos de gatinho com pedrinhas brilhantes na armação. *Onde?*

Indiquei a criatura com o queixo. Quando nosso trem saiu da estação, a cabeça da esquerda ficou olhando, distraída, pela janela. A da direita enfiou a língua bifurcada numa garrafa de água que a jiboia segurava com uma das curvas do corpo, disfarçada de mão.

— É uma *anfisbena* — sussurrei e, com toda a boa vontade, acrescentei: — Uma cobra com uma cabeça em cada ponta.

Meg franziu a testa e deu de ombros, o que, segundo minha leitura, significava *Parece bem tranquila*. E voltou a ler.

Engoli a vontade de argumentar. Principalmente porque não queria ser repreendido de novo.

Eu não podia julgar Meg por desejar um pouco de paz na viagem. Na semana anterior, havia sido uma luta lidar com um grupo de centauros selvagens no Kansas, enfrentar um espírito da fome furioso no Maior Garfo do Mundo em Springfield, Missouri (e nem tirei selfie), e dar várias voltas no hipódromo de Churchill Downs fugindo de dois drakons azuis do Kentucky. Depois disso tudo, uma cobra de duas cabeças usando um terno talvez não fosse motivo para alarde. E ela nem estava nos incomodando no momento.

Tentei relaxar.

Meg enfiou o rosto na revista, absorta num artigo sobre jardinagem urbana. Minha jovem companheira tinha espichado desde que a conheci, mas continuava compacta o bastante para apoiar os tênis vermelhos de cano alto confortavelmente nas costas do banco da frente. Confortavelmente para *ela*, claro, não para mim e nem para os outros passageiros. Meg não tinha trocado os sapatos desde nossa corrida em volta do hipódromo, e aqueles tênis estavam com cara e cheiro de cocô de cavalo.

Pelo menos havia trocado o vestido verde em farrapos por uma calça jeans adquirida numa liquidação e uma camiseta verde com os dizeres VNICORNES IMPERANT! comprada na lojinha de souvenirs do Acampamento Júpiter. Com o cabelo começando a crescer e uma espinha vermelha furiosa nascendo no queixo, ela não parecia mais uma criança do jardim de infância. Quase aparentava sua idade real: uma pré-adolescente entrando no círculo do inferno conhecido como puberdade.

Não compartilhei essa observação com Meg. Primeiro, porque eu tinha minha própria acne com que me preocupar. Segundo, porque, como minha mestra, Meg podia me mandar pular pela janela, e eu seria obrigado a obedecer.

O trem seguiu pelos subúrbios de Washington. O sol do fim da tarde piscava entre os prédios como a lâmpada de um projetor de filmes antigo. Era uma hora maravilhosa do dia, quando um deus do sol estaria encerrando o expediente, estacionando a carruagem no antigo estábulo e indo relaxar no palácio com um cálice de néctar, bajulação de algumas ninfas e uma nova temporada de *De férias com Esculápio* para maratonar.

Mas para mim não tinha nada de maravilhoso, já que eu estava sentado em uma poltrona de estofamento rachado num trem velho e fadado a assistir por horas aos sapatos fedidos da Meg.

Na outra ponta do vagão, a anfisbena continuou sem fazer nada ameaçador... a não ser que se considerasse beber água em uma garrafa descartável um ato ofensivo.

Por quê, então, os pelos da minha nuca estavam eriçados?

Eu não conseguia acalmar minha respiração. Estava me sentindo preso ali no assento da janela.

Talvez eu só estivesse nervoso por causa do que nos esperava em Nova York. Depois de seis meses naquele corpo mortal infeliz, eu estava me aproximando do fim do jogo.

Meg e eu tínhamos percorrido os Estados Unidos de um lado a outro. Havíamos libertado oráculos antigos, derrotado legiões de monstros e sofrido os horrores indescritíveis do sistema de transporte público norte-americano. Por fim, depois de muitas tragédias, havíamos triunfado sobre dois dos imperadores do Triunvirato do mal, Cômodo e Calígula, no Acampamento Júpiter.

Mas o pior ainda estava por vir.

Estávamos voltando para o lugar onde nossos problemas começaram: Manhattan, a base de Nero Cláudio César, o padrasto abusivo da Meg e o violinista que eu mais detestava. Mesmo que conseguíssemos derrotá-lo, uma ameaça ainda mais poderosa se esgueirava ao fundo: minha arqui-inimiga, Píton, que tinha se instalado em meu sagrado Oráculo de Delfos como se fosse um Airbnb de quinta categoria.

Nos próximos dias, ou eu derrotaria esses dois inimigos e me tornaria o deus Apolo de novo (supondo que meu pai Zeus permitisse) ou morreria tentando. De uma forma ou de outra, meu tempo como Lester Papadopoulos estava chegando ao fim.

Talvez minha agitação não fosse nenhum motivo de mistério...

Tentei me concentrar no lindo pôr do sol. Tentei não ficar pensando na minha lista impossível de tarefas nem na cobra de duas cabeças na fileira dezesseis.

Consegui chegar até a Filadélfia sem ter um colapso nervoso. Mas, quando o trem saiu da estação 30th Street, duas coisas ficaram claras para mim: 1) a anfisbena não ia descer do trem, o que significava que não devia ser apenas um passageiro comum voltando do trabalho, e 2) meu radar de perigo estava apitando mais alto do que nunca.

Eu me sentia *observado*. Era a mesma sensação de quando brincava de pique-esconde com Ártemis e as caçadoras dela na floresta, instantes antes de elas pularem de trás dos arbustos e me encherem de flechas. Isso foi na época em que eu e minha irmã éramos deidades jovens e ainda podíamos apreciar tão simplórios passatempos.

Arrisquei um olhar para a anfisbena e quase tive um treco. A criatura estava me encarando, sem piscar os quatro olhos amarelos que... começavam a brilhar? Ah, não, não, não. Olhos que brilham nunca são um bom sinal.

— Eu tenho que passar — falei para Meg.

— Shh.

— Mas aquela criatura... Quero dar uma olhada nela. Os olhos estão brilhando!

Meg estreitou os olhos para o sr. Cobra.

— Não estão, não. Estão *cintilando*. Além do mais, ele só está lá sentado.

— Ele está lá sentado de um jeito suspeito!

O passageiro atrás de nós sussurrou:

— Shh!

Meg ergueu as sobrancelhas para mim. *Eu avisei.*

Apontei para o corredor e fiz beicinho.

Ela revirou os olhos, saiu da rede imaginária em que estava deitada e me deixou sair.

— Não arruma confusão — ordenou ela.

Que ótimo. Agora eu teria que esperar o monstro atacar para me defender.

Fiquei parado no corredor, esperando que o sangue voltasse a circular nas minhas pernas dormentes. Quem inventou o sistema circulatório humano fez um péssimo trabalho.

A anfisbena não tinha se movido. Os olhos continuavam fixos em mim, como em uma espécie de transe. Talvez estivesse reunindo energia para um ataque violento. Anfisbenas faziam isso?

Procurei na memória fatos sobre a criatura, mas não encontrei muita coisa. O escritor romano Plínio acreditava que usar um bebê vivo de anfisbena enrolado no pescoço garantia uma gravidez segura (informação inútil). Usar a pele da criatura deixava uma pessoa atraente para possíveis parceiros. (Humm. Inútil também.) As duas cabeças eram capazes de cuspir veneno. *A-há!* Devia ser isso. O monstro estava se preparando para um jorro duplo de vômito venenoso pelo vagão do trem!

O que fazer...?

Apesar das minhas explosões ocasionais de poder e habilidade divinas, eu não podia contar com isso. Na maior parte do tempo, eu ainda era um deplorável garoto de dezessete anos.

Poderia pegar meu arco e minha aljava no compartimento superior de bagagem. Seria bom estar armado. Por outro lado, isso deixaria minhas intenções hostis bem claras. Meg provavelmente me daria uma bronca pela reação exagerada. (Desculpa, Meg, mas os olhos estavam *brilhando*, não cintilando.)

Se ao menos eu tivesse uma arma menor, talvez uma adaga, escondida embaixo da camisa. Por que eu não era o deus das adagas?

Decidi caminhar pelo corredor do vagão como se estivesse apenas indo ao banheiro. Se a anfisbena atacasse, eu gritaria. Com sorte, Meg largaria sua revista a tempo de me salvar. Pelo menos eu teria forçado o confronto inevitável. Se a cobra não fizesse nada, bem, talvez fosse de fato inofensiva. Nesse caso, eu poderia ir mesmo ao banheiro, porque até que estava precisando.

Tropecei nas minhas pernas finas, o que não ajudou na minha abordagem "casual". Pensei em assobiar uma melodia descontraída, mas lembrei que estávamos no vagão silencioso.

Faltavam quatro fileiras até o monstro. Meu coração estava disparado. Aqueles olhos com certeza estavam brilhando, sem dúvida fixos em mim. O monstro estava imóvel de uma forma nada natural, até mesmo para um réptil.

Duas fileiras. Minha mandíbula trêmula e meu rosto suado atrapalhavam meu ar distraído. O terno da anfisbena parecia caro e bem cortado. Sendo uma cobra gigante, ele não devia encontrar roupas em lojas convencionais. A pele marrom e amarela reluzente com manchas em forma de diamantes não passaria uma imagem atraente num aplicativo de encontros, a não ser que tivesse alguém lá procurando uma jiboia.

Quando a anfisbena agiu, eu achava que estivesse preparado.

Mas me enganei. A criatura pulou com uma velocidade inacreditável e envolveu meu pulso com o falso braço esquerdo. Fiquei tão surpreso que nem gritei. Se ela quisesse me matar, eu teria morrido.

Mas o monstro só apertou meu braço, me fez parar e se agarrou a mim como se estivesse se afogando.

Falou com um sibilar grave e duplo que ressoou na minha medula óssea:

— *O amigo dos velocistas das cavernas é de Hades um dos descendentes*
E para o trono ele deverá mostrar o caminho escondido.
Do exército de Nero agora suas vidas são dependentes.

Do mesmo modo abrupto que me segurou, voltou a me soltar. Os músculos ondularam ao longo do corpo, como se estivesse chegando no ponto de fervura. A anfisbena se sentou ereta e alongou os pescoços até ficarmos quase caras a cara. O brilho sumiu dos olhos dela.

— O que eu tenho que fazer...? — A cabeça da esquerda olhou para a da direita. — Como...?

A cabeça da direita pareceu igualmente intrigada. Então olhou para mim.

— Quem é...? Espera aí, eu perdi a estação de Baltimore? Minha esposa vai me matar!

Fiquei sem saber o que dizer de tão chocado.

Os versos que ela disse... Eu reconheci a métrica poética. Aquela anfisbena tinha transmitido uma mensagem profética. Percebi naquela hora que o monstro podia muito bem ser um passageiro comum que havia sido possuído, sequestrado pelos caprichos do Destino porque... Claro. Era uma cobra. Desde os tempos mais antigos, as cobras canalizam a sabedoria da terra porque moram no subterrâneo. Uma serpente gigante seria especialmente suscetível a vozes oraculares.

Eu não sabia muito bem o que fazer. Deveria me desculpar pelo incômodo? Dar uma gorjeta? E, se ela não era a ameaça, o que tinha disparado meu radar de perigo?

Fui salvo de uma conversa constrangedora, e a anfisbena, das garras da esposa, quando duas setas de besta voaram pelo vagão e adiantaram o serviço, fincando os dois pescoços da pobre cobra na parede atrás de nós.

Dei um grito. Vários passageiros próximos me mandaram fazer silêncio.

A anfisbena se desintegrou em pó amarelo, deixando apenas um terno muito bem cortado.

Levantei as mãos lentamente e me virei, como se girando sobre uma mina terrestre, quase esperando que uma flecha perfurasse meu peito. De jeito nenhum eu conseguiria desviar da mira de alguém tão preciso. Minha melhor chance seria não representar ameaça alguma. E nisso eu era bom.

Na outra ponta do vagão havia duas figuras enormes. Uma delas era um germânico, a julgar pela barba, o cabelo ralo e desgrenhado, a armadura rústica de couro e as grevas e peitoral de ouro imperial. Não o reconheci, mas tinha conhecido muitos tipos como ele recentemente. Eu não tinha dúvida de quem o mandara ali. Os capangas de Nero tinham nos encontrado.

Meg ainda estava sentada, segurando as espadas douradas gêmeas mágicas, mas o germânico estava com o fio da espada no pescoço dela, encorajando-a a ficar parada.

A companheira dele era a dona da besta. Ainda mais alta e corpulenta, usava um uniforme de condutora que não enganava ninguém... a não ser, pelo visto, todos os mortais no trem, que não deram a mínima para os recém-chegados. Debaixo do chapéu de condutora, a cabeça da atiradora era raspada nas laterais, deixando no meio uma juba castanha sedosa que descia pelo ombro numa trança. A camisa de manga curta apertava tanto os ombros musculosos que achei que as dragonas e o crachá sairiam voando. Os braços eram cobertos de tatuagens circulares entrelaçadas, e em volta do pescoço havia um aro dourado e grosso: um torque.

Eu não via um desses fazia séculos. Aquela mulher era gaulesa! A descoberta fez meu estômago se embrulhar. Na época antiga da República Romana, os gauleses eram ainda mais temidos do que os germânicos.

A besta dupla já estava recarregada e apontada para a minha cabeça. No cinturão da mulher havia uma variedade de outras armas: um gládio, uma clava e uma adaga. Ah, claro, *ela* tinha uma adaga.

Sem tirar os olhos de mim, ela apontou o queixo duas vezes para o próprio ombro, sinal universalmente conhecido como *Vem aqui senão te mato*.

Calculei minha chance de correr e derrubar os inimigos antes que eles matassem Meg e a mim. Zero. Minha chance de me esconder de medo atrás de um assento enquanto Meg acabava com os dois? Um pouco maior, mas ainda péssima.

Segui pelo corredor com os joelhos bambos. Os passageiros mortais franziram a testa quando passei. Pelo que pude perceber, achavam que meu grito tinha passado dos limites do vagão e que a condutora estava ali para chamar minha atenção. O fato de que a condutora estava portando uma besta e havia acabado de matar um passageiro serpentino de duas cabeças parecia ter passado despercebido por eles.

Cheguei à minha fileira e olhei para Meg, em parte para ver se ela estava bem, em parte porque estava curioso para saber por que ela não tinha atacado. Uma espada no pescoço não era o bastante para desencorajá-la.

Ela estava olhando em estado de choque para a gaulesa.

— Luguselwa?

A mulher assentiu brevemente, o que me revelou duas coisas apavorantes: primeiro, Meg a conhecia. Segundo, ela se chamava Luguselwa. Enquanto olhava para Meg, a ferocidade nos olhos da gaulesa regrediu um pouco, passando de *Vou matar todo mundo agora* para *Vou matar todo mundo daqui a pouco*.

— Isso mesmo, Plantinha — disse a gaulesa. — Agora guarda suas armas, antes que o Gunther aqui seja obrigado a cortar sua cabeça fora.

2

Doce no jantar?
Acho que não vai rolar
Vou fazer xixi

O CARA COM A ESPADA pareceu feliz da vida.

— Cortar a cabeça fora?

O crachá com o nome GUNTHER preso em sua armadura era a única parte do disfarce que ele aceitara usar.

— Ainda não. — Luguselwa continuou de olho em nós dois. — Como vocês podem ver, Gunther adora decapitar pessoas, então sejam bonzinhos. Venham…

— Lu — disse Meg. — Por quê?

Quando se tratava de expressar mágoa, a voz de Meg era um instrumento afinadíssimo. Eu já tinha ouvido Meg lamentar a morte dos nossos amigos. Descrever o assassinato do pai. E também a raiva que sentia do padrasto, Nero, que matou o pai dela e maltratou sua cabecinha com anos de abuso emocional.

Mas, quando falou com Luguselwa, a voz de Meg alcançou uma nota totalmente diferente. Ela falou como se sua melhor amiga tivesse arrancado os braços e as pernas de sua boneca favorita sem nenhum motivo ou aviso. Ela soou magoada, confusa, incrédula… como se, em uma vida cheia de indignidades, aquela fosse a indignidade que ela nunca teria previsto.

Os músculos da mandíbula de Lu se tensionaram. Veias latejaram nas têmporas. Não consegui identificar se ela estava com raiva, sentindo culpa ou nos mostrando seu lado caloroso e fofo.

— Lembra o que ensinei a você sobre o dever, Plantinha?

Meg engoliu em seco.

— Lembra? — insistiu Lu, com a voz mais firme.

— Lembro — sussurrou Meg.

— Então pega as suas coisas e vem logo. — Lu empurrou a espada de Gunther para longe do pescoço de Meg.

O homenzarrão resmungou alguma coisa que supus que fosse *Você nunca me deixa brincar direito* em germânico.

Aturdida, Meg se levantou e abriu o compartimento superior de bagagem. Não entendi por que ela estava seguindo tão passivamente as ordens de Luguselwa. Nós tínhamos partido para a briga em situações mais complicadas. Quem *era* aquela gaulesa?

— É isso? — sussurrei, quando Meg me deu minha mochila. — A gente vai desistir?

— Lester — murmurou Meg —, só faz o que eu digo.

Botei a mochila, o arco e a aljava nos ombros. Meg colocou o cinto de jardinagem. Lu e Gunther não pareceram se importar ao me verem armado com flechas e Meg com um suprimento amplo das sementes que tinha herdado. Enquanto pegávamos nossas coisas, os passageiros mortais nos olhavam com irritação, mas ninguém reclamou, provavelmente porque não queriam irritar os dois condutores enormes nos escoltando.

— Por aqui. — Lu apontou com a besta para a saída atrás dela. — Os outros estão esperando.

Os outros?

Eu não queria encontrar mais gaulesas nem mais Gunthers, mas Meg seguiu Lu calmamente pela porta dupla de acrílico. Fui logo atrás, com Gunther fungando no meu cangote, provavelmente avaliando como seria fácil separar minha cabeça do meu corpo.

Um passadiço ligava nosso vagão ao seguinte: um corredor barulhento e agitado com portas duplas automáticas nas duas extremidades, um banheiro minúsculo num canto e portas externas à direita e à esquerda. Cogitei me jogar por uma dessas saídas e torcer para dar certo, mas temi que o "dar certo" fosse morrer estatelado por causa do impacto da queda. Estava um breu lá fora. A julgar pelo barulho nos painéis de aço corrugado embaixo dos meus pés, o trem devia estar a mais de cento e cinquenta quilômetros por hora.

Pela porta mais distante de acrílico, vi o vagão-restaurante: uma bancada de lanchonete suja, uma fileira de mesas e meia dúzia de homenzarrões circulando: mais germânicos. Nada de bom nos esperava lá dentro. Se Meg e eu quiséssemos escapar, aquela era a hora.

Antes que eu pudesse tomar qualquer atitude desesperada, Luguselwa parou abruptamente na frente das portas do vagão-restaurante e se virou para nós.

— Gunther — disse ela —, verifique se há infiltrados no banheiro.

Ao ouvir isso Gunther ficou tão confuso quanto eu, ou porque não entendeu o motivo ou porque não tinha ideia do que era um "infiltrado".

Tentei imaginar por que Luguselwa estava sendo tão paranoica. Estaria com medo de termos uma legião de semideuses escondidos no banheiro, esperando para entrar em cena e nos salvar? Ou será que, como eu, ela já tinha surpreendido um ciclope no trono de porcelana e não confiava mais em banheiros públicos?

Depois de encará-la por alguns instantes, Gunther soltou um resmungo e fez o que ela mandou.

Assim que ele enfiou a cabeça no banheiro, Lu nos olhou com uma expressão intensa.

— Quando a gente entrar no túnel para Nova York — disse ela —, vocês dois peçam para usar o banheiro.

Eu já tinha recebido muitas ordens idiotas antes, a maioria de Meg, mas aquela chegava a outro nível.

— Na verdade, eu preciso ir agora — falei.

— Segura — disse ela.

Olhei para Meg para ver se aquela orientação fazia sentido para ela, mas a garota olhava desolada para o chão.

Gunther voltou da patrulha sanitária.

— Ninguém.

Pobre coitado. Depois de ser obrigado a verificar se havia infiltrados num banheiro de trem, o *mínimo* que se podia esperar era encontrar mesmo alguns infiltrados para matar.

— Ótimo — disse Lu. — Venham.

Ela nos levou para o vagão-restaurante. Seis germânicos se viraram para olhar para nós, os punhos enormes segurando milhões de bolinhos e xícaras de café. Bárbaros! Quem come bolinhos à noite? Os guerreiros estavam vestidos como Gunther, com armaduras de couro e ouro, inteligentemente disfarçados com crachás de identificação da companhia de transporte. Um deles, AEDELBEORT (o nome de menino mais popular dentre os germânicos nascidos em 162 a.C.), berrou uma pergunta para Lu em um idioma que não reconheci. Lu respondeu na mesma língua. A resposta dela pareceu satisfazer os guerreiros, que voltaram a se ocupar com a comida. Gunther se juntou a eles, resmungando que era muito difícil encontrar bons inimigos para decapitar.

— Sentem-se aqui — ordenou Lu, apontando para um reservado junto à janela.

Meg se sentou, a contragosto e mal-humorada. Eu me acomodei à frente dela, colocando o arco, a aljava e a mochila ao meu lado. Lu ficou por perto, para ouvir se tentássemos discutir um plano de fuga. Ela não precisava ter se preocupado. Meg continuava sem nem olhar para minha cara.

Eu me perguntei novamente quem era Luguselwa e o que ela representava para Meg. Nem uma única vez nos nossos meses de viagem ela tinha sido mencionada. Isso me incomodou, porque não indicava que Lu era irrelevante. Pelo contrário: comecei a desconfiar que era *muito* importante.

E por que uma gaulesa? Os gauleses eram incomuns na Roma de Nero. Quando ele se tornou imperador, a maioria havia sido conquistada e "civilizada" à força. Os que ainda tinham tatuagens, usavam torques e viviam de acordo com os antigos costumes foram jogados para as fronteiras da Bretanha ou forçados a ir para as Ilhas Britânicas. O nome Luguselwa... Meu gaulês nunca tinha sido lá essas coisas, mas eu achava que significava *amada do deus Lugus*. Senti um calafrio. Que pessoalzinho estranho e violento eram as deidades celtas.

Meus pensamentos estavam descontrolados demais para eu resolver o enigma de Lu. Eu ficava pensando na pobre anfisbena que a mulher tinha matado; um monstro trabalhador inofensivo que nunca chegaria em casa, ou reencontraria a esposa, só porque uma profecia fizera dele instrumento.

A mensagem tinha me deixado abalado; era uma estrofe em *terza rima*, como a que ouvimos no Acampamento Júpiter:

Ó, filho de Zeus, enfrente teu desafio final
Na torre de Nero subirão dois somente
Do teu lugar arranque o usurpador animal.

É, eu havia decorado a maldita.

Agora, tínhamos o segundo conjunto de instruções, claramente conectadas à estrofe anterior, porque a primeira e a terceira linha rimavam com *somente*. Aquele Dante idiota com aquela ideia idiota de uma estrutura infinita de poema:

O amigo dos velocistas das cavernas é de Hades um dos descendentes
E para o trono ele deverá mostrar o caminho escondido.
Do exército de Nero agora suas vidas são dependentes.

Eu conhecia um filho de Hades: Nico di Angelo. Ele ainda devia estar no Acampamento Meio-Sangue, em Long Island. Se sabia um caminho secreto para chegar ao trono de Nero, ele só teria oportunidade de nos mostrar se fugíssemos daquele trem. Mas eu não fazia ideia se Nico era "amigo dos velocistas das cavernas".

O último verso da estrofe era simplesmente cruel. Estávamos cercados agora do "exército de Nero", então é claro que nossas vidas dependiam deles. Eu queria acreditar que havia mais naquele verso, algo positivo... talvez ligado ao fato de que Lu tinha mandado que fôssemos ao banheiro quando entrássemos no túnel de Nova York. Mas, considerando a expressão hostil da gaulesa e a presença dos sete amigos germânicos extremamente calibrados de cafeína e açúcar, eu não estava muito otimista.

Eu me mexi no banco. Ah, *por que* fui pensar no banheiro? Minha vontade tinha aumentado *muito*.

Do lado de fora, outdoors iluminados de Nova Jersey passavam: propagandas de concessionárias que vendiam carros que ninguém conseguia dirigir direito; advogados oferecendo os serviços para clientes que quisessem culpar os outros motoristas depois de bater com esses mesmos carros; cassinos onde seria possível torrar o dinheiro dos processos pelos acidentes causados pelos outros. O grande ciclo sem fim que é a vida.

A estação do aeroporto de Newark chegou e passou. Pelos deuses, eu estava tão desesperado que até pensei em tentar fugir. *Naquele lugar questionável chamado Newark.*

Meg ficou quieta. Fiz o mesmo.

O túnel de Nova York chegaria logo. Talvez, em vez de pedir para ir ao banheiro, a gente pudesse atacar nossos captores...

Lu pareceu ler meus pensamentos.

— Que bom que vocês se renderam. Nero tem três outras equipes como a minha só neste trem. *Todas* as passagens, todos os trens, ônibus e voos para Manhattan estão sendo vigiados. Nero tem o Oráculo de Delfos ao lado dele, lembrem-se. Ele sabia que vocês vinham hoje. Vocês jamais conseguiriam entrar na cidade sem serem pegos.

Destruir minhas esperanças tudo bem, Luguselwa. Agora dizer que Nero estava com Píton, aliada dele, espiando o futuro e usando o *meu* oráculo sagrado contra mim... covardia.

Mas Meg se animou de repente, como se alguma coisa na fala de Lu tivesse lhe dado esperança.

— Então como foi que logo *você* nos encontrou, Lu? Sorte?

As tatuagens de Lu ondularam quando ela flexionou os braços, e o movimento dos círculos celtas me deixou meio enjoado.

— Eu te *conheço*, Plantinha — disse ela. — Sei onde encontrar você. Não existe sorte.

Pensei em vários deuses da sorte que discordariam daquela declaração, mas não discuti. Ser prisioneiro tinha matado minha vontade de jogar conversa fora.

Lu se virou para os companheiros.

— Assim que chegarmos à Penn Station, vamos entregar os prisioneiros para a escolta. Não quero nenhum erro. Ninguém mata a garota nem o deus, a não ser que seja absolutamente necessário.

— É necessário agora? — perguntou Gunther.

— Não — disse Lu. — O *princeps* tem planos para eles. Ele os quer vivos.

O princeps. Minha boca ficou com gosto mais amargo do que o café mais amargo servido naquele trem. Ser levado pela porta da frente de Nero *não* era como eu planejava confrontá-lo.

Em um instante, estávamos passando por uma região deserta de armazéns e docas de Nova Jersey. No seguinte, mergulhamos na escuridão do túnel que nos levaria por baixo do rio Hudson. Pelo alto-falante, um comunicado cheio de interferência nos informou que a próxima parada seria na Penn Station.

— Preciso fazer xixi — anunciou Meg.

Olhei para ela, perplexo. Ela ia *mesmo* seguir as instruções estranhas de Lu? A gaulesa tinha nos capturado e matado uma cobra de duas cabeças inocente. Por que Meg confiaria nela?

Meg enfiou o calcanhar com força no meu pé.

— É — gemi. — Eu também preciso fazer xixi.

Para mim, pelo menos, era dolorosamente verdadeiro.

— Segura — resmungou Gunther.

— Eu preciso *mesmo* fazer xixi. — Meg começou a saltitar no banco.

Lu deu um suspiro. A exasperação não pareceu falsa.

— Tudo bem. — Ela se virou para o grupo. — Vou levá-los. Vocês, fiquem aqui e se preparem para o desembarque.

Nenhum dos germânicos protestou. Eles já deviam estar cansados de ouvir as reclamações de Gunther sobre a patrulha ao banheiro. Todos começaram a enfiar os bolinhos que sobraram na boca e a recolher os equipamentos enquanto Meg e eu saíamos do reservado.

— Suas coisas — lembrou Lu.

Eu pisquei, sem entender. Certo. Quem ia ao banheiro sem seu arco e sua aljava? Seria burrice. Peguei minhas coisas.

Lu nos levou de volta até o passadiço. Assim que as portas duplas se fecharam, ela murmurou:

— *Agora*.

Meg correu para o vagão silencioso.

— Ei! — Lu me empurrou para o lado e parou só um segundo para murmurar: — Bloqueie a porta. Solte os vagões. — E saiu correndo atrás de Meg.

Fazer *o quê?*

Duas cimitarras surgiram nas mãos de Lu. Espera... ela estava com as espadas da Meg? Não. Pouco antes do fim do passadiço, Meg se virou para ela, conjurando as próprias espadas, e as duas mulheres lutaram como demônios. As duas eram *dimaqueras*, a forma mais rara de gladiador? Devia significar... Eu não tinha tempo para pensar no que significava.

Atrás de mim, os germânicos estavam gritando e correndo. Chegariam à porta a qualquer segundo.

Não entendi direito o que estava acontecendo, mas passou pelo meu cérebro mortal estúpido e lento que talvez, só talvez, Lu estivesse tentando nos ajudar. Se eu não bloqueasse a porta como ela mandara, nós seríamos alcançados por sete bárbaros raivosos com os dedos melecados de açúcar.

Bati com o pé na base da porta dupla. Não havia maçaneta. Tive que pressionar as mãos no acrílico, uma de cada lado, e puxar para fechar.

Gunther correu até a porta com toda velocidade, e o impacto quase deslocou minha mandíbula. Os outros germânicos se espremeram atrás dele. Minhas únicas vantagens eram o espaço estreito em que eles estavam, que dificultava que unissem forças, e sua falta de noção. Em vez de se organizarem para abrir as duas bandas da porta, os germânicos simplesmente ficaram se empurrando e se acotovelando, usando o rosto de Gunther como aríete.

Atrás de mim, Lu e Meg duelavam sem descanso, as lâminas se chocando furiosamente.

— Que bom, Plantinha — disse Lu, baixinho. — Você se lembra do seu treinamento. — E mais alto, para nossa plateia: — Vou te matar, garotinha boba!

Imaginei como isso devia parecer para os germânicos do outro lado do acrílico: a camarada deles, Lu, presa em combate com uma prisioneira fugitiva, enquanto eu tentava segurá-los. Minhas mãos estavam ficando dormentes. Os músculos dos meus braços e do meu peito doíam. Desesperado, olhei ao redor em busca de uma tranca de emergência, mas só havia um botão de emergência dizendo ABRIR. De que adiantava?

O trem rugia pelo túnel. Calculei que tínhamos poucos minutos até chegarmos à Penn Station, onde a "escolta" de Nero estaria esperando. Eu não queria ser escoltado.

Solte os vagões, dissera Lu.

Como eu ia fazer aquilo, principalmente enquanto segurava a porta do passadiço? Eu não era engenheiro de trens! Locomotivas eram coisa de Hefesto.

Olhei para trás e avaliei o passadiço. Por incrível que parecesse, não havia nenhum interruptor indicando claramente para um passageiro como soltar o vagão. Qual era o problema do sistema de transportes dos humanos?

Ali! No chão, uma série de abas articuladas de metal se sobrepunham, criando uma superfície segura por onde os passageiros podiam passar quando o trem fazia curva. Uma daquelas abas tinha sido aberta, talvez por Lu, expondo o acoplamento embaixo.

Mesmo que desse para eu alcançar as abas de onde estava, e não dava, eu certamente não teria a força e a destreza de enfiar meu braço ali, cortar os cabos e soltar o engate. O vão entre os painéis do chão era estreito demais, e o acoplamento, distante demais. Para acertar dali, eu teria que ser o melhor arqueiro do mundo!

Espera aí...

No meu peito, as portas balançavam com o peso de sete bárbaros. Uma lâmina de machado atravessou a borda de borracha ao lado da minha orelha. Virar para atirar com o arco seria loucura.

Sim, pensei histericamente. *Vamos lá.*

Ganhei um pouco de tempo puxando uma flecha e a enfiando no vão entre as portas. Gunther uivou. O grupo de germânicos se afastou, aliviando a pressão. Eu me virei e fiquei de costas para o acrílico, deixando um calcanhar apoiado na base das portas. Peguei o arco com dificuldade e consegui prender uma flecha.

Meu novo arco era uma arma de nível divino dos cofres do Acampamento Júpiter. Minha habilidade com o arco tinha melhorado drasticamente ao longo dos seis meses anteriores. Ainda assim, era uma péssima ideia. Era impossível disparar direito com as costas coladas em uma superfície rígida. Eu não conseguiria puxar a corda como precisava.

Mesmo assim, disparei. A flecha desapareceu no vão e passou longe do acoplamento.

— Em um minuto, chegaremos à Penn Station — disse uma voz no sistema de alto-falantes. — Saída pelas portas da esquerda.

— Nosso tempo está acabando! — gritou Lu.

Ela deu um golpe na direção da cabeça de Meg, que revidou embaixo e quase empalou a coxa da gaulesa.

Disparei outra flecha. Dessa vez, a ponta soltou fagulhas no engate, mas os vagões continuaram teimosamente conectados.

Os germânicos bateram nas portas. Um painel de acrílico se soltou. Um punho pulou para fora e segurou minha camisa.

Com um grito de desespero, pulei para longe das portas e disparei uma última vez, em cheio. A flecha cortou os cabos e acertou o engate. Com um tremor e um gemido, a peça quebrou.

Germânicos se espalharam pelo passadiço na hora que pulei o vão cada vez maior entre os vagões. Eu quase virei espeto nas espadas de Meg e de Lu, mas consegui recuperar o equilíbrio.

Eu me virei enquanto o resto do trem seguia pela escuridão a cento e dez quilômetros por hora, com sete germânicos nos olhando sem acreditar, gritando insultos que me recuso a repetir.

Por mais quinze metros, nossa parte desacoplada do trem continuou se movendo no embalo, mas acabou parando. Meg e Lu baixaram as armas. Uma passageira corajosa do vagão silencioso ousou botar a cabeça para fora e perguntar o que estava acontecendo.

Eu ordenei que ficasse quieta.

Lu me olhou de cara feia.

— Demorou, hein, Lester. Agora, vamos logo, antes que meus homens voltem. O status de vocês mudou de *os capturem vivos* para *pena de morte é aceitável*.

3

*Que flecha mais sábia
Me arrume um esconderijo
Não, não esse. NÃO!*

— ESTOU CONFUSO — falei, quando saímos andando pelo túnel escuro. — Ainda somos prisioneiros?

Lu olhou para mim e depois para Meg.

— Ele é meio lerdo para um deus, né?

— Nem me fale — resmungou Meg.

— Você trabalha para o Nero ou não? — perguntei. — E como, exatamente...?

Balancei o dedo, apontando para Lu e depois para Meg, como se perguntasse *Como vocês duas se conhecem?* Ou talvez *Vocês são parentes? Porque a chatice das duas é bem parecida.*

Foi então que vi o brilho dos anéis de ouro iguais, no dedo do meio de cada uma. Lembrei como Lu e Meg lutaram, as quatro espadas golpeando em perfeita sincronia.

A verdade óbvia foi um tapa na minha cara.

— Você treinou Meg — percebi. — Para ser *dimaquera*.

— E ela manteve as habilidades em dia. — Lu deu uma cotovelada carinhosa em Meg. — Estou satisfeita, Plantinha.

Eu *nunca* tinha visto Meg tão orgulhosa.

Ela abraçou a antiga treinadora.

— Eu sabia que você não era má.

— Hum. — Lu parecia não saber como reagir ao abraço. Deu um tapinha no ombro da Meg. — Sou muito má, Plantinha. Só não vou mais deixar Nero torturar você. Vamos em frente.

Torturar. Sim, a palavra foi essa.

Eu me perguntei como Meg podia confiar naquela mulher. Ela tinha matado a anfisbena sem pestanejar. Eu não tinha dúvida de que faria o mesmo comigo se achasse necessário.

Pior ainda: Nero pagava o salário dela. Independentemente de Lu ter nos salvado da captura ou não, ela havia treinado Meg, o que significava que devia ter visto de perto todo tormento emocional e mental ao qual minha jovem amiga havia sido submetida por anos. Lu foi parte do problema, parte da doutrinação na família problemática do imperador. Eu tinha medo de que Meg estivesse repetindo padrões antigos. Talvez Nero tivesse descoberto um jeito de manipulá-la indiretamente através dessa antiga professora que ela tanto admirava.

Por outro lado, eu não sabia como tocar no assunto. Estávamos andando por um labirinto de túneis de manutenção do metrô, tendo apenas Lu como guia. Ela tinha bem mais armas do que eu. Além do mais, Meg era minha mestra. Ela tinha me dito que íamos seguir Lu, e foi o que fizemos.

Continuamos andando, Meg e Lu lado a lado, eu atrás. Eu gostaria de dizer que estava "cuidando da retaguarda" ou fazendo alguma outra coisa importante, mas acho que Meg só tinha me esquecido mesmo.

Acima, lâmpadas protegidas por grades criavam sombras que davam um clima de prisão às paredes de tijolos. O chão estava coberto de lama e lodo, exalando um cheiro igual ao dos barris velhos de "vinho" que Dioniso insistia em guardar no porão, embora tudo já tivesse virado vinagre. Pelo menos, os tênis da Meg não iam mais cheirar a cocô de cavalo. Estariam cobertos de um lixo tóxico novo e diferente.

Após tropeçar por um milhão de quilômetros, me arrisquei a perguntar:

— Srta. Lu, aonde estamos indo? — Fiquei assustado com o volume da minha própria voz ecoando na escuridão.

— Para longe da área de busca — respondeu ela, como se fosse óbvio. — Nero grampeou a maioria das câmeras de segurança de circuito fechado de Manhattan. Nós temos que fugir do radar dele.

Era meio perturbador ouvir uma guerreira gaulesa falando de radares e câmeras.

Eu me perguntei novamente como Lu tinha ido parar no séquito de Nero.

Por mais que eu odiasse admitir, os imperadores do Triunvirato eram basicamente deuses menores. Eram seletivos na hora de escolher os serviçais que teriam permissão para segui-los pela eternidade. Os germânicos faziam sentido. Mesmo sendo burros e cruéis, os guarda-costas imperiais eram ferozmente leais. Mas por que uma gaulesa? Luguselwa devia ser valiosa para Nero por motivos que iam além de sua habilidade com a espada. Eu não acreditava que uma guerreira dessas pudesse simplesmente se voltar contra seu senhor depois de dois milênios.

Eu devia estar irradiando minha desconfiança como um forno irradia calor, porque Lu olhou para trás e reparou na minha testa franzida.

— Apolo, se eu te quisesse morto, você já estaria morto.

Verdade, pensei, mas Lu poderia ter acrescentado: *Se eu quisesse te enganar e te convencer a me seguir para entregar você de bandeja para o Nero, faria exatamente o que estou fazendo.*

Lu acelerou o passo. Meg fez cara feia para mim, cara de *Seja legal com a minha gaulesa*, e correu para alcançá-la.

Perdi a noção do tempo. A onda de adrenalina da luta no trem foi passando, me deixando cansado e dolorido. Claro, eu ainda estava fugindo para sobreviver, mas tinha passado a maior parte dos seis meses anteriores fazendo isso. Nenhuma novidade aí. Não dava para manter um estado produtivo de pânico indefinidamente. A gosma do túnel ensopou minhas meias. Meus sapatos pareciam vasos de argila ainda molhada.

Por um tempo, achei impressionante Lu conhecer os túneis muito bem. Ela seguia em frente, nos levando por um túnel atrás do outro. Mas, quando hesitou um pouco mais do que o esperado em uma bifurcação, me dei conta da realidade.

— Você não sabe aonde estamos indo — falei.

Ela fez cara feia.

— Já falei. Para longe...

— Da área de busca. Das câmeras. Sim. Mas *aonde* estamos indo?

— Para algum lugar. Qualquer lugar seguro.

Eu ri. Até eu fiquei surpreso de sentir alívio. Se Lu não tinha a menor ideia do nosso destino, eu sentia mais segurança para confiar nela. Ela não tinha nenhum grande plano. Estávamos perdidos. Que alívio!

Lu não pareceu gostar do meu senso de humor.

— Desculpa se precisei improvisar — resmungou ela. — Você tem sorte de *eu* ter encontrado vocês no trem, e não qualquer outro grupo de busca do imperador. Senão, você já estaria na cela do Nero agora.

Meg me olhou de cara feia de novo.

— É, Lester. Além do mais, está tudo bem.

Ela apontou para uma seção antiga de azulejos com meandros gregos no corredor da esquerda, talvez resquício de uma linha de metrô abandonada.

— Eu reconheço isso. Deve ter uma saída ali na frente.

Fiquei com vontade de perguntar como ela podia saber aquilo. Mas lembrei que Meg tinha passado boa parte da infância vagando por vielas escuras, prédios abandonados e outros lugares estranhos e incomuns de Manhattan com a bênção de Nero, a versão imperial malvada e cruel do conceito de "criar os filhos para o mundo".

Eu conseguia imaginar Meg mais nova explorando aqueles túneis, dando estrelas na lama e cultivando cogumelos em locais esquecidos.

Nós a seguimos por... sei lá, nove ou dez quilômetros? Foi o que pareceu, pelo menos. Até que paramos abruptamente quando um *BUM* grave e distante ecoou pelo corredor.

— Trem? — perguntei, nervoso, apesar de termos deixado os trilhos para trás bem antes.

Lu inclinou a cabeça.

— Não. Isso foi um trovão.

Eu não entendia como era possível. Quando entramos no túnel em Nova Jersey, não havia nem sinal de chuva. Eu não gostava da ideia de tempestades repentinas se formando tão perto do Empire State Building, a entrada do Monte Olimpo, lar de Zeus, também conhecido como o Paizão dos Raios.

Determinada, Meg seguiu em frente.

Finalmente, nosso túnel terminou num beco com uma escada de metal. Acima havia uma tampa de bueiro solta, com luz e água entrando pela beira, como uma lua crescente chorando.

— Lembro que isso dá numa viela — anunciou Meg. — Sem câmeras... Ao menos da última vez que vim aqui.

Lu grunhiu como quem diz *Bom trabalho*, ou talvez só *Isso não vai dar certo*.

A gaulesa subiu primeiro. Instantes depois, nós três estávamos em uma viela entre dois prédios residenciais, no meio da tempestade. Um raio cortou o céu, delineando as nuvens escuras de dourado. As gotas de chuva espetavam meu rosto e cutucavam meus olhos.

De onde tinha vindo aquela tempestade? Era um presente de boas-vindas do meu pai ou um aviso? Talvez fosse só uma tempestade de verão comum. Infelizmente, meu tempo como Lester havia me ensinado que nem todos os eventos meteorológicos tinham relação comigo.

Um trovão sacudiu as janelas ao nosso redor. A julgar pelas fachadas de tijolos amarelos dos prédios, eu achava que estávamos no Upper East Side, embora tivesse sido uma caminhada subterrânea inacreditavelmente longa da Penn Station até ali. No fim da viela, táxis passavam voando numa rua movimentada: a Park Avenue? A Lexington?

Abracei meu próprio corpo. Meus dentes batiam. Minha aljava estava começando a ficar cheia de água, a alça cada vez mais pesada no meu ombro. Eu me virei para Lu e Meg:

— Por acaso alguma de vocês tem um item mágico que faz a chuva parar?

Do cinturão de infinitas armas, Lu tirou o que para mim era um cassetete policial. Ela apertou um botão na lateral, e o objeto floresceu num guarda-chuva. Naturalmente, só cabiam Lu e Meg embaixo.

Eu suspirei.

— Eu pedi, né?

— Aham — concordou Meg.

Botei a mochila em cima da cabeça, o que bloqueou 0,003 por cento da chuva caindo no meu rosto. Minhas roupas estavam grudadas no corpo. Meu coração desacelerava e acelerava sem seguir nenhum critério, como se indeciso entre exausto ou apavorado.

— E agora? — perguntei.

— A gente arruma um lugar para se organizar — disse Lu.

Olhei a caçamba de lixo mais próxima.

— Com todos os imóveis que Nero controla em Manhattan, você não tem *uma* base secreta que a gente possa usar?

A risada da Lu foi a única coisa seca na viela.

— Já falei: Nero monitora todas as câmeras de segurança públicas de Nova York. Que atenção você acha que ele dá ao monitoramento das propriedades dele? Quer arriscar?

Odiei admitir que ela tinha razão.

Eu queria confiar em Luguselwa, porque Meg confiava. Eu reconhecia que Lu tinha nos salvado no trem. Além disso, o último verso da profecia da anfisbena ficava ecoando na minha cabeça: *Do exército de Nero agora suas vidas são dependentes.*

Isso podia se referir a Lu, e significaria que ela era de confiança.

Por outro lado, Lu havia matado a anfisbena. Até onde eu sabia, se a criatura tivesse vivido mais alguns minutos, talvez tivesse proferido mais um verso importante: *Não a Lu. Não a Lu. Nunca confiem na gaulesa.*

— Se você está do nosso lado — falei —, por que fingiu no trem? Por que matou a anfisbena? Por que toda aquela farsa de nos levar até o banheiro?

Lu grunhiu.

— Primeiro de tudo, eu estou do lado da Meg. Não estou nem aí para você.

Meg abriu um sorrisinho debochado.

— Isso aí.

— Quanto ao monstro... — Lu deu de ombros. — Era um monstro. Vai acabar se regenerando no Tártaro alguma hora. Não é uma grande perda.

Eu desconfiava que a esposa do sr. Cobra fosse discordar. Se bem que, não muito tempo antes, eu via os semideuses da mesma forma que Lu via a anfisbena.

— Quanto à farsa — disse ela —, se eu me virasse contra meus companheiros, haveria o risco de vocês dois serem mortos, eu ser morta ou um dos homens fugir e relatar tudo ao Nero. Eu seria revelada como traidora.

— Mas *todos* fugiram — protestei. — *Todos* vão relatar tudo ao Nero e... Ah. Eles vão dizer ao Nero...

— Que, na última vez que me viram, eu estava lutando feito louca, tentando impedir que vocês dois escapassem — concluiu Lu.

Meg se afastou de Lu e arregalou os olhos.

— Mas Nero vai pensar que você está morta! Você pode ficar com a gente!

Lu abriu um sorriso triste.

— Não, Plantinha. Vou ter que voltar em breve. Se tivermos sorte, Nero vai acreditar que ainda estou do lado dele.

— Mas *por quê?* — perguntou Meg. — Você não pode voltar.

— É o único jeito — disse Lu. — Eu tive que garantir que você não seria capturada voltando para a cidade. Agora... preciso de tempo para explicar para você o que está acontecendo... o que Nero está planejando.

Não gostei da hesitação na voz dela. O que quer que Nero estivesse planejando tinha deixado Lu bem abalada.

— Além do mais — continuou ela —, se quiser alguma chance de vencê-lo, você vai precisar de alguém lá dentro. É importante que Nero pense que tentei te impedir, falhei e voltei para ele com o rabo entre as pernas.

— Mas... — Meu cérebro estava alagado demais para formular mais perguntas. — Deixa pra lá. Quando a gente chegar num lugar seco você explica. Falando nisso...

— Tive uma ideia — disse Meg.

Ela correu até a esquina da viela. Lu e eu fomos atrás. A placa na esquina mais próxima revelou que estávamos na esquina da Lexington com a Setenta e Cinco.

Meg sorriu.

— Estão vendo?

— Vendo o quê? — perguntei. — O que você...?

E então a ideia me atingiu como um vagão de trem silencioso.

— Ah, não — falei. — Não, eles já fizeram muito por nós. Não vou botá-los em perigo *de novo*, principalmente com Nero atrás da gente.

— Mas na última vez você não teve problema...

— Meg, não!

Lu olhou de um para o outro.

— De quem vocês estão falando?

Senti vontade de enfiar a cabeça na mochila e gritar. Seis meses antes, eu não tinha pensado duas vezes antes de procurar um velho amigo que morava a alguns quarteirões dali. Mas agora... depois de todos os problemas e sofrimento que eu vinha levando àqueles que me abrigavam... Não. Eu não podia fazer isso *de novo*.

— Que tal isto? — Puxei a Flecha de Dodona da aljava. — Vamos perguntar ao meu amigo profético. Ele com certeza tem uma ideia melhor... talvez esteja por dentro até das últimas ofertas de hotel!

Ergui o projétil nos dedos trêmulos.

— Ó grande Flecha de Dodona...

— Ele está falando com uma flecha? — perguntou Lu a Meg.

— Ele fala com objetos inanimados — respondeu Meg. — É só fingir que acredita.

— Precisamos do seu conselho! — falei, me segurando para não dar um chute na canela da Meg. — Onde devemos procurar abrigo?

A voz da flecha soou no meu cérebro: *TU ME CHAMASTE, AMIGO?* Ela parecia feliz.

— Hã, chamei. — Fiz sinal de positivo para as minhas companheiras. — A gente precisa de um lugar para se esconder e se organizar. Um lugar próximo, mas longe das câmeras de vigilância do Nero e coisa e tal.

ESSA COISA E TAL AÍ DO IMPERADOR É FORMIDÁVEL MESMO, concordou a flecha. *MAS TU JÁ SABES A RESPOSTA À TUA PERGUNTA, Ó LESTER. PROCURA O LUGAR DA PASTA DE SETE CAMADAS.*

Com isso, a flecha ficou em silêncio.

Gemi de tristeza. A mensagem da flecha era perfeitamente clara. Ah, a deliciosa pasta de sete camadas da nossa anfitriã! Ah, o conforto daquele apartamento quentinho! Mas não era certo. Eu não podia...

— O que a flecha disse? — perguntou Meg.

Tentei pensar numa alternativa, mas estava tão cansado que nem conseguia mentir.

— Tudo bem — falei. — Vamos para a casa do Percy Jackson.

4

Que criança fofa
Só vejo coisas tão lindas
Acabou pra mim

— **OI, SRA. JACKSON!** O Percy está?

Eu tremia e pingava no capacho dela, com minhas duas companheiras igualmente desgrenhadas atrás de mim.

Por um momento, Sally Jackson ficou parada à porta, um sorriso congelado no rosto, como se estivesse esperando uma entrega de flores ou de biscoitos. Estávamos bem longe disso.

O cabelo castanho estava com mais fios brancos do que seis meses antes. Ela usava uma calça jeans surrada com uma bata verde e tinha um pouco de purê de maçã no pé esquerdo descalço. Não estava mais grávida, o que devia explicar a risada de bebê dentro do apartamento.

A surpresa dela passou rápido. Tendo criado um semideus, sem dúvida tinha muita experiência em lidar com o inesperado.

— Apolo! Meg! E... — Ela olhou de cima a baixo a condutora de trem gigantesca, tatuada e de moicano. — Oi! Coitadinhos. Entrem, venham se secar.

A sala dos Jackson estava tão aconchegante quanto eu lembrava. O cheiro de muçarela e tomates assando veio da cozinha. Tinha jazz tocando em uma vitrola antiga... ah, Wynton Marsalis! Vários sofás e poltronas confortáveis estavam disponíveis para nos sentarmos. Esquadrinhei a sala em busca de Percy Jackson, mas só vi um homem de meia-idade, cabelo grisalho, calça cáqui amarrotada, luvas de cozinha e uma camisa rosa por baixo de um avental amarelo vibrante manchado de molho de tomate. Ele balançava um bebê risonho no colo. O macacão amarelo do bebê combinava tanto com o avental dele que me perguntei se não era um conjunto.

Sei que o chef e a criança formavam uma cena adorável e de aquecer o coração. Mas, infelizmente, eu tinha crescido com histórias sobre titãs e deuses que cozinhavam e/ou comiam os filhos, e por isso não fiquei tão encantado quanto poderia.

— Tem um homem na sua casa — informei à sra. Jackson.

Sally riu.

— É meu marido, Paul. Com licença, me deem um segundo. Já volto. — Ela correu para o banheiro.

— Oi! — Paul sorriu para nós. — Esta é Estelle.

Estelle riu e babou, como se seu nome fosse a piada mais engraçada do universo. Ela tinha os olhos verde-água de Percy e, claramente, o bom humor da mãe. Também tinha fios de cabelo pretos e brancos como os de Paul, uma coisa que eu nunca tinha visto em um bebê. Ela seria o primeiro bebê grisalho do mundo. De modo geral, parecia que Estelle tinha herdado uma ótima genética.

— Oi. — Eu não sabia bem se deveria falar com Paul, Estelle ou com a comida, que estava com um cheiro delicioso. — Hã, não quero ser grosseiro, mas tínhamos esperança de... Ah, obrigado, sra. Jackson.

Sally tinha voltado do banheiro e enrolava nós três em toalhas de banho macias azul-turquesa.

— Tínhamos esperanças de encontrar o Percy — concluí.

Estelle deu um gritinho de alegria. Ela parecia gostar do nome *Percy*.

— Eu também queria vê-lo — disse Sally. — Mas ele está indo para a Costa Oeste. Com Annabeth. Eles saíram alguns dias atrás.

Ela apontou para uma foto num porta-retratos numa mesinha de canto ali perto. Na foto, meus velhos amigos Percy e Annabeth estavam sentados lado a lado no Prius amassado da família Jackson, os dois sorrindo pela janela do motorista. No banco de trás estava nosso amigo sátiro, Grover Underwood, fazendo careta para a câmera: olhos vesgos, a língua saindo pelo canto da boca, as mãos fazendo o sinal da paz. Annabeth estava encostada no Percy, os braços em volta do pescoço dele como se fosse beijá-lo ou enforcá-lo. Atrás do volante, Percy fazia sinal de positivo para a câmera. Ele parecia estar me dizendo com todas as letras: *Estamos caindo fora! Divirta-se com suas missões ou sei lá o quê!*

— Ele se formou no ensino médio — disse Meg, como se tivesse testemunhado um milagre.

— Pois é — respondeu Sally. — Teve até bolo.

Ela apontou para uma foto deles dois, sorrindo e segurando um bolo azul-bebê com PARABÉNS AO FORMADNO PERCY! escrito com glacê azul-escuro. Não perguntei por que *formando* estava escrito errado, considerando que dislexia era muito comum nas famílias de semideuses.

— Então — engoli em seco —, ele não está aqui.

Foi uma coisa idiota de se dizer, mas uma parte teimosa de mim insistia que Percy Jackson *devia* estar lá, em algum lugar, esperando para fazer tarefas perigosas para mim. Esse era o *trabalho* dele!

Mas, não. Esse era o jeito de pensar do *velho* Apolo, o que eu era na última vez que tinha entrado naquele apartamento. Percy tinha o direito de viver a própria vida. Ele estava tentando, e (ah, que verdade amarga!) isso não tinha nada a ver comigo.

— Estou feliz por ele — falei. — E Annabeth...

Nesse momento, me ocorreu que eles provavelmente haviam ficado sem dar notícias desde que saíram de Nova York. Celulares atraíam muita atenção de monstros, e por isso semideuses nunca os usavam, principalmente em uma viagem de carro. Os meios mágicos de comunicação estavam voltando aos poucos desde que libertamos o deus do silêncio, Harpócrates, mas ainda eram muito instáveis. Percy e Annabeth talvez não tivessem ideia da tragédia que enfrentamos na Costa Oeste... no Acampamento Júpiter e, antes disso, em Santa Barbara...

— Minha nossa — murmurei, baixinho. — Acho então que eles não souberam...

Meg tossiu alto. E me olhou com cara de *cala a boca*.

Certo. Seria crueldade jogar em Sally e Paul o peso da morte de Jason Grace, principalmente considerando que Percy e Annabeth estavam indo para a Califórnia e Sally já devia estar preocupada com eles.

— Não souberam o quê? — perguntou Sally.

Eu engoli em seco.

— Que a gente estava voltando para Nova York. Tudo bem. A gente vai...

— Chega de conversinha — interrompeu Lu. — Estamos correndo um grande perigo. Esses mortais não podem nos ajudar. Nós temos que ir.

O tom de Lu não foi exatamente de desdém, foi mais de irritação e talvez preocupação com nossos anfitriões. Se Nero nos rastreasse até aquele apartamento, ele não pouparia a família de Percy só porque eles não eram semideuses.

Por outro lado, a Flecha de Dodona havia nos mandado ir até lá. Tinha que ser por algum motivo. Eu esperava que tivesse a ver com o que Paul estava cozinhando.

Sally observou nossa amiga grande e tatuada. Não parecia ofendida, mas sim avaliando o tamanho de Lu e pensando se tinha alguma roupa que coubesse nela.

— Bom, vocês não podem ir embora encharcados. Vamos arrumar umas roupas secas, pelo menos, e comida, caso estejam com fome.

— Sim, por favor — disse Meg. — Eu te amo.

Estelle caiu na gargalhada de novo. Pelo visto ela tinha acabado de descobrir que o pai podia balançar os dedos e estava achando hilário.

Sally sorriu para o bebê e para Meg.

— Eu também te amo, querida. Os amigos do Percy são sempre bem-vindos.

— Eu nem faço ideia de quem seja esse *Percy* — protestou Lu.

— *Qualquer um* que precise de ajuda é sempre bem-vindo — consertou Sally. — Acredite, nós já estivemos em perigo e tudo se resolveu. Não é, Paul?

— É — concordou ele, sem hesitar. — Tem bastante comida. Acho que Percy tem roupas que vão caber, não é, hum, Apolo?

Assenti sem muito ânimo. Eu sabia muito bem que as roupas do Percy cabiam em mim porque tinha saído dali seis meses antes usando coisas dele.

— Obrigado, Paul.

Lu grunhiu.

— Acho que... esse cheiro é de lasanha?

Paul sorriu.

— Receita de família dos Blofis.

— Hum. Acho que podemos ficar um pouquinho — decidiu Lu.

As maravilhas não tinham fim. A gaulesa e eu concordávamos sobre uma coisa.

— Aqui, experimenta esta. — Paul jogou para mim uma camiseta desbotada do Percy para acompanhar meu jeans surrado do Percy.

Eu não reclamei. As roupas estavam limpas, secas e quentinhas, e depois de andar em túneis subterrâneos por metade de Manhattan, minha roupa antiga fedia tanto que teria que ser lacrada num saco de lixo tóxico e incinerada.

Sentei-me na cama de Percy ao lado de Estelle, que estava deitada de costas, olhando com fascinação para um donut azul de plástico.

Passei a mão pelas palavras desbotadas da camiseta: EQUIPE DE NATAÇÃO EEMA.

— O que significa EEMA?

Paul franziu o nariz.

— Escola de Ensino Médio Alternativa. Foi a única que aceitou Percy só para fazer o último ano, depois que... Você sabe.

Eu lembrava. Percy tinha passado um bom tempo desaparecido por causa da intromissão de Hera, que o enviou para o outro lado do país com amnésia, só para fazer o acampamento de semideuses gregos e o de romanos se aliarem na guerra com Gaia. Minha madrasta adorava unir as pessoas.

— Você não gostou da situação ou da escola? — perguntei.

Paul deu de ombros. Pareceu incomodado, como se dizer qualquer coisa negativa fosse contra sua natureza.

Estelle abriu um sorriso babado.

— Gah?

Interpretei isso como *Dá para acreditar como temos sorte de estar vivos agora?*

Paul se sentou ao lado dela e botou a mão delicadamente sobre seus fiapinhos de cabelo.

— Eu sou professor de inglês em outra escola de ensino médio — disse ele. — A EEMA... não era a melhor. Para adolescentes com dificuldade, correndo risco, a gente quer um lugar seguro com boas acomodações e uma rede de apoio. Quer entender cada aluno individualmente. A tal escola alternativa estava mais para um buraco para onde ia todo mundo que não se encaixava no sistema. Percy tinha passado por tanta coisa... Eu fiquei preocupado. Mas ele aproveitou da melhor forma que pôde. Queria *muito* aquele diploma. Estou orgulhoso.

Estelle deu gritinhos. Sorrindo, Paul deu uma batidinha com o dedo no nariz dela.

— Bup.

O bebê ficou atordoado por um milissegundo, mas então caiu na gargalhada, tão alegre que fiquei com medo de que ela pudesse engasgar com a própria baba.

Fiquei olhando, impressionado, para Paul e Estelle, que me pareceram milagres maiores ainda do que a formatura de Percy. Pelo que podíamos ver, Paul era um marido dedicado, um pai carinhoso, um padrasto gentil. Na minha experiência, uma criatura assim era mais difícil de encontrar do que um unicórnio albino ou um grifo com três asas.

Quanto ao bebê Estelle, o bom humor e a capacidade de se encantar com as coisas eram quase superpoderes. Se aquela criança crescesse sendo tão perceptiva e carismática quanto já era agora, dominaria o mundo. Decidi não contar a Zeus sobre ela.

— Paul... — Resolvi arriscar. — Você não está preocupado com nossa presença aqui? Nós podemos botar sua família em perigo.

Ele contraiu os cantos da boca.

— Eu estava na Batalha de Manhattan. Soube de algumas das coisas horríveis pelas quais a Sally passou: a luta contra o Minotauro, a prisão no Mundo Inferior. E as aventuras do Percy? — Ele balançou a cabeça, pensativo. — Percy correu risco por nós, pelos amigos, pelo mundo, e não foi só uma ou duas vezes. Então quer saber se eu posso correr o risco de oferecer um lugar para você descansar, vestir umas roupas secas e comer uma refeição? Claro, como poderia dizer não?

— Você é um bom homem, Paul Blofis.

Ele inclinou a cabeça, como se não imaginasse que outro tipo de homem poderia existir.

— Bom, vou deixar você sozinho para tomar um banho e se vestir. Não queremos deixar o jantar queimar, não é, Estelle?

O bebê teve uma crise de risadinhas quando o pai a pegou no colo e saiu do quarto.

Eu não me apressei no chuveiro. Precisava de um bom banho, sim. Mas também precisava muito ficar com a testa encostada nos azulejos, tremendo e chorando até sentir que conseguiria encarar as outras pessoas de novo.

Será que tinha sido efeito da gentileza? No meu tempo como Lester Papadopoulos, eu havia aprendido a aguentar abusos verbais horrendos e ameaças violentas à minha vida, mas o menor ato de generosidade conseguia dar um chute ninja no meu coração e parti-lo em mil caquinhos.

Caramba, Paul e Sally e esse bebezinho fofo!

Como eu poderia compensá-los por me oferecerem aquele abrigo temporário? Eu sentia que minha dívida com eles era a mesma que tinha com o Acampamento Júpiter e o Acampamento Meio-Sangue, com a Estação Intermediária e com a Cisterna, com Piper, Frank, Hazel e Leo e, sim, principalmente com Jason Grace. Eu devia *tudo* a eles.

Como poderia dizer não?

Depois de me vestir, fui cambaleando até a sala de jantar. Todos estavam sentados em volta da mesa, exceto Estelle, que, Paul nos contou, já tinha ido dormir. Sem dúvida aquela alegria em estado puro exigia uma grande quantidade de energia.

Meg estava com um vestido rosa largo e uma legging branca. Se amasse aquela roupa tanto quanto amou a última que Sally tinha lhe dado, ela usaria até que caísse do corpo em trapos chamuscados. Além dos tênis vermelhos de cano alto (que felizmente tinham sido bem limpos), ela estava com uma paleta de cores de Dia dos Namorados que parecia não combinar com sua personalidade, a não ser que estivesse namorando a montanha de pão de alho que enfiava na boca.

Lu usava uma camisa de botão masculina tamanho GG com ELETRÔNICOS MEGA-MART bordado no bolso e uma toalha felpuda turquesa na cintura como um kilt, porque a única outra coisa ali que cabia nela era uma calça antiga de gestante de Sally e, não, obrigada, Lu preferia esperar que a sua saísse da secadora.

Sally e Paul nos ofereceram pratos lotados de salada, lasanha e pão de alho. Não era a famosa pasta de sete camadas de Sally, mas *era* um banquete em família que eu não comia desde a Estação Intermediária. A lembrança me deixou um pouco melancólico. O que será que o pessoal estava fazendo? Leo, Calipso,

Emmie, Jo, a pequena Georgina... Na época, nossas provações em Indianápolis pareceram um pesadelo, mas, pensando agora, eram dias mais felizes e mais simples.

Sally Jackson se sentou e sorriu.

— Ah, que coisa boa. — O chocante foi que ela transparecia sinceridade. — Não recebemos convidados com frequência. Agora, vamos comer, e vocês podem nos contar quem ou o que está tentando matar vocês desta vez.

5

Palavrão à mesa?
A educação diz não
#@$%-@& do Nero*

EU QUERIA PODER sentar à mesa de jantar e ter uma conversa normal sobre trivialidades: o tempo, quem gosta de quem na escola, que deuses estão lançando pragas em que cidades e por quê. Mas, *não*, era sempre sobre quem estava tentando me matar.

Eu não queria estragar o apetite de ninguém, principalmente porque a lasanha saborosa e tradicional da família de Paul estava me fazendo babar igual a Estelle. Além disso, eu não sabia se confiava em Luguselwa a ponto de contar a história toda na frente dela.

Meg não teve a mesma resistência. Ela falou abertamente sobre tudo que passamos… com exceção das mortes trágicas. Eu sabia que só tinha pulado essas partes para poupar Sally e Paul, para não deixá-los morrendo de preocupação com Percy.

Acho que eu nunca tinha ouvido Meg falar tanto, como se a presença de uma figura materna e de uma figura paterna gentis tivesse libertado alguma coisa dentro dela.

Meg contou sobre a batalha com Cômodo e Calígula. Explicou que havíamos libertado quatro oráculos antigos e estávamos de volta a Nova York para enfrentar o último e mais poderoso imperador, Nero. Paul e Sally ouviram com atenção e só interromperam para expressar preocupação ou solidariedade. Quando Sally olhou para mim e disse "Coitadinho", quase desabei de novo. Quis chorar no ombro dela. Quis que Paul botasse um macacão fofinho em mim e me embalasse até que eu pegasse no sono.

— Então Nero está atrás de vocês — disse Paul. — *O imperador romano Nero* que montou seu covil maligno em um arranha-céu de Midtown.

Ele se recostou na cadeira e colocou as mãos na mesa, como se tentando digerir a novidade tanto quanto a comida.

— Acho que essa não é a coisa mais maluca que já ouvi. E agora, vocês têm que fazer o quê? Derrotá-lo em combate? Outra Batalha de Manhattan?

Eu estremeci.

— Espero que não. A batalha com Cômodo e Calígula foi... difícil para o Acampamento Júpiter. Se eu pedisse ao Acampamento Meio-Sangue para atacar a base de Nero...

— Não. — Lu mergulhou o pão de alho no molho da salada, provando sua bárbara boa vontade. — Um ataque em larga escala seria suicídio. Nero está esperando isso. Está *ansiando* por isso. Está preparado para causar danos colaterais enormes.

Do lado de fora, a chuva açoitava as janelas. Um relâmpago explodiu, como se Zeus estivesse me alertando a não ficar à vontade demais com esses pais gentilmente emprestados.

Por mais que desconfiasse de Luguselwa, eu concordava com ela. Nero adoraria uma luta, principalmente depois do que havia acontecido com seus dois compadres na Bay Area, ou talvez *por causa* disso. Eu tinha medo de perguntar o que Lu queria dizer com *danos colaterais enormes*.

Uma guerra aberta com Nero não seria outra Batalha de Manhattan. Quando o exército de Cronos invadira o Empire State Building, a entrada do Monte Olimpo, o titã Morfeu botou todos os mortais da cidade para dormir. O dano à cidade em si e à população humana foi insignificante.

Nero não agia assim. Ele gostava de drama. Adoraria o caos, gente gritando, inúmeras mortes. Estávamos falando de um homem que queimava pessoas vivas para iluminar as festas no jardim.

— Tenho que achar outro jeito — concluí. — Não vou deixar mais inocentes sofrerem por minha causa.

Sally Jackson cruzou os braços. Apesar das questões sombrias que estávamos discutindo, ela sorriu.

— Você mudou.

Supus que ela estivesse falando de Meg. Nos meses anteriores, minha jovem amiga foi mesmo ficando mais alta e... Espera. Sally estava se referindo a *mim*?

Meu primeiro pensamento: Que absurdo! Eu tinha quatro mil anos de idade. Não estava *mudado*.

Ela esticou a mão por cima da mesa e apertou a minha.

— Na última vez que esteve aqui, você estava tão perdido. Tão... bom, se você não se importa que eu fale...

— Patético — completei, sem pestanejar. — Reclamão, arrogante, egoísta. Eu estava morrendo de pena de mim mesmo.

Meg foi assentindo diante de minhas palavras, como se estivesse ouvindo sua música favorita.

— Você *ainda* sente pena de si mesmo — declarou Meg.

— Mas agora — continuou Sally, se recostando na cadeira —, você está mais... humano, acho.

Lá estava aquela palavra de novo: *humano*, que não muito tempo antes eu teria considerado um insulto horrível. Naquele momento, cada vez que eu a ouvia, pensava na advertência de Jason Grace: *Lembre-se de como é ser humano.*

Ele não quis dizer todas as coisas horríveis relacionadas à humanidade, e havia muitas. Jason se referia às *melhores* coisas: defender uma causa justa, colocar os outros em primeiro lugar, ter uma fé teimosa de que se podia fazer a diferença, mesmo que significasse morrer para proteger seus amigos e suas crenças. Esses não eram o tipo de sentimento que os deuses tinham... não mesmo.

Sally Jackson usou o termo no mesmo sentido que Jason Grace: como algo que valia a pena querer ser.

— Obrigado — consegui dizer.

Ela assentiu.

— E como podemos ajudar?

Lu raspou do prato o que restava da lasanha.

— Vocês já fizeram mais do que o suficiente, Mãe Jackson e Pai Blofis. Nós temos que ir.

Meg olhou para a tempestade lá fora e depois para o que restava do pão de alho na cestinha.

— A gente não pode ficar até amanhã de manhã?

— É uma boa ideia — concordou Paul. — Temos bastante espaço. Se os homens do Nero estão por aí procurando vocês na escuridão e na chuva forte... não seria melhor deixá-los na rua enquanto vocês estão aqui, confortáveis e aquecidos?

Lu pareceu refletir. Soltou um arroto longo e profundo, que na cultura dela devia ser sinal de apreciação, ou talvez de gases.

— Suas palavras são sensatas, Pai Blofis. E sua lasanha é boa. Muito bem. Acho que as câmeras vão mesmo nos ver melhor de manhã.

— Câmeras? — Eu me sentei mais ereto. — As câmeras de segurança do Nero? Achei que a gente não queria ser visto.

Lu deu de ombros.

— Eu tenho um plano.

— Um plano tipo o do trem? Porque...

— Escuta aqui, Lesterzinho...

— Não briguem — ordenou Paul. Embora calma, a voz dele soou firme; na mesma hora visualizei como aquele homem gentil e amável era capaz de controlar uma sala de aula. — Assim vão acabar acordando a Estelle. Acho que eu deveria ter perguntado antes, mas, hã... — Ele olhou para Meg, para mim e para Lu. — Como exatamente vocês se conheceram?

— Lu fez a gente de refém num trem — falei.

— Eu *salvei* vocês de serem capturados num trem — corrigiu ela.

— Lu é minha tutora — disse Meg.

Isso chamou a atenção de todo mundo.

Sally ergueu as sobrancelhas. As orelhas da Lu ficaram vermelhas.

O rosto de Paul continuou no modo professor. Eu conseguia imaginá-lo pedindo a Meg que justificasse sua resposta e que desse três exemplos.

— Como assim, Meg? — perguntou ele.

Lu olhou para a garota. A gaulesa tinha um olhar estranho de dor enquanto esperava que Meg descrevesse o relacionamento delas.

Meg empurrou o garfo no prato.

— Legalmente. Tipo, quando eu precisava que alguém assinasse alguma coisa. Ou me buscasse na delegacia ou... Sei lá.

Quanto mais eu pensava na situação, menos absurdo parecia. Claro que Nero não se envolveria com os pormenores da paternidade. Assinar uma autorização da escola? Levar Meg ao médico? Não, obrigado. Ele delegaria esse tipo de coisa. E o status legal? Nero não fazia questão de ser o tutor formal. Em sua mente, já era o *dono* de Meg.

— Lu me ensinou a usar a espada. — Meg se mexeu em seu novo vestido rosa. — Me ensinou... bom, a maioria das coisas. Quando eu morava no palácio, na torre do Nero, Lu tentou me ajudar. Ela foi... a única pessoa legal comigo.

Observei a gaulesa gigante com a camisa da Eletrônicos Mega-Mart e o kilt de toalha de banho. Eu conseguia pensar em muitas descrições para ela. *Legal* ficava no fim da lista.

Mas, sim, dava para imaginá-la sendo mais legal do que Nero. Não era difícil. E também dava para imaginar Nero usando Lu como tutora, dando a Meg outra figura de autoridade para admirar, uma guerreira. Depois de lidar com Nero e sua personalidade alternativa apavorante, o Besta, Meg veria Lu como um alívio bem-vindo.

— Você era o policial bonzinho — concluí.

As veias da Lu saltaram contra o torque de ouro.

— Pode me chamar como quiser. Eu não fiz o suficiente pela minha Plantinha, mas fiz o que pude. Nós duas treinamos juntas por anos.

— Plantinha? — perguntou Paul. — Ah, sim. Porque Meg é filha de Deméter.

A expressão dele permaneceu séria, mas os olhos cintilaram, como se ele não conseguisse acreditar na sorte de estar tendo aquela conversa.

Eu não me sentia tão afortunado. Estava segurando meu garfo com tanta força que meu punho tremia. O gesto podia ter sido bem ameaçador se os dentes do talher não estivessem espetando um tomate-cereja.

— Você tem a *guarda* da Meg. — Olhei para Lu com raiva. — Podia ter tirado ela daquela torre. Podia ter se mudado. Fugido com ela. Mas ficou. Por anos.

— Ei! — Meg me repreendeu.

— Não, ele está certo. — O olhar da Lu fez um buraco na travessa. — Eu devia a vida ao Nero. No passado, ele me poupou de... Bom, não importa agora, mas eu o servi por séculos. Fiz muitas coisas difíceis por ele. Aí, veio a Plantinha.

Eu fiz o melhor que pude. Não foi suficiente. Até que a Meg fugiu com você. Eu ouvi o que Nero estava planejando, o que aconteceria quando vocês dois voltassem para a cidade... — Ela balançou a cabeça. — Foi demais. Eu não podia levar Meg de volta para aquela torre.

— Você seguiu sua consciência — disse Sally.

Eu queria ser tão misericordioso quanto nossa anfitriã.

— Nero não contrata guerreiros pela consciência. — disparei.

A guerreira fez cara de desprezo.

— Isso é verdade, Lesterzinho. Você pode acreditar em mim ou não. Mas, se não pudermos trabalhar juntos, se você não me ouvir, o Nero vai vencer. Ele vai destruir isso tudo.

Ela indicou a sala. Não importava se estava se referindo ao mundo, a Manhattan ou ao apartamento da família Jackson/Blofis. Todas as possibilidades eram inaceitáveis.

— Eu acredito em você — anunciou Sally.

Pareceu ridículo que uma guerreira enorme como Lu se importasse com a aprovação de Sally Jackson, mas a gaulesa ficou genuinamente aliviada. Seu rosto relaxou. As tatuagens celtas esticadas nos braços voltaram a se curvar em círculos concêntricos.

— Obrigada, Mãe Jackson.

— Eu também acredito. — Meg franziu a testa para mim, deixando o significado claro: *E você também vai acreditar, senão vou te mandar se jogar da janela.*

Soltei o garfo com o tomate no prato. Foi o melhor gesto de paz que pude oferecer.

Eu não conseguia confiar completamente na gaulesa. Um "policial bonzinho" não deixava de ser um policial... não deixava de ser parte do jogo mental. E Nero era especialista em brincar com a cabeça das pessoas. Olhei para Paul na expectativa de encontrar algum apoio, mas eu podia jurar que ele deu de ombros: *O que mais você pode fazer?*

— Muito bem, Luguselwa — falei. — Nos conte seu plano.

Paul e Sally se inclinaram para a frente, prontos para receberem ordens.

Lu balançou a cabeça.

— Não para vocês, meus bons anfitriões. Não tenho dúvida de que são corajosos e fortes, mas não quero que nenhum mal aconteça a essa família.

Eu assenti.

— Pelo menos nisso nós concordamos. Quando a manhã chegar, vamos cair fora. Possivelmente depois de um bom café da manhã, se não for dar trabalho demais.

Sally sorriu, apesar de haver uma ligeira decepção no seu olhar, como se ela estivesse ansiosa para quebrar umas cabeças romanas.

— Mas vou querer ouvir o plano mesmo assim. O que vocês vão fazer?

— É melhor não contarmos muitos detalhes — disse Lu. — Mas há um caminho secreto para entrar na torre do Nero... por baixo. É o caminho que o Nero usa para visitar... o réptil.

Nesse momento senti a lasanha se mexendo furiosamente em meu estômago. O réptil. Píton. Intrusa em Delfos, minha arqui-inimiga e vencedora do prêmio de Serpente Menos Popular da Revista do Olimpo por quatro mil anos seguidos.

— Parece uma péssima porta de entrada — observei.

— Não é maravilhosa — concordou Lu.

— Mas podemos usá-la para entrar escondido — supôs Meg. — E surpreender Nero?

Lu tentou conter uma risada.

— Não vai ser tão fácil, Plantinha. O caminho é secreto, mas fortemente protegido e fica sob vigilância constante. Se tentasse entrar escondido, você seria pega.

— Não quero ser desmancha-prazeres — falei. — Mas ainda não ouvi nada parecido com um plano.

Lu parou um momento para reunir paciência. Eu conhecia aquele olhar. Recebi muitos de Meg, assim como de minha irmã, Ártemis, e... bom, de todo mundo, na verdade.

— O caminho não é para vocês — disse ela. — Mas *poderia* ser usado por um pequeno esquadrão de semideuses corajoso e habilidoso o bastante para se deslocar pelo subterrâneo.

O amigo dos velocistas das cavernas, pensei, a voz da anfisbena ecoando na minha cabeça, *é de Hades um dos descendentes/Do exército de Nero agora suas vidas são dependentes.*

A única coisa mais perturbadora do que não entender uma profecia era começar a entendê-la.

— Mas aí *eles* seriam capturados — falei.

— Talvez não — disse Lu. — Não se Nero estivesse devidamente distraído.

Eu tive a sensação de que não ia gostar da resposta à minha pergunta seguinte.

— Distraído com o quê?

— Sua rendição.

Eu esperei. Lu não parecia ser o tipo de pessoa que fazia piadinhas, mas aquele seria um bom momento para ela rir e gritar *TE PEGUEI!*

— Você não pode estar falando sério — disparei.

— Estou com Apolo — disse Sally. — Se Nero quer matá-lo, por que ele...?

— É o único jeito. — Lu respirou fundo. — Escuta, eu sei como o Nero pensa. Quando eu voltar e disser que vocês dois fugiram, ele vai decretar um ultimato.

Paul franziu a testa.

— Contra quem?

— O Acampamento Meio-Sangue — disse Lu. — Qualquer semideus, qualquer aliado em qualquer lugar que esteja abrigando Apolo. Os termos do Nero serão simples: se Apolo e Meg não se renderem dentro de certo prazo, Nero vai destruir Nova York.

Senti vontade de rir. Parecia impossível, ridículo. Mas me lembrei dos iates de Calígula na Baía de São Francisco lançando uma saraivada de projéteis de fogo grego que teriam destruído todo o lado leste da baía se Lavínia Asimov não tivesse sabotado a operação. Nero teria a mesma quantidade de recursos ao seu dispor, ou mais, e Manhattan era um alvo com uma população bem mais numerosa.

Ele queimaria sua própria cidade, com sua própria torre palaciana no meio?

Que pergunta idiota, Apolo. Nero já tinha feito isso antes. Era só se lembrar da Roma Antiga.

— Então você nos salvou — falei — só para nos dizer que deveríamos nos render ao Nero. Esse é seu plano.

— Nero precisa acreditar que já venceu — retrucou Lu. — Quando estiver com vocês dois, vai baixar a guarda. Isso pode dar à sua equipe de semideuses uma oportunidade de se infiltrar na torre pelo subterrâneo.

— *Pode dar* — repeti.

— Vai ser uma corrida contra o tempo — admitiu Lu —, mas Nero não vai matá-lo logo de cara, Apolo. Ele e o réptil... têm planos para você.

Um trovão distante sacudiu minha cadeira. Ou eu só estava tremendo mesmo. Eu fazia ideia de que tipo de plano Nero e Píton podiam ter para mim. Nenhum deles incluía um farto jantar com lasanha.

— E, Plantinha — continuou Lu —, sei que vai ser difícil para você voltar para aquele lugar, mas vou estar lá para te proteger, como já fiz muitas vezes antes. Vou ser uma agente dupla lá dentro. Quando seus amigos invadirem, posso libertar vocês dois. E, juntos, podemos derrubar o imperador.

Por que Meg parecia tão pensativa, como se estivesse mesmo considerando aquela estratégia insana?

— Só um minuto — protestei. — Mesmo que confiemos em você, por que *Nero* confiaria? Você diz que vai voltar para ele com o rabo entre as pernas e relatar que nós fugimos. Por que ele acreditaria nisso? Ele não vai desconfiar que você se voltou contra ele?

— Tenho um plano para isso também — disse Lu. — Envolve você me empurrar de um prédio.

6

Tchau, Luguselwa
Não se esqueça de escrever
Se chegar ao chão

EU JÁ TINHA ouvido planos piores.

Mas, apesar de a ideia de empurrar Lu de um prédio ter certo apelo, eu duvidava que ela estivesse falando sério, principalmente porque não quis explicar mais nada nem nos dar detalhes.

— Amanhã — insistiu ela. — Quando formos embora.

Na manhã seguinte, Sally fez o café da manhã para nós. Estelle riu histericamente. Paul se desculpou por não ter um carro para nos emprestar, já que o Prius da família, o qual a gente batia com frequência, estava a caminho da Califórnia com Percy, Grover e Annabeth. O melhor que Paul pôde nos oferecer foi um passe do metrô, mas eu não estava pronto para andar de trem de novo.

Sally nos abraçou e nos desejou boa sorte. Em seguida, disse que tinha que voltar a preparar biscoitos, que ela fazia para aliviar o estresse enquanto trabalhava na revisão de seu segundo livro.

Isso despertou muitas perguntas em mim. Segundo livro? Nós não falamos sobre os livros dela na noite anterior. Biscoitos? Não dava para esperarmos até ficarem prontos?

Mas desconfio que comida boa era uma tentação sem fim na casa da família Jackson/Blofis. Sempre haveria um novo petisco doce ou salgado que pareceria mais atraente do que enfrentar o mundo cruel.

Além disso, eu respeitava o fato de Sally ter que trabalhar incansavelmente em seu livro. Como deus da poesia, eu entendia de revisões. Enfrentar monstros e mercenários imperiais era bem mais fácil.

Pelo menos, a chuva tinha parado, nos proporcionando uma manhã abafada de verão. Lu, Meg e eu seguimos a pé na direção de East River, indo de viela em viela até Lu encontrar um local que parecesse satisfazê-la.

Perto da Primeira Avenida havia um prédio de dez andares em reforma. A fachada de tijolos era uma casca vazia; as janelas, molduras vazias. Nós entramos pela viela atrás do terreno, subimos por um alambrado de construção e achamos a entrada dos fundos fechada só por uma folha de compensado. Lu a quebrou com um chute vigoroso.

— Vocês primeiro — disse ela.

Observei a escuridão à nossa frente.

— Nós temos mesmo que entrar aí?

— Sou eu que vou ter que cair do telhado — murmurou ela. — Para de reclamar.

O interior do prédio era reforçado por um andaime de metal, com escadas que iam de um andar a outro. Ah, que ótimo. Depois de subir a Torre Sutro, eu *amei* a ideia de mais escadas. Raios de sol cortavam o interior oco da estrutura, fazendo partículas de poeira voarem e formando um arco-íris em miniatura. Acima de nós, o telhado ainda estava intacto. Do nível mais alto do andaime havia uma escada que levava a um patamar acima com uma porta de metal.

Lu começou a subir. Ela havia colocado de volta o disfarce da companhia de trem para não ter que explicar a camisa da Eletrônicos Mega-Mart para Nero. Fui atrás com minhas roupas herdadas de Percy Jackson. A miss Dia dos Namorados, Meg, subiu atrás. Foi como antigamente, na Torre Sutro, só que com cem por cento menos Reyna Avila Ramírez-Arellano e cem por cento mais gaulesa tatuada.

Em cada andar, Meg parava para espirrar e limpar o nariz. Lu se esforçou para ficar longe das janelas, como se tivesse medo de Nero aparecer por uma delas gritando *Boare!*

(Eu tinha quase certeza de que isso era *bu!* em latim. Fazia tempo que eu não ia a uma das famosas festas de casa Halloween do Cícero. Aquele cara amava botar uma toga na cabeça e assustar os convidados.)

Finalmente chegamos à porta de metal, que tinha um aviso pintado com tinta spray vermelha: *acesso restrito ao telhado*. Eu estava suado e sem fôlego. Lu não parecia afetada pela subida. Meg chutou distraidamente o tijolo mais próximo, como se considerasse se conseguiria derrubar o prédio.

— O plano é o seguinte — disse Lu. — Sei que Nero tem câmeras no prédio comercial do outro lado da rua. É uma das propriedades dele. Quando sairmos por esta porta, a equipe de segurança dele deve conseguir boas imagens nossas no telhado.

— Você pode nos lembrar por que isso é uma coisa boa? — pedi.

Lu murmurou alguma coisa, talvez uma oração para seus deuses celtas darem um tapa na minha cabeça.

— Porque assim vamos permitir que Nero veja o que *queremos* que ele veja. Nós vamos fazer uma ceninha.

Meg assentiu.

— Tipo no trem.

— Exatamente — disse Lu. — Vocês dois saem correndo primeiro. Vou um pouco atrás, como se tivesse finalmente encurralado vocês e estivesse pronta para matar os dois.

— Mas só de mentirinha.

Era o que eu esperava.

— Tem que parecer real — insistiu Lu.

— A gente consegue. — Meg se virou para mim com uma expressão de orgulho. — Você viu nós duas no trem, Lester, e a gente nem planejou nada. Mas quando eu morava na torre, Lu me ajudava a encenar umas batalhas incríveis para que meu pai, quer dizer, Nero, achasse que matei meus oponentes.

Eu a encarei.

— Matar. Seus oponentes.

— Tipo criados, prisioneiros ou gente de quem ele não gostava. Lu e eu combinávamos antes. Eu fingia matar todos eles. Com sangue falso e tudo. Depois, Lu os arrastava para fora da arena e os soltava. As mortes pareciam tão reais que Nero nunca percebeu.

Eu não sabia o que achava mais apavorante: o escorregão incômodo de Meg ao chamar Nero de *pai*, Nero esperar que a jovem enteada executasse prisioneiros para a diversão dele ou o fato de que Lu conspirou para tornar o show não letal e poupar os sentimentos da Meg em vez de, ah, sei lá, se recusar a fazer o trabalho sujo do Nero e tirar Meg daquela casa dos horrores.

E você é melhor do que isso?, provocou uma voz baixinha em minha mente. *Quantas vezes enfrentou Zeus?*

Tudo bem, voz. Tem razão. Não é fácil se opor a tiranos, ou sair de perto, principalmente quando você depende deles para tudo.

Fiquei com um gosto amargo na boca.

— Qual é o meu papel?

— Meg e eu vamos encenar a maior parte da luta. — Lu ergueu a besta. — Apolo, você tropeça pelo telhado e se esconde de medo.

— Isso eu posso fazer.

— Quando parecer que estou prestes a matar Meg, você grita e parte para cima de mim. Ouvi falar que você tem explosões de força divina de tempos em tempos.

— Mas não consigo controlar!

— E nem precisa. É só fingir. Me empurre com o máximo de força que conseguir... do telhado. Eu vou deixar.

Olhei para o andaime.

— Estamos a dez andares de altura. Sei disso porque... estamos a dez andares de altura.

— Sim — concordou Lu. — Deve ser isso mesmo. Eu não morro fácil, Lester. Vou quebrar uns ossos, sem dúvida, mas, com sorte, vou sobreviver.

— Com sorte?

Meg de repente não pareceu mais tão confiante. Lu conjurou uma espada na mão livre.

— Nós temos que arriscar, Plantinha. Nero tem que acreditar que tentei ao máximo te pegar. Se ele desconfiar de alguma coisa... Bom, a gente não pode deixar isso acontecer. — Ela me encarou. — Pronto?

— Não! — falei. — Você ainda não explicou como Nero pretende queimar a cidade nem o que temos que fazer quando formos capturados.

O olhar feroz de Lu foi bem convincente. Eu *acreditei* que ela queria me matar.

— Ele tem fogo grego. Mais do que Calígula tinha. Mais do que qualquer um já ousou estocar. Ele tem um sistema de entregas. Não sei os detalhes. Mas, assim que ele desconfiar que há alguma coisa errada, é só apertar um botão e acabou. Por isso precisamos seguir com essa mentira elaborada. Temos que dar um jeito de vocês entrarem lá sem ele perceber que é um truque.

Eu estava tremendo de novo. Olhei para o piso de concreto e imaginei-o se desintegrando, virando um mar de fogo verde.

— E o que vai acontecer quando formos capturados?

— As celas — disse Lu. — Elas ficam bem perto do cofre onde Nero guarda os fasces.

Meu ânimo melhorou um milímetro. Não era exatamente uma boa notícia, mas ao menos o plano da gaulesa parecia um pouco menos insano. Os fasces do imperador, o machado de ouro que simbolizava o poder dele, estava conectado à sua força vital. Em São Francisco, nós destruímos os fasces de Cômodo e Calígula e enfraquecemos os imperadores o suficiente para matá-los. Se pudéssemos fazer o mesmo com Nero...

— Você vai nos tirar das celas — tentei adivinhar — e nos levar até esse cofre.

— É essa a ideia. — A expressão de Lu ficou sombria. — Claro que os fasces são protegidos por... bom, uma coisa horrível.

— O quê? — perguntou Meg.

A hesitação de Lu me assustou mais do que qualquer outro monstro que ela pudesse ter citado.

— Vamos lidar com isso depois. Uma coisa impossível de cada vez.

Mais uma vez, concordei com a gaulesa. Isso me preocupou.

— Muito bem — disse ela. — Lester, depois que você me empurrar do telhado, você e Meg precisam ir para o Acampamento Meio-Sangue o mais rápido que conseguirem e encontrar uma equipe de semideuses para se infiltrar nos túneis. O pessoal do Nero não vai estar muito atrás.

— Mas a gente não tem carro.

— Ah. Quase esqueci. — Lu olhou para o próprio cinturão como se quisesse pegar alguma coisa, mas se deu conta de que suas mãos estavam cheias de armas. — Plantinha, enfia a mão nessa bolsinha aqui.

Meg abriu a bolsinha de couro. Surpreendeu-se com o que viu dentro e escondeu na mão fechada, sem me deixar ver.

— É sério? — Ela saltitou de empolgação. — Você vai deixar?

Lu riu.

— Por que não? É uma ocasião especial.

— Oba!

Meg enfiou o que pegou em um dos bolsos do cinto de jardinagem.

Fiquei com a sensação de ter perdido uma coisa importante.

— Hum, o que…?

— Chega de conversa — disse Lu. — Prontos? Corram!

Eu não estava pronto, mas já tinha me acostumado a receber essa ordem. Meu corpo reagiu por mim, e eu e Meg disparamos pela porta.

Avançamos pela superfície prateada do asfalto, desviando de saídas de ventilação e tropeçando em tijolos soltos. Assumi meu papel com uma facilidade deprimente. Fugindo para salvar minha vida, apavorado e impotente? Nos seis meses anteriores eu tinha ensaiado muito para isso.

Lu berrou e veio correndo atrás de nós. Flechas gêmeas de besta passaram assoviando pela minha orelha. Ela estava *mesmo* incorporando o papel de "gaulesa assassina". Meu coração foi parar na boca, como se eu realmente estivesse enfrentando um perigo mortal.

Cheguei depressa demais à beira do telhado. Só uma parede de tijolos na altura da cintura me separava de uma queda de trinta metros na viela abaixo. Eu me virei e gritei quando as lâminas de Lu vieram em direção ao meu rosto.

Eu me inclinei para trás… mas não rápido o suficiente. A lâmina cortou uma linha fina na minha testa.

Meg se materializou, gritando de fúria. Ela bloqueou o golpe seguinte da gaulesa e a obrigou a se virar. Lu largou a besta e conjurou a segunda espada, e as duas dimaqueras começaram a lutar com a interpretação dramática de kung-fu das lâminas de um processador de alimentos.

Tropecei, atordoado demais para sentir dor. Eu me perguntei por que tinha chuva quente caindo nos meus olhos. Após secar, olhei para os dedos e me dei conta: *Não, não é chuva*. Chuva não costumava ser vermelha.

As espadas da Meg cintilaram, empurrando a gaulesa enorme para trás. Lu chutou a barriga dela e a jogou longe.

Meus pensamentos estavam lerdos, parecendo abrir caminho por um nevoeiro grudento de choque, mas acabei lembrando que eu tinha um papel naquele drama. O que eu deveria fazer depois de correr e me esconder?

Ah, sim. Eu tinha que empurrar Lu do telhado.

Uma risada subiu pelo meu peito. Eu não conseguia enxergar por causa do sangue nos olhos. Minhas mãos e meus pés pareciam balões de água: estavam moles, quentes e prestes a estourar. Mas, claro, tudo bem. Eu empurraria do telhado uma guerreira enorme lutando com duas espadas.

Cambaleei para a frente.

Lu golpeou com a espada da esquerda, atingindo a coxa da Meg. Minha amiga gritou e tropeçou, mas conseguiu cruzar as espadas a tempo de bloquear o golpe seguinte da gaulesa, que teria partido a cabeça dela ao meio.

Só um segundo. Aquela luta *não podia* ser fingimento. Ira pura iluminava os olhos de Lu.

Ela tinha nos enganado, e Meg estava correndo perigo real.

A fúria cresceu dentro de mim. Uma onda de calor afastou a névoa e me encheu de poder divino. Berrei feito um dos touros sagrados de Poseidon no altar. (E vale ressaltar que aqueles touros não iam facilmente para o abate.) Corri na direção da gaulesa, que se virou com os olhos arregalados, mas não teve tempo de se defender. Eu a segurei pela cintura, levantei-a acima da cabeça sem qualquer esforço, como se ela fosse uma bola de pilates e a joguei pela lateral do prédio.

Eu exagerei. Em vez de cair na viela, ela voou por cima dos telhados do quarteirão ao lado e desapareceu. Meio segundo depois, um *clic* metálico distante ecoou no cânion da Primeira Avenida, seguido do *ué-ué-ué* furioso do alarme de um carro.

Minha força evaporou. Tremi e caí de joelhos, o sangue escorrendo pelo rosto.

Meg cambaleou até mim. Sua legging branca nova estava encharcada por causa do ferimento na coxa.

— Sua cabeça — murmurou ela.

— Eu sei. Sua perna.

Ela mexeu no cinto de jardinagem até encontrar dois rolos de gaze. Fizemos o melhor que deu para mumificarmos um ao outro e estancar o sangramento. Os dedos da Meg estavam tremendo. Havia lágrimas nos olhos dela.

— Me desculpe — falei para ela. — Eu não pretendia jogar Lu tão longe. Eu só... Achei que ela estivesse tentando mesmo te matar.

Meg olhou na direção da Primeira Avenida.

— Tudo bem. Ela é forte. Ela... deve estar bem.

— Mas...

— Não temos tempo para conversar. Venha.

Meg me segurou pela cintura e me puxou. Conseguimos voltar para dentro do prédio e descer pelo andaime e pelas escadas até sair de lá. Enquanto mancávamos em direção ao cruzamento mais próximo, meus batimentos variavam irregularmente, feito uma truta no chão de um barco. (Argh. Eu estava com Poseidon na cabeça agora.)

Imaginei uma caravana de carros pretos brilhantes cheios de germânicos vindo na nossa direção, cercando o local onde estávamos para nos capturar. Se Nero tinha mesmo visto o que aconteceu no telhado, era só questão de tempo. Nós demos um show e tanto. Ele ia querer autógrafos e, em seguida, nossa cabeça numa bandeja de prata.

Na esquina da Oitenta e Um com a Primeira Avenida, eu observei o tráfego. Ainda não havia sinal dos germânicos. Nada de monstros. Nem policiais ou civis gritando que tinham testemunhado uma guerreira gaulesa cair do céu.

— E agora? — perguntei, torcendo para Meg ter uma resposta.

De um dos bolsos do cinto, Meg tirou o que Lu tinha lhe dado: uma moeda romana dourada brilhante. Apesar de tudo que havíamos passado, detectei um brilho de empolgação nos olhos da minha jovem amiga.

— Agora eu conjuro um meio de transporte — disse ela.

Com uma sensação gelada de medo, entendi o que ela estava falando. Percebi por que Luguselwa lhe dera aquela moeda, e parte de mim desejou ter jogado a gaulesa alguns quarteirões mais longe.

— Ah, não — supliquei. — Você não pode estar falando delas. Elas, não!

— Elas são ótimas — insistiu Meg.

— Não, elas *não* são ótimas! São horríveis!

— Talvez seja melhor não dizer isso na cara delas — recomendou Meg, jogando a moeda na rua e gritando em latim: — *Pare, ó Carruagem da Danação!*

7
Como chegou aqui,
Carruagem da Danação?
Não uso seu app

PODE ME CHAMAR de supersticioso. Se for para chamar uma carruagem, melhor pelo menos tentar uma que não tenha *danação* no nome.

A moeda de Meg caiu no chão e desapareceu na hora. No mesmo instante, uma seção do asfalto do tamanho de um carro se liquefez em uma poça fervente de sangue e piche. (Pelo menos, foi o que pareceu. Não experimentei os ingredientes.)

Um táxi surgiu da gosma feito um submarino subindo à superfície. Era parecido com qualquer táxi de Nova York, só que cinza em vez de amarelo: cor de poeira, de uma lápide, ou provavelmente da minha cara naquele momento. Na porta, tinham sido pintadas as palavras IRMÃS CINZENTAS. Dentro, sentadas lado a lado no comprido banco da frente, estavam as três velhas (perdão, três *distintas senhoras de idade avançada*) em pessoa.

A janela do lado do passageiro foi aberta. A irmã que estava mais próxima botou a cabeça para fora e grunhiu:

— Passagem? Passagem?

Ela era tão linda quanto eu lembrava: um rosto que parecia uma máscara de borracha de Halloween, crateras fundas no lugar dos olhos e um xale de fios de teia sobre o cabelo branco crespo.

— Oi, Tempestade. — Suspirei. — Quanto tempo.

Ela inclinou a cabeça.

— Quem é? Não reconheço sua voz. Passagem ou não? Temos outras viagens!

— Sou eu — falei com tristeza. — O deus Apolo.

Tempestade farejou no ar. Estalou os lábios e passou a língua pelo único dente amarelo que possuía.

— Você não fala como o Apolo. Não tem o cheiro do Apolo. Deixe eu te morder.

— Hã, não — falei. — Você vai ter que acreditar na minha palavra. Nós precisamos...

— Espera. — Meg me olhou, impressionada. — Você *conhece* as Irmãs Cinzentas?

Ela falou como se eu estivesse escondendo essa informação... como se eu conhecesse as três integrantes e fundadoras do grupo Bananarama e ainda não tivesse arranjado autógrafos para Meg. (Minha história com o Bananarama, como eu as apresentei para Vênus e inspirei o cover delas daquela música que foi número um, fica para outra hora.)

— Sim, Meg — falei. — Eu sou um deus. Conheço as pessoas.

Tempestade grunhiu.

— Você não tem cheiro de deus nenhum. — Ela gritou com a irmã da esquerda: — Vespa, dê uma olhada. Quem é esse cara?

A irmã do meio foi até a janela. Ela era quase idêntica a Tempestade; para diferenciá-las, era preciso conhecê-las há alguns milênios, e eu, infelizmente, conhecia. Mas hoje ela estava com o único olho comunitário do trio: uma esfera gosmenta e esbranquiçada que me espiou do fundo da órbita esquerda.

Por mais incomodado que eu estivesse em vê-la de novo, fiquei ainda mais incomodado porque, pelo processo de eliminação, a terceira irmã, Ira, só podia ser quem estava dirigindo o táxi. Ira ao volante nunca era algo bom.

— É um garoto mortal, com um lenço encharcado de sangue na cabeça — declarou Vespa depois de me observar. — Nada interessante. Não é um deus.

— Que coisa insensível de se dizer — falei. — *Sou* eu. Apolo.

Meg ergueu as mãos.

— E isso importa? Paguei com uma moeda. A gente pode entrar, por favor?

Vocês podem achar que Meg tinha razão. Por que eu queria tanto revelar minha identidade? A questão é que as Irmãs Cinzentas não aceitavam mortais comuns no táxi. Além do mais, considerando meu histórico com elas, eu achava melhor ser honesto em vez de correr o risco de que elas me desmascarassem na metade do caminho e me jogassem para fora do veículo em movimento.

— Moças — falei, usando o termo de forma bem flexível —, posso não parecer Apolo, mas garanto que sou eu preso neste corpo mortal. Caso contrário, como eu saberia tanto sobre vocês?

— Tipo o quê? — perguntou Tempestade.

— Seu sabor favorito de néctar é creme de caramelo — falei. — Seu Beatle favorito é o Ringo. Por séculos, vocês três foram gamadinhas no Ganimedes, mas agora gostam...

— É o Apolo! — gritou Vespa.

— Definitivamente! — berrou Tempestade. — Que irritante! Sabe das coisas!

— Se vocês me deixarem entrar — falei —, eu calo a boca.

Não era uma proposta que eu fazia com muita frequência.

A tranca da porta de trás se abriu. Eu a segurei para Meg entrar. Ela sorriu.

— De quem elas gostam agora?

Mexi os lábios: *Depois eu conto*.

Lá dentro, prendemos o cinto de segurança de corrente preta. O banco era tão confortável quanto um pufe com talheres como enchimento.

Ao volante, a terceira irmã, Ira, resmungou:

— Para onde?

— Acamp... — falei.

Ira meteu o pé no acelerador. Minha cabeça bateu no encosto e Manhattan virou uma mancha em alta velocidade. Eu esperava que Ira tivesse entendido que eu estava falando do Acampamento *Meio-Sangue*, senão poderíamos parar no Acampamento Júpiter, em Camp David ou em Campobello, Nova Brunswick, embora eu desconfiasse que estivesse fora do perímetro coberto pelo serviço das Irmãs Cinzentas.

O monitor de televisão do táxi ganhou vida. Uma orquestra e um som de risadas gravadas saíram do alto-falante.

— Toda noite, às onze! — disse um apresentador. — É... a *Madrugada com Tália!*

Apertei o botão de desligar o mais rápido que consegui.

— Eu gosto dos comerciais — reclamou Meg.

— Vão apodrecer seu cérebro — falei.

Na verdade, *Madrugada com Tália* já tinha sido meu programa favorito. Tália (a Musa da comédia, não minha amiga semideusa Thalia Grace) tinha me chamado dezenas de vezes como convidado musical. Eu já me sentei no sofá dela, nós contamos piadas, eu participei de jogos bobos como Pulverize Aquela Cidade! e Trote da Profecia. Agora, porém, eu não queria mais nada que me lembrasse minha antiga vida divina.

Não que eu sentisse falta. Eu estava... Sim, vou dizer. Eu estava *constrangido* pelas coisas que costumava considerar importantes. Avaliações. Adoradores. A ascensão e queda das civilizações que mais gostavam de mim. O que eram essas coisas em comparação a manter meus amigos em segurança? Nova York *não* podia ser incendiada. A pequena Estelle Blofis precisava crescer livre para rir e dominar o planeta. Nero tinha que pagar. Eu não podia ter ficado quase sem rosto naquela manhã e jogado Luguselwa num carro estacionado a dois quarteirões de distância por nada.

Meg não pareceu abalada pelo meu humor sombrio nem pela perna machucada.

Privada dos comerciais, ela se recostou no banco e observou o borrão da paisagem pela janela: o East River e depois o Queens passando numa velocidade que os passageiros mortais só podiam imaginar... o que, para falar a verdade, era qualquer coisa acima de quinze quilômetros por hora. Ira guiava, completamente cega, enquanto Vespa ocasionalmente corrigia a direção.

— Esquerda. Freia. Esquerda. Não, a outra esquerda!

— Que legal — disse Meg. — Adoro esse táxi.

Franzi a testa.

— Você pega o táxi das Irmãs Cinzentas com frequência?

Meu tom foi o mesmo de alguém que dissesse *Você gosta de fazer dever de casa?*

— Era um prêmio especial — disse Meg. — Quando Lu decidia que eu tinha treinado bem, a gente dava uma volta.

Tentei entender o conceito desse meio de transporte como prêmio. A casa do imperador era mesmo um lugar terrível e cruel.

— A garota tem bom gosto! — exclamou Vespa. — Nós *somos* o melhor serviço de transporte de Nova York! Não confiem nesses aplicativos com carros particulares! A maioria é de harpias não licenciadas.

— Harpias! — gritou Tempestade.

— Roubando nosso negócio! — concordou Ira.

Tive uma visão momentânea da nossa amiga Ella por trás do volante de um carro. Isso quase me deixou feliz por estar dentro daquele táxi. Quase.

— E nós melhoramos nosso serviço também! — gabou-se Tempestade.

Eu me obriguei a me concentrar naquela cratera ocular.

— Como?

— Agora temos um aplicativo! — disse ela. — Não precisa mais nos chamar com moedas de ouro!

Ela apontou para um papel na divisória de acrílico. Pelo visto, agora eu podia conectar minha arma mágica favorita ao táxi delas e pagar por dracma virtual usando algo chamado APP CINZENTO.

Tremi ao pensar no que a Flecha de Dodona poderia fazer se eu a permitisse comprar on-line. Se um dia eu voltasse ao Olimpo, encontraria minhas contas congeladas e meu palácio em execução hipotecária porque a flecha tinha comprado todas as obras de Shakespeare disponíveis no mundo.

— Dinheiro vivo está bom — falei.

Vespa resmungou com Ira.

— Você e suas previsões. Falei que o aplicativo era uma ideia idiota.

— Parar para Apolo foi mais idiota ainda — resmungou ela. — Essa previsão foi *sua*.

— Vocês duas são idiotas — disse Tempestade com rispidez. — Essa é a *minha* previsão!

O motivo para eu não gostar das Irmãs Cinzentas havia tanto tempo estava começando a voltar à minha memória. Não era só por elas serem feias, grosseiras, nojentas e terem cheiro de túmulo podre. Nem o fato de as três compartilharem um olho, um dente e zero habilidade social. Não era nem o trabalho péssimo que elas faziam de esconder as paixonites que tinham pelas celebridades. Nos tempos da Grécia Antiga, elas foram gamadas em mim, o que foi incômodo, mas pelo menos compreensível. Mas, se é que dá para acreditar, elas me superaram. Nos últimos séculos, foram do Fã-Clube de Ganimedes. As postagens no Instadeus sobre a beleza dele ficaram tão irritantes que precisei deixar um comentário mordaz. Sabem aquele meme carinhoso que ficou famoso, "Gaynimedes"? Fui eu que criei. No caso do Ganimedes, nem era novidade.

Atualmente, elas decidiram que seu crush coletivo era Deimos, o deus do medo, o que não fazia sentido nenhum romanticamente. É verdade que ele é saradinho e tem olhos bonitos, mas...

Espera. Do que eu estava falando mesmo?

Ah, é. A maior rusga entre as Irmã Cinzentas e mim era pura inveja profissional. Eu era um deus da profecia. As Irmãs Cinzentas também revelavam o futuro, mas não estavam sob meu guarda-chuva corporativo. Elas não me pagavam impostos, royalties, nada. Elas obtinham sabedoria de... Na verdade, eu não sabia. Segundo os boatos, elas nasceram dos deuses primitivos do mar, criados de espirais de espuma e sujeira, portanto tinham acesso a informações e profecias que eram levadas pelas marés. Fosse qual fosse o caso, eu não gostava da invasão ao meu território, e, por um motivo inexplicável, elas também não gostavam de mim.

As previsões delas... Calma aí. Fiz uma recapitulação mental.

— Vocês disseram alguma coisa sobre *preverem* que iam me pegar?

— Rá! — disse Tempestade. — Claro que você ia querer saber!

Ira riu.

— Até parece que a gente compartilharia esses versinhos heterométricos que temos para você...

— Cala a boca, Ira! — Vespa deu um tapa na irmã. — Ele ainda não perguntou!

Meg se animou.

— Vocês têm um verso hétero para Apolo?

Falei um palavrão baixinho. Percebi para onde aquela conversa estava indo. As Três Irmãs adoravam bancar as modestas com seus augúrios. Gostavam de fazer os passageiros suplicarem para descobrir o que elas sabiam sobre o futuro. Mas, na verdade, as velhas grisalhas e enrugadas estavam doidas para contar.

No passado, toda vez que concordei em ouvir essa poesia profética delas, acabou sendo uma previsão do que eu almoçaria ou uma opinião de especialista sobre com qual deus olimpiano eu mais me parecia. (Dica: nunca era Apolo.) Depois, elas me perturbavam para saber minha opinião sobre a poesia delas e pediam para eu compartilhar seu trabalho com meu agente literário. Aff.

Eu não sabia o que elas podiam ter para mim daquela vez, mas não lhes daria a satisfação de perguntar. Eu já tinha muitos versos proféticos *de verdade* com que me preocupar.

— Versos heterométricos — expliquei para Meg — são versos irregulares de poesia. Com essas três, isso é redundância, já que tudo que elas fazem é irregular.

— Então a gente não vai contar! — ameaçou Vespa.

— A gente nunca vai contar! — concordou Ira.

— Eu não perguntei — retruquei, áspero.

— Eu quero saber dos héteros — disse Meg.

— Não quer, não — garanti a ela.

Do lado de fora, o Queens se transformou num borrão do subúrbio de Long Island. No banco da frente, as Irmãs Cinzentas praticamente tremiam de expectativa para contar o que sabiam.

— Palavras muito importantes! — disse Vespa. — Mas que você nunca vai ouvir!

— Tudo bem — concordei.

— Você não pode nos obrigar! — afirmou Tempestade. — Embora seu destino dependa disso!

Uma sombra de dúvida surgiu na minha cabeça. Seria possível...? Não, claro que não. Se eu caísse nos truques delas, era provável que acabasse ouvindo a opinião das Irmãs Cinzentas sobre a melhor base para meu tom de pele.

— Não vou cair nessa — disparei.

— Não vamos insistir! — gritou Vespa. — São importantes demais esses versos! Nós só contaríamos se você nos ameaçasse com coisas terríveis!

— Não vou recorrer a ameaças...

— Ele está nos ameaçando! — acusou Tempestade.

Ela bateu nas costas de Vespa com tanta força que o olho comunitário pulou da órbita. Vespa o pegou e, com uma movimentação terrível, jogou-o de propósito por cima do ombro no meu colo.

Eu gritei. As irmãs também gritaram. Ira, agora sem orientação, fez o táxi ziguezaguear, e meu estômago ficou embrulhado.

— Ele roubou seu olho! — gritou Tempestade. — A gente não consegue ver!

— Não fiz nada disso! — gritei. — É nojento!

Meg berrou de alegria:

— ISSO É TÃO LEGAL!

— Tire isso daqui!

Eu me remexi na esperança de que o olho rolasse para longe, mas ele permaneceu teimosamente no meu colo, me olhando com a expressão acusadora de um bagre morto. Meg não ajudou. Ela não queria fazer nada que interferisse na alegria de morrermos no acidente de um carro mais rápido do que a velocidade da luz.

— Ele vai esmagar nosso olho — gritou Ira — se a gente não recitar nossos versos!

— Não vou! — retruquei.

— Nós todas vamos morrer! — disse Vespa. — Ele é maluco!

— NÃO SOU!

— Tudo bem, você venceu! — uivou Tempestade. Ela se empertigou toda, como se estivesse se apresentando, e recitou:. — *Fios vermelhos revelam o caminho até então desconhecido!*

Ira se manifestou:

— *Que trará destruição, com um leão por serpente envolvido*

Vespa concluiu:

— *Do contrário o* princeps *jamais será destituído!*

Meg aplaudiu.

Olhei para as Irmãs Cinzentas sem acreditar.

— Não foram versos heterométricos! Foi uma *terza rima*! Vocês nos deram a estrofe seguinte da nossa profecia!

— Bom, isso é tudo que a gente tem para você! — disse Ira. — Agora, me dê o olho, rápido! Estamos quase no acampamento.

O pânico superou meu choque. Se Ira não conseguisse parar no nosso destino, nós aceleraríamos além do ponto sem volta e nos vaporizaríamos em uma mancha colorida de plasma por toda Long Island.

E isso *ainda* parecia melhor do que tocar no olho no meu colo.

— Meg! Tem um lenço de papel?

Ela riu com deboche.

— Que banana.

Ela pegou o olho e o jogou para Ira, que o enfiou na órbita. Piscou para a rua, gritou "CREDO!" e enfiou o pé no freio com tanta força que meu queixo bateu no peito.

Quando a fumaça se dissipou, vi que tínhamos parado numa estrada antiga do interior perto do acampamento. À nossa esquerda havia a Colina Meio-Sangue, com um único pinheiro grandioso no topo, o Velocino de Ouro cintilando no galho mais baixo. Enrolado na base da árvore estava Peleu, o dragão. Ao lado do dragão, coçando casualmente as orelhas, estava um antigo amigo e rival: Dioniso, o deus de fazer coisas para irritar Apolo.

8

Eu sou o sr. A
Vim consertar a privada
E desmaiar, claro

TALVEZ O ÚLTIMO comentário tenha sido injusto.

Dioniso era deus de outras coisas, como do vinho, da loucura, das festas pós-cerimônia do Oscar e de certos tipos de vegetação. Mas, para mim, ele sempre seria o irmãozinho irritante que me seguia para todo lado, tentando chamar minha atenção imitando tudo que eu fazia.

Sabe como é. Imagine que você é um deus. Seu irmãozinho perturba o pai para torná-lo deus também, apesar de deus ser uma coisa *sua*. Você tem uma carruagem legal puxada por cavalos de fogo. Seu irmãozinho quer uma carruagem puxada por leopardos. Você destrói os exércitos gregos em Troia. Seu irmãozinho decide invadir a Índia. Típico.

Dioniso estava no alto da colina, como se estivesse nos esperando. Sendo um deus, talvez estivesse mesmo. A camisa de botão com estampa de leopardo combinava bem com o Velocino de Ouro no galho acima dele. Já a calça malva, não. Nos velhos tempos, talvez eu fizesse alguma provocação sobre seu gosto duvidoso para roupas. Agora, eu não podia arriscar.

Senti um nó na garganta. Eu já estava enjoado por causa da viagem de táxi e do nosso jogo improvisado de pegar o olho. Minha testa machucada estava latejando. Minha mente girava com os versos novos da profecia que as Irmãs Cinzentas haviam nos dado. Eu não precisava de mais preocupações. Mas ver Dioniso de novo... Isso seria complicado.

Meg bateu a porta do táxi quando saiu.

— Valeu, pessoal! — disse ela para as Irmãs Cinzentas. — Na próxima vez, me contem mais sobre os versos hétero!

Sem nem dizer adeus e sem nenhuma súplica para que eu compartilhasse a poesia delas com meu agente literário, as Irmãs Cinzentas submergiram em uma poça de piche preto e vermelho.

Meg semicerrou os olhos para o cume da colina.

— Quem é aquele cara? Nunca vi.

Pareceu desconfiada, como se ele estivesse invadindo o território dela.

— Aquele — falei — é o deus Dioniso.

Meg franziu a testa.

— Por quê?

Talvez ela quisesse dizer *Por que ele é um deus? Por que ele está de pé lá?* ou *Por que nossa vida é essa?* As três perguntas eram igualmente válidas.

— Não sei — respondi. — Vamos descobrir.

Subindo a colina, contive a vontade de cair no choro ou dar risadas histéricas. Era provável que eu estivesse entrando em choque. Tinha sido um dia difícil e ainda nem era hora do almoço. No entanto, considerando o fato de que estávamos nos aproximando do deus da loucura, eu tinha que pensar na séria possibilidade de eu estar tendo um surto psicótico ou um episódio maníaco.

Eu já me sentia desconectado da realidade. Não conseguia me concentrar. Eu não sabia quem eu era, quem devia ser nem quem queria ser. Estava tendo uma reação emocional por causa das minhas ondas eufóricas de poder divino, das minhas quedas deprimentes de volta à fragilidade mortal e das injeções de adrenalina de tanto pavor. Nesse estado, me aproximar de Dioniso era procurar problemas. Ficar perto dele bastava para intensificar as falhas na psique de qualquer um.

Meg e eu chegamos ao cume. Peleu nos recebeu com uma baforada de vapor das narinas. Meg abraçou o pescoço do dragão, o que não sei se eu recomendaria. Dragões são famosos por *não* gostarem de abraços.

Dioniso me olhou com uma mistura de choque e horror, bem parecido com o jeito como eu me olhava no espelho ultimamente.

— Então é verdade o que nosso pai fez com você — disse ele. — Aquele *glámon* de coração gelado.

Na Grécia Antiga, *glámon* significava algo parecido com *velho imundo*. Com base no histórico romântico de Zeus, duvido que ele considerasse isso um insulto.

Dioniso agarrou meus ombros.

Não me achei capaz de falar.

A aparência dele era a mesma do último meio século: um homem baixo de meia-idade com barriguinha saliente, papada, nariz vermelho e cabelo preto cacheado. O tom violeta das íris era o único indicador de que talvez ele fosse mais do que humano.

Os outros olimpianos nunca compreenderam por que Dioniso escolhia aquela forma se podia ter a aparência que quisesse. Nos tempos antigos, ele foi famoso pela beleza juvenil que desafiava gêneros.

Mas eu entendia. Pelo crime de ir atrás da ninfa errada (tradução: uma que nosso pai queria), Dioniso foi sentenciado a cuidar daquele acampamento por cem anos. A ele, foi negado vinho, sua mais nobre criação, e proibido o acesso ao Olimpo, exceto nos dias em que houvesse reuniões especiais.

Em retaliação, Dioniso decidiu ter a aparência e as ações menos divinas possíveis. Ele parecia uma criança, se recusando a enfiar a camisa dentro da calça, pentear o cabelo e escovar os dentes só para mostrar aos pais que não se importava.

— Pobre Apolo.

Ele me abraçou. Seu cabelo tinha um leve cheiro de chiclete de uva.

Essa exibição inesperada de solidariedade me levou à beira das lágrimas... até Dioniso se afastar, me segurar com os braços esticados e abrir um sorrisinho triunfante.

— *Agora* você entende o tamanho da minha infelicidade — disse ele. — Finalmente alguém foi punido com mais rigidez do que eu!

Assenti e engoli o choro. Ali estava o velho e típico Dioniso que eu conhecia e não exatamente amava.

— Sim. Oi, irmão. Essa é Meg...

— Não me importo.

O olhar de Dioniso permaneceu fixo em mim, emanando alegria.

— Hunf. — Meg cruzou os braços. — Cadê o Quíron? Eu gostava mais dele.

— Quem? — perguntou Dioniso. — Ah, ele. É uma longa história. Vamos para o acampamento, Apolo. Mal posso esperar para exibir você para os semideuses. Está com uma aparência *péssima*!

Pegamos o caminho mais longo pelo acampamento. Dioniso parecia determinado a me exibir para todo mundo.

— Este é o sr. A — disse ele para todos os novatos que encontramos. — Ele é meu assistente. Se vocês tiverem alguma reclamação ou algum problema, tipo vaso entupido, essas coisas, podem falar com ele.

— Será que você pode não fazer isso? — murmurei.

Dioniso sorriu.

— Se sou o sr. D, você pode ser o sr. A.

— O nome dele é Lester — reclamou Meg. — E é *meu* assistente.

Dioniso a ignorou.

— Ah, olhe, outro grupo de calouros! Vamos lá te apresentar.

Minhas pernas estavam bambas. Minha cabeça doía. Eu precisava almoçar, descansar, tomar um antibiótico e arranjar uma nova identidade, não necessariamente nessa ordem. Mas seguimos em frente.

O acampamento estava mais movimentado do que no inverno em que Meg e eu passamos lá. Na época, só havia um grupinho de moradores permanentes. Agora, grupos de semideuses recém-descobertos estavam chegando para o verão, dezenas de jovens atordoados do mundo todo, muitos ainda acompanhados dos sátiros que os tinham localizado. Alguns semideuses, que, evidentemente, lutaram havia pouco tempo com monstros, estavam ainda mais feridos do que eu, e acho que foi por isso que Meg e eu não atraímos mais olhares.

Seguimos pelo campo central do acampamento. Nas beiradas, a maior parte dos vinte chalés vibrava de atividade. Havia conselheiros-chefes parados nas portas, recebendo os novos membros ou dando instruções. No chalé de Hermes, Julia Feingold parecia sobrecarregada enquanto tentava encontrar alojamento temporário para todos os campistas ainda não assumidos pelos pais divinos. No chalé de Ares, Sherman Yang gritava com qualquer um que chegasse perto demais da construção, avisando para tomarem cuidado com as minas terrestres nos arredores. Se era piada ou não, ninguém parecia ansioso para descobrir. O jovem Harley, do chalé de Hefesto, corria de um lado para outro com um sorriso enorme no rosto, desafiando os novatos em competições de queda de braço.

Do outro lado do campo, vi dois filhos meus, Austin e Kayla. Porém, por mais que eu quisesse falar com ambos, eles estavam concentrados em uma espécie de resolução de conflito entre um grupo de seguranças harpias e um garoto novo que aparentemente tinha feito algo que não agradara as harpias. Ouvi as palavras de Austin:

— Não, vocês não podem simplesmente comer um campista novo. Eles recebem dois avisos primeiro!

Nem Dioniso queria se envolver naquela conversa. Nós seguimos em frente.

Os danos da nossa batalha de inverno contra o Colosso de Nero tinham sido quase todos consertados, mas algumas colunas do pavilhão de refeições ainda estavam quebradas. Entre duas colinas havia um lago novo no formato da pegada de um gigante. Nós passamos pela quadra de vôlei, pela arena das lutas de espadas e pelo campo de morangos, até que Dioniso finalmente teve pena de mim e nos levou para o quartel-general do acampamento.

Em comparação aos templos gregos e anfiteatros do acampamento, a casa vitoriana azul-céu de quatro andares conhecida como Casa Grande era exótica e aconchegante. Os acabamentos brancos brilhavam feito cobertura de bolo. O cata-vento de bronze de águia girava preguiçosamente com a brisa. Na varanda que envolvia toda a casa, apreciando uma limonada à mesa de cartas, estavam Nico di Angelo e Will Solace.

— Pai!

Will deu um pulo. Correu escada abaixo e me abraçou.

Foi nessa hora que perdi o controle. Chorei copiosamente.

Meu lindo filho, com olhos gentis, mãos de curandeiro, postura calorosa como o sol. De alguma forma, ele tinha herdado todas as minhas melhores qualidades e nenhum dos defeitos. Ele me conduziu pela escada e insistiu para que eu me sentasse no lugar dele. Colocou um copo de limonada gelada na minha mão e começou a mexer na minha cabeça machucada.

— Estou bem — murmurei, embora obviamente não estivesse.

O namorado dele, Nico di Angelo, ficou por perto... observando, mantendo-se nas sombras, como os filhos de Hades costumam fazer. Seu cabelo escuro tinha crescido. Ele estava descalço, com uma calça jeans rasgada e uma versão preta da camiseta padrão do acampamento, com um esqueleto de Pégaso na frente acima das palavras CHALÉ 13.

— Meg — disse Nico —, sente-se na minha cadeira. Sua perna está feia.

Ele olhou com desprezo para Dioniso, como se o deus devesse ter arrumado um carrinho de golfe para nos transportar.

— Sim, tudo bem, se sentem. — Dioniso fez um gesto apático na direção da mesa. — Eu estava tentando ensinar a Will e Nico as regras do jogo de pinochle, mas eles são péssimos.

— Ah, pinochle — disse Meg. — Adoro pinochle!

Dioniso estreitou os olhos como se Meg fosse um cachorrinho que tinha começado a citar Emily Dickinson de repente.

— É mesmo? As surpresas não têm fim.

Nico me encarou, os olhos parecendo poças de tinta.

— Então é verdade? Jason...?

— Nico — repreendeu Will. — Agora não é o momento.

Os cubos de gelo balançaram no meu copo. Não consegui falar, mas minha expressão devia ter revelado tudo que Nico precisava saber. Meg ofereceu a mão a ele, que a segurou entre as suas.

Ele não parecia estar com raiva. Parecia ter levado um soco na barriga, não só um, mas muitos ao longo de tantos anos que estava começando a perder a perspectiva do que significava sentir dor. Ele oscilou. Piscou. E se encolheu, soltando a mão de Meg como se tivesse lembrado que o próprio toque era venenoso.

— Eu... — Ele hesitou. — *Scusatemi.*

Então desceu correndo a escada e percorreu o gramado, os pés descalços deixando uma trilha de grama morta.

Will balançou a cabeça.

— Ele só recorre ao italiano quando está *muito* chateado.

— Aquele garoto já recebeu notícias ruins demais — comentou Dioniso, com um tom de solidariedade ressentida.

Eu quis perguntar o que ele queria dizer com "notícias ruins". Quis pedir desculpas por causar mais problemas. Quis explicar todas as formas tremendas e espetaculares pelas quais falhei desde a última vez que estivera no Acampamento Meio-Sangue.

Em vez disso, o copo de limonada caiu da minha mão. E se estilhaçou no chão. Eu tombei para o lado na cadeira enquanto a voz do Will ia se afastando por um túnel comprido e escuro.

— Pai! Pessoal, preciso de ajuda!

Mergulhei na inconsciência.

9

No café servimos
Panqueca e iogurte queimado
E insanidade

PESADELOS?

Claro, por que não?

Sofri uma série de pesadelos tipo Boomerang do Instagram: as mesmas cenas curtas se repetindo sem parar. Luguselwa voando do terraço de um prédio. A anfisbena me olhando atordoada, com duas flechas prendendo seus pescoços na parede. O olho das Irmãs Cinzentas voando para o meu colo e grudando lá como se estivesse coberto de cola.

Tentei canalizar meus sonhos numa direção mais pacífica: minha praia favorita em Fiji, meu antigo dia de festival em Atenas, o show que fiz com Duke Ellington no Cotton Club em 1930. Nada deu certo.

Acabei me vendo na sala do trono de Nero.

O espaço do loft ocupava um andar inteiro da torre. Em todas as direções, paredes de vidro tinham vista das torres de Manhattan. No centro da sala, numa plataforma de mármore, o imperador estava refestelado em uma poltrona extravagante de veludo estilo trono. O pijama de cetim roxo e o roupão com listras de tigre que ele usava deixariam Dioniso com inveja. A coroa de louros de ouro estava torta na cabeça, o que me deu vontade de ajeitar a barba rala que envolvia o queixo dele como uma faixa.

À esquerda dele havia uma fila de jovens; semideuses, supus, membros adotados da família imperial, como Meg tinha sido. Contei onze no total, organizados do mais alto para o mais baixo, as idades variando entre dezoito e oito anos. Eles usavam togas com bordas roxas por cima da variedade de roupas comuns, indicando seu status real. As expressões deles eram um estudo de caso da paternidade abusiva de Nero. Os mais jovens pareciam impressionados, com medo e adoração por um herói. Os que eram um pouco mais velhos pareciam destruídos e traumatizados, com olhares vazios. Os adolescentes exibiam uma variedade de sentimentos, como raiva, ressentimento e autodesprezo, tudo reprimido e cuidadosamente *não* direcionado a Nero. Os adolescentes mais velhos pareciam mini-Neros: sociopatas juniores cínicos, severos e cruéis.

Eu não imaginava Meg McCaffrey naquele grupo. Mas não conseguia parar de pensar onde ela se encaixaria na linha de expressões horrendas.

Dois germânicos entraram na sala do trono carregando uma maca. Nela estava o corpo ferido de Luguselwa. Eles a colocaram aos pés de Nero, e ela soltou um gemido infeliz. Pelo menos, ainda estava viva.

— A caçadora volta de mãos vazias — observou Nero com desprezo. — Vamos ao Plano B, então. Um ultimato de quarenta e oito horas me parece razoável. — Ele se virou para os filhos adotivos. — Lucius, dobre a segurança nos reservatórios. Aemillia, envie os convites. E encomende um bolo. Um bem bonito. Não é todo dia que destruímos uma cidade do tamanho de Nova York.

Meu sonho despencou da torre nas profundezas da terra.

Eu estava numa caverna ampla. Sabia que devia estar em algum lugar embaixo de Delfos, o local do meu oráculo mais famoso, porque os vapores vulcânicos ao meu redor tinham um cheiro único. Eu ouvia minha arqui-inimiga, Píton, em algum lugar da escuridão, arrastando o corpo imenso pelo piso de pedra.

— Você continua não vendo. — A voz era um rugido grave. — Ah, Apolo, que cérebro pequeno e equivocado esse seu. Você corre por aí derrubando as peças, mas nunca olha o tabuleiro inteiro. Algumas horas, no máximo. Vai ser o necessário após o último peão cair. E você vai fazer o trabalho árduo para mim!

A gargalhada dela foi como uma explosão cravada na pedra, feita para destruir uma colina. O medo tomou conta de mim até eu não conseguir mais respirar.

Acordei com a sensação de que tinha passado horas tentando sair de um casulo de pedra. Todos os músculos do meu corpo doíam.

Eu queria poder só *uma* vez acordar renovado depois de um sonho sobre ser embrulhado com emplastros de algas marinhas e de ir à pedicure com as Nove Musas. Ah, como eu sentia falta das nossas décadas de spa! Mas, não. Eu só tinha imperadores desdenhosos e répteis gigantes gargalhando.

Eu me sentei, tonto e com a visão turva. Estava deitado no antigo colchão do meu chalé. O sol entrava pelas janelas... o sol da *manhã*? Eu tinha mesmo dormido tanto assim? Uma coisa quente e peluda roncava e farejava meu travesseiro, aconchegada ao meu lado. A princípio, achei que pudesse ser um pitbull, embora eu tivesse quase certeza de que não tinha um pitbull. Quando a criatura olhou para cima, percebi que era a cabeça sem corpo de um leopardo.

Um nanossegundo depois, eu estava parado do outro lado do chalé, aos berros. Foi o mais perto que cheguei de me teletransportar desde que perdera meus poderes divinos.

— Ah, você acordou!

Meu filho Will saiu do banheiro em uma nuvem de vapor, o cabelo louro pingando e uma toalha enrolada na cintura. No seu peitoral esquerdo havia uma tatuagem estilizada de sol, o que me pareceu desnecessário, como se ele pudesse ser confundido com qualquer coisa que não um filho do deus Sol.

Ele parou quando percebeu o pânico nos meus olhos.

— O que foi?

— *GRR!* — rosnou o leopardo.

— Seymour?

Will foi até o meu colchão e pegou a cabeça de leopardo... que, em algum momento do passado distante, foi empalhada e grudada numa placa, salva de um bazar de garagem por Dioniso, ganhando vida nova. Normalmente, pelo que eu lembrava, Seymour residia acima da lareira na Casa Grande, o que não explicava por que ele estava mastigando meu travesseiro.

— O que você está fazendo aqui? — perguntou Will ao leopardo. E, para mim: — Eu juro que *não* o coloquei na sua cama.

— Eu coloquei.

Dioniso se materializou ao meu lado.

Meus pulmões torturados não aguentaram outro grito, então pulei mais alguns centímetros para trás.

Dioniso abriu seu sorriso de sempre.

— Achei que você ia gostar de companhia. Sempre durmo melhor com um leopardinho de pelúcia.

— Que gentileza. — Eu me esforcei ao máximo para lançar adagas com meu olhar mortal dirigido a ele. — Mas prefiro dormir sozinho.

— Como desejar. Seymour, de volta à Casa Grande.

Dioniso estalou os dedos, e o leopardo sumiu das mãos do Will.

— Bom, então... — Dioniso me observou. — Está se sentindo melhor depois de dezenove horas de sono?

Percebi que estava só de cueca. Devido à minha forma pálida e torta de mortal, coberta de hematomas e cicatrizes, eu parecia menos ainda um deus e mais uma minhoca arrancada do solo com um graveto.

— Estou me sentindo ótimo — resmunguei.

— Excelente! Will, deixe-o apresentável. Vejo vocês dois no café da manhã.

— Café da manhã...? — falei, atordoado.

— É — respondeu Dioniso. — É a refeição que tem panqueca. Eu amo panqueca.

Ele desapareceu em uma nuvem de purpurina com cheiro de uva.

— Que exibido — murmurei.

Will riu.

— Você mudou mesmo.

— Eu queria que as pessoas parassem de falar isso.

— É uma coisa boa.

Olhei de novo para meu corpo ferido.

— Se você diz... Tem alguma roupa ou quem sabe um saco de farinha que eu possa pegar emprestado?

Tudo que você precisa saber sobre Will Solace se resume a isto: ele tinha roupas esperando por mim. Na sua última ida à cidade, ele foi comprar coisas que especificamente coubessem em mim.

— Imaginei que você fosse acabar voltando ao acampamento — disse ele. — Era o que eu esperava, pelo menos. Queria que você se sentisse à vontade.

Isso bastou para eu começar a chorar de novo. Deuses, eu era um desastre emocional. Will não tinha herdado esse jeito atencioso de mim. Isso vinha da mãe dele, Naomi, e seu coração puro e gentil.

Pensei em abraçar Will, mas como estávamos vestindo cueca e toalha, respectivamente, me pareceu um pouco inadequado. Ele então me deu um tapinha no ombro.

— Vá tomar banho — aconselhou ele. — Os outros saíram para uma caminhada matinal — ele indicou as camas vazias —, mas vão voltar daqui a pouco. Eu te espero.

Depois que tomei banho e me vesti (com uma calça jeans nova e uma camiseta de gola V verde-oliva, as duas peças do tamanho perfeito), Will refez o curativo na minha cabeça. Ele me deu aspirina para todas as minhas dores. Eu estava quase começando a me sentir humano de novo (de um jeito bom), quando o sopro de uma concha soou ao longe, convocando o acampamento para o café da manhã.

Quando estávamos saindo do chalé, encontramos Kayla e Austin voltando da caminhada seguidos por três campistas novos. Mais lágrimas e abraços foram trocados.

— Você cresceu! — Kayla segurou meus ombros com as mãos fortes de arqueira. A luz do sol de junho deu mais destaque às sardas dela. As pontas pintadas de verde do seu cabelo laranja me fizeram pensar nas abóboras do Halloween. — Você está cinco centímetros mais alto, pelo menos! Não está, Austin?

— Definitivamente — concordou ele.

Como músico de jazz, Austin era sempre tranquilo e relaxado, mas ele abriu um sorriso sereno, como se eu tivesse acertado com perfeição um solo digno de Ornette Coleman. A camiseta laranja sem mangas do acampamento exibia seus braços negros. As trancinhas estavam em espirais, feito círculos alienígenas em plantações.

— Mas não é só a altura — concluiu ele. — É o seu porte...

Um dos garotos atrás dele pigarreou.

— Ah, é. Desculpe, pessoal! — Austin chegou para o lado. — Temos três campistas novos este ano, pai. Tenho certeza de que você se lembra dos seus filhos Gracie, Jerry e Yan... Pessoal, este é Apolo!

Austin os apresentou casualmente, tipo *Sei que você não faz ideia de quem são esses três adolescentes que você gerou e esqueceu uns doze ou treze anos atrás, mas não se preocupe, pai, deixa comigo.*

Jerry era de Londres, Gracie, de Idaho, e Yan, de Hong Kong. (Quando é que eu fui a Hong Kong?) Todos os três pareceram atordoados em me conhecer, só que mais de um jeito *isso só pode ser piada* e não de um jeito *ah, que legal*. Murmurei alguns pedidos de desculpas por ser um péssimo pai. Os recém-chegados se entreolharam e aparentemente decidiram com um acordo silencioso me resgatar da minha infelicidade.

— Estou morrendo de fome — disse Jerry.

— Eu também — afirmou Gracie. — Pavilhão de refeições!

E fomos andando como uma família superesquisita.

Os campistas dos outros chalés também estavam seguindo na direção do pavilhão de refeições. Vi Meg na metade da colina, toda animada conversando com um irmão do chalé de Deméter. Ao lado dela estava Pêssego, o companheiro espírito da árvore frutífera. O sujeitinho de fralda parecia bem feliz e alternava entre bater as asas de folhas e segurar a perna da Meg para chamar a atenção dela. Nós não víamos Pêssego desde o Kentucky, pois ele só costumava aparecer em ambientes naturais ou quando Meg tinha um problemão. Ou quando o café da manhã estava prestes a ser servido.

Meg e eu estávamos juntos havia tanto tempo, e normalmente éramos só nós dois, que senti uma pontada no coração ao vê-la andando com um grupo diferente de amigos. Ela parecia muito feliz sem mim. Se eu voltasse ao Monte Olimpo algum dia, me perguntei se ela decidiria ficar no Acampamento Meio-Sangue. Também me questionei por que essa ideia me deixava tão triste.

Depois dos horrores que sofreu no Lar Imperial de Nero, ela merecia um pouco de paz.

Isso me fez pensar no meu sonho com Luguselwa maltratada e ferida em uma maca na frente do trono de Nero. Talvez eu tivesse mais em comum com a gaulesa do que queria admitir. Meg precisava de uma família melhor, de um lar melhor do que eu *ou* Lu poderíamos oferecer. Mas isso não facilitava a perspectiva de me desapegar dela.

Na nossa frente, um garoto de uns nove anos saiu do chalé de Ares. O elmo tinha engolido sua cabeça. Ele correu para alcançar os companheiros de chalé com a ponta da espada riscando a terra atrás.

— Os novatos parecem tão novos — murmurou Will. — Eu já fui novo assim?

Kayla e Austin assentiram.

— Nós, os novatos, estamos bem *aqui* — resmungou Yan.

Eu queria dizer que *todos* eles eram muito novos. Que o tempo de vida deles era um piscar de olhos em comparação aos meus quatro milênios. Eu devia estar enrolando todos eles em cobertores quentes e dando biscoitos em vez de esperar que fossem heróis, que matassem monstros e comprassem roupas para mim.

Por outro lado, Aquiles não tinha nem começado a se barbear ainda quando partiu para a Guerra de Troia. Eu vi tantos jovens heróis marcharem bravamente para a morte ao longo dos séculos... Só de pensar eu me sentia mais velho do que o mordedor do bebê Cronos.

Depois das refeições relativamente ordenadas da Décima Segunda Legião no Acampamento Júpiter, o café da manhã no pavilhão de refeições foi um choque. Conselheiros tentavam explicar as regras de organização dos lugares enquanto campistas antigos tentavam se sentar ao lado dos amigos e os novatos tentavam não se matarem nem matarem os outros com as armas novas. As dríades andavam entre todo mundo com travessas de comida, os sátiros iam atrás delas roubando pedaços. Trepadeiras de madressilva floresciam nas colunas gregas e perfumavam o ar.

Na fogueira dos sacrifícios, os semideuses se revezavam jogando partes da refeição nas chamas como oferendas aos deuses: cereais, bacon, torrada, iogurte. (Iogurte?) Uma pluma de fumaça subia aos céus. Como antigo deus, eu apreciava a intenção, mas também me perguntava se o cheiro de iogurte queimado compensava a poluição.

Will me ofereceu um lugar ao lado dele e me passou um cálice de suco de laranja.

— Obrigado — falei. — Mas onde está, hã...?

Procurei Nico di Angelo pela multidão, lembrando que ele costumava se sentar à mesa de Will, ignorando as regras dos chalés.

— Ali — disse Will, aparentemente adivinhando meus pensamentos.

O filho de Hades tinha se sentado ao lado de Dioniso à mesa principal. O prato do deus estava lotado de panquecas. O de Nico estava vazio. Eles pareciam um par estranho, sentados juntos, mas estavam absortos numa conversa profunda e séria. Dioniso raramente tolerava semideuses à sua mesa. Se estava dando tanta atenção a Nico, devia ter alguma coisa muito errada.

Lembrei o que o sr. D disse no dia anterior, antes de eu desmaiar.

— "Aquele garoto já recebeu notícias ruins demais" — repeti e olhei para Will com a testa franzida. — O que isso quer dizer?

— É complicado. — disse Will, tirando o papel ao redor de seu muffin. — Nico pressentiu a morte do Jason semanas atrás. Isso o deixou furioso.

— Me desculpe...

— Não é culpa sua — garantiu Will. — Quando você chegou, só confirmou o que Nico já sabia. A questão é que... o Nico perdeu a irmã, Bianca, alguns anos atrás. E passou muito tempo com raiva por causa disso. Ele queria ir ao Mundo Inferior buscá-la, uma coisa que... acho que, como filho de Hades, ele *não* deve fazer. Enfim, ele estava começando a aceitar a morte dela, até que soube do Jason, a primeira pessoa que ele considerou um amigo. Isso despertou muitos sentimentos. Nico já viajou para as partes mais profundas do Mundo Inferior, já foi até ao Tártaro. O fato de ter voltado inteiro é um milagre.

— E com a sanidade intacta — concordei. Mas olhei de novo para Dioniso, o deus da loucura, que parecia estar aconselhando Nico. — Ah...

— Pois é — concordou Will, a testa franzida de preocupação. — Eles têm feito a maioria das refeições juntos, só que Nico não come mais quase nada ultimamente. Ele está tendo... acho que dá para chamar de transtorno de estresse pós-traumático. Tem flashbacks. Sonha acordado. Dioniso está tentando ajudá-lo a entender isso tudo. A pior parte são as vozes.

Uma dríade colocou um prato de *huevos rancheiros* na minha frente e quase me matou de susto. Ela deu um sorrisinho e saiu andando, com uma expressão bem satisfeita.

— Vozes? — perguntei.

Will ergueu a palma das mãos.

— Nico não me conta muita coisa. Só que... alguém no Tártaro fica chamando o nome dele. Alguém precisa da ajuda dele. Quase não consegui impedir que ele fosse para o Mundo Inferior sozinho. Então eu falei: converse com Dioniso primeiro. Entenda o que é real e o que não é. Depois, se tiver que ir... nós vamos juntos.

Um filete de suor frio desceu pelas minhas costas. Eu não conseguia imaginar Will no Mundo Inferior, um lugar sem sol, sem cura, sem gentileza.

— Espero que não chegue a esse ponto — falei.

Will assentiu.

— Talvez, se a gente puder derrubar Nero... talvez isso dê outra coisa para ocupar a cabeça de Nico por um tempo, supondo que possamos ajudar.

Kayla estava ouvindo em silêncio, até que se inclinou para perto.

— Pois é, Meg estava nos contando sobre essa profecia que você ouviu. A torre de Nero e tal. Se houver uma batalha, estamos dentro.

Austin balançou uma salsicha na minha direção.

— Isso aí.

A disposição deles de me ajudar me comoveu. Se eu tivesse que ir para uma guerra, ia querer o arco de Kayla ao meu lado. A capacidade de cura de Will poderia me manter vivo, apesar dos meus esforços para acabar sendo morto. Austin poderia apavorar nossos inimigos com riffs de acordes diminutos no saxofone.

Por outro lado, lembrei-me do aviso de Luguselwa sobre Nero estar preparado. Ele *queria* que nós atacássemos. Um ataque direto seria suicídio. Eu não deixaria meus filhos se machucarem, mesmo que minha opção fosse confiar no plano maluco de Lu e me entregar ao imperador.

Um ultimato de quarenta e oito horas, dissera Nero no meu sonho. Depois disso, ele botaria fogo em Nova York.

Deuses, por que não havia uma opção C nessa prova de múltipla escolha?

Clic, clic, clic.

Dioniso se levantou na mesa principal, um copo e uma colher nas mãos. O pavilhão de refeições fez silêncio. Semideuses se viraram e esperaram os anúncios da manhã. Lembrei que Quíron tinha muito mais dificuldade para obter a atenção de todo mundo. Por outro lado, faltava a Quíron o poder de transformar todos os presentes em cachos de uvas.

— Sr. A e Will Solace, apresentem-se à mesa principal — ordenou Dioniso.

Os campistas esperaram por mais.

— Isso é tudo — disse o sr. D. — Francamente, preciso dizer como se come café da manhã? Continuem!

Os campistas voltaram ao caos feliz. Will e eu pegamos nossos pratos.

— Boa sorte — disse Kayla. — Tenho a impressão de que vocês vão precisar.

Fomos nos juntar a Dioniso e Nico na mesa principal das panquecas.

10

Ok, huevos rancheiros
Não vão bem com profecia
Nem felicidade

DIONISO NÃO CHAMOU Meg, mas ela se juntou a nós mesmo assim.

Sentou-se ao meu lado com o prato de panquecas e estalou os dedos para Dioniso.

— Passa a calda.

Temi que o sr. D a transformasse numa traseira empalhada para Seymour, mas ele fez o que ela pediu. Acho que não queria transformar a única outra pessoa no acampamento que gostava de jogar pinochle.

Pêssego ficou na mesa de Deméter, onde todos os campistas babavam nele. E isso foi bom, porque deuses da uva e espíritos do pêssego não se misturam.

Will se sentou ao lado de Nico e botou uma maçã no prato vazio dele.

— Coma alguma coisa.

— Hunf — disse Nico, mas se inclinou de leve na direção de Will.

— Certo. — Dioniso ergueu um pedaço de papel creme entre os dedos, feito um mágico exibindo uma carta. — Isto chegou para mim ontem à noite por uma mensageira harpia.

Ele o empurrou pela mesa para que eu lesse as letras elegantes.

Nero Cláudio César Augusto Germânico
Deseja ter o prazer da sua companhia
Na queima da

Grande Área Metropolitana de Nova York
Quarenta e oito horas após o recebimento deste convite
EXCETO
Se o antigo deus Apolo, agora conhecido como
Lester Papadopoulos,
Se entregar antes disso à justiça imperial
Na torre de Nero.
NESSE CASO,
Só vai ter bolo.
PRESENTES:
Só os caros, por favor.
R.S.V.P.
Nem precisa. Se você não vier, vamos saber.

Empurrei meus *huevos rancheiros* para longe. Meu apetite tinha sumido. Ouvir os planos diabólicos de Nero nos meus pesadelos era uma coisa. Outra bem diferente era vê-los escritos em caligrafia preta com promessa de bolo.

— Quarenta e oito horas a partir de ontem à noite — falei.

— Sim — refletiu Dioniso. — Sempre gostei do Nero. Ele tem estilo.

Meg espetou as panquecas com raiva. Encheu a boca com a delícia fofa e doce, provavelmente para não soltar uns palavrões.

Nico encontrou meu olhar do outro lado da mesa. Seus olhos escuros estavam cheios de raiva e preocupação. No prato dele, a maçã começou a murchar.

Will apertou a mão dele.

— Ei, para.

A expressão de Nico se suavizou um pouco. A maçã interrompeu o processo prematuro de envelhecimento.

— Desculpe. É que... estou cansado de falar de problemas que não posso resolver. Quero ajudar.

Ele falou *ajudar* como se quisesse dizer *fazer picadinho dos meus inimigos*.

Nico di Angelo não era fisicamente imponente como Sherman Yang. Não tinha o ar de autoridade de Reyna Ramírez-Arellano nem a presença de Hazel

Levesque quando partia para a batalha montada em seu cavalo. Mas Nico não era alguém que eu fosse querer como inimigo. *Nunca.*

Ele era enganosamente calado. Parecia anêmico e frágil. Ficava sempre fora dos holofotes. Mas Will estava certo sobre quanto Nico já tinha enfrentado. Ele nasceu na Itália de Mussolini. Sobreviveu a décadas na realidade de tempo distorcido do Cassino Lótus. Emergiu nos tempos modernos desorientado e sofrendo um enorme choque cultural; chegou ao Acampamento Meio-Sangue e logo perdeu a irmã, Bianca, numa missão perigosa. Vagou pelo Labirinto num exílio autoimposto, sendo torturado e sofrendo lavagem cerebral por um fantasma maligno. Superou a desconfiança de todos e saiu da Batalha de Manhattan como herói. Foi capturado por gigantes durante a ascensão de Gaia. Vagou pelo Tártaro sozinho e conseguiu sair vivo. E, durante tudo isso, lutou contra sua criação de homem italiano católico conservador dos anos 1930 e finalmente aprendeu a se aceitar como um jovem gay.

Qualquer um capaz de sobreviver a isso tinha mais resiliência do que ferro estígio.

— Nós precisamos da sua ajuda, sim — garanti. — Meg contou sobre os versos proféticos?

— Meg contou ao Will — disse Nico. — Will me contou. *Terza rima.* Como a do Dante. Nós tivemos que estudar o trabalho dele na escola, na Itália. Mas preciso confessar que nunca imaginei que seria útil.

Will mexeu no bolinho.

— Só para ver se eu entendi... Você conseguiu a primeira estrofe no sovaco de um ciclope, a segunda com uma cobra de duas cabeças e a terceira de três velhas que dirigem um táxi?

— Não tivemos muita escolha — falei. — Mas, é.

— O poema tem fim? — perguntou Will. — Se o esquema de rimas se entrelaça de estrofe em estrofe, não pode continuar para sempre?

Estremeci.

— Espero que não. Normalmente, a última estrofe incluiria um par de versos de encerramento, mas ainda não ouvimos essa parte.

— O que quer dizer que tem mais estrofes a caminho — apontou Nico.

— Oba.

Meg enfiou mais panqueca na boca.

Dioniso também comeu uma garfada, como se eles estivessem em uma competição para ver quem conseguia comer mais e saborear menos.

— Bom — disse Will com alegria forçada —, vamos discutir as estrofes que temos. Como era? *Na torre de Nero subirão dois somente*? Essa parte é bem óbvia. Deve significar Apolo e Meg, né?

— Nós vamos nos render — anunciou Meg. — Esse é o plano da Luguselwa.

Dioniso riu com deboche.

— Apolo, por favor, me diga que não vai confiar numa gaulesa. Você não ficou *tão* desmiolado, ficou?

— Ei! — disse Meg. — A gente pode confiar na Lu. Ela deixou o Lester jogá-la do telhado.

Dioniso semicerrou os olhos.

— Ela sobreviveu?

Meg pareceu nervosa.

— Quer dizer...

— Sim — interrompi. — Sobreviveu.

Contei a eles o que tinha visto nos meus sonhos: a gaulesa ferida levada até o trono de Nero, o ultimato do imperador, minha descida até as cavernas embaixo de Delfos, onde Píton abençoou meu cérebro limitado.

Dioniso assentiu, pensativo.

— Ah, sim, Píton. Se você sobreviver ao Nero, ainda vai ter *isso* à sua espera.

Não gostei do lembrete. Impedir que um imperador sedento por poder dominasse o mundo e destruísse uma cidade... isso era uma coisa. Píton era uma ameaça mais nebulosa, mais difícil de quantificar, porém potencialmente mil vezes mais perigosa.

Meg e eu tínhamos libertado quatro oráculos das mãos do Triunvirato, mas Delfos continuava firmemente sob o controle de Píton. Isso significava que a fonte principal de profecias no mundo estava aos poucos sendo sufocada, envenenada, manipulada. Nos tempos antigos, Delfos era chamado de *onfalo*, o umbigo do mundo. Se eu não conseguisse derrotar Píton e retomar o oráculo, o destino da humanidade estava em risco. As profecias de Delfos não eram apenas vislumbres do futuro. Elas davam *forma* ao futuro. E ninguém queria um monstro enorme e maligno controlando uma fonte de poder daquelas, decidindo por toda a civilização humana.

Franzi a testa.

— Você sempre pode, ah, sei lá, decidir *ajudar*.

Dioniso deu um risinho debochado.

— Você sabe tão bem quanto eu, Apolo, que missões assim são coisa para semideuses. Quanto a aconselhar, orientar, ajudar... isso é trabalho do Quíron. Ele deve voltar da reunião... ah, amanhã à noite, acho, mas aí já vai ser tarde demais.

Eu queria que ele não tivesse dito *tarde demais*.

— Que reunião? — perguntou Meg.

Dioniso fez pouco caso da pergunta.

— Uma... força-tarefa em conjunto? Foi assim que ele chamou? O mundo costuma ter mais de uma crise ao mesmo tempo. Talvez vocês tenham reparado. Ele disse que tinha uma reunião de emergência com um gato e uma cabeça decepada, o que quer que isso signifique.

— E a gente tem que ficar com você no lugar dele — disse Meg.

— Acredite, criança, eu também preferia não estar aqui com vocês, maravilhosos peraltas. Depois de ter sido tão útil nas guerras contra Cronos e Gaia, eu esperava que Zeus pudesse antecipar minha liberação de servir este lugar infeliz. Mas, como podem ver, ele me mandou de volta para completar meus cem anos. Nosso pai adora mesmo punir os filhos.

Ele abriu aquele sorrisinho de novo, o que significava *pelo menos com você foi pior*.

Eu queria que Quíron estivesse lá, mas não fazia sentido ficar pensando nisso, nem no que o velho centauro poderia estar fazendo na reunião de emergência. Nós já tínhamos muito com o que nos preocupar.

As palavras de Píton ficavam martelando em meu cérebro: *Você nunca olha o tabuleiro inteiro*.

O réptil maligno estava fazendo um jogo dentro de um jogo. Não seria nenhuma grande surpresa se estivesse usando o Triunvirato para seus próprios fins, mas Píton parecia gostar da ideia de que eu pudesse matar seu último aliado, Nero. E depois? *Algumas horas, no máximo. Vai ser o necessário após o último peão cair.*

Eu não fazia ideia do que isso significava. Píton estava certa ao dizer que eu não via o tabuleiro inteiro. Eu não entendia as regras. Só queria jogar as peças longe e gritar *Vou pra casa!*

— Ah, tá. — Meg botou mais calda no prato, numa tentativa de criar o Lago Panqueca. — A questão é que o outro verso diz que nossa vida depende do exército de Nero. Isso significa que podemos confiar na Lu. Vamos nos render antes do prazo final, como ela falou.

Nico inclinou a cabeça.

— Mesmo que vocês se rendam, o que te faz pensar que Nero vai cumprir com sua palavra? Se ele teve o trabalho de reunir fogo grego suficiente para queimar Nova York, por que ele não faria isso de qualquer jeito?

— Ele faria — afirmei. — Definitivamente.

Dioniso pareceu refletir.

— Mas esse fogo não chegaria, digamos, ao Acampamento Meio-Sangue.

— Ah, cara! — disse Will.

— O quê? — perguntou Dioniso. — Só estou encarregado da segurança do acampamento.

— Lu tem um plano — insistiu Meg. — Quando formos capturados, Nero vai afrouxar a guarda. Lu vai nos soltar. Vamos destruir... — Ela hesitou. — Vamos destruir os fasces dele. E ele vai ficar fraco. A gente pode derrotá-lo antes que ele queime a cidade.

Eu me perguntei se mais alguém tinha percebido a hesitação de Meg ao dizer *Vamos destruir Nero.*

Nas outras mesas, os campistas continuaram comendo o café da manhã, brincando uns com os outros de forma bem-humorada e conversando sobre as atividades marcadas para o dia.

Ninguém prestou muita atenção na nossa conversa. Ninguém ficou olhando com nervosismo para mim e perguntando aos companheiros de chalé se eu era mesmo o deus Apolo.

E por que fariam isso? Eles eram uma nova geração de semideuses, começando o primeiro acampamento de verão. Até onde sabiam, eu era uma presença comum na paisagem, como o sr. D, os sátiros, os rituais de queima de iogurte. *O sr. A? Ah, sim. Ele era um deus ou algo assim. Pode ignorá-lo.*

Muitas vezes ao longo dos séculos, eu me senti antiquado e esquecido. Mas nunca tanto quanto naquele momento.

— Se Lu estiver falando a verdade — disse Will —, e *se* Nero ainda confiar nela...

— E *se* ela conseguir soltar vocês — acrescentou Nico —, e *se* vocês conseguirem destruir os fasces antes de Nero botar fogo na cidade... São muitos *se*. Não gosto de situações com mais de um *se*.

— Tipo, eu posso te convidar para comer pizza no fim de semana — disse Will — *se* você não estiver muito chato.

— Exatamente. — O sorriso do Nico foi como um sol de inverno aparecendo entre flocos de neve. — Supondo que vocês sigam em frente com esse plano maluco, o que nós temos que fazer?

Meg arrotou.

— Está na profecia. A coisa do descendente de Hades.

Nico fechou a cara.

— Que coisa do *descendente de Hades*?

Will desenvolveu um interesse repentino pelo papel de embrulho do bolinho. Nico pareceu perceber junto comigo que Will não tinha contado todos os versos da profecia para ele.

— William Andrew Solace — disse Nico —, você tem alguma confissão a fazer?

— Eu ia contar.

Will olhou para mim com expressão de súplica, como se fosse incapaz de dizer os versos.

— *O amigo dos velocistas das cavernas é de Hades um dos descendentes* — recitei. — *E para o trono ele deverá mostrar o caminho escondido.*

Nico fez uma careta tão feia que tive medo de que Will pudesse murchar como a maçã.

— Você não acha que teria sido melhor mencionar esse detalhe antes?

— Espere — falei, em parte para poupar Will da ira do Nico e em parte porque eu estava revirando a mente, tentando pensar em quem poderiam ser os "velocistas das cavernas", ainda sem ter ideia. — Nico, você sabe o que esses versos significam?

Ele assentiu.

— Os velocistas das cavernas são... novos amigos meus.

— Não são amigos — murmurou Will.

— São especialistas em geografia subterrânea — disse Nico. — Andei conversando com eles sobre... outras coisas.

— Isso não é bom para sua saúde mental — acrescentou Dioniso com um tom de voz cantarolado.

Nico lançou na direção dele um olhar ameaçador.

— Se *existe* um jeito secreto de entrar na torre de Nero, eles podem saber qual.

Will balançou a cabeça.

— Toda vez que você os visita...

Ele deixou a frase no ar, mas a preocupação em sua voz era tão cortante quanto um caco de vidro.

— Então venha comigo desta vez — pediu Nico. — Me *ajude*.

Will exibiu uma expressão infeliz. Percebi que ele queria desesperadamente proteger Nico, ajudá-lo como pudesse. Mas ele também queria desesperadamente não ter que visitar aqueles tais velocistas das cavernas.

— Quem são? — perguntou Meg entre pedaços de panqueca. — Eles são horríveis?

— São — disse Will.

— Não — retrucou Nico.

— Bom, então está decidido — declarou Dioniso. — Como o sr. Di Angelo parece determinado a ignorar meu conselho sobre sua saúde mental e embarcar nessa missão...

— Isso não é justo — protestou Nico. — Você ouviu a profecia. Eu *tenho* que ir.

— Desconheço o conceito de "tenho que" — disse Dioniso —, mas, se você estiver decidido, é melhor ir, né? Apolo só tem até amanhã à noite para se render, ou para fingir que vai se render, ou como vocês quiserem chamar.

— Está ansioso para se livrar da gente? — perguntou Meg.

Dioniso riu.

— E as pessoas dizem que não há perguntas idiotas. Mas, se você confia na sua amiga Luluzinha...

— Luguselwa — rosnou Meg.

— Que seja... Você não devia voltar correndo para ela?

Nico cruzou os braços.

— Preciso de mais tempo antes de ir. Se eu quiser pedir um favor aos meus novos amigos, não posso aparecer de mãos vazias.

— Ah, caramba — disse Will. — Você não vai...

Nico ergueu uma sobrancelha para ele como quem diz *É sério, namorado? Você já está encrencado.*

Will suspirou.

— Tudo bem. Eu vou com você... recolher suprimentos.

Nico assentiu.

— Vai nos tomar boa parte do dia. Apolo, Meg, que tal vocês ficarem no acampamento e descansarem por enquanto? Nós quatro podemos ir para a cidade logo cedo amanhã de manhã. Isso deve nos dar tempo suficiente.

— Mas... — Minha voz falhou.

Eu queria protestar, apesar de não saber o que alegar. Só um dia no Acampamento Meio-Sangue antes da nossa ida final até a destruição e a morte? Não era tempo o bastante para procrastinar!

— Eu, hã... achava que uma missão tinha que ser formalmente autorizada.

— Eu autorizo formalmente — disse Dioniso.

— Mas só podem ser três pessoas! — retruquei.

Dioniso olhou para mim, Will e Nico.

— Só estou contando três.

— Ei! — disse Meg. — Eu também vou!

Dioniso fez questão de ignorá-la.

— Nós nem temos um plano! — falei. — Quando encontrarmos o caminho escondido, o que vamos fazer? Por onde começamos?

— Começamos com a Rachel — disse Will, ainda mexendo no bolinho. — *Fios vermelhos revelam o caminho até então desconhecido.*

A verdade perfurou minha nuca feito uma agulha de acupuntura.

Claro que a interpretação de Will fazia sentido. Nossa velha amiga ruiva devia estar em casa, no Brooklyn, curtindo as férias de verão, sem esperar que eu aparecesse na casa dela e pedisse ajuda.

— Rachel Elizabeth Dare — falei. — Minha sacerdotisa de Delfos.

— Excelente! — disse Dioniso. — Agora que vocês resolveram a missão suicida, a gente pode terminar o café? E pare de encher essas panquecas de calda, McCaffrey. Ainda tem mais gente para comer.

11

Peço mil desculpas
À flecha e à minha cueca
E, bom, a tudo mais

O QUE VOCÊS FARIAM se só tivessem um dia no Acampamento Meio-Sangue?

Talvez participassem de um jogo de captura da bandeira ou voassem de Pégaso sobre a praia ou relaxassem na campina, apreciando o sol e a fragrância doce dos morangos maduros.

Todas ótimas opções. Não escolhi nenhuma delas.

Passei o dia correndo de um lado para outro em pânico, tentando me preparar para a morte iminente.

Depois do café da manhã, Nico se recusou a fornecer qualquer outra informação sobre os misteriosos velocistas das cavernas.

— Vocês vão descobrir amanhã. — Foi tudo que ele disse.

Quando perguntei a Will, ele se retraiu e fez uma cara tão triste que não tive coragem de pressionar.

Dioniso talvez pudesse ter esclarecido, mas já tinha nos tirado da lista de tarefas.

— Já falei, Apolo, o mundo tem muitas crises. Só hoje de manhã, cientistas divulgaram outro estudo relacionando refrigerantes a hipertensão. Se continuarem a macular o nome da Coca Zero, vou ter que pulverizar alguém!

E saiu batendo os pés para planejar a vingança contra a indústria da alimentação saudável.

Pensei que Meg, pelo menos, fosse ficar do meu lado enquanto nos preparávamos para nossa missão, mas ela preferiu passar a manhã plantando abóbora com o chalé de Deméter. Isso mesmo, queridos leitores. Ela preferiu cucurbitáceas a mim.

Minha primeira parada foi no chalé de Ares, onde perguntei a Sherman Yang se ele tinha alguma informação útil sobre a torre de Nero.

— É uma fortaleza. Um ataque frontal seria...

— Suicídio — supus. — Nenhuma entrada secreta?

— Não que eu saiba. Se houver, vai estar muito protegida e cheia de armadilhas. — Seu olhar se perdeu no horizonte. — Talvez lança-chamas ativados por sensor de movimento. Seria irado.

Comecei a me perguntar se Sherman seria mais útil como conselheiro de Nero.

— É possível que Nero tenha uma arma digna do Apocalipse preparada? Por exemplo, fogo grego suficiente para destruir Nova York acionado por apenas um botão?

— Opa... — Sherman suspirou com um ar apaixonado, como alguém vendo Afrodite pela primeira vez. — Seria incrível. Quer dizer, *horrível*. Seria horrível. Mas... sim, é possível. Com a riqueza e os recursos dele? E o tempo que ele teve para planejar? Claro. Ele precisaria de um local de armazenamento e de uma logística para dispersão rápida. Meu palpite é que deve ser subterrâneo, para aproveitar os canos, esgotos e túneis da cidade. Você acha que ele tem mesmo alguma coisa assim? Quando a gente parte para a batalha?

Eu percebi que talvez tivesse revelado coisas demais a Sherman Yang.

— Já, já volto a falar com você — murmurei, e fiz uma retirada rápida.

Parada seguinte: chalé de Atena.

Perguntei ao conselheiro-chefe atual, Malcolm, se ele tinha alguma informação sobre a torre de Nero, ou sobre criaturas chamadas "velocistas das cavernas", ou se por acaso sabia me explicar por que uma gaulesa como Luguselwa estaria trabalhando para Nero e se ela era de confiança ou não.

Malcolm andou pelo chalé, franzindo a testa para vários mapas na parede e para as estantes.

— Eu posso pesquisar — sugeriu ele. — Podemos elaborar um dossiê de inteligência caprichado e um plano de ataque.

— Isso... seria incrível!

— Vai levar umas quatro semanas. Talvez três, se nos apressarmos. Quando você tem que ir?

Saí do chalé aos prantos.

Antes do almoço, decidi consultar meu último recurso: a Flecha de Dodona. Fui para a floresta, pensando que talvez a flecha ficasse mais profética se eu a levasse para mais perto de seu local de origem, o Bosque de Dodona, onde as árvores sussurravam o futuro e cada galho sonhava em crescer e se tornar um projétil que falava como Shakespeare. Eu também queria estar bem longe dos chalés, para que ninguém me visse falando com um objeto inanimado.

Atualizei a flecha sobre os últimos acontecimentos e estrofes da profecia. E depois, que os deuses me ajudassem, pedi um conselho.

JÁ FALEI PARA TI ANTES, disse a flecha. *NÃO VEJO OUTRA INTERPRETAÇÃO. PRECISAS CONFIAR NO PESSOAL DO IMPERADOR.*

— Você quer dizer Luguselwa. Quer dizer que devo me render a Nero porque uma gaulesa que mal conheço me disse que essa é a única forma de deter o imperador.

DE FATO, disse a flecha.

— E tu vês... E você vê o que vai acontecer depois que nos rendermos?

NÃO.

— E se eu te levasse até o Bosque de Dodona?

NÃO! A flecha falou com tanto vigor que quase caiu da minha mão.

Fiquei olhando para ela, esperando mais, mas tive a sensação de que a explosão tinha sido uma surpresa para nós dois.

— Então... você vai ficar só se repetindo?

UMA BANANA!, xingou a flecha. Pelo menos, supus que fosse um xingamento, e não um pedido. *NÃO ME LEVES PARA O BOSQUE, Ó PERNICIOSO LESTER! ACHAS QUE ME RECEBERIAM BEM LÁ, COM MINHA MISSÃO INCOMPLETA?*

O tom não era fácil de entender porque a voz da flecha ressoava direto nas placas do meu crânio, mas achei que parecia... magoada.

— Desculpa — falei. — Eu não tinha pensado...

CLARO QUE NÃO PENSOU. A pena na ponta tremeu. *EU NÃO ABANDONEI MEU LAR POR VONTADE PRÓPRIA, Ó LESTER! OBRIGARAM-ME, BANIRAM-ME! UM GALHINHO DE NADA, DESCARTÁVEL, ESQUECÍVEL, EXILADO DO CORAL DE ÁRVORES ATÉ CONSEGUIR PROVAR MEU VALOR! SE EU VOLTASSE AGORA, O BOSQUE TODO CAÇOARIA DE MIM. A HUMILHAÇÃO...*

A flecha ficou imóvel na minha mão.

ESQUECE O QUE FALEI, murmurou a flecha. *FINGE QUE NUNCA ACONTECEU.*

Eu não soube bem o que dizer. Todos os meus anos como deus da arquearia não tinham me preparado para bancar o terapeuta de uma flecha. Ainda assim... fiquei me sentindo muito mal pelo pobre projétil. Eu o arrastei de um lado para outro do país. Reclamei dos seus defeitos. Fiz pouco dos seus conselhos e debochei da sua linguagem rebuscada. Nunca parei para pensar que ele pudesse ter sentimentos, esperanças, sonhos e talvez até uma família tão disfuncional e desencorajadora como a minha.

Eu me perguntei amargamente se havia *alguém* que eu não tinha negligenciado, magoado ou ignorado durante meu tempo como mortal... ou melhor, durante meus quatro mil anos de existência. Eu só podia ser grato por meus sapatos não terem consciência. Nem minha cueca. Deuses, meus pedidos de desculpas jamais seriam suficientes.

— Fiz um mal uso de você — falei para a flecha. — Sinto muito. Quando nossa missão terminar com sucesso, vou te levar para o Bosque de Dodona, e você será recebido como um herói.

Senti a ponta dos meus dedos pulsando contra o corpo da flecha, que ficou quieta por seis batimentos.

SIM, disse ela, por fim. *INDUBITAVELMENTE ESTÁS CERTO.*

Na escala de alerta, a Flecha de Dodona dizer que eu estava certo era o ponto máximo.

— O que foi? — perguntei. — Você viu alguma coisa no futuro? Alguma coisa ruim?

A ponta da flecha tremeu. *NÃO TE PREOCUPES. DEVO RETORNAR À MINHA ALJAVA. TU DEVES CONVERSAR COM MEG.*

A flecha ficou em silêncio. Eu queria saber mais. Eu sabia que *havia* mais. Mas a flecha tinha encerrado sua fala e, pela primeira vez na vida, achei que deveria levar em consideração o que ela queria.

Coloquei-a de volta na aljava e comecei a caminhada de volta até os chalés.

Talvez eu estivesse exagerando. Não era porque minha vida sofrida estivesse condenada que a da flecha também estaria.

Talvez ela só estivesse sendo evasiva porque, no fim da minha jornada, quer eu morresse ou não, planejava lançar a história da minha vida em um dos novos serviços de streaming das Musas. Eu seria lembrado apenas como uma série de poucos capítulos no canal Calíope+.

Sim, devia ser isso. Que alívio...

Eu estava quase no limite da floresta quando ouvi risadas... risadas de *dríades*, deduzi, com base nos meus séculos de experiência como perseguidor de dríades. Segui o som até uma área rochosa ali perto, onde Meg McCaffrey e Pêssego estavam conversando com meia dúzia de espíritos das árvores.

As dríades estavam babando no espírito da fruta, que, como não era bobo nem nada, se esforçava ao máximo para ficar adorável aos olhos das moças, o que significava não mostrar os dentes, não rosnar nem revelar as garras. Ele também estava usando uma fralda limpa, o que para mim era uma novidade.

— Ah, ele é uma preciosidade — disse uma das dríades, mexendo no cabelo folhoso de Pêssego.

— Esses dedinhos! — disse outra, fazendo uma massagem no pé dele.

O *karpos* ronronou e balançou as asas frondosas. As dríades não pareceram se importar que ele parecesse um bebê assassino que nasceu de uma plantação de chia.

Meg fez cócegas na barriga dele.

— É, ele é incrível. Eu o encontrei...

Foi nessa hora que as dríades me viram.

— Tenho que ir — disse uma, desaparecendo em um redemoinho de folhas.

— É, eu tenho um... compromisso — disse outra, e explodiu em pólen.

As outras dríades se foram em seguida, até só restarmos Meg, Pêssego, eu e o aroma de shampoo biodegradável DriadiqueÒ.

Pêssego rosnou para mim.

— Pêssego.

Sem dúvida, ele quis dizer *Cara, você espantou minhas fãs.*

— Desculpa. Eu só estava... — Balancei a mão. — Passando. Andando por aí, esperando a morte chegar. Sei lá.

— Tudo bem — disse Meg. — Puxa uma pedra.

Pêssego rosnou, talvez duvidando da minha boa vontade de massagear os pés dele.

Meg o acalmou coçando atrás de sua orelha, o que o reduziu a uma pocinha de alegria ronronante.

Era bom me sentar, mesmo em um pedaço áspero de quartzo. O sol estava agradável sem estar quente demais. (Sim, já fui o deus do sol. Hoje em dia, sou cheio de frescura com temperatura.)

Meg estava usando o traje de Dia dos Namorados providenciado por Sally Jackson. O vestido rosa tinha sido lavado depois que chegamos, ainda bem, mas os joelhos da legging branca já estavam sujos de novo por causa da manhã plantando abóbora. Os óculos tinham sido limpos. As pedrinhas da armação cintilavam, e eu conseguia ver os olhos dela pelas lentes. Seu cabelo tinha sido lavado com shampoo e preso com fivelas vermelhas. Imaginei que alguém do chalé de Deméter tinha carinhosamente lhe dado um dia de beleza.

Não que eu pudesse criticar. Afinal, estava com roupas que Will Solace tinha comprado para mim.

— Foi bom trabalhar no jardim? — perguntei.

— Ótimo. — Ela limpou o nariz na manga. — Sabe o garoto novo, Steve? Ele fez uma batata brotar na calça do Douglas.

— Isso parece incrível mesmo.

— Eu queria que a gente pudesse ficar aqui.

Ela jogou um pedaço de quartzo na grama.

Meu coração parecia uma bolha estourada. Ao pensar nas coisas horríveis que nos aguardavam em Manhattan, eu queria conceder o desejo de Meg mais do que tudo. Ela deveria poder ficar no acampamento, rindo e fazendo amizades e vendo batatas brotarem nas calças dos colegas de chalé, como qualquer garota normal.

Era impressionante que ela parecesse tão calma e satisfeita. Eu já tinha ouvido que as crianças eram muito resilientes quando se tratava de sobreviver a traumas. Eram bem mais fortes do que, digamos, um imortal comum. Mas, só daquela vez, eu queria poder oferecer um lugar seguro a Meg, sem a pressão de ter que ir embora às pressas para impedir um apocalipse.

— Eu posso ir sozinho — falei. — Posso me render ao Nero. Não tem motivo para você...

— Para — ordenou ela.

Meus lábios se fecharam na mesma hora.

Eu não pude fazer nada além de esperar Meg girar um pedaço de grama entre os dedos.

— Você diz isso porque não confia em mim? — perguntou ela, por fim.

— *O quê?* — A pergunta dela me permitiu falar de novo. — Meg, não, não é isso...

— Eu te traí uma vez. Bem nesta floresta.

Ela não pareceu triste nem envergonhada, como talvez tivesse ficado no passado. Só falou com uma espécie de descrença aérea, como se tentando lembrar quem era seis meses antes. Eu me identificava com esse tipo de questão.

— Meg, nós dois mudamos muito desde aquela época. Eu confio plenamente em você. Só estou preocupado com o Nero... E como ele vai tentar te machucar, te *usar*.

Ela me olhou de um jeito quase professoral, como se indagando: *Tem certeza de que essa é sua resposta final?*

Eu percebi o que devia estar passando por sua cabeça: eu não estava com medo de que ela me traísse, mas sim de que Nero pudesse manipulá-la. Não era a mesma coisa?

— Eu tenho que voltar — insistiu Meg. — Tenho que ver se sou forte o bastante.

Pêssego se aconchegou perto dela como se não tivesse nenhuma preocupação do tipo.

Meg deu um tapinha nas asas folhosas.

— Talvez eu tenha ficado mais forte. Mas, quando voltar ao palácio, isso vai ser suficiente? Vou conseguir me lembrar de ser quem sou agora e não... quem eu era antes?

Entendi que ela não esperava uma resposta. Mas me ocorreu que talvez eu devesse me fazer a mesma pergunta.

Desde a morte de Jason Grace, eu havia passado noites em claro me perguntando se conseguiria cumprir a promessa que fiz a ele. Supondo que eu voltasse ao Monte Olimpo, conseguiria me lembrar de como foi ser humano, ou voltaria a ser o deus egocêntrico de antes?

Mudança é uma coisa frágil. Exige tempo e distância. Sobreviventes de relações abusivas, como Meg, precisam se afastar dos abusadores. Voltar àquele ambiente tóxico era a pior coisa que ela podia fazer. E antigos deuses arrogantes como eu não podiam ficar perto de outros deuses arrogantes e acreditar que não seriam afetados.

Mas eu achava que Meg estava certa. Voltar era a única forma de ver o quanto tínhamos nos fortalecido, mesmo que significasse arriscar tudo.

— Tudo bem, estou preocupado — admiti. — Com você. E comigo. Não sei responder sua pergunta.

Meg assentiu.

— Mas a gente tem que tentar.

— Juntos, então — falei. — Mais uma vez para dentro do covil do Besta.

— Pêssego — murmurou Pêssego.

Meg abriu um sorrisinho.

— Ele disse que vai ficar aqui no acampamento. Precisa de um tempo para *si mesmo*.

Odeio quando espíritos de frutas têm mais bom senso do que eu.

Naquela tarde, enchi duas aljavas de flechas. Poli e ajustei a corda do arco. No depósito de instrumentos musicais do chalé, escolhi um ukulele novo... não tão bom e resistente quanto o ukulele de combate de bronze que eu tinha perdido, mas um temível instrumento de cordas mesmo assim. Providenciei vários suprimentos médicos na mochila, além de comida e bebida, a muda de roupas e a cueca limpa de sempre. (Desculpa, cueca!)

Passei pelas horas da tarde num transe, me sentindo como se estivesse me preparando para um velório... mais especificamente, o meu próprio. Austin e Kayla ficaram por perto, à disposição para ajudar, mas sem invadir meu espaço.

— Nós conversamos com Sherman e Malcolm — disse Kayla. — Vamos estar preparados.

— Se houver *qualquer* coisa que a gente possa fazer — acrescentou Austin —, vamos estar prontos para agir ao primeiro chamado.

Não havia palavras suficientes para lhes agradecer, mas espero que eles tenham visto a gratidão no meu rosto lacrimoso, machucado e cheio de acne.

Naquela noite, houve a tradicional cantoria em volta da fogueira. Ninguém mencionou a missão. Ninguém fez um discurso de despedida desejando boa sorte. Os campistas novatos ainda eram muito novos na experiência de semideuses e ainda estavam tão impressionados com tudo que eu duvidava que reparassem na nossa partida. Talvez fosse melhor assim.

Eles não precisavam saber tudo que estava em jogo: não só o incêndio em Nova York, mas se o Oráculo de Delfos conseguiria fornecer profecias e missões a eles algum dia, e se o futuro seria controlado e predeterminado por um imperador do mal e um réptil gigante.

Se eu fracassasse, aqueles jovens semideuses cresceriam em um mundo onde a tirania de Nero seria a norma e onde só haveria onze olimpianos.

Tentei abafar esses pensamentos por enquanto. Austin e eu fizemos um dueto de saxofone e guitarra. Kayla se juntou a nós e puxou uma versão animada de "Gladiadores de Jó" com o acampamento todo. Nós assamos marshmallows, e Meg e eu tentamos apreciar nossas últimas horas entre amigos.

Pequenas alegrias: naquela noite eu não tive nenhum sonho.

Ao amanhecer, Will me sacudiu até que eu acordasse. Ele e Nico tinham voltado do lugar para onde tinham ido "pegar suprimentos", mas não quis falar sobre isso.

Juntos, ele e eu nos encontramos com Meg e Nico na estrada no final da Colina Meio-Sangue, onde o ônibus do acampamento nos esperava para nos levar até a casa de Rachel Elizabeth Dare no Brooklyn e, de uma forma ou de outra, para os últimos dias da minha vida mortal.

12

Mansão bilionária
Pega seu achocolatado
As vacas estão olhando

BROOKLYN.

Normalmente, os maiores perigos lá são o congestionamento, pokes superfaturados e poucas mesas nos cafés do bairro para muitos aspirantes a roteiristas. Mas, naquela manhã, percebi que nosso motorista, o gigante Argos, estava de olhos bem abertos procurando alguma confusão.

E isso não era pouca coisa para Argos, que afinal tinha cem pares de olhos espalhados pelo corpo. (Não que eu tivesse contado, muito menos perguntado se ele ficava com os olhos do traseiro roxos depois de muito tempo sentado.)

Enquanto passávamos pela avenida Flushing, os olhos azuis piscavam e giravam nos braços, no pescoço, nas bochechas e no queixo, tentando olhar em todas as direções ao mesmo tempo.

Claramente, ele sentia que havia algo de errado. Eu também sentia. O ar estava carregado de eletricidade, como acontecia instantes antes de Zeus lançar um raio gigantesco ou de Beyoncé lançar um álbum novo. O mundo estava prendendo a respiração.

Argos parou a um quarteirão da casa dos Dare, como se tivesse medo de chegar mais perto.

A área voltada para o porto já tinha sido o local de trabalho de pescadores, nos anos 1800, se não me falhava a memória. Depois, foi ocupada por pátios de trens e fábricas. Ainda havia restos apodrecidos das estruturas dos píeres na água. A estrutura de tijolos e as chaminés de concreto das antigas fábricas jaziam enegrecidas e abandonadas como um templo em ruínas. Uma área aberta de um pátio de trem ainda funcionava, com alguns vagões de carga totalmente pichados nos trilhos.

Mas, assim como o restante do Brooklyn, o bairro estava se gentrificando rapidamente. Do outro lado da rua, um prédio antigo que parecia ter sido uma oficina agora abrigava um café que oferecia bagel com abacate e matcha de abacaxi. Dois quarteirões depois, havia guindastes no fosso de uma obra. As placas nas cercas diziam OBRIGATÓRIO USO DE CAPACETE, NÃO ENTRE! e ALUGUEL DE APARTAMENTOS DE LUXO EM BREVE! Fiquei me perguntando se os operários tinham que usar capacetes de luxo também.

O próprio complexo dos Dare era um antigo armazém industrial transformado em uma residência ultramoderna. Ocupava quatro mil metros quadrados na orla, sendo, portanto, aproximadamente cinco bilhões de vezes maior do que uma moradia comum em Nova York. A fachada era de concreto e aço, como uma combinação de museu e bunker à prova de bombas.

Eu não conhecia o sr. Dare, o magnata dos imóveis, mas achava que nem precisava. Eu entendia os deuses e seus palácios. O sr. Dare trabalhava seguindo os mesmos princípios: olhem para mim, vejam minha casa enorme, contem para todo mundo sobre minha grandiosidade. Podem deixar as oferendas queimadas no capacho.

Assim que saímos da van, Argos afundou o pé no acelerador e disparou numa nuvem de fumaça de escapamento e cascalho premium.

Will e Nico trocaram olhares.

— Acho que ele concluiu que não vamos precisar de carona na volta — comentou Will.

— Não mesmo — disse Nico em tom sombrio. — Vamos.

Ele nos levou até o portão principal: painéis enormes de aço corrugado sem nenhum mecanismo óbvio de abertura ou interfone. Devia estar achando que quem precisasse perguntar não estava qualificado a entrar.

Nico ficou parado esperando.

Meg pigarreou.

— Hã, e...?

O portão se abriu sozinho. Parada na nossa frente estava Rachel Elizabeth Dare.

Como todos os grandes artistas, estava descalça. (Leonardo *nunca* calçava as sandálias.) A calça jeans era coberta de rabiscos, que foram ficando mais complexos e coloridos ao longo dos anos, e a regata branca, manchada de tinta. No rosto, competindo por atenção com as sardas alaranjadas, havia traços do que parecia azul ultramarino de tinta acrílica. Havia pontinhos dessa mesma tinta no cabelo dela, como confete.

— Entrem logo — disse ela, como se estivesse nos esperando por horas. — O gado está olhando.

— Sim, eu falei *gado* — disse ela, prevendo minha pergunta conforme entrávamos na casa. — E, não, não estou maluca. Oi, Meg. Will, Nico. Me sigam. Estamos sozinhos em casa.

Isso era como dizer que tínhamos o estádio do New York Yankees só para nós. Era ótimo, acho, mas eu não sabia bem como interpretar aquilo.

A mansão ficava distribuída em volta de um átrio central, em estilo romano, virado para dentro, para que a plebe do lado de fora não estragasse a vista. Mas pelo menos os romanos tinham jardins. O sr. Dare parecia só acreditar em concreto, metal e cascalho. No átrio havia uma pilha enorme de aço e pedra que ou era uma escultura avant-garde brilhante ou restos de material de construção.

Nós seguimos Rachel por um corredor amplo de cimento queimado e subimos uma escada flutuante até o segundo andar. Eu diria que aquela era a área "íntima", mas a mansão não tinha nada de íntima. A própria Rachel parecia pequena e deslocada ali, uma aberração enérgica e colorida andando descalça por um mausoléu arquitetônico.

Pelo menos o quarto dela tinha janelas do piso ao teto, com vista para o pátio de trens ali perto e para a grande extensão do rio. A luz do sol inundava o piso de carvalho, as lonas com respingos de tinta que faziam as vezes de tapetes, vários pufes, algumas latas de tinta abertas e cavaletes enormes nos quais Rachel pintava seis telas diferentes ao mesmo tempo. Um pouco mais afastado havia um quadro ainda em andamento, com pingos e jatos de tinta no melhor estilo Jackson Pollock. Em um canto havia uma geladeira e um futon simples, como se comer e dormir ficassem em segundo plano para ela.

— Uau. — Will foi até a janela apreciar a vista e o sol.

Meg foi direto para a geladeira.

Nico, para os cavaletes.

— São incríveis. — Com o dedo no ar, ele seguiu o trajeto que a tinta fez pela tela.

— Ah, obrigada — disse Rachel, sem dar muita importância. — São só alguns exercícios, na verdade.

Para mim, pareciam exercícios aeróbicos completos: pinceladas enormes e agressivas, faixas largas de cor aplicadas com uma espátula de pedreiro, espirros de tinta tão grandes que ela devia ter feito balançando a lata inteira de tinta. À primeira vista, pareciam arte abstrata. Mas bastaram alguns passos para trás para as formas se tornarem cenas.

O quadrado marrom era a Estação Intermediária em Indianápolis. As espirais eram grifos voando. Uma segunda tela mostrava chamas engolindo o Labirinto de Fogo e, flutuando no quadrante superior direito, uma fileira de navios brilhantes meio borrados... a frota de Calígula. Um terceiro quadro... comecei a lacrimejar de novo. Era uma pira funerária, os ritos de despedida de Jason Grace.

— Você começou a ter visões de novo — falei.

Ela me olhou com uma espécie de anseio ressentido, como se estivesse cortando o açúcar da dieta e eu tivesse acabado de abrir uma barra de chocolate.

— Só vislumbres. Cada vez que você libera um oráculo, tenho alguns momentos de clareza. Mas a neblina sempre volta. — Ela apertou a testa com a ponta dos dedos. — É como se Píton estivesse dentro do meu cérebro, brincando comigo. Às vezes, eu acho... — Ela hesitou, como se a ideia fosse perturbadora demais para ser dita em voz alta. — Só me diz que vai acabar com ela. *Logo.*

Assenti, sem confiança para falar. Uma coisa era Píton se aboletar nas cavernas sagradas de Delfos. Outra bem diferente era invadir a mente da Pítia que escolhi a dedo, a sacerdotisa das minhas profecias. Eu tinha aceitado Rachel Elizabeth Dare como meu oráculo mais importante. Era responsável por ela. Se não conseguisse derrotar Píton, a serpente continuaria se fortalecendo cada vez mais. Acabaria controlando o próprio fluxo do futuro. E como Rachel estava inextricavelmente ligada ao de Delfos… Não. Eu não conseguia sequer pensar no que isso podia significar para ela.

— Oba. — Meg voltou da geladeira de Rachel como um mergulhador cheio de dobrões de ouro. Na mão, havia um pacotinho de achocolatado chamado Yoo-hoo. — Posso tomar?

Rachel abriu um sorriso.

— Fique à vontade, Meg. Ei, Di Angelo — ela o empurrou de brincadeira para longe da tela que ele estava olhando —, não encosta na arte! Não ligo para os quadros, mas, se você se sujar de tinta, vai estragar essa estética preta e branca que você ama tanto.

Nico revirou os olhos.

— Agora, do que estávamos falando mesmo…? — Rachel ficou pensativa.

Na janela, Will bateu com os dedos no vidro.

— Aquele é o tal gado?

— Ah, é! — Rachel nos levou naquela direção.

A uns cem metros, entre nós e o rio, havia uma fileira de três carrocerias de gado no trilho do trem. As carroças estavam ocupadas, como se podia ver pelos focinhos bovinos que apareciam vez ou outra entre as grades.

— Parece errado deixá-los parados ali — disse Will. — Vai ficar quente hoje.

Rachel assentiu.

— Estão aí desde ontem. As carrocerias apareceram da noite para o dia. Liguei para a empresa de trem e para a sociedade de proteção aos animais. Parece que as carrocerias não existem. Ninguém tem registro. Ninguém vem olhar. Ninguém trouxe comida e água…

— A gente deveria soltar eles — comentou Meg.

— Seria uma péssima ideia — disse Nico.

Meg franziu a testa.

— Você odeia vacas?

— Eu não odeio… — Nico parou por um instante. — Bom, tudo bem, não sou superfã de vacas. Mas essa não é a questão. Esses animais não podem ser comuns. — Ele olhou para Rachel. — Você disse que eles simplesmente apareceram. As pessoas não reconhecem a existência deles. Você disse que o gado estava *olhando*?

Rachel se afastou da janela.

— Às vezes, consigo ver os olhos deles entre as grades. Eles estão sempre olhando diretamente para mim. E, na hora que vocês chegaram, eles surtaram, ficaram sacudindo as grades como se quisessem sair. Foi quando cheguei as câmeras de segurança e vi vocês no portão. Normalmente, não sou paranoica com gado. Mas esses aí... Sei lá. Alguma coisa não está certa. Primeiro, achei que podia ter a ver com nossos vizinhos...

Ela apontou para o norte, na orla, onde ficava um amontoado comum de torres residenciais antigas.

— Eles fazem coisas estranhas às vezes.

— No conjunto habitacional? — perguntei.

Ela arqueou as sobrancelhas.

— Você não está vendo aquela mansão enorme ali?

— Que mansão?

Ela olhou para Will, Nico, Meg, e todos fizeram que não.

— Bom — disse Rachel —, vocês vão ter que acreditar na minha palavra. Tem uma mansão ali. Com muita coisa estranha acontecendo.

Não discutimos. Embora fosse totalmente mortal, Rachel tinha o dom raro da visão límpida. Ela conseguia ver através da Névoa e outras barreiras mágicas melhor do que a maioria dos semideuses e aparentemente melhor do que a maioria dos humanos Lester.

— Uma vez, vi um pinguim andando no pátio de trás... — murmurou ela.

— Como é? — perguntou Nico.

— Mas deixar vacas em carrocerias durante dias assim, sem comida e sem água, me parece outra história — disse ela. — Mais cruel. Aqueles animais não devem ser boa coisa.

Meg fez cara feia.

— Eles estão tranquilos agora. Ainda acho que deveríamos soltá-los.

— E depois? — perguntou Nico. — Mesmo que não sejam perigosos, a gente vai deixar o equivalente a três carroças cheias de bovinos andando pelo Brooklyn? Estou com Rachel. Alguma coisa aqui... — Ele parecia estar tentando arrancar alguma coisa da memória, mas nada vinha à tona. Eu conhecia bem essa sensação.

— Acho que deveríamos deixar as vacas em paz.

— Isso é maldade! — protestou Meg. — A gente não pode...

— Gente, por favor. — Me coloquei entre Nico e Meg antes que as coisas evoluíssem para o maior embate entre Hades e Deméter desde o chá de panela de Perséfone. — Como o gado aparenta estar calmo no momento, vamos voltar para esse assunto depois que tivermos discutido o que viemos discutir, está bem?

— A torre de Nero — conjecturou Rachel.

Will arregalou os olhos.

— Você viu o futuro?

— Não, William, eu usei a lógica. Mas tenho, sim, algumas informações que podem ajudar. Peguem um Yoo-hoo e um pufe e vamos conversar sobre nosso imperador mais detestável.

13

Não tem planta que
Derrube imperadores
Mas Rachel tem uma

ARRUMAMOS os pufes em círculo.

Rachel abriu uma planta baixa no chão entre nós.

— Vocês sabem sobre os fasces do imperador?

Meg e eu nos entreolhamos como quem diz *Quem dera não saber*.

— Estamos familiarizados — falei. — Em São Francisco, destruímos os fasces de Cômodo e Calígula, o que os deixou vulneráveis à morte. Você está sugerindo que a gente faça o mesmo com Nero?

Rachel fez beicinho.

— Isso estragou minha grande revelação. Levei um tempão para entender tudo.

— Você foi ótima — garantiu Meg. — Apolo só gosta do som da própria voz.

— Peço perdão...

— Você descobriu a localização exata dos fasces do Nero? — interrompeu Nico. — Isso seria muito útil.

Rachel se empertigou um pouco.

— Acho que sim. Essas são as plantas originais da torre de Nero. *Não* foi fácil conseguir.

Will soltou um assobio admirado.

— Aposto que muitos bothans morreram para nos trazer essa informação.

Rachel olhou para ele.

— O quê?

Nico suspirou.

— Deve ser uma referência a *Star Wars*. Meu namorado é o pior tipo de fã de *Star Wars*.

— Olha só, *signor* Mitomágico. Se você ao menos assistisse à trilogia original... — Will olhou para o resto de nós em busca de apoio, mas todos estávamos com cara de paisagem. — Ninguém? Ah, pelos deuses. Vocês são incorrigíveis.

— Enfim — continuou Rachel —, minha teoria é de que Nero deve guardar os fasces aqui. — Ela indicou um ponto na metade de uma planta de corte lateral da torre. — Bem no meio do prédio. É o único andar sem janelas externas. Só dá para chegar lá por um elevador especial. Todas as portas são reforçadas com bronze celestial. O prédio todo é uma fortaleza, mas esse andar seria *impossível* de invadir.

Meg assentiu.

— Sei de que andar você está falando. Nós nunca podíamos ir lá. *Nunca*.

Um tremor acometeu nosso grupinho. Os braços de Will ficaram arrepiados. A ideia de Meg, a *nossa* Meg, presa naquela fortaleza do mal era mais perturbadora do que qualquer quantidade de vacas e pinguins misteriosos.

Rachel trocou a planta, abrindo a do andar ultrasseguro.

— Aqui. Só pode ser esse cofre. Vocês jamais conseguiriam chegar perto, a não ser que... — Ela apontou para um aposento próximo. — Se eu estiver interpretando esses desenhos corretamente, aqui deve ser uma cela para prisioneiros. — Os olhos dela estavam soltando faíscas de empolgação. — Se vocês conseguissem ser capturados e convencessem alguém lá dentro a ajudar a soltá-los...

— Lu estava certa. — Meg olhou para mim com ar de triunfo. — Eu te *disse*.

Rachel franziu a testa, amontoando os pontinhos azuis de tinta.

— Quem é Lu?

Contamos a ela sobre Luguselwa e o momento especial que tivemos juntos antes que eu a jogasse de um prédio.

Rachel balançou a cabeça.

— Olha... se vocês já pensaram em todas as minhas ideias, por que estou aqui falando?

— Não, não — disse Will. — Você está *confirmando*. E confiamos mais em você do que em... hum, outras fontes.

Eu esperava que ele estivesse se referindo a Lu e não a mim.

— Além do mais — acrescentou Nico —, você tem as plantas. — Ele observou a planta do andar. — Mas por que Nero deixaria os prisioneiros no mesmo andar do seu bem mais precioso?

— Guarde seus fasces perto — especulei — e seus inimigos ainda mais perto.

— Talvez — disse Rachel. — Mas os fasces estão muito protegidos, e não só por dispositivos de segurança e guardas normais. Tem alguma coisa *dentro* do cofre, alguma coisa viva...

Foi minha vez de ficar arrepiado.

— Como você sabe disso?

— Uma visão. Só um vislumbre, quase como se... se Píton *quisesse* que eu visse. A figura parecia um homem, mas a cabeça...

— Era de leão — arrisquei.

Rachel fez uma careta.

— Exatamente. E rastejando em volta do corpo dele...

— Cobras.

— Então você sabe o que é?

Procurei a lembrança. Como sempre, estava inalcançável. Vocês podem se perguntar por que eu não exercia um controle maior sobre meu conhecimento divino, mas meu cérebro mortal tinha uma capacidade de armazenamento imperfeita. Só posso comparar minha frustração ao sentimento de fazer um teste difícil de interpretação de texto. São cinquenta páginas para ler, e até aí tudo bem. Mas de repente o professor decide testar nossa compreensão perguntando *Rápido! Qual era a primeira palavra da página trinta e sete?*

— Não tenho certeza — admiti. — Uma espécie de guardião poderoso, obviamente. Nossa estrofe mais recente da profecia mencionava *um leão por uma serpente envolvido*. — Contei para Rachel sobre nossa viagem de arrepiar os cabelos com as Irmãs Cinzentas.

Nico olhou para as plantas de cara amarrada, como se pudesse intimidá-las para que abrissem o bico.

— Então, seja qual for o guardião, Nero confia a própria vida a ele. Meg, achei que você tivesse dito que Luguselwa é uma grande e poderosa guerreira.

— Ela é.

— Então por que não consegue derrotar esse guardião e destruir os fasces? — perguntou ele. — Por que ela precisa... sabe, que vocês sejam capturados?

Nico elaborou a pergunta com muita diplomacia, mas entendi o que ele quis dizer. Se Lu não era capaz de derrotar o guardião, como eu, Lester Papadopoulos, Não Tão Grande e Não Tão Poderoso, poderia fazer isso?

— Sei lá — respondeu Meg. — Mas deve ter um motivo.

De repente o motivo é que Lu prefere que a gente morra e não ela, pensei, mas sabia que não deveria dizer isso.

— Vamos supor que a Lu esteja certa — continuou Nico. — Vocês são capturados e colocados na cela. Ela solta os dois. Vocês matam o guardião, destroem os fasces, enfraquecem Nero, *viva*! Mesmo assim... Não quero jogar um balde de água fria...

— Vou te chamar de Balde de Água Fria de agora em diante — disse Will alegremente.

— Cala a boca, Solace. Mesmo *assim*, tem metade de uma torre e o exército inteiro de seguranças do Nero entre vocês e a sala do trono, certo?

— Nós já enfrentamos exércitos inteiros antes — observou Meg.

Nico riu, o que eu não sabia que ele era capaz de fazer.

— Tudo bem. Gostei da confiança. Mas não havia um detalhezinho sobre o botão de pânico do Nero? Se ele se sentir ameaçado, basta apertá-lo para explodir Nova York. Como se impede *isso*?

— Ah... — Rachel murmurou um xingamento não muito apropriado para uma sacerdotisa. — Isso deve explicar *essas coisas aqui*.

Com a mão tremendo, ela virou outra página da planta.

— Eu perguntei ao arquiteto mais experiente do meu pai sobre essa parte — disse ela. — Ele não conseguiu entender. Disse que as plantas só podiam estar erradas. A dezoito metros no subsolo, cercados de paredes bem grossas, há reservatórios gigantes, como se o prédio tivesse uma cisterna própria ou um sistema de tratamento de água. Está conectado ao esgoto da cidade, mas com o circuito elétrico separado, os geradores, as bombas... É como se o sistema todo tivesse sido elaborado para jogar água *para fora* e inundar a cidade.

— Só que não com água — disse Will. — Com fogo grego.

— Balde de Água Fria — murmurou Nico.

Olhei para o desenho, tentando imaginar como um sistema desses podia ter sido construído. Durante nossa última batalha na Bay Area, Meg e eu tínhamos visto mais fogo grego do que existiu em toda a história do Império Bizantino. Nero tinha mais. Exponencialmente mais. Parecia impossível, mas o imperador tivera centenas de anos e recursos quase infinitos para planejar. Nero era especialista em gastar a maior parte de sua fortuna em um sistema de autodestruição.

— Ele também vai pegar fogo — concluí, impressionado. — Toda a família e os guardas, além da sua preciosa torre.

— Talvez não — disse Rachel. — O prédio foi criado para autocontenção. Tem isolamento térmico, circulação de ar fechada, materiais resistentes ao calor. Até as janelas são feitas com um vidro especial à prova de choque. Nero poderia queimar a cidade inteira, sua torre continuaria de pé.

Meg amassou a embalagem vazia de Yoo-hoo.

— É a cara dele.

Will observou as plantas.

— Não sou especialista nessas coisas, mas onde ficam os pontos de acesso aos reservatórios?

— Só tem um — informou Rachel. — Lacrado, automatizado, com proteção pesada e sob constante vigilância. Mesmo que desse para invadir ou entrar sorrateiramente, não haveria tempo para desarmar os geradores antes que Nero apertasse o botão do pânico.

— A não ser que a gente chegasse nos reservatórios por baixo — sugeriu Nico. — Daria para sabotar o sistema de transmissão sem Nero saber.

— É isso, voltamos a *essa* ideia horrível — disse Will.

— Eles são os melhores navegadores de túneis do mundo — insistiu Nico. — Poderiam passar por concreto, aço e bronze celestial sem ninguém reparar. Essa é a *nossa* parte do plano, Will. Enquanto Apolo e Meg estiverem sendo capturados, distraindo Nero, *nós* vamos pelo subterrâneo desativar aquela arma apocalíptica dele.

— Espera aí, Nico — falei. — Está mais do que na hora de você explicar quem são esses velocistas das cavernas.

O filho de Hades grudou os olhos escuros em mim como se eu fosse mais uma camada de concreto a derrubar.

— Alguns meses atrás, fiz contato com os trogloditas.

Segurei uma risada. A alegação de Nico era a coisa mais ridícula que eu já tinha ouvido desde que Marte jurou que Elvis Presley estava vivo logo onde? Em Marte.

— Os trogloditas são um mito — falei.

Nico franziu a testa.

— Um deus está dizendo para um semideus que uma coisa é mito?

— Ah, você entendeu! Eles não são *reais*. Eliano, aquele autor de meia-tigela, inventou esse povo para vender mais exemplares do livro dele na Roma Antiga. Uma raça de humanoides subterrâneos que come lagartos e luta com touros? Que ridículo. Eu nunca vi nenhum. Nem uma vez nos meus milênios de vida.

— Já passou pela sua cabeça que os trogloditas podem fazer um esforço danado para se esconder de um deus do sol? Eles odeiam luz — argumentou Nico.

— Bom, eu...

— Você já chegou a de fato procurar por eles? — insistiu Nico.

— Bom, não, mas...

— Eles são reais — confirmou Will. — Infelizmente, Nico os encontrou.

Tentei absorver a informação. Eu nunca tinha levado as histórias de Eliano sobre os trogloditas a sério. Mas, para ser sincero, eu também não acreditava em unicórnios até o dia em que um passou voando por minha carruagem de Sol e me acertou com um cocô daqueles. Foi um dia ruim para mim, para o unicórnio e para os vários países que minha carruagem desgovernada incendiou.

— Se você diz. Mas sabe como encontrar os trogloditas de novo? — perguntei. — Acha que eles nos ajudariam?

— São duas perguntas diferentes — respondeu Nico. — Mas acho que consigo convencê-los a ajudar. Talvez. Se eles gostarem do presente que vou levar. E se não nos matarem logo de cara.

— Amei esse plano — resmungou Will.

— Pessoal — disse Rachel —, vocês se esqueceram de *mim*.

Eu a encarei.

— Como assim?

— Eu também vou.

— Claro que não! — protestei. — Você é mortal!

— E essencial — disse Rachel. — Sua profecia mesmo falou. *Fios vermelhos revelam o caminho até então desconhecido.* Até agora, eu só mostrei umas plantas, mas posso fazer mais. Posso ver coisas que vocês não veem. Além do mais, tenho envolvimento pessoal nisso. Se você não sobreviver à torre de Nero, não vai poder enfrentar Píton. E, se não a derrotar...

A voz dela falhou. Rachel engoliu em seco e se curvou, engasgada.

Primeiro, pensei que o achocolatado tivesse descido pelo caminho errado. Dei batidinhas nas costas dela inutilmente. Mas ela voltou a se erguer, as costas rígidas, os olhos brilhando. Soltou fumaça pela boca, e achei que achocolatado não fazia isso.

Will, Nico e Meg se afastaram dela com seus pufes.

Eu teria feito o mesmo, mas, por meio segundo, achei que tinha entendido o que estava acontecendo: uma profecia! Os poderes délficos dela tinham aparecido!

Até que, congelando de medo, percebi que a fumaça era da cor errada: amarela bem clara em vez de verde-escura. E o fedor... azedo e podre, como se estivesse vindo direto dos sovacos de Píton.

Quando Rachel falou, foi com a voz da serpente: um rugido grave e maligno.

— *Apolo virá para minha morada.*
Sozinho, descerá para a escuridão sepulcral,
À sibila não dará mais nada,
E ao lutar comigo até o suspiro final
O deus se dissolverá, sem deixar sinal.

A fumaça se dissipou. Rachel caiu com o corpo inerte em cima de mim.

BANG! Um som de metal sendo retorcido fez meus ossos vibrarem. Fiquei tão apavorado que não entendi se o barulho vinha de fora ou se era meu sistema nervoso entrando em colapso.

Nico se levantou e correu até a janela. Meg se aproximou às pressas para me ajudar com Rachel. Will conferiu a pulsação dela e disse:

— A gente tem que levá-la...

— Ei! — Nico se virou da janela, o rosto pálido. — A gente precisa sair daqui *agora*. As vacas estão atacando.

14

*Eu caio num buraco
E fico com muita raiva
Sou uma vaca. Mu*

EM NENHUM contexto *as vacas estão atacando* pode ser considerado uma coisa boa.

Will colocou Rachel nas costas (para um curandeiro gentil, ele era supreendentemente forte), e juntos corremos até Nico na janela.

No pátio lá embaixo, as vacas estavam fazendo uma revolução. Tinham quebrado as laterais das carrocerias como uma avalanche passando por uma cerquinha de madeira e, no momento, corriam na direção da residência dos Dare. Eu desconfiava que o gado não estava nada *preso* nos vagões. Só estava esperando a hora certa de sair e nos matar.

As vacas eram lindas de um jeito horrível. Cada uma tinha o dobro do tamanho de um bovino normal, com olhos azuis brilhantes e pelo vermelho desgrenhado que ondulava em redemoinhos vertiginosos, como uma pintura viva de Van Gogh. Tanto as vacas quanto os touros (sim, eu sabia a diferença; era especialista em gado) ostentavam chifres curvos enormes que dariam excelentes taças para os maiores e mais sedentos parentes celtas de Lu beberem.

Havia uma fila de vagões de carga entre nós e as vacas, mas isso não conteve o rebanho. Os animais passaram direto, derrubando e esmagando os vagões como se fossem caixas de papel.

— Vamos lutar? — perguntou Meg, cheia de dúvida na voz.

O nome daquelas criaturas me voltou de repente... tarde demais, como sempre. Antes, eu tinha comentado que os trogloditas eram conhecidos por lutar com touros, mas não havia juntado as peças. Talvez Nero tivesse colocado as carrocerias de gado ali como uma armadilha, sabendo que talvez procurássemos a ajuda de Rachel. Ou talvez a presença delas fosse uma piada cruel das Parcas com a minha cara. *Ah, você quer ficar amiguinho dos trogloditas? Toma aqui essas vacas, então!*

— Não adianta lutar — declarei, com tristeza. — Esses são *tauri silvestres*. Os romanos chamavam de touros selvagens. O couro deles não pode ser perfurado. De acordo com as lendas, os touros são inimigos ancestrais dos amigos do Nico, os trogloditas.

— *Agora* você acredita que os troglos existem? — perguntou Nico.

— Estou aprendendo a acreditar em todo tipo de coisa que pode me matar!

A primeira onda do gado chegou ao muro dos Dare. Eles conseguiram passar e atacaram a casa.

— A gente tem que fugir! — falei, exercitando meu nobre dever de Lorde Arauto da Obviedade.

Nico foi na frente. Will foi logo atrás com Rachel ainda nos ombros, e Meg e eu por último.

Estávamos na metade do corredor quando a casa começou a tremer. Rachaduras surgiram nas paredes. No alto da escada flutuante, descobrimos (olha que curioso) que uma escada flutuante deixa de flutuar quando um touro selvagem tenta subir nela. Os degraus mais baixos tinham sido arrancados da parede. Touros corriam pelo corredor abaixo como uma multidão de consumidores na Black Friday, pisando em degraus quebrados e derrubando as paredes de vidro do átrio, renovando a casa dos Dare sem respeitar o estilo do dono.

— Pelo menos eles não conseguem subir aqui — comentou Will.

O chão tremeu de novo quando os touros derrubaram outra parede.

— A gente vai estar *lá* embaixo daqui a pouco — disse Meg. — Tem outra saída?

Rachel gemeu.

— Eu. Chão.

Will a colocou de pé. Ela cambaleou e piscou, tentando entender a cena lá embaixo.

— Vacas — disse Rachel.

— É — concordou Nico.

Rachel apontou sem forças pelo corredor por onde tínhamos vindo.

— Por aqui.

Usando Meg como muleta, Rachel nos levou de volta para o quarto. Virou à direita e desceu outro lance de escada até a garagem. No piso polido de concreto havia duas Ferraris, as duas vermelhas... afinal, por que ter uma crise de meia-idade quando se pode ter duas? Na casa atrás de nós, ouvi as vacas mugindo com raiva, quebrando e derrubando paredes na reforma do complexo dos Dare em busca de uma estética *campestre apocalíptica*, a última tendência em decoração.

— Chave — disse Rachel. — Procurem a chave dos carros!

Will, Nico e eu entramos em ação. Não encontramos chave nenhuma nos carros. Teria sido conveniente demais. Nenhuma nos ganchos das paredes, nem nas caixas e nas prateleiras. Ou o sr. Dare carregava as chaves o tempo todo ou as Ferraris eram objetos meramente decorativos.

— Não estão aqui! — falei.

Rachel murmurou uma coisa sobre o pai que não vou repetir.

— Deixa pra lá. — Ela apertou um botão na parede. A porta da garagem começou a se abrir. — Estou me sentindo melhor. Vamos a pé.

Saímos da garagem e nos dirigimos para o norte o mais rápido que Rachel conseguiu mancar. Estávamos a meio quarteirão de distância quando a residência dos Dare tremeu, gemeu e implodiu, soltando uma nuvem de poeira e escombros.

— Rachel, sinto muito — disse Will.

— Nem ligo. Eu odiava aquela casa. Meu pai só vai mudar a família para uma das *outras* mansões dele.

— Mas a sua arte! — disse Meg.

A expressão de Rachel ficou tensa.

— A arte pode ser feita de novo. As pessoas, não. Não parem!

Eu sabia que não teríamos muito tempo até que os touros selvagens nos encontrassem. Naquela parte da orla do Brooklyn, os quarteirões eram longos e as ruas, largas, o que possibilitava uma visão ampla do lugar, e também era perfeito para uma manada sobrenatural passar correndo. Estávamos quase no café com matcha de abacaxi quando Meg gritou:

— Os Silvestres estão vindo!

— Meg — falei, ofegante. — As vacas não se chamam todas Silvestre.

Mas ela estava certa: elas estavam cada vez mais perto. O gado demoníaco, aparentemente inabalado pela casa enorme que tinha acabado de desabar sobre suas cabeças, saiu dos destroços do lar dos Dare. O rebanho começou a se reorganizar no meio da rua, se sacudindo para retirar os escombros do pelo como cachorros se secando depois do banho.

— Vamos sumir de vista? — perguntou Nico, apontando para o café.

— Tarde demais — disse Will.

Tínhamos sido localizados. Uma dezena de pares de olhos azuis se voltaram para nós. Os animais levantaram a cabeça, soltaram seus mugidos de batalha e atacaram. Acho que mesmo assim a gente podia ter entrado no café, para que as vacas o destruíssem e salvassem o bairro da ameaça de bagels com abacate. Mas optamos por correr.

Percebi que isso só adiaria o inevitável. Mesmo que Rachel não estivesse desnorteada por causa de seu transe induzido pela cobra, não tínhamos como vencer as vacas naquela corrida.

— Elas estão chegando! — gritou Meg. — Tem certeza de que não dá para enfrentá-las?

— Quer tentar? — perguntei. — Depois do que elas fizeram com a casa?

— Qual é o ponto fraco delas? — perguntou Rachel. — Elas têm que ter um calcanhar de Aquiles!

Por que as pessoas sempre achavam isso? Por que eram tão obcecadas por um calcanhar de Aquiles? Não era porque *um* herói grego tinha um ponto vulnerável atrás do pé que todos os monstros, semideuses e vilões da Grécia Antiga também lidavam com os mesmos problemas podológicos. Na verdade, a maioria dos monstros *não* tinha fraquezas secretas. Por mais irritante que isso fosse.

Ainda assim, revirei a mente em busca de factoides que pudesse ter aprendido no best-seller ridículo de Eliano, *Sobre a natureza dos animais*. (Não que eu tivesse o hábito de ler essas coisas, claro que não.)

— Fendas? — especulei. — Acho que os fazendeiros da Etiópia usavam fendas contra os touros.

— Tipo fendas temporais? — perguntou Meg.

— Não, fendas no chão!

— Estamos sem fendas! — disse Rachel.

Os animais se aproximavam a uma velocidade chocante. Mais cem metros e eles nos transformariam em geleia.

— Ali! — gritou Nico. — Me sigam!

Ele correu na frente.

Eu tinha que dar esse crédito ao garoto. Quando Nico escolhia uma fenda, ele ia com tudo. Correu para a obra de um prédio de luxo, conjurou a espada estígia preta do nada e cortou o alambrado. Nós o seguimos para dentro, onde uma fila estreita de trailers e banheiros químicos rodeava uma cratera quadrada de quinze metros de profundidade. Havia um guindaste gigantesco no meio do abismo, o braço virado para nós na altura do nosso joelho. O local parecia abandonado. Seria hora do almoço? Estariam todos os operários no café hipster tomando matcha de abacaxi? Não sei, mas eu estava feliz por não ter ninguém correndo perigo.

(Olha só para mim, preocupado com mortais inocentes. Os outros olimpianos não deixariam essa passar.)

— Nico — disse Rachel —, isso está mais para um desfiladeiro.

— É o que nos resta! — Nico correu até a beira do abismo e... pulou.

Meu coração pareceu ter pulado com ele. Pode ser que eu tenha gritado.

Nico voou por cima do abismo e caiu no braço do guindaste sem nem tropeçar. Ele se virou e esticou o braço.

— Venham! São só uns dois metros e meio. A gente treina pulos maiores no acampamento, com lava!

— Fale por *você* — respondi.

O chão tremeu. O rebanho estava logo atrás de nós.

Will recuou, correu, pulou e caiu ao lado do Nico. Olhou para nós e assentiu, como se para nos tranquilizar.

— Viram? Não é tão difícil! A gente segura vocês!

Rachel foi em seguida, sem problemas. Depois, Meg. Quando os pés dela bateram no guindaste, a viga toda rangeu e se deslocou para a direita, obrigando meus amigos a surfarem no guindaste para se equilibrarem.

— Apolo — disse Rachel —, vem logo!

Ela não estava olhando para mim. Mas sim para um ponto *atrás* de mim. O rugido do rebanho agora parecia uma britadeira na minha coluna.

Eu pulei e caí no braço do guindaste com a maior barrigada do mundo desde que Ícaro caiu no mar Egeu.

Meus amigos seguraram meus braços para que eu não rolasse para o abismo. Eu me sentei, ofegando e gemendo, no instante em que os touros chegaram à beira do buraco.

Eu esperava que eles caíssem e morressem como lemingues se atirando no mar. Embora, claro, lemingues não fizessem isso de verdade. Com aqueles coraçõezinhos abençoados, os lemingues são inteligentes demais para cometer suicídio em massa. Infelizmente, as vacas demoníacas também.

As primeiras da fila caíram mesmo no buraco, incapazes de parar a tempo, mas o resto do rebanho conseguiu usar os freios muito bem. Houve muitos empurrões e cutucões e mugidos irritados vindos de trás, mas, pelo visto, se tinha uma coisa que um touro selvagem não conseguia derrubar era outro touro selvagem.

Murmurei uns palavrões que eu não usava desde que #SupremaciaMinoica era um dos tópicos mais comentados nas redes sociais. Do outro lado do vão estreito, os touros nos encararam com aqueles olhos azul-bebê assassinos. O fedor do bafo e do couro deles fez minhas narinas terem vontade de se encolher para dentro e morrer. Os animais se espalharam ao redor do abismo, mas nenhum tentou pular até o braço do guindaste. Talvez tivessem aprendido a lição com a escada flutuante dos Dare. Ou talvez fossem inteligentes a ponto de perceber que seus cascos não seriam muito úteis na viga estreita de aço.

Bem abaixo, os poucos animais que caíram estavam começando a se levantar, aparentemente ilesos à queda de quinze metros. Eles andaram de um lado para outro, mugindo de raiva. Em volta do abismo, o resto do rebanho fazia uma vigília silenciosa enquanto os colegas caídos ficavam mais e mais inquietos. Os seis não pareciam fisicamente feridos, mas suas vozes estavam tomadas de fúria. Os músculos do pescoço ondulavam. Os olhos se dilatavam. Eles bateram com os cascos no chão, soltaram espuma pela boca e, um a um, tombaram para o lado, imóveis. Os corpos começaram a murchar, a carne se dissolvendo até só sobrar o pelo vermelho.

Meg começou a chorar.

Eu não podia culpá-la. Diabólicas ou não, a morte das vacas foi horrível de se ver.

— O que acabou de acontecer? — A voz de Rachel falhava.

— Elas sufocaram com a própria raiva — falei. — Eu... Eu não achava que era possível, mas aparentemente Eliano estava certo. Os Silvestres odeiam tanto ficar presos em buracos que... sufocam até a morte. É o único jeito de matar esses bichos.

Meg tremeu.

— Que horrível.

O rebanho nos encarou com fúria. Os olhos azuis pareciam raios laser queimando minha cara. Tive a sensação de que antes eles estavam atrás de nós só pelo instinto de matar. Agora havia se tornado pessoal.

— E o que a gente faz com o resto? — perguntou Will. — Pai, tem certeza de que você não consegue... — Ele indicou a plateia bovina. — Você tem um arco com padrão de qualidade divino, duas aljavas de flechas e está basicamente na cara do gol.

— Will! — protestou Meg.

Ver os touros sufocarem no buraco pareceu ter tirado toda a vontade dela de lutar.

— Sinto muito, Meg — disse Will. — Mas a gente está meio que num beco sem saída.

— Não vai adiantar nada — garanti. — Olha.

Peguei meu arco. Prendi uma flecha e mirei na vaca mais próxima. A vaca só me encarou como se dissesse *Sério, cara?*

Atirei, um disparo perfeito entre os olhos, com força suficiente para penetrar uma pedra. A flecha se partiu na testa da vaca.

— Uau — disse Nico. — Que cabeça dura.

— O couro todo é assim — falei. — Olha.

Disparei uma segunda flecha no pescoço da vaca. O pelo vermelho da criatura ondulou, empurrou a ponta para o lado, derrubando a flecha, de ponta-cabeça, entre as pernas do animal.

— Eu poderia ficar disparando o dia todo — falei. — Não vai adiantar.

— A gente pode ficar esperando — sugeriu Meg. — Elas vão acabar se cansando e vão embora, né?

Rachel balançou a cabeça.

— Você esqueceu que elas esperaram em frente à minha casa dentro de carrocerias quentes por dois dias, sem comida e sem água, até vocês aparecerem. Tenho certeza de que elas aguentam mais do que nós.

Eu estremeci.

— E nós temos um prazo. Se não nos rendermos até o anoitecer... — Fiz um gesto de explosão com as mãos.

Will franziu a testa.

— Vocês podem não ter a *chance* de se renderem. Se Nero enviou essas vacas, ele pode já saber que vocês estão aqui. Seus capangas podem estar vindo.

Senti gosto de bafo de vaca na boca. Eu me lembrei de Luguselwa dizendo que Nero estava de olho em tudo. Até que provassem o contrário, aquele canteiro de obra podia muito bem ser um dos projetos do Triunvirato. Podia haver drones de vigilância sobrevoando a área naquele momento...

— A gente tem que sair daqui — concluí.

— A gente pode descer do guindaste — disse Will. — As vacas não vão ter como nos seguir.

— Mas e depois? — perguntou Rachel. — Nós ficaríamos presos no buraco.

— Talvez não. — Nico olhou para o abismo como se calculando quantos corpos poderiam ser enterrados ali. — Estou vendo umas boas sombras lá embaixo. Se conseguíssemos chegar ao fundo com segurança... Que tal uma viagem nas sombras?

15

Vacas de montão
Estão caindo do céu
Vou acabar me molhando

EU ADOREI A IDEIA. Era favorável a qualquer tipo de viagem que nos levasse para longe dos touros. Eu teria até conjurado as Irmãs Cinzentas de novo, só que duvidava que o táxi fosse aparecer em um braço de guindaste, e, se *aparecesse*, eu desconfiava que as irmãs fossem se apaixonar instantaneamente por Nico e por Will, porque eles eram muito fofos juntos. Eu não desejaria esse tipo de atenção a ninguém.

Em fila única, fomos até o centro do guindaste como formigas maltrapilhas. Tentei não olhar para as carcaças dos touros mortos lá embaixo, mas sentia o olhar malévolo dos outros touros selvagens acompanhando nosso deslocamento. Eu tinha uma desconfiança crescente de que eles estavam apostando qual de nós cairia primeiro.

Na metade do caminho até a torre principal, Rachel falou atrás de mim:

— Ei, vai me contar o que aconteceu lá atrás?

Olhei para trás. O cabelo ruivo dela voava ferozmente ao redor do rosto, parecendo o pelo dos touros.

Tentei entender a pergunta. Ela não tinha visto as vacas destruindo a casa? Estava tendo uma crise de sonambulismo quando pulou no guindaste?

Mas percebi que estava se referindo ao transe profético. Nós ficamos tão ocupados tentando não morrer que nem tive tempo de pensar. A julgar pela minha prévia experiência com os Oráculos de Delfos, concluí que Rachel não tinha nenhuma lembrança do que dissera.

— Você completou nossa profecia — falei. — A última estrofe da *terza rima* e um par de versos extra de encerramento. Só que...

— Só que o quê?

— Acho que você estava canalizando Píton.

Eu segui em frente, os olhos grudados nos sapatos de Meg, enquanto explicava para Rachel o que tinha acontecido: a fumaça amarela saindo de sua boca, o brilho nos olhos, a voz terrivelmente grave da serpente. Eu repeti os versos que ela tinha dito.

Ela ficou em silêncio por alguns segundos.

— Isso não é nada bom.

— Essa também é minha interpretação de especialista.

Meus dedos estavam dormentes no metal. Os versos da profecia que falavam que eu ia me dissolver sem deixar sinal... essas palavras pareceram entrar no meu sistema circulatório e bloquear minhas veias e artérias.

— A gente vai dar um jeito — prometeu Rachel. — Pode ser que Píton estivesse distorcendo minhas palavras. Talvez aqueles versos não sejam parte da verdadeira profecia.

Não olhei para trás, mas consegui perceber a determinação na voz dela. Rachel vinha aguentando a presença gosmenta de Píton em sua cabeça possivelmente havia meses. Ela lutava com isso sozinha e tentava manter a sanidade trabalhando nas visões através da arte. Mas ela tinha acabado de ser possuída pela voz de Píton e cercada por seus vapores venenosos. Ainda assim, seu primeiro instinto era *me* tranquilizar, garantindo que tudo ficaria bem.

— Queria que você estivesse certa — falei. — Mas, quanto mais Píton controla Delfos, mais ela consegue envenenar o futuro. Quer ela tenha distorcido as suas palavras ou não, elas agora são parte da profecia. O que você previu *vai* acontecer.

Apolo virá para minha morada. A voz da serpente parecia se enrolar na minha cabeça. *Sozinho, descerá para a escuridão sepulcral.*

Cala a boca, falei para a voz. Mas eu não era Meg, e Píton não era meu Lester.

— Bom — disse Rachel —, a gente vai ter que fazer com que a profecia aconteça *sem* dissolver você, então.

Ela fazia parecer tão factível... tão *possível*.

— Eu não mereço uma sacerdotisa feito você — falei.

— Não merece mesmo — concordou Rachel. — Pode me compensar matando Píton e tirando esses vapores de cobra da minha cabeça.

— Combinado — falei, tentando acreditar que podia cumprir minha parte do acordo.

Finalmente, chegamos ao mastro central do guindaste. Nico nos levou pelos degraus da escada. Minhas pernas tremiam de exaustão. Fiquei tentado a pedir a Meg que criasse outro entrelaçamento de plantas que nos levassem até o fundo, como fizera na Torre Sutro. Mas acabei desistindo porque 1) eu não queria que ela desmaiasse com o esforço; e 2) eu odiava ser jogado de um lado para outro por plantas.

Quando chegamos no chão, eu estava trêmulo e zonzo.

Nico não parecia muito melhor. Eu não tinha ideia de como ele planejava reunir energia suficiente para nos zapear pelas sombras até um local seguro. Acima de nós, ao redor do buraco, o gado nos observava em silêncio, os olhos azuis brilhando como um fio de luzes furiosas de Chanucá.

Meg os observou com cautela.

— Nico, em quanto tempo você consegue nos tirar daqui?

— Só... preciso... recuperar... o fôlego — disse ele entre lufadas de ar.

— Por favor, faça isso — concordou Will. — Se Nico estiver cansado demais, pode nos teletransportar para um reservatório de molho de queijo na Venezuela.

— Tudo bem, mas... — disse Nico. — A gente não foi parar *dentro* do reservatório.

— Por pouco — retrucou Will. — Mas sem dúvida bem no meio da maior fábrica de molho de queijo da Venezuela.

— Foi só *uma* vez — resmungou Nico.

— Ei, pessoal. — Rachel apontou para a borda do buraco, onde o gado começava a ficar agitado.

Estavam empurrando uns aos outros até que um, ou por escolha ou por pressão do rebanho, caiu de lá.

Ao vê-lo cair, balançando as pernas e girando o corpo, me lembrei da vez em que Ares soltou um gato do Monte Olimpo para provar que cairia de pé em

Manhattan. Atena teletransportou o gato para um lugar seguro e bateu em Ares com o cabo da lança por ter botado o animal em perigo, mas a queda foi uma cena apavorante mesmo assim.

O touro não teve tanta sorte quanto o gato. Caiu de lado na terra com um grunhido rouco. O impacto teria matado a maioria das criaturas, mas o touro só balançou as pernas, se levantou e balançou os chifres. Olhou para nós como quem diz *Agora vocês vão ver*.

— Hum... — Will chegou para trás. — Ele está no buraco. Por que não está sufocando com a própria raiva?

— A-acho que é porque *nós* estamos aqui. — Minha voz saiu fina, como se eu tivesse ingerido gás hélio. — O bicho está mais disposto a nos matar do que a sufocar até a morte, talvez?

— Que ótimo — disse Meg. — Nico, a viagem nas sombras. Agora.

Nico fez uma careta.

— Não consigo levar todo mundo de uma vez! Eu e mais dois já é difícil. No verão passado, com a Atena Partenos... Aquilo quase me matou, e olha que tive a ajuda da Reyna.

O touro atacou.

— Leva o Will e a Rachel — falei, sem nem acreditar que as palavras estavam saindo da minha boca. — Volta para me buscar com a Meg quando puder.

Nico começou a protestar.

— O Apolo está certo! — disse Meg. — Vai!

Não esperamos resposta. Eu peguei meu arco. Meg conjurou as espadas e, juntos, partimos para a batalha.

Existe um antigo ditado: a definição de insanidade é disparar na cara de um bovino invulnerável e esperar um resultado diferente.

E foi exatamente isso que eu fiz. Disparei uma flecha atrás da outra no touro: mirando na boca, nos olhos, nas narinas, com esperança de encontrar um ponto vulnerável. Enquanto isso, Meg golpeava e cortava com vontade, pulando como uma boxeadora para se esquivar dos chifres da criatura. As lâminas dela foram inúteis. O pelo vermelho do touro ondulava e bloqueava cada golpe.

Nós só permanecemos vivos porque o touro não conseguia decidir quem matar primeiro. Ficava mudando de ideia e de rumo conforme nos revezávamos para instigá-lo.

Talvez, se mantivéssemos o ritmo, pudéssemos cansar o touro. Infelizmente, também estávamos nos cansando, e dezenas de outros bovinos esperavam lá no alto, curiosos para ver como o amigo se sairia antes se jogarem lá de cima também.

— Vaquinha linda! — gritou Meg, golpeando a cara do animal e dançando para longe do alcance do chifre. — Por favor, vá embora!

— Ele está se divertindo muito para ir embora! — gritei.

Meu disparo seguinte foi um temido Triplo P: o perfurador posterior perfeito. Não pareceu machucar o touro, mas sem dúvida chamou sua atenção. O animal mugiu e se virou para mim, os olhos azuis ardendo de fúria.

Enquanto me observava, provavelmente decidindo qual dos meus membros queria arrancar e usar para bater na minha cabeça, Meg olhou para a beirada do buraco.

— Hã, ei, Apolo...

Arrisquei um olhar também. Um segundo touro caiu no buraco. Caiu em cima de um banheiro químico e transformou o compartimento em panqueca de fibra de vidro, depois se levantou dos destroços e berrou "Mu!" (O que eu desconfiava de que fosse *Eu fiz de propósito!* em bovinês).

— Eu fico com a Vaca Sanitária — falei para Meg. — Você distrai nosso amigo aqui.

Foi uma divisão de tarefas totalmente aleatória; sem relação nenhuma com o fato de que eu preferia não enfrentar o touro que tinha acabado de levar um cutucão meu na região traseira.

Meg começou a dançar com a Primeira Vaca enquanto eu ia atrás da Vaca Sanitária. Eu estava me sentindo bem, me sentindo heroico, até que enfiei a mão na aljava e vi que estava sem flechas... exceto pela onipresente Flecha de Dodona, que não apreciaria ser usada contra uma bunda bovina invulnerável.

Mas eu já estava comprometido, então parti para cima da Vaca Sanitária com muita coragem e nenhuma ideia de como enfrentá-la.

— Ei! — gritei, balançando os braços com a esperança dúbia de parecer assustador. — Blá-blá-blá! Vai embora!

O animal atacou.

Teria sido um ótimo momento para minha força divina surgir, portanto, é claro que ela nem deu as caras. Antes de o touro ter chance de me atropelar, eu gritei e pulei para o lado.

Naquele momento, o touro deveria ter executado uma lenta mudança de direção e corrido em volta de todo o buraco para me dar tempo de me recuperar. Namorei um toureiro de Madri que me garantiu que os touros faziam isso porque eram animais corteses, mas também péssimos em viradas repentinas.

Ou meu toureiro mentiu ou nunca tinha lutado contra touros de verdade. Aquele touro executou uma virada perfeita e correu de volta na minha direção. Rolei para o lado, procurando desesperadamente algo que pudesse me ajudar. Acabei segurando a ponta de uma lona azul de poliuretano. O pior escudo do mundo.

O touro enfiou o chifre no material. Pulei para trás na hora em que ele pisou na lona e foi derrubado pelo próprio peso, como alguém pisando na própria toga. (Juro que nunca fiz isso, mas já ouvi histórias.)

O touro mugiu, balançou a cabeça para se soltar da lona, mas só conseguiu ficar ainda mais enrolado no tecido. Eu recuei e tentei recuperar o fôlego.

Uns quinze metros à esquerda, Meg estava brincando de pique-morte com a Primeira Vaca. Ela estava dando tudo de si, mas percebi que aos poucos se cansava, com respostas mais lentas.

Mais vacas começaram a cair no buraco como mergulhadores dos penhascos de Acapulco enormes e descoordenados. Eu me lembrei de uma coisa que Dioniso havia me contado uma vez sobre seus filhos gêmeos, Castor e Pólux, na época em que ele morava com a esposa mortal, durante uma fase curta de "euforia doméstica". Ele alegava que dois filhos era a quantidade certa porque, mais que isso, haveria mais filhos do que pais.

O mesmo valia para vacas assassinas. Meg e eu não poderíamos querer nos defender de mais do que duas. Nossa única esperança era... Cravei os olhos no mastro do guindaste.

— Meg! — gritei. — Volta para a escada!

Ela tentou obedecer, mas a Primeira Vaca estava entre Meg e o guindaste. Eu peguei o ukulele e corri até lá.

— Vaca, vaca, vaquinha! — Dedilhei o instrumento com desespero. — Ei, vaca! Vaca malvada! Foge, vaca, vaca, vaquinha!

Eu duvidava que a melodia fosse ganhar algum Grammy, mas esperava que pudesse ao menos distrair a Primeira Vaca por tempo suficiente para Meg contorná-la. A vaca, teimosa, não saiu do lugar. Meg também não.

Eu fui até ela pelo lado. Olhei para trás a tempo de ver a Vaca Sanitária jogar a lona longe e correr para cima de nós. As vacas recém-caídas também estavam se levantando.

Eu estimava que tivéssemos uns dez segundos de vida.

— Vai — falei para Meg. — P-pula a vaca e sobe a escada. Eu...

Eu não sabia como terminar a frase. *Eu vou ficar aqui e morrer? Eu vou compor outro verso de "Vaca, vaca, vaquinha"?*

No momento em que a Primeira Vaca baixou os chifres e atacou, alguém segurou meu ombro.

— Peguei! — disse Nico di Angelo.

E o mundo ficou frio e escuro.

16

Will, o curandeiro
Herói que não merecemos
Tem uns Kit Kats aí?

— **PULAR A VACA?** — perguntou Meg. — *Esse* era seu plano?

Nós cinco estávamos sentados em um esgoto, algo com o qual eu já tinha me acostumado. Meg parecia quase recuperada rapidamente do enjoo da viagem nas sombras, graças ao momento certeiro em que Will resolveu nos medicar com néctar e barras de Kit Kat. Mas eu continuava com a sensação de que estava gripando: com arrepios, dores no corpo, desorientação. Eu não me sentia pronto para ser criticado pelas minhas escolhas no combate.

— Eu estava improvisando — falei. — Não queria ver você morrer.

Meg ergueu as mãos.

— E eu não queria ver *você* morrer, seu burro. Pensou nisso?

— Pessoal — interrompeu Rachel, com uma bolsa de gelo na cabeça. — Que tal ninguém deixar ninguém morrer? Pode ser?

Will verificou a têmpora machucada dela.

— Está se sentindo melhor?

— Eu vou ficar bem — respondeu Rachel, e explicou, para que eu entendesse: — Consegui bater na parede quando nos teletransportamos para cá.

Nico pareceu envergonhado.

— Desculpe por isso.

— Ei, não estou reclamando — disse Rachel. — Antes isso do que ser pisoteada.

— Acho que sim — falou ele. — Quando a gente...

As pálpebras de Nico tremeram. Suas pupilas se reviraram; e ele caiu no ombro de Will. Podia ter sido um plano inteligente para cair nos braços do namorado (eu já tinha usado o truque do desmaio algumas vezes), mas, como Nico começou a roncar imediatamente, concluí que não era fingimento.

— Boa noite para o Nico. — Will tirou um travesseiro de viagem da mochila, que eu desconfiava que ele carregava só para essas ocasiões. Botou o filho de Hades em uma posição confortável e abriu um sorriso cansado. — Ele vai precisar de uma meia hora para se recuperar. Até lá, melhor a gente se acomodar.

O lado bom era que eu tinha muita experiência em me acomodar em esgotos, e Nico havia nos levado pelas sombras até o equivalente a uma suíte presidencial no sistema de drenagem de Nova York.

O teto abobadado era decorado com um padrão de espinha de peixe com tijolos vermelhos. Nas duas paredes, uma gosma fina pingava de canos terracota em um canal que ficava bem no meio. A beirada de concreto onde estávamos sentados fora confortavelmente forrada com líquen e lodo. Sob o brilho dourado suave das espadas da Meg, nossa única iluminação, o túnel parecia quase romântico.

Considerando os valores do aluguel em Nova York, eu imaginava que um lugar daqueles devia ser bem caro. Tinha água corrente. Privacidade. Muito espaço. Ossos grandes: de rato, de galinha e alguns outros que não identifiquei. Já falei do fedor? O fedor estava incluído sem custos adicionais.

Will cuidou dos nossos vários cortes e arranhões, que eram surpreendentemente superficiais, considerando nossa aventura matinal. Ele insistiu que consumíssemos com liberdade sua pilha medicinal de barras de Kit Kat.

— A melhor coisa para se recuperar de uma viagem nas sombras — garantiu ele.

Quem era eu para discutir os poderes de cura de chocolate com biscoito?

Nós comemos em silêncio por um tempo. Rachel ficou segurando a bolsa de gelo na cabeça e olhando com desânimo para a água do esgoto, como se esperasse que pedaços da casa da família dela passassem flutuando. Meg jogou sementes nas áreas lodosas perto dela, fazendo com que cogumelos brilhantes surgissem, parecendo guarda-chuvas pequenininhos. Quando a vida te oferece lodo, faça cogumelos, ao que parece.

— Aqueles touros selvagens eram incríveis — comentou Meg depois de um tempo. — Se pudessem ser treinados para carregar...

Gemi.

— Já foi bem ruim quando você transformou unicórnios em armas.

— É. Foi muito legal. — Ela olhou em ambas as direções do túnel. — Alguém sabe como a gente chega à superfície?

— Nico sabe — disse Will, e seu olho tremeu um pouco. — Mas ele não vai nos levar lá para *cima* e sim para *baixo*.

— Para os trogloditas — supôs Rachel. — Como eles são?

Will moveu as mãos como se tentasse dar forma a alguma peça de argila ou indicar o tamanho de um peixe que pescou.

— Eu... não sei descrever — concluiu ele.

Isso não foi nada tranquilizador. Como meu filho, Will deveria ter algum talento poético. Se era difícil descrever os trogloditas em um soneto ou limerique comum, eu não queria conhecê-los.

— Espero que eles possam ajudar. — Rachel ergueu a mão para impedir que Will se aproximasse. Ele estava indo verificar a cabeça dela de novo. — Estou bem agora, obrigada.

Ela sorriu, mas sua voz estava carregada de tensão. Eu sabia que ela gostava de Will. Também sabia que tinha questões com espaço pessoal. Tornar-se Pítia fazia isso com a pessoa. Passar pela experiência de ter seu corpo e sua alma possuídos pelo poder de Delfos em intervalos aleatórios era capaz de deixar qualquer um contrariado com quem chegava perto demais sem seu consentimento. Ter Píton sussurrando dentro da cabeça também não devia ajudar.

— Entendi. — Will se sentou de volta. — Você teve uma manhã difícil. Desculpe por termos levado esse problema para sua casa.

Rachel deu de ombros.

— Como eu falei, acho que *deveria* estar metida nesse problema. Não é culpa de vocês. *Fios vermelhos revelam o caminho até então desconhecido*. Pela primeira vez, sou parte da profecia.

Ela pareceu estranhamente orgulhosa disso. Talvez, depois de atribuir missões perigosas a tantas outras pessoas, Rachel tenha achado bom ser incluída na nossa aventura de quem deseja morrer. As pessoas gostam de ser vistas... mesmo que seja pelos olhos frios e cruéis do destino.

— Mas é seguro você ir junto? — perguntou Meg. — Se está com Píton na cabeça, sei lá? Ela não vai ver o que a gente está fazendo?

Rachel cruzou as pernas.

— Acho que ela não está vendo *através* de mim. Pelo menos... ainda não. — Rachel deixou a ideia ser absorvida por nós feito uma nuvem de gás tóxico. — Enfim, vocês não vão se livrar de mim. Píton transformou essa questão em algo pessoal.

Ela me fitou, e senti que Píton não era a única que a garota culpava. A coisa se tornou pessoal para a serpente desde que aceitei Rachel como minha sacerdotisa. Desde que... bom, desde que eu era Apolo. Se minhas provações como mortal serviram para alguma coisa foi mostrar para mim quantas vezes abandonei, esqueci e falhei com meus oráculos ao longo dos séculos. Eu não podia abandonar Rachel da mesma forma. Eu havia negligenciado a verdade básica de que eles não serviam a mim. Eu é que tinha que servir a *eles*.

— A gente tem sorte de ter você — falei. — Eu só queria que tivéssemos mais tempo para pensar num plano.

Rachel conferiu o relógio, um modelo básico de corda, que ela devia ter escolhido depois de ver que qualquer tecnologia falhava perto de semideuses, monstros e outros tipos de seres mágicos com os quais ela andava.

— Já passou da hora do almoço. Você tem que se render ao Nero antes do anoitecer. Isso não nos dá muito tempo.

— Ah, hora do almoço — disse Meg, sendo o mais Meg possível. — Will, você tem alguma coisa aí além de Kit Kat? Estou morr...

Ela afastou a mão que se aproximava do suprimento de Will como se tivesse levado um choque.

— Por que tem um rabo saindo da sua bolsa?

Will franziu a testa.

— Ah. Hã, é.

Ele pegou o que parecia ser um lagarto ressecado de trinta centímetros enrolado num lenço.

— Que nojo! — disparou Meg, com entusiasmo. — É para uso medicinal ou algo assim?

— Hã, não — disse Will. — Lembra que Nico e eu saímos em busca de um presente para os troglos? Bom...

— Eca. — Rachel se afastou. — Por que eles iam querer *isso*?

Will olhou para mim como quem diz *Por favor, não me obrigue a falar*.

Estremeci.

— Os trogloditas... se as lendas forem verdade... consideram os lagartos uma grande... — Fiz mímica como se colocasse algo na boca. — Iguaria.

Rachel abraçou a própria barriga.

— Pra que que eu fui perguntar...

— Legal — disse Meg. — Se a gente encontrar os troglos, é só dar o lagarto e eles vão nos ajudar?

— Duvido que seja simples assim — falei. — Meg, alguém já aceitou te ajudar só porque você deu um lagarto morto em troca?

Ela passou tanto tempo refletindo sobre a pergunta que fiquei pensando nas suas oferendas anteriores.

— Acho que não.

Will colocou o animal de volta na mochila.

— Bom, parece que esse aqui é raro e especial. Vocês não têm ideia de como foi difícil encontrar. Espero que...

Nico roncou e começou a se mexer.

— O q-quê...? — murmurou ele.

— Está tudo bem — garantiu Will. — Você está entre amigos.

— É, amigos?

Nico se sentou, os olhos embaçados.

— É, amigos.

Will nos olhou com cautela, como se sugerisse que não deveríamos assustar Nico com movimentos repentinos.

Concluí que Nico devia ser do tipo que acorda mal-humorado, como o pai dele, Hades. Qualquer um que acordasse Hades antes da hora corria o risco de se tornar apenas uma sombra de explosão nuclear na parede do quarto dele.

Nico esfregou os olhos e franziu a testa para mim. Tentei parecer inofensivo.

— Apolo... — disse ele. — Certo. Lembrei.

— Que bom — comentou Will. — Mas você ainda está grogue. Coma um Kit Kat.

— Sim, doutor — murmurou Nico.

Esperamos Nico se revigorar com chocolate e um gole de néctar.

— Estou melhor. — Ele se levantou, ainda parecendo estar com as pernas bambas. — Pronto, pessoal. Vou levar vocês até as cavernas dos trogloditas. Mantenham as mãos longe das armas o tempo todo. Eu vou na frente. Os trogloditas são meio... tensos.

— Com "tensos" — explicou Will — Nico quer dizer *que há chances de eles nos matarem sem qualquer provocação.*

— Foi o que eu falei. — Nico colocou o último pedaço de Kit Kat na boca. — Prontos? Vamos nessa.

Querem instruções de como chegar às cavernas dos trogloditas? Sem problemas!

Primeiro, é só descer. Depois, descer mais um pouco. Em seguida, têm que pegar as três curvas seguintes para baixo. Vocês vão se deparar com um caminho subindo um pouco. Ignorem isso. Continuem descendo até seus tímpanos implodirem. E desçam mais um pouco.

Nós engatinhamos por canos. Andamos por valas de esgoto. Percorremos túneis de tijolos, túneis de pedra e de terra que pareciam escavados pelo sistema digestivo e excretor de uma minhoca. Em determinado ponto, engatinhamos por um cano de cobre tão estreito que fiquei com medo de surgirmos na privada particular de Nero feito um bando de dançarinas saindo de um bolo de aniversário gigante.

Eu me imaginei cantando "Parabéns para você, sr. Imperador", mas afastei rapidamente esse pensamento. Os gases do esgoto deviam estar me fazendo delirar.

Depois do que pareceram horas de diversão temática de esgoto, nós saímos em uma sala circular feita de painéis de pedra rudimentar. No centro, uma estalagmite enorme surgia do chão e perfurava o teto, como o eixo central de um carrossel. (Depois de sobreviver à tumba carrossel do parque Tilden de Tarquínio, essa visão não foi nada agradável.)

— É aqui — disse Nico.

Ele nos levou até a base da estalagmite. Uma abertura tinha sido criada no chão com espaço suficiente para alguém passar engatinhando. Havia apoios para as mãos nas laterais da estalagmite que se prolongavam para a escuridão.

— Isso faz parte do Labirinto? — perguntei.

O local tinha um clima parecido. O ar que vinha de baixo era quente e de alguma forma vivo, feito o bafo de um leviatã adormecido. Minha sensação era de que algo monitorava nosso progresso, uma coisa inteligente e não necessariamente simpática.

Nico balançou a cabeça.

— Por favor, não mencione o Labirinto. Os troglos *abominam* o Labirinto de Dédalo. Chamam de *raso*. Daqui para baixo, tudo foi construído pelos troglos. Estamos mais fundo do que o Labirinto já chegou.

— Que ótimo — disse Meg.

— Pode ir na minha frente, então — falei.

Nós seguimos Nico pela lateral da estalagmite até uma caverna natural gigantesca. Eu não via as laterais nem o fundo, mas os ecos me diziam que era maior do que meu antigo templo em Dídimos. (Sem querer me gabar nem nada, mas aquele lugar era ENORME.)

Os apoios para as mãos eram pequenos e escorregadios, iluminados apenas por áreas de líquen levemente reluzente na pedra. Precisei de toda a minha concentração para não cair. Eu desconfiava que os troglos tinham elaborado a entrada do reino deles assim de propósito, para que qualquer um que fizesse a idiotice de invadir fosse obrigado a descer em fila única… talvez sem conseguir chegar ao fundo. O som da nossa respiração e dos nossos suprimentos tilintando reverberou pela caverna. Era possível que inúmeros seres hostis estivessem observando enquanto descíamos, apontando uma variedade enorme de armas de arremesso ou disparo para nós.

Acabamos chegando ao fim. Minhas pernas doíam. Meus dedos estavam curvados em formato de garras artríticas.

Rachel estreitou os olhos na escuridão.

— O que a gente faz agora?

— Fiquem atrás de mim — pediu Nico. — Will, você pode fazer aquilo? Só um pouquinho, por favor.

— Espere aí — falei. — O que é o "aquilo" do Will?

Will manteve o olhar fixo em Nico.

— Preciso mesmo?

— Não podemos usar nossas armas para ter luz — lembrou Nico. — E vamos precisar de um pouco mais, porque os troglos não precisam de nenhuma luz. Prefiro conseguir vê-los.

Will franziu o nariz.

— Tudo bem.

Ele botou a mochila no chão e tirou a camisa, ficando só de regata.

Eu continuava sem ter ideia do que ele estava fazendo, mas as garotas não pareceram se importar. Seria possível que Will guardasse uma lanterna escondida? Ou ele providenciaria luz esfregando líquen no corpo e abrindo um sorriso brilhante?

Fosse qual fosse o caso, eu não sabia se *queria* ver os troglos. Eu me lembrava vagamente de uma banda britânica dos anos 1960 chamada Troggs e não conseguia afastar da mente a imagem daquela raça subterrânea com cabelo de cuia, camisa de gola rulê e falando "*morou?*" para tudo. Eu não precisava desse nível de horror na minha vida.

Will respirou fundo. Quando soltou o ar...

Achei que meus olhos estivessem me enganando. Nós tínhamos ficado tanto tempo na escuridão quase total que eu não sabia por que o contorno de Will parecia mais definido de repente. Eu via a textura da calça jeans dele, os tufos de cabelo, o azul dos olhos. A pele dele brilhava com uma luz dourada suave e calorosa, como se ele tivesse ingerido luz do sol.

— Uau... — disse Meg.

As sobrancelhas de Rachel subiram até quase o cabelo.

Nico abriu um sorrisinho.

— Amigos, apresento-lhes meu namorado que brilha no escuro.

— Você pode não ficar se gabando? — pediu Will.

Eu estava sem palavras. Como alguém podia *não* se gabar daquilo? Em relação aos poderes dos semideuses, brilhar no escuro não era tão chamativo quanto conjurar esqueletos ou controlar tomateiros, mas era impressionante mesmo assim. E, como a habilidade de Will na cura, era suave, útil e exatamente do que a gente precisava.

— Estou muito orgulhoso — declarei.

O rosto de Will ficou da cor da luz do sol atravessando um copo de suco de tomate.

— Pai, eu só estou *brilhando*, e não ganhando uma medalha de honra.

— Também vou ficar bastante orgulhoso quando você fizer isso — garanti a ele, com firmeza.

— Enfim... — Os lábios de Nico tremeram, como se ele tentasse não rir. — Vou chamar os velocistas das cavernas agora. Fiquem calmos, está bem?

— Por que eles são chamados de velocistas das cavernas, afinal? — perguntou Rachel.

Nico ergueu a mão, querendo dizer *Espere* ou *Vocês já vão descobrir*.

Ele se virou para a escuridão e gritou:

— Trogloditas! Sou Nico di Angelo, filho de Hades! Voltei com quatro companheiros!

Movimentações e estalos soaram na caverna, como se a voz de Nico tivesse desalojado um milhão de morcegos. Em um instante, estávamos sozinhos. No instante seguinte, um exército de trogloditas surgiu na nossa frente, como se tivessem se materializado do hiperespaço. Com uma certeza perturbadora, me dei conta de que eles chegaram ali *correndo* (metros? Quilômetros?) em uma velocidade digna do próprio Hermes.

Os avisos de Nico de repente fizeram todo sentido para mim. Aquelas criaturas eram tão velozes que podiam ter nos matado antes de termos tempo de respirar. Se eu estivesse empunhando uma arma e a houvesse erguido por instinto, sem querer... agora eu seria a mancha de gordura antes conhecida como Lester, antes conhecido como Apolo.

Os trogloditas eram mais estranhos do que a banda dos anos 1960 que se inspirou no nome deles. Eram pequenos humanoides, o mais alto nem chegava à altura da Meg, com feições que lembravam sapos: bocas finas e largas, narizes achatados e olhos gigantescos, castanhos e com pálpebras pesadas. A pele tinha tons variados, de obsidiana a carvão. Pedaços de pedra e musgo decoravam o cabelo preto trançado. Eles usavam uma variedade de estilos de roupas, de calças jeans e camisetas modernas a ternos dos anos 1920 e camisas com babados da era colonial com coletes de seda.

Mas o que chamava mesmo a atenção era a quantidade de chapéus, sendo que alguns usavam três ou quatro empilhados na cabeça: tricórnios, chapéus-coco, bonés, cartolas, capacetes de obra, gorros de esqui e boinas.

Os troglos pareciam um grupo de crianças agitadas que tinham sido soltas numa loja de fantasias, ouvido que podiam experimentar o que quisessem e depois rastejado na lama com os trajes novos.

— Estamos vendo você, Nico di Angelo! — disse um troglo usando uma fantasia de George Washington.

A fala dele era intercalada com cliques, gritinhos e rosnados, e o som real foi mais ou menos assim: "*CLIQUE*. Estamos *Grrr* vendo-*iiiiiii você*, Nico *CLIQUE*-di Angelo-*Grrr*."

George Washingtroglon abriu um sorriso cheio de dentes afiados.

— Esses aí são os sacrifícios que você nos prometeu? Os troglos estão famintos!

17

Falando em sopa
Que seja um caldo gostoso
Sabor lagarto

MINHA VIDA NÃO PASSOU diante dos meus olhos, mas me vi relembrando o passado em busca de algo ruim que eu pudesse ter feito para Nico di Angelo.

Eu o imaginei dizendo *Sim, esses são os sacrifícios!*, segurando a mão de Will e saltitando para a escuridão enquanto Rachel, Meg e eu éramos devorados por um exército de homens-sapo pequeninos, lamacentos e fantasiados.

— Eles não são sacrifícios — disse Nico, o que me permitiu respirar novamente. — Mas eu trouxe uma oferenda melhor! Eu o vejo, ó grande *Iiiii-Bling*!

Nico não disse *iiiii*, veja bem. Ele gritou de um jeito que deixou claro que andou praticando trogloditês. Seu belo sotaque era de perfurar os tímpanos.

Os troglos se inclinaram para a frente, farejando e esperando, enquanto Nico esticava a mão para Will num gesto que significava *vai, me dá logo*.

Will enfiou a mão na mochila. Tirou o lagarto ressecado e entregou para Nico, que o desembrulhou como uma relíquia sagrada e o exibiu para os troglos.

O grupo suspirou coletivamente.

— Ooooh!

As narinas do Iiiii-Bling tremularam. Achei que o chapéu tricórnio ia pular da cabeça dele de tanta empolgação.

— Isso é um-*Grr* lagarto listrado-*CLIQUE*?

— É-*Grrr* — disse Nico. — Foi difícil de encontrar, ó *Iiiii*-Bling, Usuário dos Melhores Chapéus.

Iiiii-Bling lambeu os beiços. Ele estava babando na própria gravata.

— Um presente raro mesmo. Nós costumamos encontrar lagartinhos comuns nos nossos domínios. Também tartarugas. Rãs-da-floresta. Algumas cobras. De vez em quando, se dermos sorte, uma cobra-covinha.

— Delícia! — gritou um troglo logo atrás. — Delícia a cobra-covinha!

Vários outros troglos gritaram e rosnaram, concordando.

— Mas um lagarto listrado assim — continuou Iiiii-Bling — é uma iguaria que raramente vemos.

— Meu presente para vocês — disse Nico. — Uma oferenda de paz em busca de amizade.

Iiiii-Bling pegou o lagarto com as mãos de dedos compridos e unhas afiadas. Achei que ele ia enfiar o réptil na boca e pronto. É o que qualquer rei ou deus faria se ganhasse sua iguaria favorita de presente.

Mas ele se virou para o povo e fez um breve discurso no idioma deles. Os troglos comemoraram e balançaram os chapéus. Um troglo com chapéu de chef sujo de lama abriu caminho até a frente do grupo. Ajoelhou-se diante de Iiiii--Bling e recebeu o lagarto.

O líder se virou para nós com um sorriso.

— Vamos compartilhar esse presente! Eu, *Iiiii*-Bling, CEO dos trogloditas, decretei que uma grande sopa seja feita, para que todos os acionistas experimentem o maravilhoso lagarto!

Mais comemoração entre os trogloditas. *Claro*, percebi. Se Iiiii-Bling seguia o modelo de George Washington, ele não seria rei, e sim um CEO.

— Por esse grande presente — continuou ele —, não vamos te matar e te comer, Nico di Angelo, apesar de você ser italiano e de acharmos que pode ter um gosto tão bom quanto um lagarto italiano!

Nico inclinou a cabeça.

— É muita gentileza.

— Também vamos nos conter generosamente e não comer seus amigos — alguns dos acionistas de Iiiii-Bling resmungaram "Ah, não" —, apesar de ser verdade que, como você, eles não usam chapéu, e nenhuma espécie sem chapéu possa ser considerada civilizada.

Rachel e Meg pareceram alarmadas, provavelmente porque Iiiii-Bling continuava babando profusamente enquanto falava sobre não nos comer. Ou talvez elas estivessem pensando em todos os belos chapéus que *poderiam* ter usado se tivessem conhecimento dessa regra.

O Will que brilhava no escuro assentiu de forma tranquilizadora para nós e mexeu os lábios para nos dizer "Está tudo bem". Ao que parecia, dar um presente e em seguida receber a promessa de não matar e comer os convidados era o protocolo diplomático dos trogloditas.

— Reconhecemos sua generosidade, ó *Iiiii*-Bling! — disse Nico. — Quero propor um pacto entre nós, um acordo que produziria muitos chapéus para todos nós, assim como répteis, roupas finas e pedras.

Um murmúrio animado se espalhou pelo grupo. Nico parecia ter acertado as quatro coisas da lista de presentes de Natal dos trogloditas.

Iiiii-Bling chamou alguns troglos mais velhos, que supus que formassem a diretoria. Um era o chef. Os outros usavam chapéus de policial, bombeiro e caubói. Depois de uma consulta rápida, Iiiii-Bling nos encarou com mais um sorriso de dentes pontudos.

— Muito bem! — disse ele. — Vamos levar vocês até a nossa sede, onde vamos nos banquetear com sopa de lagarto e-*CLIQUE, Grr*-falar mais sobre essa questão!

Fomos cercados por um grupo de acionistas animados, rosnando. Com total falta de respeito por nosso espaço pessoal, como era de se esperar de uma espécie que vivia em túneis, eles nos pegaram e correram conosco nos ombros, tirando-nos da caverna e levando-nos para um labirinto de túneis em uma velocidade que teria deixado os touros selvagens envergonhados.

— Esses caras são incríveis — concluiu Meg. — Eles comem cobras.

Eu conhecia várias cobras, inclusive as companheiras de Hermes, George e Martha, que ficariam incomodadas com o elogio de Meg. Como estávamos no meio do acampamento dos trogloditas, decidi não tocar nesse assunto.

À primeira vista, a sede dos trogloditas parecia uma estação de metrô abandonada. A plataforma larga tinha colunas enfileiradas sustentando o teto curvo de tijolos pretos que absorviam a luz fraca dos vasos de cogumelos bioluminescentes espalhados pela caverna. No lado esquerdo da plataforma, em vez de um trilho, havia a estrada de terra batida que os troglos usaram para nos trazer até ali. E, na velocidade que eles corriam, quem precisava de trem?

No lado direito da plataforma havia um rio subterrâneo veloz. Os troglos enchiam suas cabaças e seus caldeirões naquela fonte e também esvaziavam os penicos ali; embora, sendo um povo civilizado que usava chapéu, eles viravam os penicos na direção da correnteza que se afastava, distante do ponto onde pegavam a água potável.

Diferentemente de uma estação de metrô, não havia escadas visíveis levando para cima ou saídas identificadas por placas. Só o rio e a estrada por onde chegamos.

A plataforma vibrava de atividade. Dezenas de troglos corriam de um lado para outro, cumprindo suas tarefas diárias milagrosamente sem perder as pilhas de chapéus na cabeça. Alguns cuidavam de panelas de comida em tripés sobre fogueiras. Outros (talvez mercadores?) negociavam junto a cestos de pedras. Crianças troglos, do tamanho de bebês humanos, brincavam por todo lado, jogando esferas de cristal maciço umas para as outras.

Eles moravam em barracas. A maioria tinha sido obtida no mundo humano, o que me trouxe lembranças desagradáveis da área de camping da Maluquice Militar do Macro, em Palm Springs. Outras pareciam ser design troglo, cuidadosamente costuradas a partir de peles vermelhas de touros selvagens. Eu não tinha ideia de como os troglos conseguiram esfolar os animais e costurar as peles impermeáveis, mas era evidente, como os inimigos ancestrais dos touros selvagens, que eles haviam encontrado um jeito.

Também pensei nessa rivalidade. Como um povo sapo subterrâneo apaixonado por chapéus e lagartos virou inimigo mortal de uma raça de touros vermelhos demoníacos? Talvez, no começo dos tempos, os deuses antigos tenham dito aos primeiros troglos: *Podem escolher seus inimigos!* E os primeiros troglos apontaram para os campos recém-criados e gritaram: *A gente odeia aquelas vacas!*

Fosse qual fosse o caso, fiquei reconfortado ao saber que, mesmo que os troglos ainda não fossem nossos amigos, ao menos nós tínhamos um inimigo em comum.

Iiiii-Bling nos deu uma barraca de hóspedes e um buraco de fogueira e falou para ficarmos à vontade enquanto supervisionava a preparação do jantar. Ou melhor, falou para *Nico* ficar à vontade. O CEO ficou de olho em Rachel, Meg e em mim, como se fôssemos pedaços de carne em um açougue. Quanto a Will, os troglos pareciam ignorá-lo. Meu melhor palpite: como Will brilhava, eles o consideraram apenas uma fonte de luz móvel, como se Nico tivesse trazido seu próprio vaso de cogumelos luminosos. A julgar pela cara fechada de Will, ele não estava gostando daquilo.

Teria sido mais fácil relaxar se Rachel não ficasse olhando o relógio, nos lembrando de que eram quatro da tarde, depois quatro e meia, e que Meg e eu tínhamos que nos render até o sol se pôr. Eu só podia torcer para os trogloditas serem como os idosos e jantarem supercedo.

Meg se ocupou coletando esporos em vasos de cogumelos próximos, que pelo visto ela também considerava muito a coisa mais incrível. Will e Nico se sentaram do outro lado da fogueira e tiveram uma discussão tensa. Não consegui ouvir as palavras, mas, pelas expressões faciais e gestos, entendi a ideia:

Will: *Preocupado, preocupado, preocupado.*

Nico: *Calma, provavelmente não vamos morrer.*

Will: *Preocupado. Troglos. Perigosos. Eca.*

Nico: *Troglos legais. Chapéus irados.*

Algo nessa linha.

Depois de um tempo, o troglo com chapéu de chef se materializou no nosso acampamento. Na mão dele havia uma concha soltando fumaça.

— *Iiiii*-Bling vai falar com você agora — disse ele com um sotaque trogloditês carregado.

Todos nós começamos a nos levantar, mas o chef nos impediu com um movimento da concha.

— Só Nico, o lagarto italiano... hã *iiiiii*... quer dizer, o italiano filho de Hades. O resto vai esperar aqui até o jantar.

Seus olhos brilhantes pareciam acrescentar *E vocês podem ou não estar no cardápio!*

Nico apertou a mão de Will.

— Vai ficar tudo bem. Já volto.

Ele e o chef se afastaram. Exasperado, Will se jogou na esteira ao lado do fogo e botou a mochila na cara, reduzindo nossa iluminação em uns cinquenta por cento.

Rachel observou o acampamento, os olhos cintilando na penumbra.

Fiquei imaginando o que ela via com a visão ultralímpida. Talvez os trogloditas fossem ainda mais assustadores do que eu percebia. Talvez seus chapéus fossem mais magníficos. Independentemente do que fosse, os ombros dela estavam curvados com a tensão de um arco puxado. Seus dedos desenhavam no chão sujo de fuligem como se ela não visse a hora de usar seus pincéis.

— Quando você se render para Nero — disse ela —, a primeira coisa que vai ter que fazer é ganhar tempo para a gente.

O tom dela me perturbou quase tanto quanto as palavras: *quando* eu me rendesse, não *se*. Rachel tinha aceitado que essa era a única forma. A realidade da minha situação subiu pelo meu esôfago e se aninhou na minha garganta feito um lagarto listrado.

Assenti.

— G-ganhar tempo. Sim.

— Nero vai querer botar fogo em Nova York assim que tiver você — disse ela. — Por que esperaria? A menos que você dê um motivo a ele...

Tive a sensação de que não ia gostar da sugestão seguinte dela. Eu não tinha um entendimento claro do que Nero pretendia fazer comigo quando eu me rendesse, fora o óbvio: tortura e morte. Luguselwa parecia acreditar que o imperador manteria Meg e eu vivos por um tempo, mesmo ela tendo contado vagamente o que sabia dos planos de Nero.

Cômodo queria fazer da minha morte um espetáculo público. Calígula queria extrair o que restava da minha divindade e acrescentar ao poder dele com a ajuda da feiticeira de Medeia. Nero podia ter ideias similares. Ou (o que eu mais temia), quando terminasse de me torturar, ele talvez me entregasse a Píton para selar uma aliança. Sem dúvida, minha antiga inimiga reptiliana adoraria me engolir inteiro e me deixar morrer na sua barriga ao longo de vários dias excruciantes de digestão. Havia *isso* para aguardar ansiosamente.

— Q-que motivo faria Nero esperar? — perguntei.

Ao que parecia, eu estava incorporando o trogloditês, porque minha voz foi pontuada por cliques e gritinhos.

Rachel desenhou arabescos na fuligem; ondas, talvez, ou uma fileira de cabeças humanas.

— Você disse que o Acampamento Meio-Sangue está preparado para ajudar?

— Está... Kayla e Austin me disseram que ficariam em alerta. Quíron também deve voltar ao acampamento em breve. Mas um ataque à torre de Nero seria suicídio. O objetivo da nossa rendição...

— É distrair o imperador do que Nico, Will e eu estaremos fazendo, com sorte com a ajuda dos troglos: desativar os reservatórios de fogo grego. Mas você vai ter que dar a Nero outro incentivo para impedir que ele aperte aquele botão no minuto em que você se render. Senão nós nunca vamos ter tempo de sabotar a arma apocalíptica dele, por mais *rápido* que os troglos consigam correr e cavar.

Entendi o que ela estava sugerindo. O lagarto listrado da realidade começou o trajeto lento e doloroso até o meu estômago embrulhado.

— Você quer alertar o Acampamento Meio-Sangue — falei. — Quer que eles iniciem um ataque de qualquer jeito. Apesar dos riscos.

— Eu não *quero* nada disso — disse ela. — Mas é o único jeito. Vai ter que ser cuidadosamente planejado. Você e Meg se rendem. Nós começamos a trabalhar com os trogloditas. O Acampamento Meio-Sangue se reúne para um ataque. E se Nero achar que o acampamento todo está indo para cima dele...

— Vai achando que vale a pena esperar. Para dizimar o Acampamento Meio-Sangue enquanto ele destrói a cidade, tudo em uma única tempestade de fogo terrível. — Engoli em seco. — Eu poderia blefar. Poderia *alegar* que temos reforços a caminho.

— Não — disse Rachel. — Tem que ser real. Nero tem Píton do lado dele. Píton *saberia*.

Nem me dei ao trabalho de perguntar como. O monstro ainda não via pelos olhos de Rachel, mas eu lembrava bem como foi o som da voz dela falando pela boca da minha sacerdotisa. As duas estavam conectadas. E essa conexão se fortalecia.

Eu estava relutante em considerar os detalhes de um plano tão insano, mas me vi perguntando:

— Como você alertaria o acampamento?

Rachel abriu um sorrisinho.

— *Eu* consigo usar um celular. Não costumo andar com um, mas não sou uma semideusa. Supondo que eu consiga voltar à superfície, onde os celulares *funcionam*, posso comprar um baratinho. Quíron tem um computador velho na Casa Grande. Ele quase não usa, mas sabe que deve ficar de olho em mensagens e e-mails em situações de emergência. Tenho quase certeza de que consigo chamar a atenção dele. Supondo que esteja lá.

Ela falou com muita calma, o que só me deixou mais agitado.

— Rachel, estou com medo — admiti. — Pensar em me colocar em perigo era uma coisa. Mas o acampamento todo? Todo mundo?

Estranhamente, esse comentário pareceu agradá-la.

Ela segurou minha mão.

— Eu sei, Apolo. E o fato de você estar preocupado com outras pessoas... é lindo. Mas você vai ter que confiar em mim. O caminho secreto até o trono... sabe aquela coisa que eu tinha que lhe mostrar? Tenho quase certeza de que é isso. É desse jeito que vamos consertar tudo.

Consertar tudo.

Como *seria* um final assim?

Seis meses antes, quando caí em Manhattan, a resposta parecia óbvia. Eu voltaria ao Monte Olimpo com a imortalidade restaurada e tudo ficaria ótimo. Depois de ser Lester por alguns meses, talvez eu acrescentasse que destruir o Triunvirato e libertar os oráculos antigos também seria bom... principalmente porque era o caminho de volta ao meu status de deus. Agora, depois de todos os sacrifícios que eu tinha visto, de toda a dor que tantos sofreram... o que poderia consertar as coisas?

Não havia sucesso que pudesse trazer de volta Jason, nem Dakota, nem Don, nem Clave, nem Jade, nem Heloísa, e nem os muitos outros heróis que perderam suas vidas. Nós não tínhamos como desfazer essas tragédias.

Os mortais e os deuses compartilhavam algo em comum: nós éramos notoriamente nostálgicos dos "bons tempos". Estávamos sempre lembrando uma época de ouro mágica antes de tudo dar errado. Eu me lembrava de ter me sentado com Sócrates por volta de 425 a.C. e de reclamarmos que as gerações mais jovens estavam arruinando a civilização.

Como imortal, claro, eu devia saber que não havia "bons tempos". Os problemas que os humanos enfrentam nunca mudam porque os mortais carregam uma bagagem própria. O mesmo vale para os deuses.

Eu queria voltar para uma época antes de todos os sacrifícios terem sido feitos. Antes de eu ter sentido tanta dor. Mas consertar as coisas talvez *não* quisesse dizer voltar o relógio. Nem Cronos tinha *tanto* poder sobre o tempo.

Eu desconfiava que Jason Grace também não ia querer isso.

Quando ele me disse para lembrar como é ser humano, ele quis dizer *crescer* com a dor e a tragédia, superar e aprender com isso. Era algo que os deuses nunca faziam. Nós só reclamávamos.

Ser humano é seguir em frente, se adaptar, acreditar na sua capacidade de melhorar as coisas. Esse é o único jeito de dar algum significado à dor e ao sacrifício.

Encarei o olhar de Rachel.

— Confio em você. Vou corrigir tudo. Ou morrer tentando.

O estranho é que fui sincero. Um mundo no qual o futuro era controlado por um réptil gigante, onde a esperança era sufocada, onde os heróis sacrificavam sua vida em vão e a dor e a dificuldade não abriam espaço para uma vida melhor... parecia bem pior do que um mundo sem Apolo.

Rachel beijou minha bochecha num gesto fraternal, exceto pelo fato de que era difícil imaginar minha irmã de verdade, Ártemis, fazendo isso.

— Estou orgulhosa de você — disse ela. — Aconteça o que acontecer, lembre-se disso.

Fiquei sem palavras.

Meg se virou na nossa direção, as mãos cheias de líquen e cogumelos.

— Rachel, você deu um beijo nele? Eca. Por quê?

Antes que Rachel pudesse responder, o chef reapareceu na nossa barraca, o avental e o chapéu sujos de molho. Ele ainda exibia aquele brilho faminto nos olhos.

— VISITANTES-*IIIIIII*-venham comigo! Estamos prontos para o banquete!

18

Cardápio de hoje:
Apolo refogadinho
Com um belo boné

MEU CONSELHO: se você puder escolher entre tomar sopa de lagarto ou se oferecer como prato principal dos trogloditas, decida no cara ou coroa. Não dá para sobreviver a nenhuma das duas opções.

Nós nos sentamos em almofadas em volta de um buraco de cogumelos comunitário com uns cem trogloditas. Como convidados bárbaros, todos nós ganhamos um chapéu, para não ofender a sensibilidade dos nossos anfitriões. Meg colocou um chapéu de apicultor. Rachel ganhou um chapéu de safári. Eu ganhei um boné do New York Mets porque me disseram que mais ninguém queria. Achei um insulto a mim e ao time de beisebol.

Nico e Will se sentaram à direita de Iiiii-Bling. Nico estava de cartola, que combinava com a estética preta e branca dele. Will, meu pobre menino, ganhou uma cúpula de abajur. Que falta de respeito aos fornecedores de luz do mundo.

À minha esquerda estava o chef, que se apresentou como Clique-Errado. Seu nome me fez pensar se ele foi resultado de uma compra por impulso dos pais dele na Black Friday, mas achei que seria grosseria perguntar.

As crianças troglos eram responsáveis por servir. Um garotinho usando um boné com hélice me ofereceu uma tigela de pedra preta cheia até a borda e saiu correndo e rindo. A sopa borbulhava em um intenso tom marrom-dourado.

— O segredo é muito açafrão — confidenciou Clique-Errado.

— Ah.

Ergui a tigela, como todo mundo estava fazendo. Os troglos começaram a beber com expressões de deleite e muitos *cliques*, *grrs* e sons de prazer.

O cheiro não era ruim, parecia caldo de galinha picante. Até que vi um pé de lagarto flutuando na espuma e desisti.

Encostei os lábios na borda e fingi beber. Esperei pelo que achei ser um tempo crível, permitindo que a maioria dos troglos terminassem suas porções.

— Humm! — falei. — Clique-Errado, seu talento culinário é impressionante! Tomar essa sopa é uma grande honra. Na verdade, tomar mais seria honra *demais*. Posso dar o resto para alguém que aprecie melhor os sabores suculentos?

— Eu! — gritou um troglo próximo.

— Eu! — exclamou outro.

Passei a tigela pela roda e ela foi logo esvaziada pelos trogloditas felizes.

Clique-Errado não pareceu ofendido. Ele bateu no meu ombro com compaixão.

— Eu me lembro do meu primeiro lagarto listrado. É uma sopa potente! Você vai aguentar mais na próxima vez.

Fiquei feliz de saber que ele achava que *haveria* uma próxima vez. Ficava subentendido que não seríamos mortos *daquela* vez. Rachel, parecendo aliviada, anunciou que também estava muito honrada e que ficaria feliz em compartilhar sua porção.

Olhei para a tigela de Meg, que já estava vazia.

— Você realmente...?

— Que foi?

A expressão dela era ilegível por trás da rede do chapéu de apicultor.

— Nada.

Meu estômago se contraiu com uma combinação de náusea e fome. Eu me perguntei se teríamos a honra de um segundo prato. Talvez uns pãezinhos. Ou qualquer coisa que não fosse decorada com pés de lagarto.

Iiiii-Bling ergueu as mãos e fez *clique-clique-clique* pedindo atenção.

— Amigos! Acionistas! Vejo todos vocês!

Os trogloditas tocaram as tigelas de pedra com as colheres, fazendo um som de mil ossos se chocando.

— Por cortesia com nossos convidados não civilizados — continuou Iiiii-Bling —, vou falar no idioma bárbaro dos moradores da crosta.

Nico inclinou a bela cartola.

— Reconheço a honra que está nos dando. Obrigado, CEO *Iiiii*-Bling, por não nos comer e por falar no nosso idioma.

Iiiii-Bling assentiu com uma expressão arrogante que dizia *tranquilo, garoto. A gente é demais mesmo.*

— O lagarto italiano nos contou muitas coisas!

Um membro da diretoria que estava atrás dele, o que usava chapéu de caubói, sussurrou em seu ouvido.

— Eu quis dizer o italiano filho de Hades! — corrigiu-se Iiiii-Bling. — Ele explicou os planos malignos do imperador Nero!

Os troglos murmuraram e chiaram. Aparentemente, a fama terrível de Nero tinha chegado até os confins corporativos de usuários de chapéus. Iiiii-Bling pronunciou o nome como *Neeeee-ro*, tendo no meio o som de um gato sendo estrangulado, o que me pareceu bastante apropriado.

— O filho de Hades deseja nossa ajuda! — disse Iiiii-Bling. — O imperador tem reservatórios cheios de fogo líquido. Muitos de vocês sabem do que estou falando. Foi uma barulheira e uma sujeira danada quando cavaram para instalar os reservatórios. Um trabalho porco!

— Porco! — concordaram vários troglos.

— Em pouco tempo — disse o CEO —, Neeeee-ro vai espalhar a morte ardente pela Crosta Crocante. O filho de Hades pediu nossa ajuda para cavar até os reservatórios e comer todos eles!

— Você quer dizer desarmar? — sugeriu Nico.

— Sim, isso! — concordou Iiiii-Bling. — Seu idioma é rudimentar e difícil!

Do outro lado do círculo, o integrante da diretoria de chapéu de policial rosnou baixinho no melhor estilo *olhe para mim*.

— Ó *Iiiii*-Bling, esses fogos não vão chegar até nós. Estamos muito fundo! Não devíamos deixar a Crosta Crocante queimar?

— Ei! — falou Will pela primeira vez, parecendo o mais sério possível para alguém com uma cúpula de abajur na cabeça. — Estamos falando da vida de milhões de inocentes.

O troglo do chapéu de policial rosnou outra vez.

— Nós, troglos, somos poucas centenas. Não nos reproduzimos como coelhos e não sufocamos o mundo com nosso lixo. Nossas vidas são raras e preciosas. Vocês, moradores da crosta? Não. Além do mais, vocês fecham os olhos para nossa existência. Não nos ajudariam.

— *GRR*-Fred fala a verdade — disse o troglo do chapéu de caubói. — Sem querer ofender os convidados.

A criança usando o boné com hélice escolheu esse momento para aparecer ao meu lado, sorrindo e me oferecendo uma cesta de vime coberta por um guardanapo.

— Pãozinho?

Eu estava tão perturbado que recusei.

— ... garantir aos nossos convidados — dizia Iiiii-Bling. — Nós recebemos vocês à nossa mesa. Nós vemos vocês como seres inteligentes. Não podem achar que somos contra sua espécie. Não queremos fazer mal a vocês! Só não nos importamos se vão viver ou morrer.

Houve um murmúrio generalizado concordando. Clique-Errado me olhou de um jeito gentil que parecia dizer: *você não pode argumentar contra essa lógica!*

O assustador era que, quando eu era um deus, talvez tivesse concordado com os troglos. Eu mesmo tinha destruído algumas cidades nos velhos tempos. Os humanos sempre reapareciam, feito ervas daninhas. Por que se incomodar com um apocalipsezinho de fogo em Nova York?

Mas agora uma dessas vidas "não tão raras" era de Estelle Blofis, a sorridente futura governante da Crosta Crocante. E os pais dela, Sally e Paul... Na verdade, não havia um único mortal que eu considerasse descartável. *Ninguém* merecia morrer pela crueldade de Nero. A revelação me deixou perplexo. Eu tinha me tornado um acumulador de vidas humanas!

— Não são só os moradores da crosta — disse Nico, o tom incrivelmente calmo. — Lagartos, sapos, cobras... Seu suprimento de comida vai pegar fogo.

Isso provocou alguns murmúrios inquietos, mas senti que os troglos continuaram inabalados. Talvez tivessem que ir até Nova Jersey ou Long Island para buscar répteis. Talvez tivessem que sobreviver de pãozinho por um tempo. Mas e daí? A ameaça não era crítica à vida deles e nem ao preço das suas ações.

— E os chapéus? — perguntou Will. — Quantas chapelarias vão pegar fogo se não impedirmos Nero? Artesãos mortos não podem fazer chapéus para os troglos.

Houve mais resmungos, mas aquele argumento também não foi suficiente.

Com uma sensação crescente de impotência, percebi que não conseguiríamos convencer os trogloditas apelando para o interesse deles. Se só existiam poucas centenas deles, por que arriscariam a própria vida construindo um túnel até o reservatório do apocalipse de Nero? Nenhum deus e nenhuma corporação aceitaria esse nível de risco.

Antes de perceber o que estava fazendo, fiquei de pé.

— Parem! Me escutem, trogloditas!

O grupo ficou perigosamente imóvel. Centenas de olhos castanhos enormes se fixaram em mim.

Um troglo sussurrou:

— Quem é esse?

O colega ao lado dele respondeu:

— Sei lá, mas não pode ser ninguém importante. Ele está com um boné do Mets.

Nico me lançou um olhar urgente de *senta-antes-que-você-mate-a-gente*.

— Amigos — falei —, isso não é sobre répteis ou chapéus.

Os troglos ofegaram, surpresos. Eu tinha acabado de dar a entender que duas das coisas favoritas deles não tinham importância, assim como a vida dos moradores da crosta. Mas continuei.

— Os troglos são civilizados! Mas o que torna um povo civilizado?

— Chapéus! — gritou um.

— Idioma! — exclamou outro.

— Sopa? — perguntou um terceiro.

— Vocês conseguem *ver* — respondi. — Foi assim que nos receberam. Vocês *viram* o filho de Hades. E não estou falando de ver com os olhos. Vocês veem valor, honra e dignidade. Vocês veem as coisas como elas são. Não é verdade?

Os troglos assentiram com relutância e confirmaram que, sim, em termos de importância, ver devia ter a mesma importância que répteis e chapéus.

— Vocês estão certos sobre os moradores da crosta serem cegos — admiti. — De muitas formas, são mesmo. Eu também fui, por séculos.

— Séculos? — Clique-Errado se inclinou para longe, como se tivesse acabado de perceber que eu havia passado muito da data de validade. — Quem é você?

— Eu era Apolo — falei. — O deus do Sol. Agora sou um mortal chamado Lester.

Ninguém pareceu impressionado ou incrédulo, só confuso. Alguém sussurrou para um amigo:

— O que é sol?

Outro perguntou:

— O que é Lester?

— Eu achava que conhecia todas as raças do mundo — continuei —, mas só acreditei que os trogloditas existiam quando Nico me trouxe aqui. Vejo sua importância agora! Como vocês, já achei que os moradores da crosta eram comuns e sem importância. Mas descobri que isso não é verdade. Eu gostaria de ajudar vocês a vê-los como aprendi a fazer. O valor deles não tem a ver com chapéus.

Iiiii-Bling semicerrou os olhos castanhos enormes.

— Não tem a ver com chapéus?

— Posso? — pedi.

Da forma menos ameaçadora que consegui, peguei meu ukulele.

A expressão de Nico mudou de urgência para desespero, como se eu tivesse assinado nossas sentenças de morte. Eu estava acostumado a esse tipo de crítica silenciosa do pai dele. Hades tinha *zero* apreciação pelas artes.

Dedilhei um acorde em dó maior. O som reverberou pela caverna feito um trovão musical. Os troglos taparam as orelhas. Seus queixos caíram. Ficaram olhando maravilhados quando comecei a cantar.

Como fiz no Acampamento Júpiter, fui criando a letra conforme cantava. Cantei minhas provações, minhas viagens com Meg e sobre todos os heróis que nos ajudaram no caminho. Cantei sobre sacrifícios e triunfos. Cantei sobre Jason, nosso acionista morto, com sinceridade e dor no coração, embora possa ter aumentado o número de belos chapéus que ele usava. Cantei sobre os desafios que estávamos enfrentando: o ultimato de Nero para minha rendição, o destino terrível que ele tinha planejado para Nova York e até a ameaça maior de Píton, esperando nas cavernas de Delfos, torcendo para estrangular o próprio futuro.

Os troglos ouviram com atenção total. Ninguém nem mastigou um pãozinho. Se nossos anfitriões tinham alguma ideia de que eu estava reciclando a melodia de Hall & Oates da música "Kiss on My List", eles não deixaram transparecer. (O que posso dizer? Sob pressão, às vezes recorro automaticamente a Hall & Oates.)

Quando o último acorde parou de ecoar pela caverna, ninguém se mexeu.

Finalmente, Iiiii-Bling secou as lágrimas.

— Esse som... foi a coisa mais *GRR*-horrível que já ouvi. As palavras eram verdade?

— Eram. — Decidi que talvez o CEO tivesse confundido *horrível* com *maravilhosa*, da mesma forma que confundiu *comer* e *desarmar*. — Sei disso porque minha amiga aqui, Rachel Elizabeth Dare, *vê*. Ela é uma profetisa e tem o dom da visão.

Rachel acenou, a expressão escondida na sombra do chapéu de safári.

— Se Nero não for detido — disse ela —, ele não vai só dominar o mun... a Crosta Crocante. Ele vai acabar vindo atrás dos troglos também e de todos os outros povos que usam chapéu. Píton vai fazer coisa pior. Vai tirar o futuro de todos nós. *Nada* vai acontecer a não ser que ela ordene. Imagine ter o destino controlado por um réptil gigante.

Esse último comentário acertou o grupo como uma explosão de ar ártico. Mães abraçaram os filhos. Crianças abraçaram as cestas de pães. Pilhas de chapéus balançaram em cada cabeça troglodita. Acho que os troglos, como gostavam de comer répteis, podiam muito bem imaginar o que um réptil gigante faria com eles.

— Mas não é por isso que vocês deviam nos ajudar — acrescentei. — Não só porque é bom para os troglos, mas porque devemos nos ajudar. É o único jeito de ser civilizado. Nós... Nós precisamos ver o caminho certo e seguir por ele.

Nico fechou os olhos, como se fizesse suas orações finais. Will brilhava em silêncio sob a cúpula de abajur. Meg fez um discreto sinal de positivo, o que não achei encorajador.

Os troglos esperaram Iiiii-Bling decidir se seríamos acrescentados ao cardápio do jantar ou não.

Eu me sentia estranhamente calmo. Estava convencido de que tínhamos feito nosso melhor. Eu tinha apelado ao altruísmo deles. Rachel tinha apelado ao medo de um réptil gigante comer o futuro. Quem poderia dizer qual argumento era mais forte?

Iiiii-Bling me observou, com meu boné do New York Mets.

— O que você quer que eu faça, *Lester*-Apolo?

Ele usou *Lester* da mesma forma que usava gritos e cliques antes de outros nomes, quase como um título... como se demonstrasse respeito.

— Vocês conseguem cavar embaixo da torre do imperador sem serem detectados? — perguntei. — Para permitir que meus amigos desativem os reservatórios de fogo grego?

Ele assentiu brevemente.

— Isso pode ser feito.

— Eu pediria que você levasse Will e Nico...

Rachel tossiu.

— E Rachel — acrescentei, torcendo para não estar sentenciando minha sacerdotisa favorita a morrer com um chapéu de safári. — Enquanto isso, Meg e eu temos que bater na porta da frente do imperador para nos rendermos.

Os troglos se moveram com inquietação. Ou não gostaram do que falei ou a sopa de lagarto estava chegando ao intestino deles.

Grr-Fred me olhou de cara feia com seu chapéu de policial.

— Ainda não confio em você. Por que se renderia a Nero?

— Eu entendo, ó Grr-Fred — disse Nico —, Poderoso dos Chapéus, Chefe da Segurança Corporativa! Tem razão em ficar desconfiado, mas a rendição do Apolo é uma distração, um truque. Ele vai manter o olhar do imperador longe de nós enquanto cavamos o túnel. Se conseguirmos enganar o imperador para que baixe a guarda...

Ele parou de falar. Olhou para o teto como se tivesse ouvido alguma coisa logo acima.

Um momento depois, os troglos se agitaram. Ficaram de pé, virando tigelas de sopa e cestas de pão. Muitos pegaram facas e lanças de obsidiana.

Iiiii-Bling rosnou para Nico.

— Touros selvagens se aproximam! O que você fez, filho de Hades?

Nico estava perplexo.

— Nada! N-nós lutamos com um bando na superfície. Mas fugimos viajando pelas sombras. Não tem como eles...

— Moradores da crosta idiotas! — gritou Grr-Fred. — Touros selvagens conseguem rastrear a presa em qualquer lugar! Vocês trouxeram nossos inimigos para nossa sede. *Criii*-Morris, fique responsável pelos filhotes dos túneis! Leve todos para um lugar seguro!

Criii-Morris foi reunir as crianças. Outros adultos começaram a desmontar barracas e pegar suas melhores pedras, chapéus e outros suprimentos.

— Sorte de vocês que somos os velocistas mais rápidos que existem — rosnou Clique-Errado, o chapéu de chef tremendo de raiva. — Vocês botaram todos nós em perigo!

Ele ergueu o caldeirão de sopa vazio, pulou na estrada e sumiu em um sopro com cheiro de lagarto.

— E os moradores da crosta? — perguntou Grr-Fred ao CEO. — Matamos ou deixamos para os touros?

Iiiii-Bling me olhou com uma careta.

— *Grr*-Fred, leve *Lester*-Apolo e *Meg*-Garota até a torre de Nero. Se eles querem se render, não vamos impedir. Quanto a esses outros três, vou...

A plataforma tremeu, o teto rachou e choveram vacas no acampamento.

19

Me ajude, rio Ai!
Me leve — ai! — para longe
Rio abenço... ai!

OS CINCO MINUTOS seguintes não foram só caóticos. Foram Caos do jeito que ela é quando resolve soltar a franga e dar a louca. E, acreditem, *ninguém* quer ver uma deusa primordial louca.

Touros selvagens caíram pelas rachaduras no teto em cima de barracas, esmagando trogloditas, espalhando chapéus, tigelas de sopa e vasos de cogumelos. Quase imediatamente, perdi Will, Rachel e Nico no pandemônio. Eu só podia torcer para que Iiiii-Bling e seus tenentes os tivessem levado para um lugar seguro.

Um touro caiu bem na minha frente, me separando de Meg e de Grr-Fred. Quando o animal se remexeu para ficar de pé (de cascos?), saltei por cima dele, desesperado para não perder minha jovem mestra.

Eu a vi a três metros de distância, com Grr-Fred a levando rapidamente na direção do rio por motivos desconhecidos. O ambiente fechado e os obstáculos na plataforma pareciam atrapalhar a capacidade natural de corrida dos troglos, mas Grr-Fred se deslocava em alta velocidade mesmo assim. Se Meg não ficasse tropeçando enquanto eles percorriam o caminho destruído, eu não teria tido a menor chance de alcançá-los.

Pulei por cima de outro touro. E mais um passou cegamente por mim, mugindo em pânico enquanto tentava soltar dos chifres a lona de uma barraca. Para falar a verdade, eu também teria entrado em pânico se tivesse a pele de alguém da minha espécie enroscada na cabeça.

Eu estava quase alcançando Meg quando vi uma crise do outro lado da plataforma. O pequeno troglo usando o boné com hélice, que me serviu durante o jantar, tinha se separado das outras crianças. Alheio ao perigo, ele estava correndo atrás da bola de cristal, que rolava pela plataforma bem no caminho de um touro em disparada.

Peguei meu arco, mas lembrei que estava sem flechas. Xingando, peguei a coisa mais próxima que encontrei (uma adaga de obsidiana) e a arremessei na cabeça do touro.

— EI! — gritei.

Isso resultou em duas coisas: fez o troglo parar e o touro se virar para mim bem a tempo de a adaga entrar em sua narina.

— Mu! — mugiu o touro.

— Minha bola! — gritou o garoto do boné de hélice enquanto a esfera de cristal rolava entre as pernas do touro na minha direção.

— Vou devolver para você! — falei, uma promessa que me pareceu idiota considerando as circunstâncias. — Corra! Vá para um lugar seguro!

Lançando um último olhar de pesar para a bola de cristal, o garoto do boné de hélice pulou da plataforma e desapareceu pela estrada.

O touro soprou a adaga do nariz. Olhou para mim de cara feia, os olhos azuis tão brilhantes e ardentes quanto chamas de butano na penumbra da caverna. E atacou.

Como os heróis de antigamente, dei um passo para trás, tropecei em uma panela e caí de bunda. Pouco antes de o touro me pisotear e me transformar em geleia sabor Apolo, cogumelos luminosos brotaram em toda a cabeça dele. O touro, cego, gritou e desviou para a confusão.

— Venha! — Meg estava a poucos metros. Parecia ter convencido Grr-Fred a voltar. — Lester, a gente tem que ir! — Ela falou isso como se eu nem tivesse considerado a possibilidade.

Peguei a bola de cristal do garoto, me levantei e segui Grr-Fred e Meg até a beira do rio.

— Pule! — ordenou Grr-Fred.

— Mas tem uma estrada ótima logo à frente! — Enfiei com dificuldade a bola de cristal na minha mochila. — E vocês jogam o conteúdo dos penicos nessa água!

— Os touros podem nos seguir pela estrada! — gritou Grr-Fred. — Vocês não correm muito rápido.

— Eles sabem nadar? — perguntei.

— Sabem, mas não tão rápido quanto correm! Agora, pule ou morra!

Eu gostava de escolhas simples. Segurei a mão de Meg. Pulamos juntos.

Ah, os rios subterrâneos. Tão frios. Tão rápidos. Tão cheios de pedras.

Era de se imaginar que todas aquelas pedras irregulares e cortantes na água teriam erodido ao longo do tempo por causa da correnteza veloz, mas não. Ficaram me cutucando, me empurrando e me arranhando conforme eu passava a toda velocidade. Nós seguimos pela escuridão, girando e balançando à mercê do rio, minha cabeça submergindo e voltando em intervalos aleatórios. De alguma forma, eu sempre escolhia o momento errado para tentar respirar. Apesar de tudo, fiquei segurando a mão de Meg.

Não tenho ideia de quanto tempo essa tortura na água durou. Pareceu mais do que a maioria dos séculos que vivi... exceto talvez o século XIV, uma época horrível para se estar vivo. Eu estava começando a imaginar se morreria de hipotermia, de afogamento ou de trauma por golpe violento quando Meg apertou ainda mais minha mão. Meu braço quase foi arrancado do corpo quando paramos. Uma força sobre-humana me tirou do rio feito um peixe-boi preso numa rede de pesca.

Fui parar numa plataforma de pedra escorregadia. Encolhi-me, cuspindo, tremendo, infeliz. Eu tinha uma leve consciência de Meg tossindo e vomitando ao meu lado. O sapato de bico fino de alguém chutou minhas costas.

— Levante-se, levante-se! — ordenou Grr-Fred. — Não temos tempo para cochilar!

Gemi.

— Em que mundo um cochilo é assim?

Ele parou ao meu lado, o chapéu de policial milagrosamente intacto, os punhos apoiados nos quadris. Passou pela minha cabeça que *ele* devia ter nos tirado do rio quando viu aquela plataforma, mas parecia impossível. Grr-Fred teria que ter força suficiente para levantar uma máquina de lavar roupa.

— Os touros selvagens sabem nadar! — lembrou ele. — Nós temos que ir antes que nos farejem aqui. Toma.

Ele me deu um pedaço de carne-seca. Pelo menos, o cheiro era de algo que *foi* carne-seca antes do nosso mergulho no rio Ai. Agora, parecia uma esponja marinha fatiada de padaria.

— Coma — ordenou ele.

Entregou também um pedaço para Meg. O chapéu de apicultor dela tinha sido levado pela água e a deixou com um penteado que parecia um texugo morto e molhado. Os óculos estavam tortos. Ela sofrera arranhões no braço. Alguns pacotes de sementes explodiram no seu cinto de jardinagem, e ela acabara com um canteiro de abóbora-bolota em volta da cintura. Mas, fora isso, ela parecia bem. Enfiou a carne na boca e mastigou.

— Gostoso — disse ela, o que não me surpreendeu vindo de uma garota que tomava sopa de lagarto.

Grr-Fred ficou me olhando de cara amarrada até eu ceder e arriscar uma mordida na carne-seca. Não era boa. Mas também não tinha gosto nenhum e era comível. Quando o primeiro pedaço desceu pela minha garganta, senti um calor nos membros. Meu sangue cantarolou. Meus ouvidos estalaram. Eu podia jurar que senti as espinhas nas minhas bochechas sumindo.

— Uau — falei. — Vocês vendem isso?

— Me deixe trabalhar — rosnou nosso guia. — Já perdemos muito tempo.

Ele se virou e examinou a parede do túnel.

Quando minha visão se apurou e meus dentes pararam de bater com tanta violência, avaliei nosso refúgio. Aos nossos pés, o rio continuava correndo, forte e alto. Correnteza abaixo, o canal encolhia até não haver espaço para deixar a cabeça fora da água, o que significava que Grr-Fred tinha nos puxado a tempo para um lugar seguro e em que pudéssemos respirar. O beiral era amplo para todos nós nos sentarmos, mas o teto era tão baixo que até Grr-Fred tinha que ficar meio abaixado.

Fora o rio, eu não via outro caminho, só a parede de pedra para a qual Grr--Fred estava olhando.

— Tem uma passagem secreta? — perguntei.

Ele me lançou um olhar de desprezo, como se eu não valesse o pedaço de esponja seca que tinha me dado.

— Não tem passagem *ainda*, morador da crosta.

Ele estalou os dedos, balançou as mãos e começou a cavar. Embaixo das mãos nuas, a rocha se desfez em pedacinhos menores como merengue, que Grr-Fred jogou no rio. Em minutos, ele tinha aberto meio metro cúbico de pedra com a facilidade com que um mortal tirava as roupas de um armário. E continuou cavando.

Peguei um pedaço de escombro, me perguntando se ainda estava frágil. Apertei e senti a pedrinha cortando meu dedo.

Meg apontou para minha carne-seca pela metade.

— Você vai terminar isso aí?

Eu estava planejando guardar para mais tarde, para o caso de ficar com fome, precisar de força extra ou ter uma crise de espinhas, mas Meg parecia tão faminta que dei para ela.

Passei os minutos seguintes tirando água do meu ukulele, das minhas aljavas e dos meus sapatos, enquanto Grr-Fred continuava cavando.

Finalmente, uma nuvem de poeira saiu do buraco que ele estava cavando. O troglo grunhiu de satisfação. Ele se afastou e revelou uma passagem com um metro e meio de profundidade que dava em outra caverna.

— Andem logo — disse ele. — Vou fechar o túnel quando passarmos. Se tivermos sorte, isso vai afastar os touros do nosso cheiro por um tempo.

Nossa sorte se prolongou. Apreciem essa frase, queridos leitores, porque não a uso com frequência. Enquanto andávamos pela caverna seguinte, eu ficava olhando para a parede que Grr-Fred tinha fechado, esperando que um bando de vacas vermelhas molhadas do mal surgisse por ela, mas isso não aconteceu.

Grr-Fred nos conduziu para cima por um labirinto sinuoso de túneis, até sairmos em um corredor de tijolos onde o ar tinha um cheiro bem pior de esgoto de cidade.

Grr-Fred farejou com reprovação.

— Território humano.

Fiquei tão aliviado que seria capaz de abraçar um rato de esgoto.

— Qual é o caminho até a luz do sol?

Grr-Fred mostrou os dentes.

— Não use esse linguajar comigo.

— Que linguajar? Luz...?

Ele chiou.

— Se você fosse uma criatura dos túneis, eu lavaria sua boca com basalto!

Meg abriu um sorrisinho.

— Eu meio que gostaria de ver isso.

— Hunf — disse Grr-Fred. — Por aqui.

Ele nos levou adiante pela escuridão.

Eu tinha perdido a noção do tempo, mas conseguia imaginar Rachel Elizabeth Dare dando tapinhas no próprio relógio, me avisando que eu estava muito, muito atrasado, atrasado, atrasado. Eu só torcia para que chegássemos à torre de Nero antes do pôr do sol.

Com o mesmo fervor, eu torcia para que Nico, Will e Rachel tivessem sobrevivido ao ataque dos touros. Nossos amigos eram engenhosos e corajosos, é verdade. Com sorte, ainda teriam a ajuda dos trogloditas. Mas, com frequência, sobreviver dependia de pura sorte. Era uma coisa que nós, deuses, não gostávamos de anunciar, pois diminuía radicalmente os donativos nos nossos templos.

— Grr-Fred...? — comecei a perguntar.

— É *Grr*-Fred — corrigiu ele.

— GRR-Fred?

— *Grr*-Fred.

— gRR-Fred?

— *Grr*-Fred.

Com minhas habilidades musicais, era de se esperar que eu tivesse mais capacidade de captar as nuances dos idiomas, mas, ao que parecia, eu não tinha o jeitinho de Nico com o trogloditês.

— Honrado guia — falei —, e nossos amigos? Você acha que *Iiiii*-Bling vai cumprir a promessa e ajudá-los a cavar até os reservatórios de fogo do imperador?

Grr-Fred fez um ruído de desprezo.

— O CEO prometeu isso? Não ouvi.

— Mas...

— Chegamos. — Ele parou no fim do corredor, onde uma escada estreita de tijolos levava para cima. — Só posso vir até aqui. Essa escada vai levar vocês a uma estação de metrô humana. De lá, conseguem achar o caminho até a Crosta Crocante. Vão sair a quinze metros da torre de Nero.

Pisquei.

— Como você pode ter tanta certeza?

— Sou um troglo — disse ele, como se explicasse algo para um filhote dos túneis particularmente lento.

Meg se curvou, batendo as abóboras umas nas outras.

— Obrigada, *Grr*-Fred.

Ele assentiu com mau humor. Reparei que não corrigiu a pronúncia *dela*.

— Eu cumpri meu dever — disse ele. — O que vai acontecer com seus amigos depende de *Iiiii*-Bling, supondo que o CEO ainda esteja vivo depois da destruição que vocês, bárbaros sem chapéus, causaram na nossa sede. Se dependesse de mim...

Ele nem se deu ao trabalho de terminar o pensamento. Concluí que Grr-Fred *não* votaria a favor de nos oferecer ações na próxima reunião dos acionistas troglóditas.

De dentro da minha mochila molhada, tirei a bola de cristal do garotinho de boné de hélice e ofereci a Grr-Fred.

— Pode, por favor, devolver para o dono? E obrigado por ter sido nosso guia. Se vale de alguma coisa, eu falei sério. Nós temos que nos ajudar. É o único futuro pelo qual vale lutar.

Grr-Fred girou a bola nos dedos. Seus olhos castanhos estavam tão inescrutáveis quanto as paredes da caverna, que podiam ser duras e imóveis ou estarem prestes a virar merengue, ou talvez à beira de serem destruídas por vacas furiosas.

— Boa escavação — disse ele. E sumiu.

Meg olhou para a escada. As mãos dela tremiam, e eu achava que não era de frio.

— Tem certeza disso? — perguntei.

Ela se assustou, como se tivesse esquecido que eu estava lá.

— Como você disse, ou a gente se ajuda ou deixa uma cobra comer o futuro.

— Não foi bem isso que...

— Vem, Lester. — Ela respirou fundo. — Vamos em frente.

Se fosse dito como ordem, eu não poderia recusar, mas tive a sensação de que Meg estava falando para fortalecer a própria determinação, assim como a minha.

Juntos, subimos a escada na direção da Crosta Crocante.

20

Já almoçou hoje?
Porque essa parte não é
Muito saborosa

EU ESPERAVA um fosso cheio de jacarés. Uma ponte levadiça de ferro. Talvez algumas tinas de óleo fervente.

Na minha mente, eu tinha construído a torre de Nero como uma fortaleza de escuridão com todos os detalhes malignos. Mas era uma monstruosidade de vidro e aço bem comum em Midtown.

Meg e eu saímos do metrô cerca de uma hora antes do pôr do sol. Luxuosamente cedo para os nossos padrões. Agora estávamos na Sétima Avenida em frente à torre, do outro lado da rua, observando e reunindo coragem.

A cena na calçada em frente podia ser em qualquer lugar de Manhattan. Nova-iorquinos irritados passavam por grupos de turistas encantados. Um vapor com cheiro de kebab vinha de um carrinho de comida árabe. Havia funk tocando em um caminhão de sorvete. Um artista de rua vendia pinturas de celebridades feitas com aerógrafo. Ninguém prestava atenção ao prédio de aparência comercial que abrigava a Triunvirato S.A. e o botão do apocalipse que destruiria a cidade em aproximadamente cinquenta e oito minutos.

Do outro lado da rua, não vi guardas armados, nem monstros ou germânicos em patrulha... só pilares de mármore preto ladeando uma entrada com placas de vidro e, dentro, um saguão enorme com arte abstrata nas paredes, um balcão com um segurança e catracas com vidro protegendo o acesso aos elevadores.

Passava das sete da noite, mas ainda havia funcionários saindo do prédio em pequenos grupos. Pessoas de terno seguravam pastas e celulares enquanto corriam para pegar o trem. Algumas trocavam gentilezas com o segurança na saída. Tentei imaginar as conversas. *Tchau, Caleb. Mande lembranças para a família. Até amanhã, um novo dia de transações comerciais malignas!*

De repente, senti como se tivesse ido até ali me render para uma firma de advocacia.

Meg e eu atravessamos a rua na faixa de pedestres. Nunca que atravessaríamos fora da faixa, correndo o risco de sermos atropelados por um carro e sofrermos uma morte dolorosa. Atraímos alguns olhares estranhos de outros pedestres, o que achei digno, considerando que estávamos molhados e com cheiro de sovaco de troglodita. Ainda assim, como estávamos em Nova York, a maioria das pessoas nos ignorou.

Meg e eu não falamos nada enquanto subíamos os degraus de entrada. Por um acordo tácito, demos as mãos como se novamente um rio pudesse nos levar.

Nenhum alarme tocou. Nenhum guarda pulou de um esconderijo. Nenhuma armadilha de urso foi acionada. Nós abrimos as portas pesadas de vidro e entramos no saguão.

Uma música clássica suave tocava no ar frio. Acima da mesa do segurança havia uma escultura de metal com formas em cores primárias que giravam lentamente. O guarda estava inclinado para a frente na cadeira, lendo um livro, o rosto azul-claro na luz dos monitores.

— Posso ajudar? — perguntou ele sem erguer o olhar.

Olhei para Meg para verificar em silêncio se estávamos no prédio certo. Ela assentiu.

— Nós viemos nos render — falei para o guarda.

Isso o faria olhar, com certeza. Só que não.

Ele não podia ter agido de forma *menos* interessada. Lembrei-me da entrada do Monte Olimpo, pelo saguão do Empire State Building. Normalmente, eu nunca entrava por lá, mas sabia que Zeus contratava os seres mais inexpressíveis e desinteressados que encontrava para cuidar da recepção como forma de desencorajar os visitantes. Perguntei-me se Nero tinha feito a mesma coisa ali.

— Sou Apolo — continuei. — E essa é Meg. Acredito que estão nos esperando. Tipo... nosso prazo é o pôr do sol, senão a cidade vai pegar fogo.

O guarda respirou fundo, como se fosse doloroso se mover. Com o dedo marcando o livro, ele pegou uma caneta e a bateu no balcão ao lado do livro de registos.

— Nome. Identidade.

— Você precisa da nossa identidade para nos levar como prisioneiros?

O guarda virou a página do livro e continuou lendo.

Suspirando, peguei minha habilitação provisória do estado de Nova York. Acho que eu não deveria ficar surpreso de ter que mostrá-la uma última vez, só para completar minha humilhação. Eu a deslizei pelo balcão. Depois, assinei o livro por nós dois. *Nome(s): Lester (Apolo) e Meg. Reunião marcada com: Nero. Assunto: Rendição. Horário de entrada: 19h16. Horário de saída: Provavelmente nunca.*

Como Meg era menor de idade, eu não imaginei que tivesse uma identidade, mas ela tirou os anéis dourados e os colocou ao lado da minha habilitação. Contive a vontade de gritar *Está maluca?*, mas Meg os entregou como se já tivesse feito isso um milhão de vezes. O guarda pegou os anéis e os examinou sem fazer qualquer comentário. Então pegou minha habilitação e a comparou com meu rosto. Os olhos dele eram da cor de cubos de gelo com uma década de idade.

Ele pareceu concluir que, tragicamente, minha aparência na vida real era tão ruim quanto na foto da habilitação. Depois devolveu o documento junto com os anéis de Meg.

— Elevador nove, à direita — declarou ele.

Quase agradeci. Mas pensei melhor.

Meg me puxou pela manga da camisa.

— Vem, Lester.

Ela foi na frente pela catraca que levava ao elevador nove. Lá dentro, a caixa de aço inoxidável não tinha botões. O elevador subiu sozinho assim que as portas se fecharam. Uma pequena misericórdia: não tinha música de elevador, só o barulho baixo da máquina, tão brilhante e eficiente quanto um fatiador de carne industrial.

— O que devo esperar quando chegarmos no alto? — perguntei a Meg.

Eu imaginava que o elevador estivesse sendo vigiado, mas não pude deixar de perguntar. Eu queria ouvir a voz de Meg. Também queria impedi-la de afundar completamente nos pensamentos sombrios. Ela estava com a expressão séria que tomava seu rosto quando pensava no padrasto horrível, como se o cérebro estivesse encerrando todos os serviços não essenciais e se protegendo para um furacão.

Ela colocou os anéis nos dedos do meio.

— Qualquer coisa que você acha que vai acontecer... — aconselhou ela — ...vira de cabeça para baixo e do avesso.

Esse não era bem o consolo que eu estava esperando. Meu peito já parecia estar sendo virado de cabeça para baixo e do avesso. Eu estava nervoso por entrar na toca de Nero com duas aljavas vazias e um ukulele cheio de água. Estava nervoso porque ninguém nos prendeu quando nos viu e porque o segurança devolveu os anéis da Meg, como se duas espadas mágicas não fizessem a menor diferença no nosso destino.

Ainda assim, empertiguei as costas e apertei a mão de Meg mais uma vez.

— A gente vai fazer o que tem que fazer.

As portas do elevador se abriram e nós saímos na antecâmara imperial.

— Bem-vindos!

A jovem que nos recebeu usava um terninho preto, sapatos de salto alto e um fone na orelha esquerda. O cabelo verde vibrante tinha sido preso num rabo de cavalo. O rosto estava maquiado para deixar a pele mais rosada e humana, porém o tom verde dos olhos e as pontas das orelhas entregavam que ela era uma dríade.

— Sou Areca. Antes de se encontrarem com o imperador, vocês aceitam uma bebida? Água? Café? Chá?

Ela falou com uma alegria forçada. Seus olhos diziam: *socorro, sou uma refém!*

— Não preciso de nada — falei, uma mentira patética.

Meg balançou a cabeça.

— Que ótimo! — mentiu Areca em resposta. — Venham comigo!

Traduzi isso como *Fujam enquanto podem!* Ela hesitou para nos dar tempo de considerar nossas escolhas de vida. Como não gritamos nem corremos de volta para o elevador, ela nos guiou até uma porta dourada dupla no fim do corredor.

A porta se abriu por dentro e revelou um espaço amplo, a sala do trono que eu tinha visto no meu pesadelo.

As janelas do chão ao teto ofereciam uma vista de trezentos e sessenta graus de Manhattan ao pôr do sol. A oeste, o céu lançava sua luz vermelho-sangue sobre Nova Jersey, e o rio Hudson era uma artéria roxa brilhante. A leste, os cânions urbanos estavam marcados por sombras. Havia vários tipos de árvores em vasos junto às janelas, o que achei estranho. O gosto de Nero para decoração costumava ser mais para filigrana dourada e cabeças cortadas.

Tapetes persas luxuosos formavam um tabuleiro assimétrico no piso de madeira. Fileiras de pilares de mármore preto sustentavam o teto, lembrando demais o palácio de Cronos. (Ele e seus titãs adoravam mármore preto. Era um dos motivos para Zeus ter insistido nos códigos rigorosos de construção do Monte Olimpo, que mantinham tudo em um branco ofuscante.)

A sala estava cheia de pessoas cuidadosamente posicionadas, paralisadas no lugar, todas nos olhando como se tivessem praticado suas posições por dias e Nero tivesse gritado segundos antes: *Aos seus lugares, pessoal! Eles chegaram!* Se elas começassem a dançar, eu ia me jogar pela janela mais próxima.

Enfileirados à esquerda de Nero estavam onze jovens semideuses do Lar Imperial, também conhecidos como as crianças von Trapp do mal, todos usando toga com bordas roxas por cima da calça jeans rasgada moderninha e camisa de gola, talvez porque camisetas fugiam do estilo de vestimenta quando a família recebia prisioneiros importantes que seriam executados. Vários semideuses mais velhos olhavam de cara feia para Meg.

À direita do imperador, havia doze criados: moças com bandejas e jarras de bebidas; rapazes musculosos com abanadores de folha de palmeira, embora o termostato do ar-condicionado do ambiente estivesse ajustado para *inverno da Antártida*. Um rapaz, que tinha obviamente perdido uma aposta, massageava os pés do imperador.

Seis germânicos ladeavam o trono, inclusive Gunther, nosso amigo do trem para Nova York. Ele me observou, como se imaginasse todas as formas interessantes e dolorosas de arrancar minha cabeça. Ao lado dele, à direita do imperador, estava Luguselwa.

Tive que me segurar para não suspirar de alívio. Claro que ela estava com uma aparência péssima. Órteses de aço envolviam suas pernas. Havia uma muleta debaixo de cada braço. Também usava um colar cervical, e a pele em volta dos olhos parecia uma máscara preta de hematomas. O cabelo moicano era a única parte dela que não parecia danificada. Mas, considerando que eu a tinha jogado de um prédio apenas três dias antes, era impressionante vê-la de pé. Nós precisávamos dela para nosso plano dar certo. Além disso, se Lu tivesse morrido por causa dos ferimentos, Meg provavelmente teria me matado antes que Nero tivesse a chance.

O imperador estava reclinado no sofá roxo espalhafatoso. Ele tinha trocado o roupão por uma túnica e uma toga romana tradicional, que eu não achava muito diferente do pijama dele. Os louros de ouro tinham sido polidos. A barba de pescoço brilhava com óleo. Se exibisse uma expressão ainda mais arrogante, toda a espécie dos gatos domésticos o teria processado por plágio.

— Vossa Majestade Imperial! — Nossa guia, Areca, tentou usar um tom alegre, mas sua voz falhava de medo. — Seus convidados chegaram!

Nero a dispensou. Areca correu para a lateral da sala e ficou ao lado de um vaso de plantas, que era... Ah, claro. Senti uma pontada no coração de solidariedade. Areca estava ao lado de uma palmeira-areca, sua força vital. O imperador havia decorado a sala do trono com seus escravos: dríades em vasos.

Ao meu lado, dava para *ouvir* Meg trincando os dentes. Concluí que as dríades eram uma aquisição nova, talvez colocadas ali para lembrar a Meg quem detinha todo o poder.

— Ora, ora! — Nero chutou para longe o rapaz que massageava seus pés. — Apolo. Estou impressionado.

Luguselwa se balançou nas muletas. Na sua cabeça raspada, as veias saltavam feito raízes de árvores.

— Está vendo, meu senhor? Falei que eles viriam.

— Sim. Sim, falou. — A voz de Nero soou pesada e fria.

Ele se inclinou para a frente e entrelaçou os dedos, a barriga marcando a túnica. Pensei em Dioniso mantendo aquela barriga de respeito como forma de protesto. Fiquei me perguntando se também era o caso de Nero.

— Então, *Lester*, depois de todos os problemas que você me causou, por que se renderia agora?

Respire fundo.

— Você ameaçou botar fogo na cidade.

— Ah, pare com isso. — Ele abriu um sorriso conspiratório. — Nós dois já ficamos observando cidades pegarem fogo. Agora, minha preciosa Meg aqui... — Ele olhou para ela de forma tão afetuosa que me deu vontade de vomitar no tapete persa. — Acredito que *ela* possa querer salvar a cidade. É uma bela heroína.

Os outros semideuses do Lar Imperial trocaram olhares de repulsa. Claramente, Meg era a favorita de Nero, o que a tornava inimiga de todo membro da amorosa família de sociopatas.

— Mas você, Lester — continuou Nero. — Não... não acredito que tenha ficado tão nobre. Não podemos mudar milhares de anos da nossa natureza tão rapidamente, não é? Você não estaria aqui se não achasse que teria alguma serventia a... *você*.

Ele apontou para mim, e quase senti a pressão da ponta do dedo dele no peito. Tentei parecer agitado, o que não era difícil.

— Você quer que eu me renda ou não?

Nero sorriu para Luguselwa e para Meg.

— Sabe, Apolo — disse ele, preguiçosamente —, é fascinante como atos ruins podem ser bons e vice-versa. Se lembra da minha mãe, Agripina? Uma mulher terrível. Sempre tentando governar por mim, me dizendo o que fazer. Tive que matá-la no final. Bom, não eu pessoalmente, claro. Mandei Aniceto resolver isso. — Ele deu de ombros de leve, como se dissesse *Mães, né?* — Enfim, o matricídio era um dos piores crimes para um romano. Mas, depois que a matei, as pessoas me amaram ainda mais! Eu tinha me defendido, mostrado minha independência. Eu me tornei um herói para o homem comum! E aí houve também todas aquelas histórias sobre eu ter queimado cristãos vivos...

Eu não sabia aonde Nero queria chegar com aquilo tudo. Nós estávamos falando da minha rendição. Agora, ele estava me contando sobre a mãe e suas festas queimando cristãos. Eu só queria ser jogado numa cela com Meg, preferivelmente sem ser torturado, para que Lu aparecesse lá mais tarde, nos soltasse e nos ajudasse a destruir a torre toda. Era pedir muito? Mas, quando um imperador começa a falar sobre si mesmo, você tem que dançar conforme a música. Podia demorar.

— Está alegando que as histórias sobre queimar cristãos não eram verdade? — perguntei.

Ele riu.

— Claro que eram verdade. Os cristãos eram terroristas e queriam minar os valores romanos tradicionais. Ah, eles *alegavam* ser uma religião de paz, mas não enganavam ninguém. A questão é que os *verdadeiros* romanos me amavam por ser linha-dura. Depois que eu morri... Você sabia? Depois que eu morri, o povo se rebelou. As pessoas se recusavam a acreditar que eu estava morto. Houve uma onda de rebeliões, e todos os líderes rebeldes alegavam ser uma versão minha renascida.

— Ele exibiu uma expressão sonhadora. — Eu era amado. Meus ditos atos ruins me tornaram amplamente popular, enquanto meus atos *bons*, como perdoar meus inimigos, trazer de volta paz e estabilidade ao império... essas coisas só me fizeram parecer frouxo e levaram à minha morte. Desta vez, vou fazer tudo de um jeito diferente. Vou retomar os valores romanos tradicionais. Vou parar de me preocupar com o bem e o mal. As pessoas que sobreviverem à transição... vão me amar como a um pai.

Ele fez um gesto na direção da fila de filhos adotivos, todos espertos o bastante para manterem a expressão cuidadosamente neutra.

Aquele antigo lagarto metafórico estava tentando subir pela minha garganta de novo. O fato de que Nero, um homem que tinha matado a própria mãe, estava falando sobre defender valores romanos tradicionais... era a coisa mais romana que eu conseguia imaginar. E a ideia de que ele queria bancar o pai do mundo todo embrulhou meu estômago. Imaginei meus amigos do Acampamento Meio-Sangue enfileirados atrás dos servos do imperador. Pensei em Meg voltando para a fila com o resto do Lar Imperial.

Ela seria a décima segunda, percebi. A décima segunda filha adotiva do Nero, como os doze olimpianos. Isso não podia ser coincidência. Nero os estava criando como jovens deuses em treinamento para assumirem o mundo de pesadelo dele. Isso tornava Nero o novo Cronos, o pai todo-poderoso que podia cobrir os filhos de bênçãos ou devorá-los quando quisesse. Eu tinha subestimado *muito* a megalomania de Nero.

— Onde eu estava? — refletiu Nero, voltando dos seus pensamentos agradáveis de massacre.

— No monólogo do vilão — falei.

— Ah, agora lembrei! Atos bons e ruins. Você, Apolo, veio aqui se render, se sacrificar para salvar a cidade. Parece um ato bom! É exatamente por isso que desconfio que seja ruim. Luguselwa!

A gaulesa não me parecia alguém que estremecia com facilidade, mas, quando Nero gritou o nome dela, as órteses nas suas pernas gemeram.

— Meu senhor?

— Qual era o plano? — perguntou Nero.

Senti meus pulmões gelarem.

Lu fez o melhor que pôde para parecer confusa.

— Meu senhor?

— O plano — disse ele, com rispidez. — Você deixou esses dois fugirem de propósito. Agora eles se entregam logo antes do prazo do meu ultimato. O que esperava conseguir quando me traiu?

— Meu senhor, não. Eu...

— Peguem eles!

A coreografia da sala do trono ficou clara de repente. Todo mundo desempenhou lindamente seu papel. Os servos recuaram. Os semideuses do Lar Imperial se adiantaram e puxaram as espadas. Só reparei nos germânicos se aproximando por trás quando dois gigantes corpulentos seguraram meus braços. Outros dois seguraram Meg. Gunther e um amigo agarraram Luguselwa com tanta violência que as muletas dela caíram estalando no chão. Se estivesse plenamente curada, sem dúvida Luguselwa teria resistido com vigor, mas, naquela condição, não havia como. Eles a empurraram para o chão, prostrada na frente do imperador, ignorando os gritos e o barulho das órteses nas pernas dela.

— Parem!

Meg se debateu, mas os captores pesavam centenas de quilos a mais do que ela. Chutei meu germânico na canela, mas não adiantou nada. Era como chutar um touro selvagem.

Os olhos de Nero brilhavam, achando graça.

— Estão vendo, crianças — disse ele para os onze filhos adotivos —, se algum dia decidirem me destituir, vão ter que fazer *muito* melhor do que isso. Sinceramente, estou decepcionado.

Ele contorceu alguns pelos da barba de pescoço, provavelmente porque não tinha um bigode decente de vilão.

— Vamos ver se entendi direito, Apolo. Você se rende para entrar na minha torre, esperando que isso me convença a não botar fogo na cidade, ao mesmo tempo que me faz baixar a guarda. Enquanto isso, seu pequeno exército de semideuses se reúne no Acampamento Meio-Sangue... — Ele abriu um sorriso cruel. — Sim, fiquei sabendo por uma boa fonte que eles estão se preparando para marchar. Que empolgante! Aí, quando eles atacarem, Luguselwa vai libertar vocês dois da cela e, juntos, no meio da confusão, vocês vão me matar. É por aí?

Meu coração esmurrou meu peito feito um troglodita abrindo um buraco numa parede de pedra. Se o Acampamento Meio-Sangue estivesse mesmo marchando, isso significava que Rachel devia ter chegado à superfície e entrado em contato com eles. O que queria dizer que Will e Nico talvez também estivessem vivos e ainda com os trogloditas. Ou Nero podia estar mentindo. Ou ele podia saber mais do que estava revelando. De qualquer modo, Luguselwa estava exposta, e com isso ela não podia nos libertar nem ajudar a destruir os fasces do imperador. Quer Nico e os troglos conseguissem levar a sabotagem adiante ou não, nossos amigos do acampamento partiriam para o abate. Ah, além disso, eu ia morrer.

Nero riu de prazer.

— Aí está! — Ele apontou para mim. — A expressão de alguém percebendo que a própria vida chegou ao fim. Não dá para fingir isso. É de uma sinceridade linda! E você está certo, claro.

— Nero, não! — gritou Meg. — P-pai!

A palavra pareceu machucá-la, como se ela estivesse tossindo cacos de vidro.

Nero fez beicinho e abriu os braços, como se quisesse receber Meg num abraço amoroso se não fossem os dois capangas enormes a segurando.

— Ah, minha querida filhinha. Lamento tanto você ter decidido fazer parte disso. Eu queria poder te poupar da dor que está por vir. Mas você sabe muito bem... que nunca deve irritar o Besta.

Meg gritou e tentou morder um dos guardas. Eu queria ter a ferocidade dela. Um terror absoluto tinha transformado meus membros em pudim.

— Cassius — chamou Nero —, aproxime-se, filho.

O semideus mais novo correu até a plataforma. Ele tinha oito anos no máximo.

Nero deu um tapinha de leve na bochecha dele.

— Bom menino. Vá pegar os anéis de ouro da sua irmã, tá? Espero que você os use melhor do que ela.

Depois de um instante de hesitação, como se traduzisse as instruções a partir do idioma nerês, Cassius correu até Meg. Ele evitou seu olhar enquanto tirava os anéis dos dedos dela.

— Cass. — Meg estava chorando. — Não. Não escute ele.

O garotinho corou, mas continuou trabalhando em silêncio nos anéis. Ele tinha manchas rosadas em volta dos lábios por causa de alguma bebida que tomara, suco ou refrigerante. O cabelo louro me lembrou... Não. Não, eu me recusava a pensar. Argh. Tarde demais! Maldita imaginação! Ele me lembrava um Jason Grace mais jovem.

Depois que soltou os dois anéis, Cassius correu até o padrasto.

— Que bom, que bom — disse Nero, com um toque de impaciência. — Coloque os dois. Você treinou com espadas, não foi?

Cassius assentiu e obedeceu, desajeitado.

Nero sorriu para mim, feito o mestre de cerimônias de um show. *Obrigado pela paciência. Estamos enfrentando problemas técnicos.*

— Sabe, Apolo — disse ele —, tem um ditado dos cristãos que eu gosto. Como é mesmo? *Se suas mãos o ofendem, corte-as fora...* Algo assim. — Ele olhou para Lu. — Ah, Lu, infelizmente suas mãos me ofenderam. Cassius, faça as honras.

Luguselwa lutou e gritou enquanto os guardas esticavam seus braços à frente do corpo, mas ela estava fraca e sentindo muita dor. Cassius engoliu em seco, o rosto uma mistura de horror e ansiedade.

Os olhos severos de Nero, os olhos do Besta, se voltaram para ele.

— Agora, garoto — ordenou, com uma calma arrepiante.

Cassius conjurou as espadas douradas. Quando as baixou nos pulsos de Lu, a sala toda pareceu se inclinar e sair de foco. Eu não sabia mais quem estava gritando: Lu, Meg ou eu.

Por uma névoa de dor e náusea, ouvi Nero gritar:

— Façam curativos! Ela não vai morrer tão fácil! — Em seguida virou os olhos do Besta para mim. — Agora, Apolo, vou te contar o *novo* plano. Você vai ser jogado numa cela com essa traidora, Luguselwa. E Meg, minha querida Meg, nós vamos começar sua reabilitação. Bem-vinda de volta ao lar.

21

Fuja do sofá
E da bandeja de frutas
Do vaso, nem se fala

A CELA DE NERO era o lugar mais incrível em que eu já tinha ficado preso. Daria cinco estrelas. *Luxo total! Morreria de novo aqui!*

No teto havia um lustre (um *lustre*!) alto demais e fora do alcance de qualquer prisioneiro. Pendentes de cristal dançavam nas luzes de LED, gerando reflexos em formato de diamante nas paredes off-white. No fundo do cômodo havia uma pia com ornamentos dourados e um vaso sanitário automático com bidê, tudo protegido atrás de um biombo para sua privacidade. Que mimo! Um dos tapetes persas de Nero cobria o chão. Dois elegantes sofás em estilo romano contornavam em V uma mesinha lotada de queijos, biscoitos e frutas, além de uma jarra de prata cheia de água e dois cálices, caso nós, prisioneiros, quiséssemos fazer um brinde à nossa boa sorte. Só a frente da cela tinha cara de cadeia, pois não passava de uma fileira de barras de metal grossas, mas até isso era folheado a ouro imperial — ou talvez fosse de ouro maciço.

Passei os primeiros vinte ou trinta minutos sozinho na cela. Era difícil medir o tempo. Eu andei de um lado para outro, gritei, exigi ver Meg. Bati uma bandeja de prata nas barras e berrei para o corredor vazio. Por fim, quando o medo e o enjoo me dominaram, descobri as alegrias de vomitar em vasos sanitários chiques com assentos aquecidos e múltiplas opções de limpeza.

Estava começando a pensar que Luguselwa estava morta. Por que outro motivo ela não estaria na cela comigo, como Nero havia prometido? Como poderia ter sobrevivido ao choque da amputação dupla quando já estava tão machucada?

Bem quando estava me convencendo de que morreria sozinho naquela cela, sem ninguém para me ajudar a comer os queijos e biscoitos, uma porta no fim do corredor se abriu com um estrondo, e ouvi passos pesados e muitas reclamações. Gunther e outro germânico surgiram, arrastando Luguselwa entre eles. Três barras de metal no centro da entrada da cela foram sugadas pelo chão tão rápido quanto lâminas sendo embainhadas. Os guardas empurraram Lu para dentro, e as barras se fecharam com um estalo.

Corri até Lu. Ela estava encolhida no tapete persa, o corpo trêmulo e respingado de sangue. Os suportes para as pernas tinham sido removidos. Seu rosto estava mais pálido que as paredes. Seus pulsos tinham sido envoltos por bandagens, que já estavam encharcadas com sangue. A testa queimava de febre.

— Ela precisa de um médico! — gritei.

Gunther me encarou com desprezo.

— Você não é um deus da cura?

O amigo dele deu uma risada debochada; e os dois seguiram com passos pesados pelo corredor.

— Argh — gemeu Lu.

— Aguenta firme — falei, depois fiz uma careta, percebendo que provavelmente era meio insensível dizer isso, considerando sua condição.

Corri de volta para o sofá confortável e revirei minha mochila. Os guardas haviam levado meu arco e flechas, inclusive a Flecha de Dodona, mas tinham me deixado com tudo mais que não fosse claramente uma arma — meu ukulele encharcado e minha mochila, incluindo alguns suprimentos médicos que Will me dera: bandagens, óleos, comprimidos, néctar, ambrosia. Será que gauleses podiam comer ambrosia? Será que podiam tomar aspirina? Eu não tinha tempo para me preocupar com isso.

Molhei alguns dos guardanapos de linho na água gelada da jarra e cobri a testa e o pescoço de Lu com eles, para baixar a febre. Amassei alguns analgésicos com ambrosia e néctar e dei um pouco do mingau na sua boca, embora ela mal conseguisse engolir. Seus olhos não se focavam em nada. Os calafrios estavam piorando.

Ela gaguejou:

— Meg...?

— Shh — falei, tentando não chorar. — Vamos salvá-la, eu juro. Mas primeiro você precisa se curar.

Ela gemeu, então soltou um ganido agudo que parecia um grito sem forças. Devia estar sentindo uma dor horrível. Já estaria morta se não fosse uma gaulesa dura na queda.

— Preciso que você durma para o que vou fazer agora — avisei. — Eu... sinto muito. Mas tenho que examinar seus pulsos. Tenho que limpar as feridas e trocar as bandagens, ou você vai morrer de septicemia.

Eu não imaginava como fazer aquilo sem deixá-la morrer de hemorragia ou com o choque, mas tinha que tentar. Os guardas fizeram um curativo porco, duvido que tenham se preocupado em esterilizar alguma coisa. Haviam estancado o sangramento, mas Lu morreria se eu não cuidasse daquilo.

Peguei outro guardanapo e um frasco de clorofórmio — um dos componentes mais perigosos do kit médico de Will. Usá-lo era um risco tremendo, mas as circunstâncias desesperadoras não me davam opção, a não ser que eu desse com a bandeja de queijos na cabeça de Lu para deixá-la inconsciente.

Coloquei o guardanapo molhado no rosto dela.

— Não... — reclamou ela, sem forças. — Não posso...

— Você vai desmaiar de dor assim que eu encostar nos seus pulsos de qualquer jeito.

Ela fez uma careta, então assentiu.

Pressionei o guardanapo no nariz e na boca. Duas respirações, e o corpo dela relaxou. Pelo seu próprio bem, torci para que ela permanecesse inconsciente.

Agi o mais rápido que consegui. Minhas mãos estavam surpreendentemente firmes. O conhecimento médico me voltou como por instinto. Não pensei nos ferimentos graves ali na minha frente, nem na quantidade de sangue... Só fiz o que precisava ser feito. Torniquete. Esterilizar. Eu tentaria reimplantar suas mãos, apesar das poucas chances de sucesso, mas os guardas não tiveram a decência de trazê-las. Um lustre e uma ampla seleção de frutas? Com certeza. Mãos? Nem pensar.

— Cauterizar... — resmunguei. — Preciso...

Minha mão direita se acendeu em chamas.

No momento, não achei isso estranho. Uma faísca do meu antigo poder de deus do sol? Claro, por que não? Cauterizei os cotocos dos pulsos da pobre Lu, passei bastante pomada cicatrizante e então refiz o curativo, deixando-a com dois cotonetes no lugar das mãos.

— Eu sinto muito — falei.

A culpa pesava sobre mim como uma armadura completa. Eu havia suspeitado tanto dela, enquanto Lu passava esse tempo todo arriscando sua vida para tentar nos ajudar. Seu único crime tinha sido subestimar Nero, como todos nós fizéramos. E o preço que ela teve que pagar...

Vocês precisam entender que, para um músico como eu, não existe punição pior que perder as mãos — não poder mais tocar teclado ou fazer uma escala, nunca mais poder invocar a música com os dedos. Fazer música é um tipo único de divindade. Eu imaginava que Lu sentia exatamente a mesma coisa em relação à sua habilidade de luta. Ela nunca mais empunharia uma arma.

A crueldade de Nero não tinha limites. Queria cauterizar aquele sorriso metido da cara dele.

Cuide da sua paciente, eu me recriminei.

Peguei almofadas do sofá e as posicionei em volta de Lu, tentando deixá-la o mais confortável possível no tapete. Mesmo que quisesse arriscar movê-la para o sofá, duvidava que teria força suficiente. Cobri sua testa com mais guardanapos molhados. Molhei seus lábios com água e néctar. Então encostei os dedos na artéria carótida e me concentrei com toda a força. *Cure, cure, cure.*

Talvez fosse minha imaginação, mas pensei sentir uma fagulha do meu antigo poder se agitar. Meus dedos se aqueceram em contato com a pele dela. Seus batimentos cardíacos começaram a se estabilizar. A respiração ficou mais tranquila. A febre baixou.

Eu havia feito o que podia. Fui me arrastando pelo chão e subi no sofá, a mente confusa pela exaustão.

Quanto tempo havia se passado? Eu nem sabia se Nero tinha decidido destruir Nova York ou esperar até as tropas do Acampamento Meio-Sangue se aproximarem. A cidade poderia estar ardendo em chamas naquele exato momento, e eu não veria nem sinal disso naquela cela sem janelas na torre autossuficiente de

Nero. O ar-condicionado continuaria soprando. O lustre continuaria brilhando. O vaso continuaria dando descarga.

E Meg... Ah, deuses, o que Nero estaria fazendo para "reabilitá-la"?

Não dava para aguentar. Eu tinha que me levantar. Eu tinha que salvar minha amiga. Mas meu corpo exausto tinha outras ideias.

Minha visão escureceu. Caí de lado, e meus pensamentos afundaram em uma piscina de sombras.

— E aí, cara?

A voz conhecida parecia vir do outro lado do mundo por meio de uma conexão fraca de satélite.

Conforme a cena se montava, eu me vi sentado a uma mesa de piquenique na praia de Santa Monica, perto da barraca de tacos de peixe em que eu, Jason, Piper e Meg fizemos nossa última refeição antes de nos infiltramos na frota de megaiates de Calígula. Do outro lado da mesa estava Jason Grace, brilhando e meio transparente, como um vídeo projetado em uma nuvem.

— Jason. — Minha voz era um soluço desesperado. — Você está aqui.

Seu sorriso tremeu. Os olhos não passavam de manchas de tinta turquesa. Ainda assim, eu conseguia sentir a força silenciosa da sua presença e ouvi a gentileza em sua voz.

— Na verdade, não, Apolo. Eu estou morto. Você está sonhando. Mas é bom te ver.

Olhei para baixo, duvidando que conseguiria falar. À minha frente havia um prato de tacos de peixe transformados em ouro, como um trabalho do rei Midas. Eu não sabia o que aquilo significava. E não gostava nem um pouco.

— Eu sinto muito — consegui dizer por fim.

— Não, não — retrucou Jason. — Eu tomei minha decisão. Você não tem culpa de nada. Você não me deve nada. Seu único compromisso comigo é se lembrar do que falei. Lembre-se do que importa.

— *Você* — insisti. — Sua vida!

Jason inclinou a cabeça.

— Bom... tudo bem. Mas se um herói não está disposto a perder a vida por uma causa maior, será que essa pessoa é mesmo um herói?

Ele deu uma relevância sutil à palavra *pessoa*, como se querendo deixar claro que poderia significar um humano, um fauno, uma dríade, um grifo, um *pandos*... até um deus.

— Mas... — Foi difícil encontrar um contra-argumento.

Eu queria tanto esticar as mãos por cima da mesa, pegar as mãos de Jason e puxá-lo de volta para o mundo dos vivos. Mas mesmo se pudesse fazer isso, me dei conta de que não seria por Jason. Ele estava em paz com suas escolhas. Eu estaria trazendo-o de volta por minhas próprias razões egoístas, porque não queria lidar com a tristeza e o luto de tê-lo perdido.

— Certo. — Um nó que estava esmagando meu peito de tanta dor por semanas começou a afrouxar. — Certo, Jason. Mas a gente sente a sua falta.

Seu rosto tremeluziu em uma fumaça colorida.

— Também sinto falta de vocês, de todo mundo. Apolo, me faça um favor. Tome cuidado com o servo de Mitra, o leão por uma serpente envolvido. Você sabe o que ele é e o que pode fazer.

— Eu... o quê? Não sei, não! Me conta, por favor!

Jason conseguiu dar um último sorriso fraco.

— Eu sou só um sonho na sua cabeça, cara. Você já tem a informação. Só estou dizendo... Barganhar com o guardião das estrelas tem seu preço. Às vezes você tem que pagar esse preço. Às vezes tem que deixar outra pessoa pagar.

Isso não me ajudava em absolutamente nada, mas o sonho não me permitiu mais tempo para perguntas.

Jason sumiu. Meus tacos de peixe dourados se transformaram em pó. O litoral de Santa Barbara derreteu, e eu acordei sobressaltado no meu sofá confortável.

— Tá vivo? — perguntou uma voz rouca.

Lu estava deitada no outro sofá. Como ela havia se levantado do chão, eu não conseguia imaginar. Seu rosto e seus olhos estavam fundos. Os cotocos enfaixados tinham pontinhos marrons onde sangue fresco havia sido absorvido. Mas ela parecia menos pálida, e seus olhos estavam impressionantemente despertos. Só podia concluir que meus poderes curativos divinos — tirados sabe-se lá de onde — tinham ajudado um pouco.

Fiquei tão surpreso que demorei um momento para encontrar as palavras.

— Eu... Eu é que deveria estar fazendo essa pergunta para *você*. Está doendo muito?

Ela ergueu os cotocos, distraída.

— O quê, isso? Já passei por coisa pior.

— Pelos deuses — comentei, impressionado. — Senso de humor num momento desses? Você é mesmo indestrutível.

Seu rosto ficou tenso — talvez fosse um esboço de sorriso, ou só uma reação à agonia constante que sentia.

— Meg. O que houve com ela? Como podemos encontrá-la?

Eu não podia deixar de admirar sua determinação. Apesar da dor e da punição injusta, Lu ainda estava totalmente focada em ajudar nossa jovem amiga.

— Não tenho certeza — falei. — Vamos encontrá-la, mas primeiro você precisa recuperar suas forças. Quando escaparmos daqui, vai precisar se mover sozinha. Acho que não consigo carregar você.

— Não? — perguntou Lu. — Eu estava doida para andar na sua garupa.

Nossa, acho que gauleses ficam sarcásticos quando sofrem ferimentos quase fatais.

É claro que toda a ideia de nós escaparmos da cela era absurda. Mesmo se conseguíssemos, não estávamos em condições de resgatar Meg ou lutar contra as forças do imperador. Mas eu não podia perder a esperança, especialmente quando minha companheira sem mãos ainda conseguia fazer piada.

Além disso, meu sonho com Jason me lembrou de que os fasces do imperador estavam escondidos em algum lugar daquele andar da torre, guardados pelo leão-serpente. O guardião das estrelas, o servo de Mitra, o que quer que isso significasse... tinha que estar por perto. E se ele exigisse um preço para nos deixar esmigalhar o galho da imortalidade de Nero até virar pó, eu estava disposto a pagar o que fosse.

— Ainda tenho um pouco de ambrosia. — Eu enfiei a mão na bolsa de remédios. — Você precisa comer...

Mais uma vez ouvi o estrondo da porta no final do corredor se abrindo. Gunther apareceu diante da nossa cela, com uma bandeja de prata cheia de sanduíches e latas de refrigerante.

Ele sorriu, mostrando bem todos os três dentes.

— Almoço.

As barras do meio da cela desceram com a velocidade de uma guilhotina. Gunther deslizou a bandeja para dentro, e as barras se fecharam com um estalo antes que eu sequer conseguisse pensar em atingir nosso captor.

Eu precisava muito comer, mas só de olhar para os sanduíches meu estômago revirou. Alguém tinha tirado a casca do pão e cortado os sanduíches em retângulos, não triângulos. É assim que a gente descobre que o almoço foi preparado por bárbaros.

— É bom recuperar as forças! — comentou Gunther, animado. — Nada de morrer antes da festa, hein?

— Festa? — perguntei, sentindo uma pontadinha mínima de esperança.

Não porque festas fossem divertidas, ou porque eu gostava de bolo (embora ambos fossem verdade), mas porque se Nero tinha adiado sua grande comemoração, talvez ele ainda não tivesse apertado o botão da destruição.

— Ah, sim! — explicou Gunther. — Hoje à noite! Tortura para vocês dois. E aí a gente vai colocar fogo na cidade!

Com esse pensamento alegre, Gunther saltitou de volta pelo corredor, rindo sozinho, nos deixando com nossa bandeja de sanduíches bárbaros.

22

Tô indo dormir
Para salvar quem eu amo
Boa noite a todos!

DEUSES não são muito bons com prazos.

O conceito de ter um tempo limitado para fazer algo simplesmente não faz muito sentido para quem é imortal. Desde que me transformei em Lester Papadopoulos, eu vinha me acostumando com a ideia: vá para tal lugar até tal data ou o mundo acaba. Pegue este item até semana que vem ou todo mundo que você conhece morre.

Ainda assim, fiquei chocado ao me dar conta de que Nero estava planejando incendiar Nova York naquela mesma noite — com bolo, festividades e uma boa dose de tortura — e que não havia nada que eu pudesse fazer a respeito.

Fiquei encarando as barras depois que Gunther foi embora. Esperei que ele voltasse aos pulinhos e gritasse: *Rá, peguei vocês!*, mas o corredor permaneceu vazio. Eu via muito pouco além de paredes brancas sem adornos e uma única câmera de segurança presa ao teto, me encarando com seu olho negro e brilhante.

Eu me virei para Lu.

— Cheguei à conclusão de que nossa situação está uma porcaria.

— Valeu. — Ela cruzou os cotocos no peito como um faraó. — Eu precisava mesmo dessa perspectiva.

— Tem uma câmera de segurança ali.

— Verdade.

— Então como você planejava nos libertar? Você teria sido vista.

Lu resmungou.

— É só *uma* câmera. Fácil de evitar. As partes residenciais? São completamente cobertas por aparelhos de segurança, de todos os ângulos, com captura de som e detector de movimento em cada entrada...

— Já saquei.

Fiquei enfurecido, embora não surpreso, ao saber que a família de Nero ficasse sob mais vigilância do que seus prisioneiros. Afinal, era o homem que tinha matado a própria mãe. Agora estava criando a própria prole de déspotas juniores. Eu *tinha* que salvar Meg.

Sacudi as barras com força, só para dizer que tentei. Elas nem se mexeram. Precisava de uma explosão de poder divino para fugir no melhor estilo "Apolo esmaga", mas não podia contar com a boa vontade dos meus poderes quando eu queria.

Voltei arrastando os pés para o meu sofá, olhando de cara feia para aqueles sanduíches e refrigerantes ofensivos.

Tentei imaginar pelo que Meg estava passando naquele momento.

Eu a visualizei em uma sala opulenta, parecida com a minha — sem barras, mas uma cela mesmo assim. Todos os seus movimentos seriam gravados, todas as conversas, entreouvidas. Não era de se espantar que, nos velhos tempos, ela preferisse perambular pelos becos de Hell's Kitchen, enfrentando ladrões com sacolas de vegetais apodrecidos e adotando ex-deuses como servos. Ela não teria mais esse escape. Nem eu nem Luguselwa estaríamos mais ao seu lado. Estaria completamente cercada e completamente sozinha.

Eu imaginava como os joguinhos mentais de Nero funcionavam. Sendo deus da cura, eu sabia uma coisa ou outra sobre psicologia e saúde mental, embora admita que nem sempre fazia o que era melhor em relação a mim mesmo.

Depois de libertar o Besta, Nero fingiria ser gentil. Tentaria convencer Meg de que ela estava em casa. Que, se ao menos deixasse que ele a "ajudasse", ela seria perdoada. Nero, sozinho, bancava tanto o tira bonzinho quanto o tira mau — um manipulador por excelência.

Pensar em Nero tentando reconfortar uma garotinha que ele mesmo tinha traumatizado me deixava de estômago embrulhado.

Meg já tinha escapado dele uma vez. Desafiar suas vontades deve ter exigido mais força e coragem do que a maioria dos deuses que eu conhecia tinha. Mas agora... de volta ao lugar em que havia sofrido tantos abusos, em que Nero tinha se passado por um pai normal durante a maior parte da sua infância, ela precisaria ser ainda mais forte para não ceder. Seria tão fácil para Meg esquecer o quanto já havia superado.

Lembre-se do que importa. A voz de Jason ecoava na minha cabeça, mas as palavras de Nero estavam lá também. *Não dá para mudar milhares de anos de nossa natureza assim tão rápido, não é mesmo?*

Eu sabia que a ansiedade por conta de minhas fraquezas estava se misturando à ansiedade por conta de Meg. Mesmo que de alguma forma eu conseguisse voltar ao Monte Olimpo, não sei bem se me agarraria às coisas importantes que aprendi no meu tempo como mortal. Isso me fazia duvidar da habilidade de Meg de permanecer firme no seu antigo lar tóxico.

As similaridades entre a casa de Nero e a minha família no Monte Olimpo estavam me deixando cada vez mais nervoso. A ideia de que nós, deuses, éramos tão manipuladores e abusivos quanto o pior imperador romano... Certamente isso não poderia ser verdade.

Ah, espera. É claro que poderia. Argh. Odeio essa clareza. Preferia um filtro suave de Instagram na minha vida — Amaro, talvez, ou um Perpetua.

— A gente vai sair daqui. — A voz de Lu me tirou dos meus pensamentos horríveis. — Aí vamos ajudar a Meg.

Considerando sua condição, era uma afirmação ousada. Percebi que Lu estava tentando me animar. Parecia injusto que ela tivesse que fazer isso... e ainda mais injusto que eu precisasse tanto disso.

A única resposta em que consegui pensar foi:

— Você quer um sanduíche?

Ela deu uma olhada na bandeja.

— Aham. Pepino e cream cheese, se tiver. O sanduíche de pepino e cream cheese do chef é muito bom.

Encontrei o sabor apropriado. Fiquei me perguntando se, nos tempos antigos, os bandos de guerreiros celtas entravam em batalha com as bolsas cheias de sanduíches de pepino e cream cheese. Talvez esse fosse o segredo do sucesso deles.

Dei alguns pedaços na boca de Lu, mas ela perdeu a paciência.

— Deixa o sanduíche aqui no meu peito. Eu dou um jeito. Tenho que começar em algum momento.

Ela usou os cotocos para levar a comida até a boca. Como ela conseguia fazer isso sem desmaiar de dor eu não sabia, mas respeitei seu pedido. Meu filho Esculápio, o deus da medicina, sempre brigava comigo por ajudar pessoas com deficiência. *Você pode ajudar se elas pedirem. Mas espere o pedido. A escolha é delas, não sua.*

Para um deus, isso é difícil de entender, assim como prazos, mas deixei Lu se virar com sua refeição. Peguei alguns sanduíches para mim também: presunto e queijo, maionese de ovos. Fazia muito tempo desde que eu tinha comido pela última vez. Estava sem apetite, mas precisaria de energia se queria fugir dali.

Energia... e informação.

Olhei para Lu.

— Você mencionou microfones.

Seu sanduíche escorregou dos cotocos e caiu no colo. Com a testa ligeiramente franzida, ela começou o lento processo de agarrá-lo de novo.

— Microfones de vigilância, sim. O que que tem?

— Tem algum nesta cela?

— Você quer saber se os guardas estão ouvindo o que falamos? — perguntou Lu, confusa. — Acho que não. A não ser que tenham instalado microfones aqui nas últimas vinte e quatro horas. Nero não liga para o que os prisioneiros estão conversando. Ele só não gosta quando as pessoas reclamam e choramingam. Ele é o único que pode fazer isso.

Fazia total sentido para os padrões de Nero.

Eu queria discutir nossos planos com Lu — mesmo que não tivesse serventia nenhuma, ao menos seria um estímulo para ela saber que meu incrível time de trogloditas talvez estivesse atravessando os túneis em direção à supercaixa de gordura de fogo grego de Nero, o que significaria que o sacrifício de Lu não fora totalmente em vão. Ainda assim, precisava tomar cuidado com o que dizia. Não queria confiar demais em nossa suposta privacidade. Já havíamos subestimado Nero além da conta.

— O imperador não parecia saber sobre... aquela *outra coisa* — falei.

O sanduíche de Lu caiu no seu colo de novo.

— Quer dizer que a outra coisa *vai acontecer*? Você conseguiu providenciar aquilo?

Eu só podia torcer para que estivéssemos falando da mesma *outra coisa*. Lu havia nos instruído a criar algum tipo de sabotagem subterrânea, mas por motivos óbvios eu não tivera a chance de lhe contar os detalhes sobre Nico, Will, Rachel e os trogloditas. (O que, aliás, seria o pior nome de banda de todos os tempos.)

— Espero que sim — respondi. — Supondo que tudo correu de acordo com o plano. — *E que os trogloditas não tenham comido meus amigos só porque levamos umas vacas vermelhas do mal para o esconderijo deles*, só que essa parte eu guardei para mim. — Mas vamos ser sinceros, até agora as coisas não correram de acordo com o plano.

Lu pegou o sanduíche de novo, dessa vez com mais destreza.

— Não sei você, mas Nero está exatamente onde eu queria.

Tive que sorrir. Pelos deuses, essa gaulesa... Eu havia passado de desgostar e desconfiar dela para estar pronto para tomar um tiro por ela. Queria que Lu estivesse do meu lado, com ou sem mãos, quando derrubássemos o imperador e salvássemos Meg. E a gente *conseguiria*, se eu fosse capaz de reunir pelo menos uma fração da determinação dela.

— Nero deveria ficar com medo de você — concordei. — Vamos supor que a *outra coisa* vá acontecer. Também vamos supor que a gente consiga sair daqui e cuidar da... hum, *outra* outra coisa.

Lu revirou os olhos.

— Você quer dizer os fasces do imperador.

Fiz uma careta.

— Sim, tá bom. Isso. Seria bom se a gente tivesse mais informações sobre o protetor deles. Jason o chamou de guardião das estrelas, um servo de Mitra, mas...

— Espera. Quem é Jason?

Eu não queria tocar naquele assunto doloroso, mas expliquei o básico para ela, então contei o que havia discutido com o filho de Júpiter no meu sonho.

Lu tentou se levantar do sofá. Seu rosto ficou pálido, fazendo as tatuagens escurecerem até ficar roxas.

— Ai. — Ela se recostou de novo. — Mitra, é? Não ouço esse nome faz um tempo. Muitos oficiais romanos o cultuavam antigamente, mas eu nunca me apeguei muito a esses deuses persas. Você tinha que entrar para o culto se quisesse descobrir todos os apertos de mão secretos e tudo o mais. Elite, sociedade só para membros, blá-blá-blá. O imperador entrou automaticamente, é claro, o que faz sentido...

— E faz sentido porque...?

Ela mastigou o sanduíche de pepino.

— Isso explica como Nero teria encontrado esse guardião. Eu... Eu não sei o que é. Só o vi uma vez, quando Nero o... instalou, acho que se pode dizer. Anos atrás. — Ela estremeceu. — Nunca mais quero ver aquilo. Aquela cabeça de leão, aqueles olhos... Eles me encaravam como se pudessem ver tudo sobre mim, como se estivessem me desafiando a... — Ela balançou a cabeça. — Você tem razão. Precisamos de mais informação se vamos derrotá-lo. E precisamos saber como Meg está.

Por que ela estava me olhando com tanta expectativa?

— Seria ótimo — concordei. — Mas considerando que estamos presos em uma cela...

— Você acabou de me dizer que teve uma visão em sonho. Isso acontece com frequência?

— Bom, sim. Mas eu não controlo. Pelo menos, não muito.

Lu bufou.

— Coisa de romano.

— Grego.

— Tanto faz. Sonhos são um veículo, como uma carruagem. Você precisa dirigi-los. Não pode deixar que eles o dirijam.

— E você quer que eu faça o quê... volte a dormir? Reúna mais informação nos meus sonhos?

As pálpebras dela começaram a se fechar. Talvez a palavra *dormir* tivesse lembrado ao seu corpo que essa seria uma ótima ideia. Na sua condição, só ficar acordada por algumas horas e comer um sanduíche era o equivalente a correr uma maratona.

— Parece um bom plano — concordou Lu. — Está na hora do almoço agora, e isso nos dá, o quê, umas sete, oito horas antes do pôr do sol? Nero vai fazer a tal festa ao pôr do sol, com certeza. Melhor horário para ver uma cidade pegar fogo. Me acorda quando descobrir alguma coisa.

— Mas e se eu não conseguir dormir? E se eu dormir, quem é que vai *me* acordar?

Lu começou a roncar.

Tinha um pedacinho de pepino grudado no seu queixo, mas decidi deixar lá. Ela poderia querer aquilo depois.

Eu me recostei no sofá e encarei o lustre brilhando alegremente lá em cima.

Uma festa dali a poucas horas, para incendiar Manhattan. Nero nos torturaria. Então, imaginei, me sacrificaria de um jeito ou de outro para agradar a Píton e selar sua aliança.

Precisava pensar rápido e agir mais rápido ainda.

Precisava dos meus *poderes* — força para dobrar as barras ou atravessar paredes, fogo para derreter a cara de Gunther da próxima vez que ele nos trouxesse aqueles sanduíches sem casca.

Eu *não* precisava de uma soneca.

Mesmo assim... Lu não estava errada. Sonhos podem ser veículos.

Sendo um deus da profecia, muitas vezes havia enviado visões para quem precisava — avisos, vislumbres do futuro, sugestões de que tipo de incenso eu gostava mais nos templos. Eu mandava os sonhos diretamente para a cabeça das pessoas. Mas desde que me tornara mortal, tinha perdido essa confiança. Tinha deixado os sonhos me guiarem, em vez de tomar as rédeas como fazia com a carruagem do Sol. Meus cavalos de fogo sempre sentiam quando o motorista era fraco ou incerto. (Pobre Faetonte, descobriu isso da pior maneira.) Sonhos não são menos perceptivos.

Eu precisava ver o que estava acontecendo com Meg. Precisava ver esse guardião que cuidava dos fasces do imperador, para descobrir como destruí-lo. Precisava saber se Nico, Will e Rachel estavam em segurança.

Se eu tomasse as rédeas dos meus sonhos e gritasse *Ei, você aí!*, o que aconteceria? No mínimo, eu teria pesadelos horríveis. Na pior das hipóteses, eu poderia dirigir minha mente direto para o Abismo da Insanidade e nunca acordar.

Mas meus amigos estavam contando comigo.

Então fiz a coisa mais heroica que poderia fazer. Fechei os olhos e fui dormir.

23

Sonho, sonho meu
Chega disso, sou um deus!
Hora de acordar

MINHA VIAGEM na carruagem dos sonhos não correu muito bem. Se a polícia dos sonhos estivesse patrulhando, teriam me parado e eu receberia uma bela multa.

Na mesma hora, um vento cruzado psíquico carregou minha consciência. Eu cambaleei, caí por escadarias e escritórios e depósitos, girei pelas entranhas da torre como se tivesse sido jogado no vaso sanitário cósmico. (Que, aliás, é um nojo. Ninguém nunca limpa aquilo lá.)

PRA CIMA, PRA CIMA!, gritei em meus sonhos, mas não conseguia encontrar as rédeas. Desabei dentro do poço de fogo grego. Isso foi diferente. Parei nos túneis sob Manhattan, procurando desesperadamente qualquer sinal de meus amigos e trogloditas, mas eu estava viajando rápido demais, girando como um cata-vento. Atravessei o Labirinto e fui derrubado para o lado, carregado por uma corrente de éter superaquecido.

Eu consigo fazer isso, disse para mim mesmo. É exatamente como dirigir uma carruagem. Só que sem cavalos. Ou carruagem. Ou corpo.

Mandei que meu sonho me levasse até Meg — a pessoa que eu mais queria ver. Imaginei minhas mãos se esticando, agarrando as rédeas. Bem quando achei que estava no controle, a paisagem do sonho se estabilizou. Eu me vi de volta às cavernas de Delfos, gases vulcânicos pairando no ar, a forma escura de Píton fazendo movimentos lentos e pesados nas sombras.

— Então, prendi você de novo — comemorou a serpente. — É isso. Você vai morrer...

— Eu não tenho tempo para você agora.

Minha voz surpreendeu a mim mesmo quase tanto quanto ao réptil.

— O quê?

— Tenho que cair fora daqui.

Eu tomei as rédeas do meu sonho.

— Como você ousa?! Não pode...

Disparei de ré como puxado de volta por um elástico.

Por que para trás? Eu odiava os assentos voltados para trás de veículos em movimento, mas imagino que o sonho ainda estava tentando me mostrar quem mandava ali. Fiz um reverso digno de montanha-russa pelo Labirinto, os túneis mortais, a escadaria da torre. Por fim, parei com um sacolejo. Meu estômago estava apertado e eu senti uma ânsia de... Bem, de seja lá qual sensação espiritual etérea que nos acomete no mundo dos sonhos.

Minha cabeça e meu estômago giravam ao redor um do outro como planetas de lava fluida. Eu me vi de joelhos em um quarto extravagante. Janelas do chão ao teto davam vista para Midtown, chegando até o rio Hudson. A paisagem ainda estava, graças aos deuses, intacta.

Meg McCaffrey estava ocupada destruindo o quarto. Mesmo sem suas lâminas, estava fazendo um trabalho de demolição excelente com a perna quebrada de uma cadeira, que girava loucamente de um lado para outro. Enquanto isso, um germânico estava parado, bloqueando a única saída, de braços cruzados e uma expressão pouco impressionada. Uma mulher com um uniforme antiquado de empregada torcia as mãos e se encolhia toda vez que alguma coisa fazia *CRASH*. Ela segurava uma pilha do que pareciam vestidos de festa pendurados em um dos braços.

— Senhorita — dizia a empregada —, por favor, venha escolher uma roupa para hoje. Talvez, se você não... Ah. Bem, isso era uma antiguidade. Não, tudo bem. Vou conseguir outro... Ah! Tudo bem, senhorita, se não gosta dos lençóis eu posso... Não tem motivo para rasgá-los, senhorita!

O ataque de fúria de Meg me animou consideravelmente. *É isso aí, minha amiga!*, pensei. *Mande todos eles para o Tártaro!* Meg jogou a perna da cadeira em um abajur, depois pegou outra cadeira ainda inteira e a ergueu acima da cabeça, pronta para jogá-la na janela.

Mas parou ao ouvir uma leve batida na porta. O germânico deu um passo para o lado, abriu a porta e fez uma reverência quando Nero entrou.

— Ah, minha querida, sinto muito. — A voz do imperador transbordava simpatia. — Venha, sente-se aqui comigo.

Ele deu alguns passos tranquilos até a cama e se sentou na beirada, dando tapinhas no edredom rasgado ao seu lado.

Em silêncio, torci para que Meg esmagasse a cabeça dele com a cadeira. Ele estava bem ali, tão perto. Mas então percebi que essa era a intenção de Nero... se mostrar à mercê de Meg. Colocar nas mãos *dela* a escolha de optar pela violência. Se ela fizesse isso, ele teria a liberdade de puni-la.

Meg baixou a cadeira, mas não se aproximou de Nero. Ficou de costas e cruzou os braços. Seus lábios tremiam. Eu queria tanto me aproximar dela, protegê-la. Queria passar por cima de Nero com minha carruagem dos sonhos, mas tudo que podia fazer era assistir à cena.

— Eu sei que você se sente mal depois do que fez ao seu amigo — disse ele.

Ela girou.

— Depois do que *EU* FIZ?!

Meg pegou a cadeira e a jogou do outro lado do quarto, mas não na direção de Nero. A cadeira bateu na janela, deixando uma mancha, mas nenhuma rachadura. Percebi o vislumbre de um sorriso em Nero — um sorriso de satisfação — antes que aquela máscara de compreensão voltasse a surgir em seu rosto.

— Sim, querida. Essa raiva toda vem da culpa. Você trouxe Apolo para cá. Você sabia o que isso significava, o que aconteceria. Mas fez mesmo assim. Deve ser tão doloroso... saber que você o trouxe aqui para morrer.

Os braços dela tremiam.

— Eu... Não. Você cortou...

Meg engasgou, claramente incapaz de dizer aquilo em voz alta. Ela olhou para os próprios punhos, tensos como se pudessem sair voando de seus pulsos a qualquer momento.

— Você não pode se culpar — disse Nero, em um tom que de alguma forma deixava implícito: *Isso tudo é culpa sua.* — Luguselwa tomou a decisão errada. Você sabe disso. Você deve ter compreendido o que aconteceria. Você é esperta demais para ser cega. Já conversamos tanto sobre consequências. — Ele suspirou, arrependido. — Talvez Cassius tenha sido mesmo duro demais, cortando as mãos dela. — Nero inclinou a cabeça. — Se você quiser, posso puni-lo por isso.

— O quê? — Meg estava tremendo, como se não soubesse mais para onde mirar seu canhão gigante de raiva. — Não! Não foi ele. Foi...

Ela engasgou na resposta óbvia: *VOCÊ.*

Com Nero sentado bem à sua frente, falando com uma voz calma, lhe dando toda a atenção, Meg vacilou.

Meg!, gritei, mas nenhum som saiu. *Meg, continue quebrando as coisas!*

— Você tem um coração doce — disse Nero com outro suspiro. — Você se importa com Apolo. Com Lu. Eu compreendo. E quando você libertou o Besta... — Ele estendeu as mãos. — Eu sei que é assustador. Mas isso ainda não acabou, Meg. Você não quer se sentar aqui comigo? Não estou pedindo um abraço ou que você pare de ficar com raiva. Mas tenho notícias que podem te animar um pouco.

Ele deu outro tapinha na cama. A empregada torcia as mãos. O germânico palitava os dentes.

Meg estremeceu. Eu conseguia imaginar os pensamentos que passavam pela sua cabeça: *A notícia é sobre o Apolo? Você vai dizer que pode libertá-lo se eu cooperar? A Lu ainda está viva? Ela vai ser solta? E se eu não seguir seus desejos, vou colocá-los em perigo?*

A mensagem implícita de Nero pairava no ar: *Isso tudo é culpa sua, mas você ainda pode mudar isso.*

Devagar, Meg foi até a cama. Ela se sentou, a postura rígida e desconfiada. Eu queria pular entre ela e Nero, fazer uma barreira para impedir que ele se aproximasse, mas temia que sua proximidade física era o menor dos problemas... Ele estava se enfiando na mente dela.

— A boa notícia é a seguinte, Meg. Nós sempre teremos um ao outro. Eu nunca vou abandoná-la. Nenhum erro que você cometer, por maior que seja, vai me impedir de recebê-la de volta. Lu traiu você quando me traiu. Apolo era pouco confiável, egoísta e, ouso dizer... narcisista. Mas eu conheço você. Eu criei você. Esta é a sua casa.

Ah, pelos deuses, pensei. Nero era tão bom em ser mau, e tão mau em ser bom, que fazia as palavras perderem o significado. Ele podia te dizer que o chão era o teto com tanta convicção que você talvez acreditasse, especialmente quando qualquer discussão poderia libertar o Besta.

Era impressionante que um homem assim pudesse ter se tornado imperador de Roma. E mais impressionante ainda pensar que esse mesmo homem pudesse ter perdido o *controle* de Roma. Era fácil ver como ele havia conseguido o apoio das turbas.

Meg estremeceu, mas se era de raiva ou desespero, eu não soube muito bem.

— Pronto, já passou. — Nero passou o braço pelos ombros dela. — Pode chorar. Está tudo bem. Seu pai está aqui.

Um nó gelado se formou no meu estômago. Eu suspeitava de que, assim que as lágrimas de Meg caíssem, o jogo estaria terminado. Toda a independência que ela havia conquistado e lutado tanto para manter cairia por terra. Ela se aninharia no peito de Nero, exatamente como fez quando era pequena, depois que Nero matou seu pai verdadeiro. A Meg que eu conhecia desapareceria sob os anos de trauma e tortura que Nero cultivara.

A cena perdeu clareza — talvez porque eu estivesse nervoso demais para controlar meu sonho. Ou talvez porque simplesmente não aguentasse ver o que aconteceria depois. Eu capotei pela torre, andar após andar, tentando recuperar as rédeas.

Ainda não acabei, insisti. *Preciso de mais informação!*

Infelizmente, foi exatamente isso o que recebi.

Parei na frente de portas duplas douradas — nunca é um bom sinal uma porta dourada. O sonho me carregou para dentro de uma caixa-forte pequena. A sensação era a de entrar no centro de um reator. Um calor intenso ameaçou transformar meu eu do sonho em uma nuvem de cinzas. O ar parecia pesado e tóxico. À minha frente, flutuando sobre um pedestal de ferro estígio, estavam os fasces de Nero — um machado dourado de um metro e meio, envolto por feixes de madeira amarrados por cordas douradas. A arma cerimonial pulsava com poder — exponencialmente mais do que os dois fasces que Meg e eu destruímos na Torre Sutro.

O significado disso me ocorreu... sussurrado na minha mente como se fosse um verso da profecia envenenada de Píton. Os três imperadores do Triunvirato não tinham só se conectado através de uma corporação. Suas forças vitais, suas ambições, sua avareza e malícia, tinham se misturado durante séculos. Matando Cômodo e Calígula, eu havia consolidado todo o poder do Triunvirato nos fasces de Nero. Eu tinha tornado o imperador que restara três vezes mais poderoso e mais difícil de matar. Mesmo se os fasces não estivessem sendo vigiados, seria difícil destruí-los.

E os fasces *estavam* sendo vigiados.

Sob o machado brilhante, as mãos espalmadas como se em boas vindas, estava o guardião. O corpo de mais de dois metros de altura, era humanoide. Pelos dourados cobriam seu peito musculoso, assim como os braços e as pernas. Asas de penas brancas me lembravam os espíritos do vento de Zeus, ou dos anjos que os cristãos gostavam de pintar.

O rosto, porém, não era angelical. Ele tinha a face de um leão, com uma juba bagunçada, orelhas marcadas com pelos pretos, a boca aberta, ofegante, revelando presas e uma língua vermelha. Seus imensos olhos dourados irradiavam uma força meio dormente, confiante.

O mais estranho no guardião, porém, era a serpente que circundava seu corpo dos tornozelos ao pescoço — uma espiral sibilante de escamas verdes que subia por ele como uma escada rolante infinita, uma cobra sem cabeça ou rabo.

O homem-leão me viu. Meu estado onírico não significava nada para ele. Seus olhos dourados grudaram em mim e não me deixaram partir. Eles me viraram do avesso e me examinaram como se eu fosse a esfera de cristal de um menino troglo.

Ele se comunicava sem precisar falar. Contou-me que era o *leontocefalino*, uma criação de Mitra, um deus persa tão misterioso que nem nós, olimpianos, jamais o compreendemos. Em nome de Mitra, o leontocefalino supervisionava o movimento das estrelas e as fases do zodíaco. Ele também era o guardião do grande espectro da imortalidade de Mitra, mas isso se perdera éons atrás. Agora o leontocefalino recebera um novo trabalho, um novo símbolo de poder para guardar.

Só de encará-lo temi que minha mente fosse se despedaçar. Tentei fazer perguntas. Compreendia que lutar contra ele seria impossível. Ele era eterno. Querer matá-lo seria o mesmo que tentar matar o tempo. Ele guardava a imortalidade de Nero, mas não havia nenhuma forma...?

Ah, sim. Ele aceitaria negociar. Eu vi o que ele queria. Entender aquilo fez minha alma se encolher como uma aranha esmagada.

Nero era esperto. Horrível e perversamente esperto. Ele fizera uma armadilha com seu próprio símbolo de poder. Estava apostando, cínico, que eu jamais pagaria o preço.

Por fim, depois de dizer tudo que queria, o leontocefalino me libertou. Meu eu do sonho voltou para meu corpo com um estalo.

Eu me sentei no sofá, ofegante e coberto de suor.

— Até que enfim — disse Lu.

Surpreendentemente, ela estava de pé, andando de um lado para outro da cela. Meus poderes curativos deviam ter feito mais do que só cuidar das feridas de sua amputação. Ela ainda parecia um pouco trêmula, mas ninguém diria que estava andando de muletas no dia anterior. Até os hematomas no rosto estavam mais claros.

— Você... você parece melhor — comentei. — Por quanto tempo eu apaguei?

— Tempo demais. Gunther trouxe o jantar faz uma hora. — Ela olhou para uma nova bandeja de comida no chão. — Ele disse que já voltaria para nos levar para a festa. Mas o idiota foi descuidado. Ele deixou os talheres!

Ela brandiu os cotocos.

Ah, deuses. O que é que ela havia feito? De alguma forma, tinha conseguido prender um garfo em um dos pulsos e uma faca no outro. Tinha inserido os cabos nas dobras das bandagens, depois prendido com... Espera. Aquilo era o meu esparadrapo?

Olhei para o pé do sofá. Era isso mesmo: minha mochila estava aberta e tudo tinha sido espalhado pelo chão.

Tentei perguntar *como* e *por que* ao mesmo tempo, então o que saiu foi:

— Por como?

— Com um pouco de tempo, fita e alguns dentes bons, dá para fazer muita coisa — disse Lu, orgulhosa. — Não podia esperar você acordar. Não sabia quando Gunther ia voltar. Desculpa a bagunça.

— Eu...

— Você pode me ajudar. — Ela testou os talheres com alguns golpes de kung fu. — Eu amarrei essas coisinhas com toda a força que consegui, mas você pode dar mais uma volta com o esparadrapo. Tenho que conseguir usá-los em combate.

— Hum...

Ela desabou no sofá ao meu lado.

— Enquanto trabalha, você pode me contar o que descobriu.

Eu não estava prestes a discutir com alguém que poderia enfiar um gafo no meu olho. Não tinha muita certeza da eficácia de seus novos instrumentos de combate, mas não falei nada. Compreendia que era mais uma questão de Luguselwa retomando o controle da própria situação, se recusando a desistir, se virando com o que tinha. Quando a gente passa por um choque tão transformador, o pensamento positivo é a arma mais poderosa que se pode ter.

Enrolei seus utensílios com mais força enquanto explicava o que tinha visto no meu passeio nos sonhos: Meg tentando não se dobrar à influência de Nero, os fasces do imperador flutuando na sala radioativa, e o leontocefalino esperando que nós tentássemos pegá-los.

— Melhor corrermos, então. — Lu fez uma careta. — Pode apertar mais.

Eu obviamente estava lhe causando dor, julgando pelas rugas ao redor dos seus olhos, mas fiz o que ela pediu.

— Certo — falou, cortando o ar com os talheres. — Vai ter que servir.

Tentei dar um sorriso de apoio. Não sabia se a Capitã Garfo e Faca teria muita sorte contra Gunther ou o leontocefalino, mas se encontrássemos um bife acebolado hostil, Lu estaria preparada.

— E nem sinal da *outra coisa*? — perguntou ela.

Eu queria poder dizer que sim. Queria tanto ter visões de toda a corporação troglodita cavando no porão de Nero e desativando seus tonéis de fogo. Eu teria aceitado um sonho com Nico, Will e Rachel correndo ao nosso resgate, gritando bem alto e soprando vuvuzelas.

— Nada — respondi. — Mas ainda temos tempo.

— Aham. Vários minutos. Aí a festa começa e a cidade pega fogo. Mas beleza. Vamos nos concentrar no que podemos fazer. Tenho um plano para nos tirar daqui.

Senti um arrepio descer pela minha nuca quando pensei na minha conversa silenciosa com o guardião dos fasces.

— E eu tenho um plano sobre o que fazer quando sairmos.

Então nós dois dissemos juntos:

— Você não vai gostar.

— Ah, que alegria. — Eu suspirei. — Vamos ouvir o seu primeiro.

24

Nero, que atroz
Não quer ouvir minha flecha!
(Mas eu te entendo)

LU tinha razão.

Eu odiei o plano dela, mas como o tempo era curto e Gunther podia aparecer a qualquer minuto com nossos chapeuzinhos de festa e instrumentos de tortura variados, concordei em fazer minha parte.

Para ser sincero, eu também odiava o *meu* plano. Expliquei para Lu o que leontocefalino exigiria em troca dos fasces.

Lu bufava como um búfalo raivoso.

— Tem certeza?

— Infelizmente, sim. Ele guarda a imortalidade, então...

— Espera um sacrifício de imortalidade.

As palavras permaneceram no ar como fumaça de charuto — pesadas e sufocantes. Era para aquilo que todas as minhas provações me levaram — para aquela escolha. Era por isso que Píton vinha rindo de mim nos meus sonhos por meses. Nero tinha feito com que o preço de sua destruição me forçasse a abrir mão do que eu mais queria. Para destruí-lo, eu teria que abandonar minha divindade para sempre.

Lu coçou o queixo com a mão de garfo.

— Temos que ajudar Meg, custe o que custar.

— Concordo.

Ela assentiu, séria.

— Certo. Então é o que vamos fazer.

Engoli o gosto ferroso na boca. Estava disposto a pagar o preço. Se isso significava libertar Meg do Besta, libertar o mundo, libertar Delfos... eu estava pronto. Mas bem que Lu poderia ter relutado só um pouquinho em me sacrificar. *Ah, não, Apolo! Não faça isso!*

Mas a verdade era que nosso relacionamento já tinha passado do ponto de dourar a pílula, acho. Lu era prática demais para fazer isso. Era o tipo de mulher que não choramingava por ter perdido as duas mãos. Só prendia talheres nos cotocos com esparadrapo e seguia em frente. Ela não ia me dar tapinhas nas costas por fazer a coisa certa, por mais doloroso que fosse.

Ainda assim... Eu me perguntei se não estava deixando passar alguma coisa importante. Me perguntei se estávamos *mesmo* em sintonia. Lu tinha um olhar distante no rosto, como se estivesse calculando perdas no campo de batalha.

Talvez o que eu estivesse sentindo fosse sua preocupação com Meg.

Nós dois sabíamos que, em circunstâncias normais, Meg era totalmente capaz de escapar sozinha. Mas com Nero... Eu suspeitava que Lu, como eu, *queria* que Meg fosse forte o bastante para se salvar. Não poderíamos tomar aquelas decisões difíceis por ela. Mas mesmo assim era excruciante ficar parado enquanto o senso de independência de Meg era testado. Eu e Lu éramos como pais nervosos deixando a filha na escola no primeiro dia do jardim da infância... Só que no nosso caso o professor era um imperador homicida megalomaníaco. Pode nos chamar de doidos, mas não confiávamos no que Meg poderia aprender naquela sala de aula.

Lu me encarou mais uma vez, e pude imaginá-la guardando suas dúvidas e medos nos alforjes mentais para depois, quando tivesse tempo para isso e para sanduíches de pepino e cream cheese.

— Vamos ao trabalho — disse ela.

Não demorou muito até ouvirmos a porta do corredor se abrir com um estrondo e passos pesados se aproximarem da cela.

— Aja normalmente — mandou Lu, reclinando-se no sofá.

Eu me inclinei na parede e assobiei "Maneater". Gunther apareceu com um monte de braçadeiras amarelo-néon nas mãos.

Fiz uma arminha com os dedos e apontei para ele.

— E aí, tudo em cima?

Ele respondeu com uma careta. Então olhou para Lu, com seus novos anexos de faqueiro, e abriu um sorriso.

— Tá *achando* que é o quê? HÁ-HÁ-HÁ-HÁ-HÁ-HÁ!

Lu ergueu o garfo e a faca.

— Estou achando que vou te fatiar, como o franguinho que você é.

Gunther começou a dar risadinhas, o que era assustador em um homem daquele tamanho.

— Lu burra. Você tem mãos de garfo e faca... HÁ-HÁ-HÁ-HÁ-HÁ! — Ele jogou as braçadeiras pelas barras. — Você, feiosinho, amarre os braços dela atrás das costas. Depois eu te amarro.

— Não — falei. — Acho que não.

A alegria dele se dissipou como espuma numa banheira.

— O que você disse?

— Se você quer nos amarrar — falei, bem devagar —, vai ter que fazer isso por conta própria.

Gunther franziu a testa, tentando assimilar que um adolescente estava lhe dizendo o que fazer. Claramente, ele não tinha filhos.

— Vou chamar outros guardas.

Lu deu uma risada debochada.

— Chama mesmo. Você não consegue dar conta da gente sozinho. Eu sou perigosa demais.

Ela ergueu a mão com a faca no que poderia ser considerado um gesto ofensivo.

O rosto de Gunther ficou cheio de manchas vermelhas.

— Você não manda mais em mim, Luguselwa.

— *Você não manda mais em mim* — imitou Lu. — Vai lá, vai pedir ajuda. Diz para eles que não consegue amarrar um moleque fracote e uma mulher sem mãos sozinho. Ou vem aqui, e eu vou amarrar *você*.

Gunther teria que morder a isca para o plano dar certo. Ele precisava entrar na cela. Com sua macheza bárbara em questão e a honra insultada por um mísero talher, Gunther não decepcionou. As barras do meio da cela se retraíram no chão. Gunther entrou a passos largos. Ele não notou o unguento que eu tinha espalhado ali na entrada — e pode acreditar, a pomada de queimadura de Will Solace é bem escorregadia.

Eu estava me perguntando para que direção Gunther cairia. Para trás, aparentemente. O calcanhar escorregou, suas pernas se dobraram, e a cabeça bateu com força no chão de mármore, e Gunther ficou estatelado de costas, gemendo, com metade do corpo dentro da cela.

— Agora! — gritou Lu.

Eu saí correndo para a porta.

Lu havia me contado que as barras da cela tinham sensores de movimento. Elas se ergueram, determinadas a impedir minha fuga, mas o design não levava em conta o peso de um germânico caído em cima delas.

As barras esmagaram Gunther no teto como se fossem uma empilhadeira hiperativa, depois o baixaram de novo, o mecanismo escondido gemendo e rangendo em protesto. Gunther uivou de dor. Chegou a ficar vesgo, a armadura totalmente amassada. Suas costelas não deviam estar em condições muito melhores, mas pelo menos as barras não tinham atravessado o germânico. Eu não queria testemunhar uma lambança do tipo, nem passar por isso.

— Pega a espada dele — ordenou Lu.

Eu obedeci. Então, usando o corpo de Gunther como ponte, passamos pelo unguento escorregadio, escapamos da cela, sendo observados pelo olho da câmera de segurança enquanto fugíamos.

— Aqui. — Lu indicou o que parecia ser a porta de um armário.

Eu dei um chute, só percebendo depois que 1) eu não tinha ideia do motivo; e 2) eu confiava em Lu o bastante para não perguntar.

Dentro do armário havia prateleiras cheias de itens pessoais — bolsas, roupas, armas, escudos. Eu me perguntei a que prisioneiros desafortunados pertenciam. Encostados em um canto no fundo estavam meu arco e minha aljava.

— Arrá! — Eu peguei tudo. Surpreso, tirei a Flecha de Dodona, a única que restava. — Graças aos deuses. Como é que você ainda está aqui?

ESTÁS JUBILOSO POR ME VER, comentou a flecha.

— Bom, achei que o imperador tinha ficado com você. Ou te jogado na lareira!

NERO NÃO VALE UM VINTÉM FURADO, disse a flecha. *ELE NÃO PERCEBE MEU BRILHANTISMO.*

Em algum lugar no corredor, um alarme começou a apitar. A luz no teto mudou de branca para vermelha.

— Dá para conversar com sua flecha depois? — sugeriu Lu. — Temos que ir!

— Certo — falei. — Para que lado ficam os fasces?

— Esquerda — disse Lu. — Então você vai para a direita.

— Espera, quê? Você disse que é para a esquerda.

— Isso.

— Isso o quê?

HOMESSA! A flecha vibrou na minha mão. *SÓ OUÇA A GAULESA!*

— *Eu* vou pegar os fasces — explicou Lu. — *Você* vai encontrar a Meg.

— Mas... — Minha cabeça girava. Era um truque? A gente tinha combinado, não? Eu estava pronto para o meu momento, meu grande sacrifício heroico. — O leontocefalino exige imortalidade por imortalidade. Eu tenho que...

— Pode deixar comigo — disse Lu. — Não se preocupe. Além disso, nós, celtas, já perdemos a maior parte dos nossos deuses muito tempo atrás. Não vou ficar parada enquanto outra divindade morre.

— Mas você não é...

Eu me interrompi. Ia dizer *imortal*. Então pensei em quantos séculos Lu já tinha vivido. Será que o leontocefalino aceitaria sua vida como pagamento?

Meus olhos se encheram de lágrimas.

— Não — falei. — Meg não pode perder você.

Lu bufou.

— Não vou deixar ninguém me matar se puder evitar. Tenho um plano, mas você precisa correr. Meg está em perigo. O quarto dela fica seis andares acima. No extremo sudeste. Siga as escadas no final do corredor.

Comecei a reclamar, mas a Flecha de Dodona vibrou para chamar minha atenção. Eu precisava confiar em Lu. Precisava deixar a batalha para a melhor guerreira.

— Tá bom — cedi. — Posso pelo menos prender uma espada no seu braço?

— Não dá tempo — disse ela. — Ficaria desajeitado demais. Mas espera aí. Aquela adaga ali. Tira da bainha e coloca aqui entre os meus dentes.

— Isso vai ajudar?

— Provavelmente não — admitiu ela. — Mas vai ficar maneiro.

Eu fiz o que ela pediu.

Agora ela estava à minha frente, LuBarba, a Pirata, o terror talherístico dos Sete Mares.

— Vareu — murmurou, com a faca na boca, o que talvez tenha sido um "valeu". Então deu meia-volta e saiu correndo.

— O que que aconteceu aqui? — perguntei.

FIZESTE UMA AMIGA, disse a flecha. *AGORA RECARREGA TUA ALJAVA PARA NÃO TERES DE ME ATIRAR POR AÍ*.

— Certo.

Com as mãos trêmulas, recuperei todas as flechas ainda intactas que consegui encontrar no depósito dos prisioneiros e as guardei no meu arsenal. Os alarmes continuavam soando. A luz vermelha não diminuía a minha ansiedade.

Comecei a descer o corredor. Mal tinha chegado à metade quando a Flecha de Dodona estremeceu e berrou: *CUIDADO!*

Um segurança mortal com equipamento de proteção tático apareceu, correndo na minha direção com a pistola erguida. Não estando bem preparado, eu gritei e joguei a espada de Gunther nele. Por algum milagre, o cabo bateu bem na cara dele e o derrubou.

NÃO É DESTA FORMA QUE NORMALMENTE USAM-SE ESPADAS, comentou a flecha.

— Sempre me criticando — resmunguei.

MEG ESTÁ EM APUROS, disse ela.

— Meg está em apuros — concordei. Passei por cima do guarda mortal, agora caído no chão e gemendo de dor. — Sinto muito mesmo.

Dei um chute no nariz dele, e o guarda parou de se mexer e começou a roncar. Segui em frente, às pressas.

Cheguei à toda na escada e subi dois degraus de cada vez. A Flecha de Dodona permanecia bem firme na minha mão. Eu provavelmente deveria tê-la guardado e preparado o arco com flechas normais, mas para a minha surpresa percebi que os comentários shakespearianos constantes davam uma força à minha frágil autoestima.

Do piso acima de mim, dois germânicos entraram na escada e me atacaram com lanças a postos.

Agora sem nem a espada de Gunther, estiquei a mão livre, fechei os olhos e gritei como se isso fosse fazê-los sumir, ou pelo menos aliviar a dor da morte.

Meus dedos arderam. Chamas rugiram. Os dois germânicos gritaram de terror, depois silêncio.

Quando abri os olhos, minha mão estava envolvida por fumaça, mas intacta. Chamas lambiam a tinta descascada das paredes. Nos degraus acima de mim havia duas pilhas de cinzas onde antes estavam os germânicos.

TU DEVERIAS FAZER ISSO MAIS VEZES, aconselhou a flecha.

A ideia me deixava de estômago embrulhado. Antes, eu teria me sentido felicíssimo por invocar o poder de incinerar meus inimigos. Mas depois de conhecer Lu, me perguntei quantos desses germânicos realmente queriam servir a Nero e quantos foram forçados ao serviço sem ter escolha. Muita gente já tinha morrido. Minha questão era só com uma pessoa, Nero, e um réptil, Píton.

DEPRESSA, disse a flecha com grande urgência. *SINTO... SIM. NERO ENVIOU GUARDAS PARA BUSCAR MEG.*

Eu não tinha certeza de como ela havia conseguido essa informação — se estava monitorando o sistema de segurança do prédio ou ouvindo às escondidas a linha direta psíquica de Nero —, mas a notícia me fez trincar os dentes.

— Ninguém vai pegar a Meg enquanto eu estiver aqui — rosnei.

Guardei a Flecha de Dodona em uma das aljavas e peguei um projétil do tipo não shakespeariano.

Subi as escadas aos pulos.

Estava preocupado com Luguselwa, que devia estar enfrentando o leontocefalino àquela altura. Estava preocupado com Nico, Will e Rachel, de quem não tinha visto nenhum sinal nos meus sonhos. Estava preocupado com as forças do Acampamento Meio-Sangue, que talvez estivessem lançando uma missão de resgate suicida naquele exato momento. Mais do que tudo, estava preocupado com Meg.

Para encontrá-la, eu lutaria sozinho com aquela torre inteira se fosse preciso.

Cheguei ao próximo andar. Quantos Lu tinha falado? Cinco? Seis? Quantos eu já tinha subido? Argh, eu odiava números!

Empurrei com o ombro a porta de outro corredor branco sem graça e corri para onde eu imaginava que fosse o sudeste.

Chutei uma porta e descobri (tentem não ficar muito surpresos) que estava no lugar totalmente errado. Eu me deparei com uma sala de controle ampla iluminada por dezenas de monitores. Muitos mostravam imagens ao vivo dos imensos reservatórios de metal — os poços de fogo grego de Nero. Técnicos mortais se viraram e me encararam de boca aberta. Germânicos ergueram os olhos e franziram a testa. Um deles, que devia ser o comandante, julgando pela qualidade da armadura e o número de contas brilhantes na barba, me avaliou com desdém.

— Vocês ouviram a ordem do imperador — rosnou ele para os técnicos. — Vamos acender o fogo *AGORA*. E, guardas, matem esse tolo.

25

Cuidado, TI!
Não toque nesse botão!
Agora já era

QUANTAS VEZES eu já tinha falado aquelas palavras? *Matem esse tolo.*

Nós, deuses, repetíamos frases assim o tempo todo, mas nunca consideramos o preço. Tipo, tolos de verdade podem *morrer*. E, naquele caso, o tolo era eu.

Um microssegundo de avaliação da sala me mostrou dez inimigos em diferentes estágios de preparação. No canto mais distante, quatro germânicos estavam reunidos em um sofá caindo aos pedaços, comendo comida chinesa em embalagens de delivery. Três técnicos estavam sentados em cadeiras de rodinhas, mexendo em painéis de controle. Eram seguranças humanos, todos com pistolas, mas estavam concentrados demais no próprio trabalho para representarem ameaça imediata. Um guarda mortal estava parado bem ao meu lado, surpreso por eu ter aberto a porta que ele estava monitorando. Ah, olá, tudo bem? Um segundo guarda estava do outro lado da sala, tomando conta da outra saída. Então só restava o líder dos germânicos, que agora se levantava da cadeira e sacava a espada.

Tantas perguntas passaram pela minha mente.

O que os técnicos mortais viam através da Névoa?

Como eu escaparia dali vivo?

Como o Líder Bárbaro conseguia se sentar confortavelmente naquela cadeira de rodinhas enquanto carregava uma espada?

Aquele cheiro era de frango ao limão? E será que tinha um pouco para mim?

Fiquei tentado a dizer *Sala errada!*, fechar a porta e disparar pelo corredor, mas como os técnicos tinham acabado de receber a ordem de colocar fogo na cidade, aquilo não era uma opção.

— POR FAVOR! — cantei automaticamente. — PAREM AGORA!

Todo mundo ficou paralisado — talvez porque minha voz tivesse poderes mágicos, ou talvez porque eu estivesse bem desafinado. Com a mão do arco dei um soco na cara do guarda parado ao meu lado. Se você nunca foi socado por alguém segurando um arco, eu não recomendo. O arco causava um efeito parecido com o de um soco inglês, a diferença era que machucava bem mais a mão do arqueiro. Cara da Porta nº 1 caiu.

Do outro lado da sala, o Cara da Porta nº 2 ergueu a arma e atirou. A bala soltou faíscas ao ricochetear na porta ao lado da minha cabeça.

Vejam que curiosidade um antigo deus com conhecimento de acústica vai revelar agora: se você disparar uma pistola em um lugar fechado, vai deixar todo mundo ali dentro surdo. Os técnicos se encolheram e taparam os ouvidos. As caixas de comida chinesa dos germânicos voaram pelos ares. Até o Líder Bárbaro se levantou da cadeira aos tropeços.

Com os ouvidos zumbindo, peguei o arco e atirei duas flechas ao mesmo tempo — a primeira derrubando a pistola do Cara da Porta nº 2 e a segunda prendendo a manga de sua camisa à parede. Sim, o ex-deus do arco e flecha aqui ainda sabia o que estava fazendo!

Os técnicos voltaram a atenção para o painel de controle. O grupo da comida chinesa tentava sair do sofá. O Líder Bárbaro me atacou com a espada de duas mãos, apontada direto para a minha barriguinha mole.

— Arrá!

Eu tentei fazer uma manobra escorregando para longe. Na minha mente, tinha parecido tão simples; eu deslizaria pelo assoalho sem fazer esforço, desviando do ataque do Cara Líder, passando por baixo das pernas dele enquanto atingia vários alvos do chão. Se Orlando Bloom conseguiu em *O Senhor dos Anéis*, por que eu não conseguiria?

Eu me esqueci de levar em conta que o chão daquela sala era acarpetado. Caí de bunda, e o Líder Bárbaro tropeçou por cima de mim, dando de cara na parede.

Porém consegui fazer um disparo — uma flecha que ricocheteou no painel de controle do técnico mais próximo e o derrubou da cadeira de surpresa. Eu rolei para o lado quando o Líder Bárbaro se virou e me atacou. Sem tempo para preparar outro disparo, simplesmente peguei uma flecha e enfiei na canela dele.

O Líder Bárbaro berrou de dor. Fiquei de pé às pressas e pulei nos painéis de controle.

— Para trás! — gritei para os técnicos, me esforçando ao máximo para mirar uma flecha em cada um dos três.

Enquanto isso, os Quatro da Comida Chinesa se engalfinhavam com as espadas. O Cara da Porta nº 2 tinha soltado a manga da camisa da parede e tentava recuperar a pistola que caíra no chão.

Um dos técnicos fez menção de pegar sua arma.

— NADA DISSO! — gritei, atirando uma flecha de advertência, empalando a cadeira a um milímetro da virilha dele.

Eu não queria machucar humanos inofensivos (nossa, nem acredito que escrevi mesmo essa frase), mas tinha que evitar que esses caras chegassem perto dos botõezinhos malditos que destruiriam Nova York.

Preparei mais três flechas ao mesmo tempo e fiz tudo que pude para parecer ameaçador.

— Fora daqui! Xô!

Os técnicos pareciam tentados — era, afinal, uma oferta muito justa —, mas seu medo de mim aparentemente não era maior que o medo dos germânicos.

Ainda gemendo de dor por conta da flechada na perna, o Líder Bárbaro gritou:

— Façam o seu trabalho!

Os técnicos se jogaram nos tais botõezinhos. Os quatro germânicos me atacaram.

— Desculpa, gente.

Eu atirei as flechas, acertando cada técnico no pé, o que, esperava eu, seria distração suficiente para que eu cuidasse dos germânicos.

Transformei o bárbaro mais próximo em pó com uma flecha no peito, mas os outros três não pararam. Pulei bem no meio deles: socando com o arco, dando cotoveladas, enfiando minhas flechas em tudo que é canto. Com mais um tiro de sorte, derrubei mais um dos Caras da Comida Chinesa, depois me afastei o suficiente para jogar uma cadeira no Cara da Porta nº 2, que tinha acabado de encontrar sua arma. Uma das pernas de metal o apagou na hora.

Ainda restavam dois germânicos com manchas de frango ao limão. Quando eles atacaram, eu corri entre eles, com o arco na horizontal e na altura do rosto, e acertei ambos em cheio no nariz. Eles tropeçaram para trás, e eu atirei mais duas flechas à queima-roupa. Não foi muito ético, mas *foi* eficiente. Os germânicos desabaram em pilhas de cinzas e arroz.

Eu estava me sentindo o maioral... até alguém me atingir na nuca. A sala ficou vermelha e roxa. Caí de quatro, rolando para me defender, e vi o Líder Bárbaro de pé à minha frente, com a ponta da espada bem na minha cara.

— Chega! — rosnou ele. Sua perna estava encharcada de sangue, minha flecha ainda presa à canela como um adereço de Halloween. Ele latiu para os técnicos: — LIBEREM AS BOMBAS!

Em uma última tentativa desesperada de intervir, cantei, em uma voz que teria feito Tom Petty se encolher de vergonha:

— NÃO FAÇA ISSO COMIGO!

O Líder Bárbaro aproximou a espada do meu pomo de adão.

— Se cantar mais uma palavra, corto suas cordas vocais fora.

Tentei desesperadamente pensar em outros truques que poderia tentar. Eu estava indo tão bem! Não podia desistir. Mas caído no chão, exausto, machucado e com adrenalina vibrando nos ouvidos, minha cabeça começou a girar. Minha visão duplicou. O Líder Bárbaro flutuava acima de mim. Seis técnicos borrados com flechas nos sapatos voltaram mancando para os painéis de controle.

— Tá demorando por quê? — gritou o germânico.

— A... A gente está tentando, senhor — disse um dos técnicos. — Os controles não estão... Não estou vendo nenhuma medição.

Os dois rostos embaçados do Líder Bárbaro me encararam com raiva.

— Que bom que você ainda não morreu. Porque vou te matar *bem devagar*.

Estranhamente, eu fiquei feliz. Posso até ter sorrido. Será que os painéis tinham sofrido algum curto-circuito quando pisei neles? Maneiro! Talvez eu morresse, mas tinha salvado Nova York!

— Já tentou reiniciar? — perguntou o segundo técnico.

Ficou óbvio que ele era o chefe na assistência técnica do mal.

O técnico nº 3 engatinhou para baixo da mesa e remexeu nos fios.

— Não vai funcionar! — gemi, com a voz rouca. — Seu plano diabólico foi destruído!

— Na verdade, funcionou — anunciou o técnico nº 1. — As medições estão corretas. — Ele se virou para o Líder Bárbaro. — É para eu...?

— PRECISA PERGUNTAR? — berrou o germânico. — VAI!

— Não! — gritei.

O Líder Bárbaro apertou ainda mais a ponta da espada na minha garganta, mas não o bastante para me cortar. Pelo visto estava falando sério sobre me causar uma morte lenta.

Os técnicos apertaram seus botõezinhos malditos. Encararam os monitores cheios de expectativa. Fiz uma prece silenciosa, torcendo para que a área metropolitana de Nova York perdoasse meu mais recente e terrível fracasso.

Os técnicos remexeram mais um pouco nos botões.

— Tudo parece normal — disse o técnico nº 1, em um tom confuso que indicava que tudo *não* parecia normal.

— Não estou vendo nada acontecer — disse o Líder Bárbaro, observando os monitores. — Cadê o fogo? As explosões?

— Eu... não entendo. — O técnico nº 2 bateu no monitor. — O combustível não está... não está indo a lugar nenhum.

Não consegui me segurar. Comecei a rir.

O germânico me deu um chute no rosto. Doeu tanto que tive que rir ainda mais.

— O que você fez com meus poços de fogo? — exigiu saber. — *O que você fez?*

— Eu? — Dei uma gargalhada. Meu nariz parecia quebrado. Eu estava cuspindo muco e sangue de um jeito que devia estar superatraente. — Nada!

Ri da cara dele. Era simplesmente tão perfeito. A ideia de morrer ali, cercado de comida chinesa e bárbaros, parecia perfeita demais. Ou as máquinas do fim do mundo de Nero tinham quebrado sozinhas, ou eu tinha causado mais danos aos controles do que imaginava, ou, em algum lugar nas profundezas do prédio, algo tinha dado certo, para variar um pouco, e eu devia um novo chapéu a um troglodita.

Pensar nisso me fez rir histericamente, o que doeu bastante.

O Líder Bárbaro soltou uma cusparada.

— Agora eu te mato.

Ele ergueu a espada... e parou. Seu rosto ficou pálido. Sua pele começou a se ressecar. A barba caiu, pelo por pelo, como folhinhas de pinheiro. Por fim, a pele se desfez, assim como a carne e as roupas, até o germânico não passar de um esqueleto pálido, erguendo a espada nas mãos cadavéricas.

Parado atrás dele, tocando o ombro do esqueleto, estava Nico di Angelo.

— Melhor assim — disse ele. — Agora, pode descansar.

O esqueleto obedeceu, baixando a espada e se afastando de mim.

Os técnicos choramingavam, apavorados. Eram mortais, então não tenho certeza do que *achavam* ter visto, mas sabiam que boa coisa não era.

Nico olhou para eles.

— Fujam.

Eles tropeçaram uns nos outros para obedecer. Não conseguiam correr muito bem, com as flechas nos pés, mas passaram pela porta antes que eu conseguisse dizer: *Santo Hades, o garoto acabou de transformar o cara em um esqueleto.*

Nico olhou para baixo, me encarando com a testa franzida.

— Você está péssimo.

Eu dei uma risada fraca, fazendo a meleca borbulhar.

— Eu sei!

Meu senso de humor não pareceu acalmá-lo.

— Vamos tirar você daqui — disse Nico. — O prédio inteiro é uma zona de combate, e nosso trabalho ainda não terminou.

26

Torre divertida
Vou gargalhando e subindo
Meg! Glória! Bonés!

QUANDO NICO me ajudou a ficar de pé, o Líder Bárbaro caiu e se transformou numa pilha de ossos.

Acho que controlar um esqueleto animado e tirar minha bunda do chão era demais até para Nico.

Ele era surpreendentemente forte. Tive que apoiar quase todo o meu peso nele, porque a sala ainda girava, minha cara latejava e eu ainda sofria de um ataque de riso quase fatal.

— Cadê... cadê o Will? — perguntei.

— Não sei. — Nico puxou meu braço com mais força em volta de seus ombros. — De repente, ele falou "Precisam de mim" e saiu correndo para o outro lado. A gente vai descobrir para onde ele foi depois. — Mesmo assim, Nico parecia preocupado. — E você? Como foi que você... hum, fez tudo isso?

Acho que ele se referia às pilhas de cinzas e arroz, às cadeiras quebradas, aos painéis de controle danificados e ao sangue dos meus inimigos decorando as paredes e o carpete. Tentei não rir como um maluco.

— Sorte, acho?

— Ninguém tem tanta sorte. Acho que seus poderes divinos estão começando a voltar. Tipo, voltar *mesmo*.

— Oba! — Meus joelhos falharam. — E a Rachel?

Nico gemeu, tentando me manter de pé.

— Estava bem da última vez que a vi. Foi ela que me mandou aqui para buscar você... Está tendo mil visões desde ontem. Ela ficou com os troglos.

— A gente conseguiu os troglos! Ieeei!

Apoiei a cabeça na de Nico e suspirei, contente. O cabelo dele tinha cheiro de terra molhada de chuva... era um aroma agradável.

— Você está cheirando a minha cabeça?

— Hum...

— Pode parar? Está me sujando de sangue de nariz.

— Foi mal. — Então caí na risada de novo.

Nossa, pensei, meio distante. *Aquele chute na cara* deve mesmo *ter afrouxado o meu cérebro.*

Nico foi meio que me arrastando pelo corredor enquanto me contava suas aventuras com os troglos. Eu não conseguia me concentrar e ficava rindo em momentos inapropriados, mas entendi que, sim, os troglos tinham ajudado os semideuses a desativar os reservatórios de fogo grego. Rachel tinha conseguido pedir ajuda ao Acampamento Meio-Sangue, e a torre de Nero era no momento o maior cenário urbano de guerra do mundo.

Já eu contei a ele que Lu agora tinha talheres no lugar das mãos...

— Quê?

Ela foi pegar os fasces de Nero com o leontocefalino...

— Com o *quê?*

E eu tinha que ir até o extremo sudeste da ala residencial para buscar Meg. Isso, pelo menos, Nico entendeu.

— Você está três andares abaixo.

— Eu *sabia* que tinha alguma coisa errada!

— Vai ser difícil passar você por todas as batalhas. Cada andar está, bem...

Chegamos ao fim do corredor. Ele chutou uma porta e entramos na Sala de Reuniões Calamitosa.

Meia dúzia de trogloditas quicavam pela sala, lutando contra meia dúzia de seguranças mortais. Além das roupas e dos chapéus chiques, os troglos usavam visores grossos e escuros, para proteger os olhos da luz, então pareciam aviadores em miniatura em uma festa à fantasia. Alguns guardas tentavam atirar neles, mas os troglos eram pequenos e rápidos. Mesmo quando eram atingidos, as balas ricocheteavam na pele dura como pedra, fazendo-os sibilar de irritação. Outros seguranças tinham puxado seus cassetetes, que não tiveram utilidade alguma. Os troglos pulavam em volta dos mortais, atacando-os com pauladas, roubando os capacetes e basicamente se divertindo como nunca.

Meu grande amigo, Grr-Fred, Senhor dos Chapéus, Chefe de Segurança, pulou de um lustre, acertando a cabeça de um guarda, e pousou na mesa de conferências, sorrindo para mim. Tinha coberto seu chapéu de polícia com um boné de beisebol que dizia TRIUNVIRATO S.A.

— ÓTIMO COMBATE, *Lester*-Apolo!

Ele bateu os punhozinhos no peito, então arrancou um aparelho de teleconferência da mesa e o jogou na cara de um guarda que se aproximava.

Nico me guiou pelo caos. Passamos por outra porta e demos de cara com um germânico, que Nico empalou com sua espada de ferro estígio sem nem diminuir o passo.

— A zona de pouso do Acampamento Meio-Sangue fica logo à frente — disse ele, como se nada tivesse acontecido.

— Zona de pouso?

— Aham. Basicamente todo mundo veio ajudar.

— Até Dioniso?

Eu pagaria uns bons dracmas para vê-lo transformar nossos inimigos em uva e pisar neles. Isso *sempre* fazia todo mundo rir.

— Bom, não o sr. D — disse Nico. — Você sabe como ele é. Deuses não lutam em batalhas de semideuses. Com exceção de você, claro.

— Eu sou uma exceção! — Dei um beijo no topo da cabeça de Nico, feliz.

— Por favor, não faz isso.

— Certo! Quem mais está aqui? Me conta! Me conta!

A sensação era de que ele estava me levando para minha festa de aniversário, e eu estava morrendo de curiosidade para saber quem tinha sido convidado. Além disso, a sensação também era a de que eu estava morrendo!

— Hum, bom...

Chegamos a uma porta de correr de mogno pesado.

Nico a empurrou, e o sol poente quase me cegou.

— Chegamos.

Uma varanda ampla cercava a lateral inteira do prédio, oferecendo uma vista multimilionária do rio Hudson e das montanhas de Nova Jersey, tingidas de vinho pelo pôr do sol.

Dali a cena era ainda mais caótica do que na sala de conferências. Pégasos mergulhavam no ar como gaivotas gigantescas, de vez em quando pousando para deixar desembarcarem mais reforços de semideuses com camisetas laranja do Acampamento Meio-Sangue. Torreões com arpões assustadores de bronze celestial ficavam encarapitados no guarda-corpo, mas a maioria tinha sido explodida ou amassada. Cadeiras e espreguiçadeiras pegavam fogo. Nossos amigos do acampamento enfrentavam com as próprias mãos dezenas dos soldados de Nero: alguns dos semideuses mais velhos da Casa Imperial de Nero, um esquadrão de germânicos, seguranças mortais e até alguns cinocéfalos — guerreiros com cabeça de lobo, garras assustadoras e presas afiadas e raivosas.

Junto à parede havia uma fila de árvores em vasos, como na sala do trono. Suas dríades tinham se erguido para lutar contra a opressão de Nero ao lado do Acampamento Meio-Sangue.

— Venham, irmãs! — gritava um espírito de fícus, brandindo um galho afiado. — Não temos nada a perder além dos nossos vasos!

No centro do caos, Quíron em pessoa cavalgava de lá para cá, a metade inferior de cavalo branco coberta de aljavas extras, armas, escudos e garrafas de água, como uma mistura de mãe de atleta semideus e minivan. Ele atirava com o arco tão bem quanto eu nos meus melhores momentos (mas é melhor deixar isso só entre nós), enquanto gritava palavras de incentivo e instruções para seus jovens alunos.

— Denis, tente não matar semideuses ou mortais inimigos! Certo, bom, faça isso daqui para a frente, então! Evette, atenção ao flanco esquerdo! Ben... Eita, cuidado, Ben!

Esse último comentário foi direcionado a um rapaz com uma cadeira de rodas manual, o torso musculoso coberto por uma camiseta de corrida e usando luvas cobertas de spikes. O cabelo negro bagunçado voava para todos os lados, e quando ele se virou vi que havia lâminas saindo das laterais das rodas, acertando qualquer um que ousasse se aproximar. Seu último cavalinho de pau quase tinha acertado as patas traseiras de Quíron, mas felizmente o velho centauro era rápido.

— Foi mal! — gritou Ben com um sorriso, sem parecer nem um pouco arrependido, depois acelerou a cadeira em direção a um grupo de cinocéfalos.

— Pai! — Kayla veio até mim. — Ah, pelos deuses, o que houve com você? Nico, cadê o Will?

— Essa é uma ótima pergunta — respondeu ele. — Kayla, pode ficar com Apolo enquanto vou procurar?

— Claro, vai lá!

Nico saiu correndo enquanto Kayla me arrastava para o canto mais seguro que conseguiu encontrar. Ela me colocou na única espreguiçadeira intacta e começou a revirar seu kit de primeiros socorros.

Eu tinha uma vista maravilhosa para o pôr do sol e para o massacre. Fiquei me perguntando se conseguiria fazer algum dos servos de Nero me trazer um drinque chique com um guarda-chuvinha. Comecei a rir de novo, embora o que restasse da minha sanidade sussurrasse: *Para com isso. Para agora. Não tem graça nenhuma.*

Kayla franziu a testa, claramente preocupada com meu bom humor. Ela passou um unguento curativo com cheiro de menta no meu nariz detonado.

— Ah, pai. Sinto muito, mas acho que você vai ficar com uma cicatriz.

— Eu sei. — Dei uma risadinha. — Estou tão feliz de ver você.

Kayla se forçou a abrir um sorriso, sem muito sucesso.

— Eu também. Foi um dia louco. Nico e os troglos se infiltraram no prédio por baixo. Nós atacamos a torre por vários andares ao mesmo tempo para deixar a segurança confusa. O chalé de Hermes desarmou várias das armadilhas, os torreões e tudo mais, mas ainda estamos enfrentando uma batalha ferrenha basicamente em todos os andares.

— Estamos ganhando? — perguntei.

Um germânico gritou quando Sherman Yang, o conselheiro principal do chalé de Ares, o jogou do guarda-corpo.

— Não dá para saber — respondeu Kayla. — Quíron disse para os novatos que era um passeio. Tipo um treinamento. Eles vão aprender, mais cedo ou mais tarde.

Analisei a área. Muitos dos campistas de primeira viagem, alguns com onze, doze anos no máximo, lutavam lado a lado de olhos arregalados com os outros membros dos seus chalés, tentando imitar tudo que os conselheiros faziam. Pareciam tão jovens... Por outro lado, eram semideuses. Provavelmente já tinham sobrevivido a inúmeros eventos assustadores em seus poucos anos de vida. E Kayla tinha razão — as aventuras não esperariam que estivessem prontos. Eles tinham que correr atrás, e quanto mais cedo, melhor.

— Rosamie! — chamou Quíron. — Levante essa espada, querida!

A menininha sorriu e ergueu a lâmina, interceptando o golpe do cassetete de um dos guardas. Ela acertou o rosto do inimigo com a lateral da espada.

— A gente faz esses passeios toda semana? É tão legal!

Quíron abriu um sorriso pesaroso, então continuou a atirar flechas nos inimigos.

Kayla fez o melhor curativo que pôde no meu rosto — passando gaze ao redor do meu nariz e me fazendo ficar vesgo. Me imaginei como o Homem Quase Invisível e caí na risada de novo.

Kayla fez uma careta.

— Certo, tenho que acalmar você. Beba isso. — Ela levou um frasco aos meus lábios.

— É néctar?

— Definitivamente, *não*.

O sabor explodiu na minha boca. Na mesma hora percebi o que ela estava me dando para beber e o motivo: Mountain Dew, o elixir verde-berrante da perfeita sobriedade. Não sei que efeito tem em mortais, mas pergunte a qualquer entidade sobrenatural e saiba que a combinação de açúcar, cafeína e sabor *je-ne-sais-quoi-peut-être-radioactif* do Mountain Dew é o suficiente para trazer total concentração e seriedade a qualquer deus. Minha visão clareou. Meu bom humor sumiu. Fiquei com zero vontade de rir. Uma sensação dolorosa de perigo e morte iminente apertou meu coração. Mountain Dew é equivalente ao servo que anda atrás do imperador em suas paradas triunfais sussurrando *Lembre-se, você é mortal e vai morrer* para evitar que ele fique muito metido.

— Meg — falei, lembrando o mais importante. — Preciso encontrar Meg.

Kayla assentiu, séria.

— Então é isso que vamos fazer. Trouxe umas flechas extras para você. Achei que fosse precisar.

— Você é a filha mais dedicada do mundo.

Ela ficou vermelha até as raízes ruivas do cabelo.

— Consegue andar? Melhor irmos logo.

Corremos para dentro e pegamos um corredor que Kayla achava que levaria às escadas. Abrimos outra porta e nos vimos na Sala de Jantar Desastrosa.

Sob outras circunstâncias, poderia ter sido um lugar ótimo para um jantar formal: mesa para vinte convidados, um lustre Tiffany, lareira gigante toda de mármore e painéis de madeira nas paredes com nichos para bustos de mármore — todos retratando o mesmo imperador romano. (Quem chutou Nero ganhou uma lata de Mountain Dew.)

Não fazia parte dos planos de jantar: um touro selvagem vermelho de alguma forma tinha conseguido chegar àquela sala e agora perseguia um grupo de jovens semideuses em volta da mesa enquanto as crianças gritavam insultos e atiravam os pratos, taças e talheres dourados de Nero. O touro não parecia ter percebido que poderia simplesmente atropelar a mesa de jantar e chegar aos semideuses, mas eu suspeitava de que chegaria à essa conclusão logo, logo.

— Argh, esses troços — reclamou Kayla quando viu o touro.

Pensei que essa seria uma excelente descrição na enciclopédia de monstros do acampamento. *Argh, esses troços* era realmente tudo que se precisava saber sobre os *tauri silvestres*.

— Eles não podem ser mortos — avisei quando nos juntamos aos outros semideuses na dança das cadeiras em volta da mesa.

— É, eu sei. — O tom de voz de Kayla dava a entender que ela já passara por uma lição rápida sobre os touros selvagens durante aquela divertida excursão. — Ei, gente! — falou ela para os jovens companheiros. — Precisamos atrair esse troço lá para fora. Se a gente conseguir fazer o touro cair da varanda…

Do outro lado da sala, as portas se abriram com um estrondo. Meu filho Austin surgiu, o saxofone tenor a postos. Percebendo que estava do lado da cabeça do touro, ele gritou um "Eita!", então soltou um meio-tom afiado no sax que deixaria Coltrane orgulhoso. O touro recuou com o susto, sacudindo a cabeça, contrariado, enquanto Austin pulava a mesa e deslizava até o nosso lado.

— Oi, gente — cumprimentou ele. — Já estamos nos divertindo?

— Austin — disse Kayla, aliviada. — Preciso atrair esse touro lá para fora. Você pode...? — Ela apontou para mim.

— Estamos brincando de passe-o-Apolo? — Austin sorriu. — Claro. Vamos nessa, pai. Vem comigo.

Enquanto Kayla organizava os jovens semideuses e começava a atirar flechas para fazer o touro segui-la, Austin me empurrou por uma porta lateral.

— Para onde, pai? — Ele foi muito educado e não perguntou por que meu nariz estava enfaixado ou por que meu hálito cheirava a Mountain Dew.

— Tenho que achar Meg — falei. — Três andares acima, extremo sudeste.

Austin continuou correndo comigo pelo andar, mas seus lábios se franziram, dando ao rosto um ar de preocupação.

— Acho que ninguém conseguiu chegar até lá no meio dessa batalha, mas vamos nessa.

Encontramos uma escadaria circular chique que nos levou a um andar acima. Atravessamos um labirinto de corredores, depois nos jogamos contra uma porta estreita que dava na Chapelaria dos Horrores.

Trogloditas tinham encontrado a cornucópia do aviamento. O imenso closet devia servir como a chapelaria de Nero, porque havia inúmeros casacos de outono e inverno pendurados nas paredes. Prateleiras lotadas de cachecóis, luvas e, sim, todo tipo imaginável de chapéus e bonés. Os troglos reviravam a coleção com júbilo, empilhando seis, sete chapéus na cabeça, experimentando echarpes e galochas para aumentar seu incrivelmente civilizado senso de estilo.

Um troglo olhou para mim com seus óculos de proteção escuros, fios de baba escorrendo dos lábios.

— Chapéééééus!

Só consegui sorrir e assentir, passando cuidadosamente pelos cantos do closet, esperando que nenhum dos troglos nos confundisse com um larápio de cartolas.

Por sorte, eles não nos deram atenção. Saímos do outro lado do closet em um hall de mármore com vários elevadores.

Senti uma onda de esperança. Supondo que essa era a entrada principal dos andares residenciais de Nero, onde seus convidados mais queridos seriam recepcionados, estávamos nos aproximando de Meg.

Austin parou na frente de um teclado numérico com o símbolo do SPQR em baixo-relevo dourado.

— Parece que esse elevador dá diretamente nos apartamentos imperiais. Mas precisamos de um cartão de acesso.

— Escada?

— Sei, não. Tão perto do QG do imperador, aposto que todas as passagens estarão trancadas e cheias de armadilhas. O pessoal do chalé de Hermes já tomou a parte de baixo das escadas, mas duvido que tenham chegado até aqui. Somos os primeiros. — Ele tocou de leve as teclas do saxofone. — Talvez eu conseguisse abrir o elevador com a sequência correta de tons...?

Sua voz foi morrendo quando as portas se abriram sozinhas.

Dentro do elevador estava um jovem semideus com cabelo louro bagunçado e roupas civis amarrotadas. Dois anéis dourados brilhavam nos dedos médios. Cassius arregalou os olhos quando me viu. Era óbvio que não esperava me encontrar nunca mais. Parecia que as últimas vinte e quatro horas de sua vida tinham sido quase tão ruins quanto as minhas. Seu rosto estava pálido, os olhos, inchados e vermelhos de tanto chorar. Pelo visto, ele tinha desenvolvido um tique nervoso que atravessava seu corpo em intervalos irregulares.

— Eu... — Sua voz falhou. — Eu não queria... — Com as mãos tremendo, ele tirou os anéis de Meg e os estendeu para mim. — Por favor...

Ele olhou para um ponto ao longe. Estava óbvio que só queria ir embora, sair daquela torre. Admito que senti uma onda de raiva. Aquela criança tinha cortado as mãos de Luguselwa com as espadas de Meg. Mas ele era tão pequeno e estava tão assustado... Parecia que esperava que eu me transformasse no Besta e o punisse por ter seguido as ordens de Nero. Era o que o imperador teria feito.

Minha raiva passou. Deixei que ele colocasse os anéis de Meg na palma da minha mão.

— Pode ir.

Austin pigarreou.

— É, mas, primeiro... Que tal esse cartão de acesso?

Ele apontou para um retângulo plastificado pendurado no pescoço de Cassius. Era tão parecido com uma identificação escolar que eu nem tinha reparado naquilo.

Cassius tirou o cartão do pescoço com certa dificuldade e o entregou para Austin antes de sair correndo.

Austin tentou ler minha expressão.

— Imagino que você conheça esse menino, certo?

— É uma longa e horrível história. Será que é seguro para a gente usar o passe de elevador dele?

— Talvez sim, talvez não — respondeu Austin. — Vamos descobrir agora.

27

Lutar pessoalmente
Acho muito improvável
Videochamada?

AS MARAVILHAS não cessam.

O cartão funcionou. O elevador não nos incinerou ou despencou direto para a morte. Mas, diferentemente do elevador que eu pegara antes, aquele *tinha* música ambiente. Nós subimos devagar e sem pressa, como se Nero quisesse nos dar bastante tempo para apreciá-la.

Sempre achei que dá para julgar a qualidade de um vilão a partir de sua música de elevador. Música clássica? Vilania tradicional, sem imaginação. Jazz? Vilania maligna, com complexo de inferioridade. Pop? Vilania caduca tentando desesperadamente estar na moda.

Nero tinha escolhido uma trilha de clássicos suaves. Ah, bela jogada. Isso era vilania confiante. Vilania que dizia: *Já sou dono de tudo e tenho todo o poder. Relaxe. Você vai morrer logo, logo, então melhor aproveitar esse quarteto de cordas agradável.*

Ao meu lado, Austin remexia nas teclas do saxofone. Dava para ver que ele também estava preocupado com a trilha sonora.

— Preferia que fosse Kenny G — comentou ele.

— Seria bom.

— Ei, se a gente não escapar disso...

— Pode parar com esse papo — interrompi.

— Tá, mas eu queria dizer para você que fico feliz por a gente ter passado algum tempo juntos. Tipo... tempo *tempo*.

Aquelas palavras aqueceram meu coração mais do que a lasanha de Paul Blofis.

Eu entendia o que ele queria dizer. Enquanto Lester Papadopoulos, eu não tinha passado muito tempo com Austin, ou com qualquer outra pessoa, na verdade, mas já era *muito* mais do que quando eu era um deus. Eu e Austin passamos a nos conhecer não só como deus e mortal, ou pai e filho, mas como duas pessoas trabalhando juntas, se ajudando a passar pela vida que muitas vezes era difícil. Era um presente precioso.

Eu estava tentado a prometer que faríamos isso mais vezes se sobrevivêssemos, mas tinha aprendido que promessas são preciosas. Se você não tem certeza absoluta de que vai ser capaz de honrá-las, é melhor nem fazê-las, ensinamento que se aplica também a biscoitos de chocolate.

Em vez disso, sorri e apertei o ombro de Austin, sem confiar que eu conseguiria dizer algo.

Foi impossível não pensar em Meg. Se tão pouco tempo com Austin tinha sido tão importante, como eu poderia explicar o que minhas aventuras com Meg haviam significado para mim? Eu tinha dividido quase minha jornada inteira com aquela garota boba, corajosa, irritante e maravilhosa. Eu *precisava* encontrá-la.

As portas do elevador se abriram. Entramos em um corredor com um mosaico no chão retratando uma procissão triunfal através da paisagem em chamas de Nova York. Era evidente que Nero estava se preparando havia meses, talvez anos, para criar aquele inferno independentemente das minhas ações. Isso era tão bizarro e ao mesmo tempo tão típico dele que nem consegui ficar com raiva.

Paramos logo antes do fim do corredor, que se ramificava em duas direções. Do corredor à direita vinha o som de muitas vozes conversando, copos brindando e até algumas risadas. Do corredor à esquerda não se ouvia nada.

Austin sinalizou para que eu esperasse. Então removeu com cuidado um tubo comprido de cobre do corpo do sax. Havia muitos anexos pouco convencionais no instrumento, incluindo uma bolsa cheia de paletas explosivas, escovas de boquilha que serviam de braçadeiras e um estilete para atacar monstros e críticos musicais irritantes. O tubo que ele escolheu naquele momento continha um espelhinho curvo na ponta. Ele esticou o instrumento pelo corredor como se fosse um periscópio, estudou os reflexos, depois o puxou de volta.

— Salão de festas à direita — sussurrou no meu ouvido. — Cheio de guardas, várias pessoas que devem ser os convidados. Biblioteca à esquerda, parece vazia. Se você tem que seguir na direção sudeste para encontrar Meg, vai ter que passar por essa confusão aí.

Cerrei os punhos, pronto para fazer o que fosse necessário.

Do salão de festas veio a voz de uma jovem fazendo um anúncio. Tive a impressão de ter reconhecido o tom educado e apavorado da dríade Areca.

— Obrigada pela paciência de todos! — disse ela aos convidados. — O imperador está só terminando algumas questões na sala do trono. Ah, e aquela, hum, confusãozinha nos andares inferiores vai ser resolvida em breve. Enquanto isso, por favor, sirvam-se de bolo e bebidas enquanto esperamos o... — sua voz engasgou — ... fogo começar.

Os convidados bateram palmas educadamente.

Preparei o arco. Eu queria entrar correndo naquela multidão, libertar Areca, atirar em todo mundo e pisar naquele bolo. Em vez disso, Austin me puxou pelo braço alguns passos para perto do elevador.

— Tem gente demais — falou. — Me deixe causar uma distração. Vou chamar a atenção do máximo de pessoas para a biblioteca e tentar fazer esse pessoal correr atrás de mim. Com sorte, vou liberar o caminho para você chegar até Meg.

Balancei a cabeça.

— É muito perigoso. Não posso deixar você...

— Ei. — Austin deu uma risadinha. Por um momento, vi minha antiga confiança divina nele, aquele olhar que dizia *Sou músico, pode confiar em mim.* — Perigoso faz parte da descrição do serviço. Pode deixar que eu faço isso. Espere aqui até eles virem atrás de mim. Depois vá procurar nossa menina. Te vejo do outro lado.

Antes que eu pudesse protestar, Austin correu até a esquina do corredor e gritou:

— Ei, idiotas! Vocês vão todos *morrer*!

Então ele levou o sax aos lábios e tocou com toda a força "Cai, cai, balão".

Mesmo sem os insultos, essa música em específico, quando tocada por um descendente de Apolo, provoca uma debandada cem por cento das vezes. Eu me encolhi na parede do elevador enquanto Austin disparava em direção à biblioteca, perseguido aos gritos por cinquenta ou sessenta germânicos e convidados irritados. Eu só podia torcer para que Austin encontrasse outra saída da biblioteca, ou aquela seria uma perseguição bem curta.

Eu me forcei a andar. *Vá procurar nossa menina*, dissera Austin.

Sim. Esse era o plano.

Corri para a direita e entrei no salão de festas.

Austin tinha esvaziado totalmente o lugar. Até Areca parecia ter seguido a manada depois do "Cai, cai, balão".

Para trás ficaram dezenas de mesinhas altas cobertas por toalhas de linho, salpicadas de glitter e pétalas de rosa, enfeitadas por esculturas de teca com pinturas de Manhattan em chamas. Até mesmo para Nero isso me pareceu exagerado. O bufê estava lotado com todos os aperitivos de festa possíveis, além de um bolo em camadas vermelhas e amarelas com tema de fogo. Uma faixa na parede dos fundos dizia FELIZ INFERNO!

Na outra parede, grandes painéis de vidro (sem dúvida bastante reforçado) tinham vista para a cidade, permitindo uma bela visão do inferno prometido que agora — graças aos troglos e seus chapéus magníficos — não aconteceria.

Em um canto, um palco pequeno havia sido montado com um microfone e alguns instrumentos: uma guitarra, uma lira e um violino. Ah, Nero. Em uma piada doentia, sua intenção era tocar enquanto Nova York queimava. Sem dúvida os convidados ririam e aplaudiriam educadamente enquanto a cidade explodia e milhões morriam ao som de "Light My Fire". E quem eram esses convidados? Os amiguinhos milionários do golfe do imperador? Semideuses adultos recrutados para o império pós-apocalíptico? Não importava quem fossem; eu esperava que Austin os tivesse levado direto para uma multidão de troglogitas acionistas irritados.

Ainda bem que não tinha sobrado ninguém no salão, ou eles teriam que enfrentar minha ira. Seja como for, acabei atirando uma flecha no bolo, o que não foi tão satisfatório.

Marchei pelo salão e então, impaciente com a imensidão do lugar, comecei a correr. No final, chutei uma porta, o arco a postos, mas só encontrei outro corredor vazio.

Porém, reconheci aquela área dos meus sonhos. Finalmente tinha chegado à ala da família imperial. Onde estavam os guardas? Os servos? Decidi que não importava. Bem à frente ficava a porta de Meg. Disparei até lá.

— Meg! — gritei ao empurrar a porta do quarto.

Não havia ninguém lá.

A cama estava perfeitamente arrumada com um edredom novo. As cadeiras quebradas tinham sido substituídas. O quarto cheirava a desinfetante, então o perfume de Meg fora apagado junto de qualquer sinal de sua rebelião. Nunca me senti tão deprimido e sozinho...

— Olá! — disse uma vozinha fina à esquerda.

Atirei uma flecha na mesa de cabeceira, rachando a tela de um laptop em que a cara de Nero aparecia em uma chamada de vídeo.

— Ah, não — disse ele, secamente, a imagem agora rachada e pixelada. — Você me pegou.

A imagem dele tremeu, grande demais e fora de foco, como se ele estivesse segurando o telefone sem estar acostumado com isso. Fiquei me perguntando se o imperador, assim como os semideuses, tinha que se preocupar com o mal funcionamento dos celulares, ou se o telefone divulgaria sua localização para os monstros. Então me dei conta de que não havia monstro pior que Nero em um raio de cinco mil quilômetros.

Baixei o arco. Tive que forçar minha mandíbula a relaxar para conseguir dizer qualquer coisa.

— Cadê a Meg?

— Ah, ela está ótima. Está aqui comigo na sala do trono. Imaginei que você passaria na frente desse monitor mais cedo ou mais tarde, aí poderíamos conversar sobre sua situação.

— *Minha* situação? Você está cercado. Acabamos com sua festinha infernal. Suas forças estão sendo derrotadas. Vou atrás de você agora, e se sequer cogitar em encostar em uma das pedrinhas nos óculos da Meg, eu te mato.

Nero deu uma risadinha, como se não tivesse nenhuma preocupação no mundo. Não peguei a primeira parte da sua resposta, porque minha atenção foi desviada por um movimento no corredor. Iiiii-Bling, CEO dos trogloditas, se materializou na porta do quarto de Meg com um sorriso de satisfação, a roupa antiga coberta de pó de monstro e tufos de pelo de touro vermelho, o chapéu tricorne cheio de várias aquisições recentes.

Antes que Iiiii-Bling dissesse qualquer coisa que anunciasse sua presença, balancei sutilmente a cabeça, avisando-o para ficar longe, fora do alcance da câmera do laptop. Eu não queria dar a Nero mais informação que o necessário sobre nossos aliados.

Era impossível identificar a expressão nos olhos de Iiiii-Bling por trás dos óculos escuros, mas sendo um troglo bem esperto, ele pareceu compreender.

Nero dizia:

— ... situação bem diferente. Você já ouviu falar de gás sassânida, Apolo?

Eu não tinha ideia do que se tratava, mas Iiiii-Bling pulou tão alto que quase deixou os sapatos de fivela para trás. Seus lábios se franziram em uma expressão de desgosto.

— Muito esperto, na verdade — continuava Nero. — Os persas usaram contra nossas tropas na Síria. Enxofre, betume e outros ingredientes secretos. Terrivelmente venenoso, causa uma morte horrível, é especialmente eficaz em espaços fechados como túneis... ou prédios.

Os pelos da minha nuca se arrepiaram.

— Nero. Não.

— Ah, eu acho que sim — retrucou ele, a voz ainda agradável. — Você me roubou a chance de colocar fogo na cidade, mas certamente não achava que esse seria meu único plano. O sistema de backup continua intacto. Você me fez o favor de juntar todo o acampamento grego num só lugar! Agora, com um simples apertar de botão, tudo abaixo do andar da sala do trono vai...

— Tem gente sua lá embaixo! — gritei, tremendo de ódio.

O rosto distorcido de Nero pareceu chateado.

— É uma pena, sim. Mas você me forçou a isso. Pelo menos minha querida Meg está aqui, além de alguns dos meus outros favoritos. Vamos sobreviver. O que você não parece perceber, Apolo, é que não é possível destruir contas bancárias com arco e flechas. Todos os meus bens, todo o poder que acumulei nos últimos séculos... está tudo a salvo. E Píton continua esperando receber seu corpo. Então que tal fazermos um acordo? Vou atrasar a liberação da minha surpresinha sassânida em... digamos, quinze minutos. Deve ser tempo o bastante para você chegar à sala do trono. Vou deixar você, e *só* você, entrar.

— E Meg?

Nero ficou confuso.

— Como falei, Meg está ótima. Eu nunca a machucaria.

— Você... — Engasguei de tanta fúria. — Você não faz *nada* além de machucá-la.

Ele revirou os olhos.

— Suba aqui e vamos conversar. Vou até... — Ele parou e depois riu, como se surpreendido por uma inspiração súbita. — Vou até deixar Meg decidir o que fazer com você! Certamente isso é mais do que justo. Sua opção é: eu libero o gás agora, depois desço e pego seu corpo quando bem entender, junto com os de seus amigos...

— Não! — Tentei disfarçar o desespero na minha voz. — Não, eu vou subir.

— Excelente. — Nero abriu um sorriso presunçoso. — Não demore.

A tela ficou preta.

Eu me virei para Iiiii-Bling. Ele me encarou com uma expressão sombria.

— Gás sassânida é muito-*GRR*... ruim — disse. — Entendo por que a Profetiza Vermelha me mandou aqui.

— Vermelha... Está falando de Rachel? Ela lhe disse para vir atrás de mim?

Iiiii-Bling assentiu.

— Ela vê coisas, como você falou. O futuro. Os piores inimigos. Os melhores chapéus. Ela me disse para vir até este lugar.

Sua voz demonstrava um nível de reverência que sugeria que Rachel Elizabeth Dare receberia sopa de lagarto de graça pelo resto da vida. Eu sentia falta da minha Pítia. Queria que ela mesma tivesse vindo atrás de mim em vez de mandar Iiiii-Bling, mas como o troglo conseguia correr em velocidade supersônica e atravessar rochas sólidas, supus que sua escolha fizera sentido.

O CEO fez cara feia para a tela apagada e rachada do laptop.

— É possível que *Neeeee-ro* esteja blefando sobre o gás?

— Não — respondi, chateado. — Nero não blefa. Ele gosta de se exibir e depois fazer exatamente o que prometeu. Ele vai soltar o tal gás no segundo em que eu entrar na sala do trono.

— Quinze minutos — considerou Iiiii-Bling. — Não é muito tempo. Tente atrasá-lo. Vou reunir os troglos. Vamos desarmar esse gás, ou nos vemos no Subcéu!

— Mas...

Iiiii-Bling sumiu em uma nuvem de pó e pelo de touro.

Respirei fundo e tentei me acalmar. Os trogloditas tinham nos apoiado antes, quando eu não acreditava que fariam isso. Mas não estávamos no subterrâneo agora. Nero não me contaria sobre o sistema de dispersão do seu gás venenoso se fosse fácil de encontrar ou desarmar. Se ele tinha a capacidade de fumigar aquele arranha-céu inteiro com o toque de um botão, eu nem imaginava como os troglos teriam tempo de impedi-lo, ou mesmo tirar nossos aliados do prédio com segurança. E quando eu enfrentasse o imperador, não teria chance de vencê-lo... a não ser que Lu tivesse sucesso em tirar os fasces do leontocefalino, e essa missão parecia impossível.

Por outro lado, não me restava muita escolha a não ser torcer. Eu tinha minha missão. Atrasar Nero. Encontrar Meg.

Marchei para fora do quarto.

Quinze minutos. Então eu acabaria com Nero, ou ele acabaria comigo.

28

São sinais do fim:
Tochas, muitas uvas, barbudos
Meg toda arrumada

AS PORTAS corta-fogo foram um toque de gênio.

Achei o caminho para o andar da sala do trono sem problemas. Os elevadores colaboraram. Os corredores estavam estranhamente calmos. Dessa vez, ninguém me recebeu na antessala.

Onde antes ficavam as portas douradas ornamentais, agora a entrada do santuário de Nero havia sido selada por imensos painéis de titânio e ouro imperial. Hefesto teria salivado ao ver aquilo; que belo trabalho em metal, com inscrições de feitiços poderosos de proteção dignos de Hécate. Tudo para manter um imperadorzinho melequento seguro no seu quarto do pânico.

Sem encontrar campainha, bati os nós dos dedos no titânio: *pam-pararam-pam*.

Ninguém deu as duas últimas batidinhas em resposta, como deveria ser, porque, afinal eram *bárbaros*. Em vez disso, no canto esquerdo superior da parede, a luzinha de uma câmera piscou, mudando de vermelho para verde.

— Ótimo. — A voz de Nero surgiu com um estalar do alto-falante no teto. — Você está sozinho. Garoto esperto.

Eu poderia ficar ofendido por ter sido chamado de "garoto", mas tantas outras coisas me ofenderiam que achei melhor me controlar. As portas ressoaram, se abrindo só o suficiente para eu passar, depois se fecharam atrás de mim.

Dei uma olhada na sala em busca de Meg. Ela não estava à vista, o que me fez querer dar um pescotapa em Nero.

A sala estava basicamente igual. Ao pé do trono de Nero, os tapetes persas tinham sido substituídos para se livrar daquelas manchas de sangue chatas da amputação de Luguselwa. Os servos também não estavam por lá. Formando um semicírculo atrás do trono havia uma dezena de germânicos, alguns parecendo ter servido de alvo para o "passeio" do Acampamento Meio-Sangue. Onde Lu e Gunther estiveram antes, à direita do imperador, um novo germânico ocupava o lugar. Ele tinha uma barba branca grossa, uma cicatriz vertical profunda na lateral do rosto e uma armadura feita de peles costuradas de bichos que deixariam os defensores dos direitos dos animais nervosos.

Barras de ouro imperial haviam sido baixadas à frente das janelas, fazendo a sala do trono parecer apropriadamente uma jaula. Dríades escravizadas estavam de pé, nervosas, perto de seus vasos. As crianças do Lar Imperial — só sete agora — permaneciam ao lado das plantas com tochas acesas nas mãos. Como Nero havia criado aqueles semideuses para serem desprezíveis, imaginei que estivessem dispostos a queimar as dríades se elas não cooperassem.

Minha mão estava apoiada perto do bolso da calça, onde eu havia guardado os anéis de ouro de Meg. Senti alívio ao perceber que pelo menos ela não estava com os irmãos de criação. Fiquei feliz por saber que o jovem Cassius tinha fugido dali. Eu me perguntei onde estavam as outras três crianças adotadas, se haviam sido capturadas ou derrotadas em batalha contra o Acampamento Meio-Sangue. Tentei não sentir satisfação com essa possibilidade, mas era difícil.

— Olá! — Nero parecia feliz de verdade em me ver. Ele se reclinou no sofá, comendo uvas de uma bandeja de prata ao seu lado. — Armas no chão, por favor.

— Cadê a Meg? — exigi saber.

— Meg...? — Nero fingiu confusão. Ergueu os olhos para a fileira de crianças com tochas. — Meg. Vamos ver... Onde foi que eu a deixei? Qual dessas é a Meg?

Os outros semideuses abriram sorrisos forçados, talvez sem saber se o bom e velho papaizinho estava brincando ou não.

— Ela está por perto — garantiu Nero, ficando sério de repente. — Mas, primeiro, armas no chão. Não quero correr o risco de você machucar minha filha.

— Você... — Eu estava tão irritado que nem consegui terminar a frase.

Como alguém era capaz de distorcer a verdade com tanta cara de pau e *ainda* parecer que acreditava no que estava falando? Como se defender de mentiras tão óbvias e ridículas que nem deveriam precisar de argumentos?

Coloquei meu arco e a aljava no chão. Duvidava que isso importasse. Nero não deixaria eu me aproximar se achasse que isso fosse uma ameaça.

— E o ukulele — acrescentou ele. — A mochila também.

Ah, ele era bom nisso.

Coloquei os dois itens ao lado das flechas.

Percebi que, mesmo se eu tentasse fazer qualquer coisa — mesmo se eu conseguisse lançar chamas com as mãos ou atirar na cara dele ou esmagar aquele sofazinho roxo ridículo —, nada importaria se os fasces ainda estivessem intactos. Ele parecia totalmente tranquilo, como se soubesse que era invulnerável.

Tudo que eu conseguiria se me comportasse mal seria machucar outras pessoas. As dríades seriam queimadas. Se os semideuses se recusassem a fazer isso, então Nero mandaria os germânicos castigá-los. E se os germânicos hesitassem em seguir suas ordens... Bem, depois do que acontecera a Luguselwa, duvido que qualquer guarda ousaria ir contra Nero. O imperador mantinha todos naquela sala em uma teia de medo e ameaças. Mas e Meg? Ela era a única variável que eu podia torcer para funcionar a meu favor.

Como se lesse meus pensamentos, Nero abriu um sorrisinho para mim.

— Meg, querida — chamou ele. — Você já pode vir.

Ela surgiu por detrás de uma das colunas no fundo da sala. Dois cinocéfalos a flanqueavam. Os homens com cabeça de lobo não a tocavam, mas andavam tão perto que me fizeram lembrar cães pastoreando uma ovelha rebelde.

Meg parecia fisicamente bem, embora tivesse sido esfregada até os ossos. Toda aquela sujeira, gordura e cinzas acumuladas com trabalho árduo até chegar à torre tinham sido lavadas. Seu cabelo curto ganhara um corte joãozinho com camadas, dividido ao meio, deixando Meg um pouco parecida demais com as dríades. E as roupas: o vestido cor-de-rosa de Sally Jackson sumira. Em seu lugar, Meg usava uma toga roxa sem mangas presa à cintura por uma corda dourada. Os tênis vermelhos de cano alto foram trocados por sandálias também douradas. A única coisa que permanecia do seu antigo *visual* eram os óculos, sem os quais ela não enxergava, mas fiquei surpreso por Nero não ter tirado até mesmo isso.

Meu coração se partiu. Meg estava elegante e muito bonita. Ela também estava totalmente diferente de quem era. Nero tentara expurgar tudo que ela já fora, todas as escolhas que já havia feito, e substituí-la por outra pessoa: uma jovem digna do Lar Imperial.

Com inveja e raiva óbvias, os irmãos adotivos observaram Meg se aproximar.

— Aí está você! — disse Nero, animado. — Venha se sentar comigo, querida.

Meg me encarou. Tentei transmitir toda a minha preocupação e tristeza para ela, mas sua expressão permaneceu cuidadosamente neutra. Ela se aproximou de Nero, cada movimento calculado, como se qualquer passo em falso ou demonstração de sentimento pudesse detonar minas invisíveis ao seu redor.

Nero deu um tapinha na almofada ao seu lado, mas Meg não seguiu adiante, parando na base do estrado do trono. Escolhi considerar isso um bom sinal. O rosto de Nero se contorceu de desgosto, mas ele logo disfarçou, sem dúvida decidindo, como o vilão abusivo profissional que era, não pressionar mais que o necessário, manter a linha esticada sem rompê-la.

— Então, cá estamos! — Ele estendeu os braços para abarcar aquela situação tão especial. — Lester, é uma pena que você tenha estragado nosso show de fogos. Poderíamos estar lá no salão agora mesmo, com nossos convidados, assistindo a um lindo pôr do sol sobre uma Nova York incinerada. Poderíamos estar comendo canapés e bolo. Mas não tem problema. Ainda temos muito a comemorar! Meg voltou para casa!

Ele se virou para o germânico de barba branca.

— Vercorix, me traga o controle remoto, sim?

Nero fez um gesto vago para a mesa de centro, onde uma bandeja preta brilhosa estava coberta de equipamentos eletrônicos.

Vercorix foi até lá com passos pesados e pegou o primeiro controle.

— Não, esse é da TV — interrompeu Nero. — Não, esse é do DVD. Isso, acho que é esse aí mesmo.

Senti um nó de pânico se formando na minha garganta quando percebi o que Nero queria: o controle para liberar o gás sassânida. Óbvio que ele o deixava com os controles da televisão.

— Ei! — gritei. — Você disse que Meg ia decidir.

Ela arregalou os olhos. Parecia não ter conhecimento do plano de Nero. Olhou de mim para ele, como se estivesse na dúvida de qual de nós a atacaria primeiro. Ver sua dúvida me deu vontade de chorar.

Nero abriu um sorrisinho.

— Ora, mas é claro que sim. Meg, minha querida, você já está a par da situação. Apolo falhou com você mais uma vez. Todos os planos dele falharam. Ele sacrificou a vida dos próprios aliados para chegar até aqui...

— Isso não é verdade! — interrompi.

Nero ergueu uma sobrancelha.

— Não? Quando eu avisei que essa torre era uma armadilha mortal para os seus amigos semideuses, você saiu correndo para salvá-los? Você se apressou para tirá-los do prédio? Eu lhe dei bastante tempo. Não. Você os *usou*. Deixou que continuassem lutando para distrair meus guardas de modo que pudesse chegar aqui despercebido e tentar recuperar sua preciosa imortalidade.

— Eu... Como é que é? Eu não...

Nero deu um tapão na bandeja de frutas, que caiu no chão com um estrondo. Uvas rolaram para tudo quanto era lado. Todos na sala do trono se encolheram, inclusive eu... o que obviamente era a intenção de Nero. Ele era um mestre da encenação. Sabia bem como deixar o público emocionado, tenso.

Ele colocou tanta indignação e honra na voz que até *eu* fiquei na dúvida se deveria acreditar nele.

— Você é um aproveitador, Apolo! Sempre foi. Deixa um rastro de vidas destruídas por onde quer que vá. Jacinto. Dafne. Marsias. Corônis. E seus próprios Oráculos: Trofônio, Herófila, a Sibila de Cumas. — Nero se virou para Meg. — Você mesma já *viu* isso, querida. Sabe do que estou falando. Ah, Lester, eu vivo entre os mortais já faz milhares de anos. Sabe quantas vidas eu destruí? Nenhuma! Criei uma família de órfãos. — Ele indicou seus filhos adotivos, alguns dos quais se encolheram como se Nero fosse jogar uma bandeja de uvas neles. — Eu dei a eles luxo, segurança, amor! Empreguei milhares de pessoas. Melhorei o mundo! Mas você, Apolo, mal passou seis meses na Terra, e quantas vidas já destruiu nesse meio-tempo? Quantos morreram tentando te defender? Aquele pobre grifo, Heloísa. A dríade, Jade. Clave, o *pandos*. E, é claro... Jason Grace.

— *Chega* — rosnei.

Nero ergueu as mãos.

— Posso continuar? Só as mortes no Acampamento Júpiter: Don, Dakota. Os pais daquela coitadinha, Julia. E tudo isso para quê? Porque *você* quer ser deus de novo. Choramingou e reclamou de um lado a outro deste país, *duas* vezes. Então te pergunto: você *merece* ser um deus?

Ele tinha feito o dever de casa. Não era típico de Nero lembrar o nome de tantas pessoas com quem ele não se importava. Mas aquela era uma cena importante. Ele estava interpretando para todos nós, em especial para Meg.

— Você está distorcendo os fatos e mentindo! — gritei. — Como sempre fez com Meg e essas pobres crianças.

Eu não deveria ter chamado os semideuses de *pobres crianças*. Os sete jovens, segurando as tochas acesas, me olharam com raiva. Claramente não queriam minha pena. A expressão de Meg permaneceu neutra, mas seus olhos se desviaram de mim e recaíram na estampa intrincada do carpete. Era provável que não fosse um bom sinal.

Nero deu uma risadinha.

— Ah, Apolo, Apolo... Você quer me dar uma lição de moral sobre as *minhas* pobres crianças? Como foi que você tratou os *seus* filhos?

Ele começou a recitar uma lista das minhas falhas parentais, que eram inúmeras, mas eu não estava prestando atenção.

Fiquei me perguntando quanto tempo havia se passado desde que eu encontrara Iiiii-Bling. Por quanto tempo eu conseguiria manter Nero falando? Seria suficiente para os troglos desarmarem o gás venenoso, ou pelo menos esvaziarem o prédio?

Com aquelas portas corta-fogo fechadas e as janelas protegidas, eu e Meg estávamos sozinhos nessa. Teríamos que salvar um ao outro, porque ninguém mais poderia fazer isso. Eu tinha que acreditar que ainda éramos uma equipe.

— Inclusive agora... — continuava Nero — ... seus filhos estão lutando e morrendo lá embaixo, e você está aqui. — Ele balançou a cabeça, enojado. — Vou te dizer uma coisa. Vamos lidar com essa questão de dedetizar minha torre mais tarde. — Ele deixou o controle remoto ao seu lado no sofá, fazendo parecer de alguma maneira que era uma concessão extremamente generosa da parte dele esperar mais alguns minutos antes de matar todos os meus amigos envenenados.

Ele se virou para Meg. — Minha querida, você pode escolher, como prometi. Qual dos nossos espíritos da natureza vai ter a honra de matar esse ex-deus patético? Vamos forçá-lo a lutar a própria batalha, para variar.

Meg encarou Nero como se ele estivesse falando de trás para frente.

— Eu... não consigo...

Ela retorceu os dedos em que seus anéis de ouro costumavam ficar. Eu queria tanto devolvê-los a ela, mas tinha medo até de respirar. Meg parecia estar vacilando à beira de um abismo. Eu temia que qualquer mudança na sala — a mínima vibração no chão, uma mudança de luz, uma tosse ou um suspiro — pudesse ser o suficiente para que caísse.

— Não consegue escolher? — perguntou Nero, a voz exalando compaixão. — Entendo. Temos tantas dríades aqui, e todas merecem vingança. Afinal, essa espécie só tem um predador natural: os deuses do Olimpo. — Ele olhou para mim com uma careta. — Meg tem razão! Não vamos escolher. Apolo, em nome de Dafne e de todas as outras dríades que você atormentou ao longo dos séculos... decreto que *todas* as nossas amigas dríades terão permissão de destruí-lo. Vamos ver como você se defende quando não há semideuses para protegê-lo!

Ele estalou os dedos. As dríades não pareciam muito animadas em me destruir, mas as crianças do Lar Imperial aproximaram as tochas dos seus vasos, e algo nas dríades pareceu se partir, dominando-as de desespero, horror e raiva.

Talvez elas preferissem atacar Nero, mas, como não podiam, iam fazer o que lhes foi pedido. Elas me atacaram.

29

Queimar tantas árvores
Nesses tempos de alergias?
Espere espirros

SE ELAS ESTIVESSEM mesmo determinadas a me matar, eu teria morrido.

Eu já tinha visto grupos de dríades irritadas atacando. Não é algo a que qualquer mortal sobreviveria. Os espíritos arbóreos pareciam mais interessados em só interpretar esse papel. Elas se aproximaram de mim devagar, gritando, e de vez em quando olhavam por cima do ombro para se certificar de que os semideuses não haviam colocado fogo nas suas fontes de vida com as tochas.

Desviei dos dois primeiros espíritos de palmeira que me atacaram.

— Não vou lutar com vocês! — berrei. Uma fícus bem forte pulou nas minhas costas, me forçando a derrubá-la. — Não somos inimigos!

Uma figueira-lira hesitava, talvez esperando sua vez de pular em mim, ou só torcendo para não ser notada. Mas seu guarda semideus notou a hesitação. Ele baixou a tocha, e a figueira pegou fogo como se estivesse coberta de gasolina. A dríade gritou e entrou em combustão, transformando-se em uma pilha de cinzas.

— Parem! — disse Meg, mas sua voz era tão frágil que mal se ouvia.

As outras dríades começaram a me atacar de verdade. Suas unhas se transformaram em garras. Uma limeira criou espinhos no corpo inteiro e me envolveu em um abraço doloroso.

— Pare! — repetiu Meg, mais alto desta vez.

— Ah, querida, deixe as dríades tentarem — disse Nero enquanto elas se penduravam nas minhas costas. — Elas merecem vingança.

A fícus me prendeu em um mata-leão. Meus joelhos vacilaram sob o peso de seis dríades. Espinhos e garras rasgavam cada pedaço de pele exposta.

— Meg! — chamei, com a voz engasgada.

Meus olhos estavam arregalados. Minha visão embaçou.

— PAREM! — ordenou Meg.

As dríades pararam. A fícus chorava de alívio ao soltar meu pescoço. As outras se afastaram, me deixando de quatro, arfando sem ar, machucado e sangrando.

Meg correu até mim. Ela se ajoelhou e colocou a mão no meu ombro, observando com uma expressão agonizante os cortes, os arranhões e meu nariz quebrado. Eu teria ficado contente por receber essa atenção dela se não estivéssemos no meio da sala do trono de Nero, ou se eu pudesse, tipo, respirar.

Sua primeira pergunta sussurrada não foi a que eu esperava:

— A Lu está viva?

Assenti, piscando para afastar as lágrimas de dor.

— Da última vez que a vi — sussurrei de volta —, ainda estava lutando.

Meg franziu a testa. Por um momento, seu antigo espírito pareceu retornar, mas foi difícil visualizá-la como era. Tive que me concentrar nos olhos dela, emoldurados pelos incrivelmente horríveis óculos de gatinho, e ignorar o novo corte de cabelo estiloso, o perfume de lavanda, o vestido roxo e as sandálias douradas e AI, PELOS DEUSES! Alguém tinha feito as unhas dos pés dela.

Tentei conter meu horror.

— Meg — falei. — Só tem uma pessoa nessa sala que você precisa ouvir: você própria. Confie em si mesma.

Eu disse isso com sinceridade, apesar de todos os meus medos e dúvidas, apesar de todas as minhas reclamações por Meg ser minha mestre. Ela havia me escolhido, mas eu também havia escolhido Meg. Eu confiava, *sim*, nela... não apesar de seu passado com Nero, mas por causa dele. Eu tinha visto sua luta. Tinha admirado seu progresso tão arduamente alcançado. Precisava acreditar nela pelo meu próprio bem. Ela era — que os deuses me ajudem — meu maior exemplo.

Tirei seus anéis de ouro do bolso. Ela se encolheu quando os viu, mas fiz questão de colocá-los em suas mãos.

— Você é mais forte que ele.

Se eu pudesse fazer com que Meg não olhasse para mais nada além de mim, talvez nós conseguíssemos sobreviver em uma bolha formada só pela nossa amizade, mesmo cercados pelo ambiente tóxico de Nero.

Mas ele não permitiria isso.

— Ah, minha querida. — Ele suspirou. — Eu aprecio seu coração bondoso. De verdade! Mas não podemos interferir na justiça.

Meg ficou de pé e o encarou.

— Isso não é justiça.

O sorriso dele diminuiu. Nero me encarou com uma mistura de pena e deboche, como se dissesse: *Agora olhe só o que você causou.*

— Talvez você tenha razão, Meg — concordou ele. — Essas dríades não têm a coragem ou a força para fazer o que é necessário.

Meg ficou tensa, aparentemente percebendo o que Nero pretendia fazer.

— Não...

— Vamos ter que tentar outra coisa, então.

Ele fez um gesto para os semideuses, que baixaram as tochas para os vasos de planta.

— NÃO! — gritou Meg.

A sala ficou verde. Uma tempestade de alérgenos explodiu do corpo de Meg, como se ela tivesse soltado uma temporada inteira de pólen em um único momento. Pó esverdeado cobriu a sala do trono inteira: Nero, seu sofá, os guardas, os tapetes, as janelas, as crianças. As tochas dos semideuses engasgaram e se apagaram.

As árvores das dríades começaram a crescer, as raízes quebrando os vasos e se ancorando no chão, folhas novas se desdobrando para substituir as queimadas, galhos engrossando e se esticando, ameaçando prender os guardas semideuses. Como não eram idiotas completos, os filhos de Nero fugiram às pressas das plantinhas recém-agressivas.

Meg se virou para as dríades. Estavam todas encolhidas, abraçadas, com marcas de queimadura nos braços.

— Podem ir se curar — disse Meg. — Vou manter vocês em segurança.

Com um choro coletivo de alívio, elas sumiram.

Nero tirou calmamente o pólen do rosto e das roupas. Seus germânicos pareciam imperturbáveis, como se aquele tipo de coisa acontecesse com frequência. Um dos cinocéfalos espirrou. O camarada de cabeça de lobo lhe ofereceu um lenço de papel.

— Minha querida Meg — disse Nero, com a voz seca —, já falamos sobre isso. Você precisa se controlar.

Meg cerrou os punhos.

— Você não tinha o direito de fazer isso. Não foi justo...

— Meg, por favor. — A voz dele ficou mais séria, indicando que sua paciência estava se esgotando. — Apolo ainda pode viver, se for o seu desejo. Não *temos* que entregá-lo a Píton. Mas se vamos correr esse tipo de risco, vou precisar de você ao meu lado com esses poderes maravilhosos. Seja minha *filha* de novo. Deixe que eu o salve para você.

Ela não disse nada. Sua pose irradiava teimosia. Imaginei minha amiga estendendo as próprias raízes, se firmando no lugar.

Nero suspirou.

— Tudo fica muito, muito mais difícil quando você desperta o Besta. Você não quer fazer a escolha errada de novo, quer? E perder mais alguém como perdeu seu pai?

Ele fez um gesto para a dezena de germânicos, a dupla de cinocéfalos, os sete semideuses adotivos, todos cobertos de pólen, todos nos encarando como se, ao contrário das dríades, estivessem mais que dispostos a nos destruir.

Eu me perguntei se conseguiria recuperar meu arco rápido o bastante, embora não estivesse em forma para um combate. Eu me perguntei quantos inimigos Meg conseguiria enfrentar com suas cimitarras. Por melhor que ela fosse, eu duvidava que vencesse vinte e uma pessoas. E isso sem contar o próprio Nero, que tinha a constituição de um deus menor. Apesar da raiva, Meg parecia incapaz de encará-lo.

Imaginei Meg fazendo esses mesmos cálculos, talvez decidindo que não havia esperança, que a única chance de salvar minha vida fosse se entregando a Nero.

— Eu não matei meu pai — disse ela, a voz baixa e seca. — Eu não cortei as mãos de Lu nem escravizei essas dríades, nem deixei todos nós traumatizados. — Ela estendeu a mão em direção aos outros semideuses do Lar. — *Você* fez isso, Nero. Eu te odeio.

O imperador exibiu uma expressão triste e cansada.

— Entendo. Bom... se você se sente assim...

— Não tem nada a ver com *sentir* — interrompeu Meg. — Tem a ver com a verdade. Não vou mais ouvir você. E não vou mais usar as *suas* armas para as minhas lutas.

Ela jogou os anéis longe.

Deixei escapar um gritinho desesperado.

Nero riu.

— Isso, minha querida, foi burrice.

Para variar, eu estava tentado a concordar com o imperador. Não importava o quanto minha jovem amiga fosse boa com abóboras e pólen, não importava o quanto eu estivesse feliz por tê-la ao meu lado, eu não imaginava como poderíamos sair daquela sala vivos se não estivéssemos armados.

Os germânicos ergueram as lanças. Os semideuses imperiais sacaram as espadas. Os guerreiros de cabeça de lobo rosnaram.

Nero ergueu a mão, pronto para dar a ordem de matar, quando atrás de mim um *BUM!* violento fez a câmara tremer. Metade dos nossos inimigos caíram no chão. Rachaduras surgiram nas janelas e nas colunas de mármore. Partes do revestimento do teto caíram, soltando pó como sacos de farinha furados.

Eu me virei e vi as portas corta-fogo impenetráveis caídas e amassadas, além de um touro vermelho estranhamente magro de pé na entrada. Atrás do animal estava Nico di Angelo.

Não preciso nem dizer que eu não esperava que aquele tipo de penetra aparecesse na "festa".

Ficou óbvio que Nero e os seguidores também não, e ficaram encarando, perplexos, o touro selvagem atravessar a porta. Onde antes ficavam os olhos azuis do touro agora só havia dois buracos escuros. O couro vermelho e peludo estava pendurado e solto em torno do esqueleto reanimado feito um cobertor. Era uma coisa sem carne ou alma... só restava a vontade de seu mestre.

Nico observou a sala. Ele parecia pior que da última vez que eu o vira. O rosto estava coberto de cinzas, o olho esquerdo tão inchado que não abria. A camiseta tinha sido rasgada e a espada de lâmina negra pingava o sangue de algum monstro. O pior de tudo era que alguém (suponho que um troglo) tinha forçado Nico a usar um chapéu de caubói branco. Quase esperei que ele gritasse *iiiiiiirrá!* na voz menos animada de todas.

Para o bem de seu touro esquelético, Nico apontou para Nero e disse:

— Mate aquele ali.

O touro atacou. Os seguidores de Nero enlouqueceram. Os germânicos dispararam até a criatura feito zagueiros correndo atrás de um atacante, desesperados para alcançá-la antes que chegasse ao estrado do imperador. Os cinocéfalos uivaram e pularam na nossa direção. Os semideuses imperiais hesitaram, olhando de um para o outro em busca de orientações, tipo *Quem atacamos? O touro? O garoto emo? Nosso pai? Uns aos outros?* (Esse é o problema de criar seus filhos para serem assassinos paranoicos.)

— Vercorix! — guinchou Nero, a voz meia oitava mais aguda que o normal. Ele pulou no sofá, apertando enlouquecidamente botões a esmo no seu controle remoto do gás sassânida e, por fim, decidindo que aquele *não* era, na verdade, o controle do gás sassânida. — Me dê os outros controles! Rápido!

Na metade do caminho até o touro, Vercorix tropeçou e deu ré para a mesinha de centro, talvez se perguntando por que tinha aceitado a promoção e por que o próprio Nero não podia pegar a porcaria dos controles.

Meg puxou meu braço, me tirando do estupor.

— Levanta!

Ela me afastou do caminho de um cinocéfalo, que parou ao nosso lado de quatro, rosnando e babando. Antes que eu pudesse decidir se ia atacá-lo com as mãos nuas ou com meu hálito podre, Nico surgiu entre nós, a espada já em movimento. Ele cortou o lobisomem, transformando-o em poeira de monstro e pelo canino.

— Ei, pessoal — o olho inchado de Nico o deixava ainda mais feroz que o normal —, acho que é melhor vocês pegarem algumas armas.

Tentei me lembrar de como falar.

— Como você...? Espera, vou adivinhar... Rachel mandou você para cá.

— Aham.

Nossa reunião foi interrompida pelo segundo guerreiro de cabeça de lobo, que pulou para perto com mais cautela que seu companheiro caído, chegando pela lateral e procurando uma abertura. Nico se defendeu com a espada e o assustador chapéu de caubói, mas eu tinha a sensação de que mais inimigos se aproximariam em breve.

Nero ainda estava gritando, de pé no sofá, enquanto Vercorix se atrapalhava com a bandeja de controles remotos. A alguns metros de mim, os germânicos tentavam matar o touro esquelético. Alguns dos semideuses imperiais correram para ajudá-los, mas três dos membros mais maldosos da família continuavam afastados, nos observando, sem dúvida ponderando a melhor forma de nos matar para receber uma estrelinha dourada do papai no painel de tarefas semanais.

— E o gás sassânida? — perguntei para Nico.

— Os troglos ainda estão trabalhando nisso.

Resmunguei um palavrão que não teria sido apropriado para os ouvidos de uma jovem como Meg, embora tenha sido Meg que tivesse me ensinado aquele palavrão específico.

— O pessoal do Acampamento Meio-Sangue saiu? — perguntou Meg.

Fiquei aliviado ao ouvi-la participar da conversa. Tive a sensação de que ela ainda era uma de nós.

Nico balançou a cabeça.

— Não. Estão lutando com os exércitos de Nero em todos os andares. Nós avisamos todo mundo sobre o gás, mas ninguém quer ir embora até vocês escaparem.

Senti uma onda de gratidão e irritação. Aqueles semideuses gregos, tão idiotas e maravilhosos, aqueles tolos corajosos e incríveis. Eu queria socar todos eles e depois lhes dar um abraço bem apertado.

O cinocéfalo saltou.

— Agora! — gritou Nico para nós.

Disparei em direção à entrada, onde havia deixado meus equipamentos, com Meg bem ao meu lado.

Um germânico voou por cima de nós, desmaiado após um coice do touro. O monstro zumbi estava a uns seis metros do estrado do imperador, lutando para chegar até lá, mas perdia velocidade sob o peso de uma dúzia de corpos. Os três semideuses suspeitos se aproximavam de nós, num curso paralelo ao nosso em direção à frente da sala.

Quando cheguei às minhas posses, já estava suando e arfando como se tivesse corrido uma maratona. Coloquei o ukulele nas costas, preparei uma flecha no arco e mirei nos semideuses, mas dois deles haviam desaparecido. Será que tinham se protegido atrás das colunas? Atirei na única ainda visível — Aemillia, acho? —, mas ou eu estava lento e fraco, ou ela era excepcionalmente bem treinada. Desviou da minha flecha e continuou correndo.

— Que tal arrumar algumas armas para você? — perguntei a Meg, preparando outra flecha.

Ela indicou com o queixo a irmã adotiva.

— Vou pegar as dela. Você se concentra no Nero.

E então saiu correndo, na sua toga de seda e sandálias douradas, como se estivesse prestes a tocar o terror num evento black-tie.

Nico ainda duelava com o cara lobo. O touro zumbi finalmente sucumbiu sob o peso do Time Nero, o que significava que não demoraria muito para que os germânicos começassem a procurar novos alvos para atacar.

Vercorix tropeçou e caiu ao chegar ao sofá do imperador, derrubando a bandeja cheia de controles nas almofadas.

— Esse! É esse aqui! — gritava Nero, inutilmente, apontando para todos eles.

Mirei no peito de Nero. Eu estava pensando como seria ótimo acertar aquela flecha quando alguém surgiu do nada e me esfaqueou nas costelas.

Apolo espertinho! Eu havia encontrado um dos semideuses desaparecidos, vejam vocês.

Era um dos filhos mais velhos de Nero... Lucius, talvez? Eu teria pedido desculpas por não lembrar seu nome, mas como ele tinha acabado de enfiar uma adaga em mim e agora me apertava em um abraço mortal, decidi que poderíamos deixar as formalidades de lado. Minha visão escureceu. Meus pulmões não conseguiam se encher de ar.

Do outro lado da sala, Meg desarmada lutava com Aemillia e o terceiro semideus desaparecido, que aparentemente também estava escondido.

Lucius enfiou a adaga ainda mais fundo. Eu lutei, percebendo com um interesse médico distante que minhas costelas tinham feito seu trabalho, evitando que a lâmina chegasse aos meus órgãos vitais. Isso era ótimo, tirando a dor excruciante de ter uma adaga presa entre minha pele e minhas costelas, e a quantidade imensa de sangue que ensopava minha camisa.

Eu não conseguia me livrar de Lucius. Ele era forte demais e estava perto demais. Desesperado, levantei uma das mãos e enfiei o dedão no seu olho.

Ele gritou e se afastou, também desesperado. Ferimentos oculares... são os piores. Sou um deus da medicina e até *eu* fico com nojinho disso.

Eu não tinha forças para atirar outra flecha. Tropecei, tentando permanecer consciente enquanto escorregava no meu próprio sangue. Sempre é divertido quando Apolo vai para a guerra.

Em meio àquela névoa de agonia, vi Nero sorrir triunfantemente com um controle remoto erguido.

— Finalmente!

Não, rezei. *Zeus, Ártemis, Leto, qualquer um. NÃO!*

Não fui capaz de parar o imperador. Meg estava muito longe, mal conseguindo segurar os dois irmãos adotivos. O touro havia sido destruído em uma pilha de ossos. Nico tinha acabado com o lobisomem, mas agora enfrentava um grupo de germânicos irritados entre ele e o trono.

— Acabou! — gabou-se Nero. — Morte aos meus inimigos!

E ele apertou o botão.

30

*Ficar vivo é
Difícil quando você
Só quer me matar*

MORTE AOS MEUS INIMIGOS era um excelente grito de guerra. Um verdadeiro clássico, declamado com convicção!

Parte da dramaticidade se perdeu, porém, quando Nero apertou o botão e as venezianas das janelas começaram a se fechar.

O imperador resmungou um xingamento — talvez um ensinado por Meg — e mergulhou entre as almofadas do sofá, procurando o controle remoto *certo*.

Meg tinha desarmado Aemillia, como prometera, e agora girava a espada emprestada enquanto cada vez mais irmãos adotivos se aproximavam, ansiosos para participar da sua derrota.

Nico continuava entre os germânicos. Eram mais de dez guerreiros contra só um Nico, mas eles logo desenvolveram um respeito saudável pela lâmina de ferro estígio do filho de Hades. Até bárbaros aprendem rápido se a lição for afiada e dolorosa o bastante. Mas Nico não duraria muito contra tantos inimigos, em especial considerando que suas lanças tinham um alcance maior e só o olho direito de Nico funcionava. Vercorix latiu ordens para seus homens, mandando que circundassem o garoto. Infelizmente, o tenente parecia ter muito mais competência liderando suas forças do que encontrando controles remotos.

E eu? Como explicar a dificuldade de usar um arco depois de levar uma facada na barriga? Eu ainda não estava morto, o que confirmava que o golpe não tinha acertado nenhum órgão ou artéria importante, mas erguer o braço me dava vontade de berrar de dor. Efetivamente mirar e puxar o arco eram torturas piores do que tudo nos Campos de Punição, e Hades podia confirmar com isso.

Eu havia perdido bastante sangue. Estava suando e tremendo. Mesmo assim, meus amigos precisavam de mim. Eu tinha que fazer o que pudesse.

— Mountain Dew, Mountain Dew — murmurei, tentando clarear meus pensamentos.

Primeiro, chutei a cara de Lucius, derrubando-o, porque aquele serzinho escorregadio bem que merecia. Então atirei uma flecha em outro semideus imperial que estava prestes a esfaquear Meg pelas costas. Fiquei relutante em matá-lo, portanto atirei no tornozelo, fazendo o garoto gritar e saltitar pela sala do trono feito uma galinha. Foi bem satisfatório.

Meu problema de verdade era Nero. Com Meg e Nico superocupados, o imperador tinha bastante tempo para procurar os controles entre as almofadas. O fato de que suas portas corta-fogo tinham sido destruídas não parecia diminuir seu entusiasmo para inundar a torre de gás venenoso. Talvez, por ser um deus menor, ele fosse imune. Talvez ele fizesse gargarejos matinais com gás sassânida.

Atirei no centro de gravidade do imperador, um tiro que deveria ter destruído seu esterno. Em vez disso, a flecha explodiu na toga dele. O tecido devia ter alguma magia protetora, ou talvez fosse criação de um alfaiate especialmente talentoso. Com uma dor horrível, preparei outra flecha. Dessa vez, mirei na cabeça dele. Estava puxando o arco devagar demais. Cada flecha era um martírio para meu corpo torturado, mas a mira foi perfeita. A flecha o atingiu bem no meio da testa e se desfez, inútil.

Ele fez uma careta para mim do outro lado da sala.

— Pare com isso!

E então voltou a procurar o controle remoto.

Fiquei ainda mais desesperado. Era óbvio que Nero ainda estava invulnerável. Luguselwa falhara em destruir os fasces. Isso significava que enfrentávamos um imperador três vezes mais poderoso que Calígula ou Cômodo, que não eram exatamente anjinhos inofensivos. Se Nero em algum momento deixasse de ficar obcecado com seu brinquedo de gás venenoso e resolvesse nos atacar, estaríamos mortos.

Nova estratégia. Mirei nos controles remotos. Quando ele pegou o próximo, eu atirei, fazendo o controle cair de sua mão.

Nero rosnou e pegou outro. Não consegui atirar rápido o suficiente.

Ele apontou o controle para mim e apertou os botões como se aquilo fosse apagar minha existência. Em vez disso, três televisões gigantes surgiram do teto e foram ligadas. A primeira mostrava o noticiário local: uma imagem ao vivo de um helicóptero circundando justamente aquela torre. Pelo visto, estávamos em chamas. A torre não era tão indestrutível assim, afinal. A segunda tela mostrava um torneio de golfe. A terceira estava dividida entre a Fox News e a MSNBC, que lado a lado deveriam bastar para criar uma explosão de antimatéria. Acho que era um sinal de como a vilania de Nero era apolítica, ou talvez uma evidência de sua dupla personalidade, se ele assistia às duas emissoras.

Nero resmungou de frustração e jogou o controle longe.

— Apolo, pare de lutar comigo! Você *vai* morrer de qualquer forma. Será que não *entende*? Sou eu ou o réptil!

Sua frase me abalou, fazendo minha flecha seguinte desviar para longe. Acertou a virilha do sofrido Vercorix, que encolheu os joelhos com dor enquanto a flecha corroía seu corpo até transformar-se em poeira.

— Ih, cara — murmurei. — Foi mal *mesmo*.

Dos fundos da sala, atrás do estrado de Nero, mais bárbaros surgiram, marchando em defesa do imperador com as lanças a postos. Será que Nero tinha uma despensa cheia de reforços lá atrás? Que injusto.

Meg continuava cercada pelos irmãos adotivos. Tinha arrumado um escudo, mas estava totalmente sobrecarregada. Eu compreendia seu desejo de abandonar as cimitarras gêmeas que Nero lhe dera, mas estava começando a questionar o *timing* daquela decisão. Além disso, ela parecia determinada a não matar os jovens, mas os irmãos não pareciam tão hesitantes. Os outros semideuses fecharam o cerco em torno dela, os sorrisinhos confiantes indicando que estavam pressentindo a vitória iminente.

Nico estava ficando sem fôlego na sua batalha contra os germânicos. A espada parecia ficar cinco quilos mais pesada toda vez que ele a erguia.

Fui pegar outra flecha e percebi que só restava uma, descontando minha *coach* shakespeariana de Dodona.

Nero pegou mais um controle. Antes que eu pudesse mirar, ele apertou um botão. Um globo espelhado surgiu do meio do teto. Luzes piscavam. A música

"Stayin' Alive", dos Bee Gees, começou a tocar, o que todo mundo sabe que é um dos Top Dez Sinais do Fim do Mundo no *Manual de Profecia para Idiotas*.

Nero jogou aquele controle longe e pegou... ah, deuses. O último controle remoto. O último é *sempre* o certo.

— Nico! — gritei.

Eu não tinha chance de derrotar Nero. Portanto, atirei no germânico entre o filho de Hades e o trono, destruindo por completo o bárbaro.

Abençoado seja aquele seu chapéu chique de caubói! Nico entendeu. Ele disparou, saindo do círculo de germânicos, e saltou na direção do imperador com toda a força que lhe restava.

O corte de cima para baixo de Nico deveria ter fatiado Nero da cabeça até o rabo de diabo, mas com a mão livre o imperador agarrou a lâmina e a segurou no ar. O ferro estígio sibilou e soltou fumaça. Sangue dourado escorreu por entre os dedos. Nero arrancou a espada de Nico e a jogou do outro lado da sala do trono. Nico pulou no pescoço do imperador, pronto para enforcá-lo ou transformá-lo em um esqueleto de Halloween, mas Nero lhe deu um tapa tão forte que fez o filho de Hades voar seis metros e bater na pilastra mais próxima.

— Seus tolos! Vocês não podem me matar! — rugiu Nero ao som de Bee Gees. — Eu sou imortal!

Ele apertou o botão no controle. Nada óbvio aconteceu, mas o imperador gargalhou, divertindo-se.

— Pronto! É esse! Todos os seus amigos estão mortos agora! HÁ-HÁ-HÁ--HÁ-HÁ-HÁ!

Meg gritou, enraivecida. Tentou se esquivar do grupo de inimigos, assim como Nico conseguira, mas um dos semideuses a fez tropeçar. Ela caiu de cara no chão. A espada emprestada escapou de sua mão com um estrondo.

Eu queria correr para ajudá-la, mas sabia que estava longe demais. Mesmo se usasse a Flecha de Dodona, não conseguiria derrubar um grupo inteiro de semideuses.

Nós falháramos. Na torre abaixo de nós, nossos amigos morreriam sem ar; o acampamento inteiro seria destruído com o apertar de um botão.

Os germânicos ergueram Nico e o arrastaram até o trono. Os semideuses imperiais apontaram as armas para Meg, agora caída e indefesa.

— Excelente! — Nero sorria, feliz da vida. — Mas vamos nos organizar. Guardas, matem Apolo!

Os guardas germânicos se aproximaram de mim.

Tentei pegar meu ukulele, procurando desesperadamente em meu repertório uma música que produzisse uma incrível reviravolta da sorte. "I Believe in Miracles"? "Make It Right"?

Atrás de mim, uma voz conhecida rugiu:

— PAREM!

O tom era tão decidido que até os guardas de Nero e os semideuses imperiais se viraram para as portas corta-fogo quebradas.

No vão da porta estava Will Solace, irradiando uma luz brilhante. À esquerda estava Luguselwa, viva e bem, os talheres nos cotocos substituídos por adagas. À direita de Will estava Rachel Elizabeth Dare, segurando um grande machado envolto por vários feixes dourados: os fasces de Nero.

— *Ninguém* bate no meu namorado — ribombou Will. — E *ninguém* mata o meu pai!

Os guardas de Nero pareciam prontos para atacar, mas o imperador gritou:

— TODO MUNDO PARADO!

Sua voz saiu tão aguda que vários germânicos olharam para trás querendo se certificar de que tinha sido ele mesmo quem gritara.

Os semideuses da família imperial não pareciam nada contentes. Estavam prestes a dar a Meg o tratamento Júlio-César-no-Senado, mas, ao comando de Nero, contiveram os golpes.

Rachel Dare observou a sala do trono: os móveis e os bárbaros cobertos de pólen, as árvores gigantes das dríades, a pilha de ossos de touro, as janelas e colunas rachadas, as televisões berrando, Bee Gees tocando a toda, o globo de espelho girando.

— O que vocês estavam *fazendo* aqui? — murmurou.

Will Solace atravessou a sala com passos confiantes, gritando "Sai da frente!" para os germânicos, até chegar perto de Nico. Ele ajudou o filho de Hades a se levantar, depois arrastou-o para a entrada. Ninguém tentou impedi-los.

O imperador foi andando para trás devagarinho no estrado, estendendo a mão às costas como se para se certificar de que o sofá ainda estava ali caso ele precisasse desmaiar dramaticamente. Ignorou Will e Nico. Seus olhos estavam fixos em Rachel e nos fasces.

— Você... — Nero balançou o dedo para minha amiga ruiva. — Você é a Pítia.

Rachel carregava os fasces nos braços como se fosse um bebê, um bebê pesado, afiado e dourado.

— Rachel Elizabeth Dare — apresentou-se ela. — E no momento sou a garota com sua vida nas mãos.

Nero umedeceu os lábios. Franziu a testa. Então fez uma careta, como se estivesse exercitando os músculos do rosto antes de um solilóquio no palco.

— Vocês, hum... Vocês todos deveriam estar mortos.

Ele falou isso de um jeito educado e chateado ao mesmo tempo, como se brigasse com nossos camaradas por não terem ligado antes de aparecer para o jantar.

De trás de Luguselwa surgiu uma figura menor: Iiiii-Bling, CEO da Troglodita S.A., enfeitado por seis novos chapéus acima do tricorne. Seu sorriso era quase tão brilhante quanto o de Will Solace.

— Armadilhas de gás são... *CLIQUE*... complicadas! — comentou ele. — É bom ter certeza de que os detonadores estão funcionando!

Ele abriu a mão, e quatro baterias de nove volts caíram no chão.

Nero olhou de cara feia para os filhos adotivos, como se dissesse: "Vocês só tinham que fazer *uma única coisa*."

— E como exatamente...? — Nero piscou e estreitou os olhos. O brilho dos fasces parecia incomodá-lo. — O leontocefalino... Você não pode ter derrotado ele.

— Não mesmo. — Lu deu um passo à frente, me permitindo ver melhor seus novos anexos. Alguém (talvez Will) tinha trocado os curativos, colocado mais esparadrapo e colocado lâminas melhores no lugar, lhe dando um visual meio Wolverine de baixo orçamento. — Eu dei ao seu guardião o que ele exigia: minha imortalidade.

— Mas você não *tem*...

A garganta de Nero pareceu se fechar. Uma expressão de pavor tomou seu rosto. Foi como ver alguém apertar um montinho de areia molhada, com água escorrendo pelos lados.

Tive que rir. Era totalmente inapropriado, mas foi uma sensação boa.

— Lu tem imortalidade — falei — porque *você* é imortal. Vocês dois estão ligados faz séculos.

Nero arregalou os olhos.

— Mas essa é a *minha* vida eterna! Você não pode trocar a minha vida pela minha vida!

Lu deu de ombros.

— Eu concordo que não faz muito sentido mesmo. Mas o leontocefalino pareceu achar... divertido.

Nero a encarou, incrédulo.

— Você estaria disposta a morrer só para me matar?

— Sem pensar duas vezes — respondeu Lu. — Mas não vai ser preciso. Eu sou só uma mortal normal agora. Destruir os fasces vai fazer o mesmo com você. — Ela indicou seus antigos companheiros germânicos. — E com todos os seus guardas também. Eles vão se libertar. Aí... vamos ver quanto tempo você vai durar.

Nero deu uma risada tão abrupta quanto a minha.

— Vocês não podem fazer isso! *Ninguém* entendeu ainda? Todo o poder do Triunvirato é meu agora. Meu fasces... — Seus olhos se iluminaram com uma esperança súbita. — Vocês ainda não o destruíram porque não *conseguem*. Mesmo se pudessem fazer isso, seria uma explosão de poder tão grande que transformaria todos vocês em cinzas. E mesmo se não se importassem em morrer, o poder... *todo* o poder que acumulei por séculos só iria para Delfos... para... para *ela*. Vocês não querem isso, podem acreditar!

O terror em sua voz era totalmente genuíno. Enfim me dei conta do pânico em que Nero vivia. Píton sempre fora o verdadeiro poder por trás do trono, uma titereira ainda mais manipuladora do que a mãe de Nero fora. Como a maior parte dos valentões, Nero havia sido moldado e influenciado por um abusador ainda mais poderoso.

— Você... Pítia — disse ele. — Raquel...

— Rachel.

— Foi o que eu disse! Eu consigo *influenciar* o réptil. Posso convencê-lo a devolver seus poderes. Mas, se me matar, tudo estará perdido. Ele... ele não pensa como um humano. Não tem compaixão, não tem misericórdia. Vai destruir o futuro do nosso povo!

Rachel deu de ombros.

— Me parece que você já escolheu seu povo, Nero. E não é a humanidade.

Nero correu os olhos desesperadamente pela sala. Parou e encarou Meg, que agora estava de pé, atenta, no meio do círculo de irmãos imperiais.

— Meg, querida, conte para eles! Eu disse que deixaria você escolher. Confio na sua natureza boa, no seu bom senso!

Meg o encarou como fosse uma pintura de mau gosto, depois se voltou para os irmãos adotivos.

— O que vocês fizeram até agora... não é culpa sua. É culpa do Nero. Mas agora vocês precisam tomar uma decisão. Enfrentem Nero, como eu fiz. Baixem as armas.

— Sua ingrata — rosnou Nero. — O Besta...

— O Besta morreu. — Meg bateu na têmpora com a ponta do dedo. — Eu o matei. Entregue-se, Nero. Meus amigos vão deixar você viver em alguma prisão legal por aí. É mais do que você merece.

— Essa é a melhor oferta que você vai receber, imperador — comentou Lu. — Diga aos seus seguidores para se entregarem.

Nero parecia à beira das lágrimas. Era como se estivesse prestes a deixar para trás séculos de tirania e lutas pelo poder, pronto para trair seu mestre reptiliano. Vilania, afinal, era um trabalho árduo e pouco recompensador.

Ele respirou fundo. Então gritou:

— MATEM TODOS ELES!

E uma dúzia de germânicos correram na minha direção.

31

Um cabo de guerra
Só com deuses, sem crianças
Alguém viu o Lester?

TODOS NÓS tomamos decisões.

A minha foi dar meia-volta e correr.

Não que eu estivesse apavorado por ter uma dúzia de germânicos tentando me matar. Tá bom, sim, eu estava apavorado por ter uma dúzia de germânicos tentando me matar. Mas, além disso, estava sem flechas e sem forças. Queria muito me esconder atrás — quer dizer, ficar parado ao lado — de Rachel, Iiiii-Bling e minha velha amiga Wolverine Celta de baixo orçamento.

Mesmo assim... As palavras de Nero reverberavam nos meus ouvidos. Destruir os fasces poderia ser mortal. Eu não permitiria que ninguém mais corresse esse risco. Talvez o leontocefalino tivesse achado aquilo divertido por razões que Lu desconhecia. Talvez meu sacrifício não pudesse ser evitado assim tão facilmente quanto ela acreditava.

Eu tropecei e caí em Luguselwa, que conseguiu aparar minha queda sem me esfaquear. Will, ainda brilhando como um pisca-pisca esforçado, tinha apoiado Nico na parede e estava cuidando dos ferimentos do namorado. Com um assobio agudo de Iiiii-Bling, mais trogloditas entraram na sala, atacando as forças do imperador em uma confusão de guinchos, picaretas e chapéus estilosos.

Arfando, estendi as mãos para Rachel, abrindo e fechando os dedos.

— Me dá os fasces.

— Que tal um "por favor"? — sugeriu ela. — E "Nossa, sinto muito por ter te subestimado, Rachel, você na verdade é tipo uma rainha guerreira"?

— Sim, por favor, e obrigado, e tudo isso aí!

Lu fez uma careta.

— Apolo, você tem certeza de que consegue destruir os fasces? Quer dizer, sem se matar?

— Não e não — respondi.

Rachel ergueu os olhos para o nada, como se lesse uma profecia escrita nas luzes dançantes do globo de espelhos.

— Não consigo ver o resultado — falou, por fim. — Mas ele tem que tentar.

Peguei os fasces, com dificuldade para continuar de pé com todo aquele peso. A arma cerimonial zumbia e tremia feito o motor de um carro superaquecido. A aura fez meus poros abrirem e meus ouvidos estalarem. Minha barriga voltou a sangrar, se é que tinha parado. Eu não estava feliz por ter sangue escorrendo pelo peito e entrando na cueca enquanto tinha algo importante a fazer. Sinto muito de novo, cueca.

— Me deem cobertura — falei para as duas.

Lu saltou para a batalha, cortando, esfaqueando e chutando qualquer germânico que passasse pelos trogloditas. Rachel tirou uma escova de cabelo de plástico azul da bolsa e a jogou bem no olho do bárbaro mais próximo, fazendo-o urrar de dor.

Sinto muito por ter te subestimado, Rachel, você na verdade é tipo uma ninja das escovas.

Preocupado, dei uma olhada na sala do trono. Meg estava bem. Estava *mais do que bem.* Tinha convencido os irmãos adotivos a baixar as armas e agora estava parada na frente deles feito uma general tentando animar suas tropas desmoralizadas. Ou — em uma comparação menos bajuladora — feito um dos adestradores de Hades tentando treinar uma matilha de novos cães infernais. No momento, os semideuses obedeciam a seus comandos e permaneciam ao seu lado, mas qualquer sinal de fraqueza de sua parte, qualquer mudança na temperatura da batalha, e eles eram capazes de perder a cabeça e matar todo mundo ao redor.

Não ajudava que Nero estivesse pulando sem parar no sofazinho, berrando:

— Matem o Apolo! Matem o Apolo!

Como se eu fosse uma barata que ele tivesse visto fugindo pelo chão.

Pelo bem de Meg, eu precisava correr.

Peguei os fasces com ambas as mãos e tentei dividi-los ao meio. O embrulho de feixes dourados brilhou ainda mais, esquentando e iluminando os ossos e a pele vermelha dos meus dedos, mas não cedeu.

— Por favor... — resmunguei, tentando de novo, torcendo para uma explosão de poder divino. — Se você precisa de outra vida imortal como sacrifício, eu estou aqui!

Talvez eu devesse me sentir idiota por negociar com um machado cerimonial romano, mas depois de todas as conversas com a Flecha de Dodona, parecia razoável tentar.

Os trogloditas faziam os germânicos parecerem aquele time bobo com quem os Harlem Globetrotters sempre jogavam. (Foi mal, Washington Generals.) Lu cortava, perfurava e se defendia com suas mãos de adaga. Rachel estava de pé à minha frente, me protegendo, e de vez em quando resmungando:

— Apolo, não temos o dia todo.

Isso não estava me ajudando nem um pouco.

Meg ainda tinha os irmãos sob controle, mas isso podia mudar. Ela estava falando com eles, encorajando-os, gesticulando para mim com um olhar que dizia *Apolo sabe o que está fazendo. Ele vai destruir nosso pai a qualquer momento. Podem acreditar.*

Quem dera se eu tivesse a mesma certeza que ela.

Respirei fundo, trêmulo.

— Eu consigo. Só preciso me concentrar. Não deve ser muito difícil me destruir, né?

Tentei quebrar os fasces no joelho, o que quase quebrou meu joelho.

Até que finalmente Nero perdeu a cabeça. Acho que tem um limite de quão divertido pode ser ficar pulando no sofá e gritando para seus asseclas.

— Mas será que eu tenho que fazer tudo sozinho? — gritou ele. — Vou ter que matar *todos* vocês? Estão esquecendo que EU SOU UM DEUS!

Ele saltou do sofá e marchou direto na minha direção, o corpo inteiro começando a brilhar, porque não era apenas Will Solace que tinha o direito de fazer isso. Ah, não. Nero tinha que brilhar também.

Troglos atacaram o imperador em bando. Nero os jogou longe. Germânicos que não saíram do caminho rápido o suficiente também foram jogados para o próximo fuso horário. Meg parecia querer enfrentar Nero, mas qualquer movimento para longe dos irmãos poderia destruir aquele equilíbrio delicado. Nico ainda estava meio inconsciente. Will continuava tentando despertá-lo.

Isso deixava Lu e Rachel como minha última linha de defesa. Eu não poderia permitir isso. Elas já haviam se colocado em perigo por mim vezes demais.

Talvez Nero fosse o menor dos deuses menores, mas ainda tinha força divina. Seu brilho aumentava conforme ele se aproximava dos fasces... assim como Will e como eu mesmo nos meus momentos de ira divina...

Um pensamento me ocorreu, talvez algo mais profundo que um pensamento, algum tipo de reconhecimento instintivo. Como Calígula, Nero sempre quis ser o novo deus do Sol. Ele havia criado aquele Colosso gigante e dourado com meu corpo e sua cabeça. Esses fasces não eram só seu símbolo de poder e imortalidade... eram o símbolo da sua reinvindicação de divindade.

O que foi que ele me perguntou antes...? *Você é digno de ser um deus?*

Essa era a questão central. Ele acreditava ser uma deidade melhor do que eu. Talvez tivesse razão, ou talvez nenhum de nós dois fosse digno. Só havia uma forma de descobrir. Se eu não conseguia destruir os fasces, talvez pudesse contar com uma ajudinha divina...

— Saiam da frente! — falei para Lu e Rachel. — Elas olharam para trás como se eu fosse doido. — CORRAM! — gritei.

Elas se afastaram para os lados logo antes de Nero alcançá-las.

O imperador parou na minha frente, os olhos reluzindo de poder.

— Você perdeu — rosnou. — Me dê os fasces.

— Tire de mim, se conseguir.

Também comecei a brilhar. A claridade se intensificou ao meu redor, como havia acontecido meses antes em Indianápolis, mas devagar dessa vez, aumentando aos poucos. Os fasces pulsavam, me acompanhando e começando a superaquecer. Nero rosnou e agarrou o cabo do machado.

Para nossa surpresa mútua, a força do meu aperto foi igual à dele. Brincamos de cabo de guerra, puxando a lâmina para cá e para lá, um tentando matar o outro, sem sucesso. O brilho ao nosso redor aumentava em uma retroalimentação mútua, desbotando o carpete sob nossos pés, branqueando as colunas de mármore preto. Germânicos tiveram que parar de lutar para cobrir os olhos. Troglos gritaram e fugiram, os óculos escuros incapazes de protegê-los.

— Você... não vai... ganhar, Lester! — disse Nero por entre os dentes trincados, puxando os fasces com toda a sua força.

— Eu sou Apolo — retruquei, puxando na outra direção. — Deus do Sol. E eu... retiro... sua... divindade!

Os fasces racharam ao meio, o cabo se partiu, e os feixes e a lâmina dourados explodiram como uma bomba. Um tsunami de chamas me cobriu, além de centenas de anos da raiva, do medo e da voracidade acumulados de Nero: as malditas fontes de seu poder. Consegui me manter firme, mas Nero foi jogado para trás e caiu no carpete, as roupas fumegando, a pele salpicada de queimaduras.

Meu brilho começou a diminuir. Eu não estava machucado... ou pelo menos não mais do que antes.

Os fasces estavam quebrados, mas Nero continuava vivo e intacto. Será que tudo aquilo havia sido por nada?

Pelo menos ele não estava mais tão confiante. Na verdade, o imperador chorava, desesperado.

— O que foi que você fez? Não está vendo?

Foi só então que ele começou a se desfazer. Seus dedos se desintegraram. Sua toga se transformou em fumaça. Uma nuvem de glitter saiu da boca e do nariz, como se ele estivesse exalando sua força vital com as últimas respirações. O pior de tudo... esse glitter não desapareceu. Ele afundou, atravessando o tapete persa, escorrendo por entre os ladrilhos do piso, quase como se Nero estivesse sendo puxado — *arrastado à força* — para as profundezas, pouco a pouco.

— Você lhe deu a vitória — choramingou ele. — Você...

Os restos de sua forma mortal se dissolveram e foram absorvidos pelo chão. Todos na sala do trono olharam para mim. Os germânicos baixaram as armas.

Nero finalmente se fora.

Eu queria sentir felicidade e alívio, mas só sentia exaustão.

— Acabou? — perguntou Lu.

Rachel estava ao meu lado, mas sua voz pareceu vir de muito, muito longe.

— Ainda não. Longe disso.

Minha consciência estava se esvaindo, mas eu sabia que Rachel tinha razão. Eu compreendia a verdadeira ameaça agora. Tinha que seguir em frente. Não havia tempo a perder.

Em vez disso, desfaleci nos braços de Rachel, desmaiado.

Eu me vi flutuando sobre outra sala de trono: o Conselho dos Deuses no Monte Olimpo. Tronos formavam um U em torno da grande lareira de Héstia. Minha família, por pior que fosse, assistia à imagem holográfica que flutuava acima das chamas. Era eu, desmaiado nos braços de Rachel, na torre de Nero.

Então... Eu estava assistindo a eles me assistindo... Enfim, vamos deixar os detalhes pra lá.

— Esse é o momento mais crítico — disse Atena. Estava usando sua armadura de sempre, com o capacete grande demais, que tenho quase certeza de que roubou de Marvin, o Marciano, dos Looney Tunes. — Ele está perigosamente próximo do fracasso.

— Hunf. — Ares se recostou e cruzou os braços. — Eu queria que ele se adiantasse logo. Apostei vinte dracmas de ouro nisso aí.

— Que coisa mais *cínica* de se dizer — comentou Hermes. — Além disso, são *trinta* dracmas, e eu caprichei nas suas chances. — Ele pegou um caderninho de capa de couro e um lápis. — Alguma aposta final, galera?

— Parem com isso! — rosnou Zeus.

Ele estava usando um terno preto e sóbrio, como se estivesse a caminho do meu funeral. Sua barba preta falhada estava bem penteada e tratada. Seus olhos brilhavam com relâmpagos controlados. Ele quase parecia preocupado com minha situação.

Por outro lado, era um ator tão bom quanto Nero.

— Temos que esperar pela batalha final — anunciou. — O pior ainda está por vir.

— Mas ele já não se provou o bastante? — questionou Ártemis. Senti uma pontada no coração ao rever minha irmã. — Ele sofreu mais nesses últimos meses do que até *você* poderia prever! Seja qual for a lição que estava tentando lhe ensinar, querido pai, ele já aprendeu!

Zeus a encarou com raiva.

— Você não compreende tudo o que está em jogo aqui, filha. Apolo *deve* enfrentar o desafio final, pelo bem de todos nós.

Hefesto se esticou para a frente na poltrona reclinável, ajustando suas órteses nas pernas.

— E se ele fracassar, hein? Onze deuses olimpianos? É um número horrível, desequilibrado.

— Pode funcionar — retrucou Afrodite.

— Nem comecem, vocês dois! — repreendeu Ártemis.

Afrodite piscou várias vezes, bancando a inocente.

— O que foi? Só falei que alguns panteões têm *bem* menos do que doze deuses. Ou a gente poderia eleger um novo décimo segundo.

— Um deus de desastres climáticos! — sugeriu Ares. — Isso seria incrível. Eu me daria muito bem com alguém assim!

— Parem, todos vocês. — A rainha Hera até então estava recostada no trono, com um véu escuro sobre o rosto. Ela ergueu o tecido, e, para minha surpresa, seus olhos estavam vermelhos e inchados. Ela andara chorando. — Isso já se alongou demais. Perdas demais. Dor demais. Mas se meu *marido* insiste em esperar até o fim desse conflito, o mínimo que vocês podem fazer é não falar de Apolo como se ele já estivesse *morto*!

Nossa, pensei. *Quem é essa mulher e o que ela fez com minha madrasta?*

— Morto, não. Inexistente — corrigiu Atena. — Se ele falhar, seu destino será muito pior que a morte. Mas o que quer que aconteça começa agora.

Todos se inclinaram para a frente, encarando a imagem nas chamas enquanto meu corpo voltava a se mexer.

Eu havia retomado minha forma mortal, não mais olhando para os olimpianos, e sim para o rosto dos meus amigos.

32

Quase lá, galera
Enfim chegou a minha hora
Ei, que horas são?

— **EU ESTAVA** sonhando... — Apontei para Meg com a mão fraca. — E você não estava lá. Nem você, Lu. Nem Nico, Will...

Os dois rapazes trocaram olhares preocupados, sem dúvida se perguntando se eu tinha sofrido algum dano cerebral.

— Precisamos te levar para o acampamento — disse Will. — Vou pegar um dos pégasos...

— Não. — Tive que me esforçar para me sentar. — Eu... eu tenho que ir.

— Não, olha só para você — protestou Lu, bufando. — Está pior que eu.

Ela tinha razão, óbvio. No momento, eu duvidava que minhas mãos funcionassem tão bem quanto as lâminas de Lu. Meu corpo inteiro tremia de exaustão. Meus músculos pareciam fios elétricos gastos. Eu estava mais machucado que um time de rúgbi. Ainda assim...

— Não tenho opção — falei. — Néctar, por favor? E suprimentos. Mais flechas. Meu arco.

— Infelizmente ele tem razão — comentou Rachel. — Píton... — Ela travou o maxilar como se tentasse conter um arroto de gás de profecia viperina. — Píton está se fortalecendo a cada segundo que passa.

Todos pareceram tristes, mas ninguém discutiu. Depois de tudo pelo que passamos, como eles poderiam fazer isso? Meu confronto com Píton era só mais uma tarefa impossível em um dia de tarefas impossíveis.

— Vou pegar suprimentos.

Rachel deu um beijo na minha testa, depois saiu correndo.

— Arco e flechas saindo pra já — disse Nico.

— E o ukulele — completou Will.

Nico fez uma careta.

— A gente odeia mesmo Píton tanto assim? — Will ergueu a sobrancelha.

— Tá bom.

Nico saiu correndo sem me beijar na testa, e tudo bem. Ele não conseguiria chegar à minha cabeça com aquele chapelão de caubói.

Lu me olhou de cara feia.

— Você se saiu muito bem, colega de cela.

Eu estava chorando? Teve algum momento nas últimas vinte e quatro horas em que eu não estivesse chorando?

— Lu... Você é gente fina. Desculpe por não ter confiado em você.

— Que isso. — Ela acenou com uma das adagas. — Não tem problema. Também achei que você era bem inútil.

— Eu... eu não disse inútil...

— É melhor eu dar uma olhada na antiga família imperial — disse ela. — Os meninos estão parecendo meio perdidos sem a General Plantinha.

Lu deu uma piscadela para Meg antes de sair com passos pesados.

Will colocou um frasco de néctar nas minhas mãos.

— Beba isso. E isso também. — Ele me passou uma latinha de Mountain Dew. — E aqui, um unguento para seus ferimentos. — Ele passou o pote para Meg. — Você pode fazer as honras? Tenho que encontrar mais esparadrapo... Gastei meu estoque todo na Luguselwa Mãos-de-Adaga.

Ele saiu às pressas, me deixando sozinho com Meg.

Ela se sentou ao meu lado, de pernas cruzadas, e começou a passar o unguento nos meus machucados. Havia uma grande variedade de machucados para ela escolher. Eu alternava goles de néctar e Mountain Dew, o que era meio que alternar entre gasolina aditivada e gasolina comum.

Meg tinha jogado as sandálias douradas fora, andando descalça apesar das flechas, lixo, ossos e lâminas descartadas que cobriam o chão. Alguém tinha trazido uma camiseta laranja do Acampamento Meio-Sangue, que ela colocou por cima do vestido, deixando bem claro de que lado estava. Ainda parecia mais madura e sofisticada, ao mesmo tempo que também parecia com a minha Meg.

— Estou tão orgulhoso de você — falei. Definitivamente eu não estava chorando que nem um bebê. — Você foi tão forte. Tão incrível. Tão... AI!

Ela cutucou o ferimento de adaga na lateral da minha barriga, silenciando meus elogios de forma eficaz.

— É, eu sei. Tive que ser. Por eles.

Ela indicou com o queixo seus irmãos adotivos perdidos, que tinham se desesperado após a morte de Nero. Dois deles haviam começado a destruir a sala do trono, jogando coisas e gritando comentários odiosos enquanto Luguselwa e outros semideuses ficavam de olho, dando-lhes espaço, mas prestando atenção para que não se machucassem ou machucassem outras pessoas. Um dos filhos de Nero estava deitado em posição fetal, chorando entre dois campistas do chalé de Afrodite convocados como conselheiros de luto. Ali perto, um dos meninos imperiais mais novos parecia catatônico nos braços de um campista do chalé de Hipnos, que o acalentava e sussurrava canções de ninar.

No decorrer de uma tarde, as crianças do Lar Imperial tinham se transformado de inimigos em vítimas que precisavam de ajuda, e o Acampamento Meio--Sangue aceitara o desafio.

— Eles vão precisar de tempo — disse Meg. — E de muito apoio, como eu tive.

— Eles vão precisar de *você* — completei. — Você mostrou a eles uma forma de escapar.

Ela deu de ombros.

— Você está bem machucado.

Deixei que ela trabalhasse nos meus ferimentos, mas enquanto bebericava meu combustível de alta octanagem, considerei que talvez a coragem fosse um ciclo autoperpetuante, assim como a violência. Nero quis criar miniversões torturadas de si mesmo porque isso o fazia se sentir mais forte. Meg encontrara força para enfrentá-lo porque viu quanto seus irmãos adotivos precisavam que ela fizesse isso, que os mostrasse outra maneira de viver.

Não havia garantias. Os semideuses imperiais tinham lidado com tanta coisa por tanto tempo que alguns talvez nunca conseguissem se afastar da escuridão.

Por outro lado, também não houvera garantias para Meg. Ainda não havia garantias de que *eu* retornaria do que me esperava nas cavernas de Delfos. Tudo que todos nós podíamos fazer era tentar e torcer para que, no fim, o ciclo virtuoso vencesse o ciclo vicioso.

Observei a sala do trono, me perguntando por quanto tempo fiquei inconsciente. Do lado de fora já era noite. Luzes de emergência pulsavam na lateral do prédio vizinho vindas da rua lá embaixo. O *tec-tec-tec* de um helicóptero me dizia que ainda estávamos no noticiário local.

A maioria dos trogloditas tinha sumido, embora Iiiii-Bling e alguns dos tenentes continuassem ali, tendo o que parecia ser uma conversa bem séria com Sherman Yang. Talvez negociassem a divisão dos espólios de guerra. Imaginei que o Acampamento Meio-Sangue estivesse prestes a receber uma quantidade imensa de fogo grego e armas de ouro imperial, enquanto os troglos teriam uma nova seleção maravilhosa de trajes e todos os lagartos e pedras que encontrassem.

Os semideuses filhos de Deméter estavam cuidando das dríades supercrescidas, discutindo o melhor jeito de transportá-las para o acampamento. Perto do trono do imperador, filhos de Apolo (*meus* filhos) conduziam operações de triagem. Jerry, Yan e Gracie — os novatos — agora pareciam veteranos experientes, gritando ordens para quem carregava as macas, examinando os feridos e tratando tanto campistas quanto germânicos.

Os bárbaros pareciam chateados e desanimados. Nenhum deles demonstrava qualquer interesse em lutar. Alguns tinham ferimentos que deveriam tê-los transformado em poeira, só que eles não eram mais criaturas de Nero, ligadas ao mundo dos vivos pelo poder do imperador. Eram só humanos de novo, como Luguselwa. Teriam que encontrar um novo propósito para o resto da vida, e imagino que nenhum deles estava feliz com a ideia de permanecer leal à causa de um imperador morto.

— Você tinha razão — falei para Meg. — Sobre confiar em Luguselwa. Eu estava errado.

Meg deu um tapinha carinhoso na minha mão.

— Pode continuar falando isso. Eu estou certa, você está errado. Esperei meses para você perceber isso.

Ela abriu um sorrisinho. Mais uma vez, fiquei impressionado com o quanto ela havia mudado. Ainda parecia pronta para sair pulando e dar estrelinhas sem motivo, ou limpar o nariz na manga sem sentir vergonha, ou comer um bolo de aniversário inteiro só porque *nham*, mas não era mais aquela criança meio selvagem que se escondia pelos becos da cidade que conheci em janeiro. Ela estava mais alta e confiante. Agia como se fosse a dona daquela torre. E, até onde eu sabia, talvez fosse mesmo, agora que Nero estava morto, supondo que o lugar não fosse consumido por chamas.

— Eu... — Minha voz falhou. — Meg, eu tenho que...

— Eu sei. — Ela desviou o olhar enquanto limpava a bochecha. — Você tem que fazer a próxima parte sozinho, né?

Pensei na última vez que eu estivera fisicamente nas profundezas de Delfos, quando eu e Meg sem querer entráramos no Labirinto durante uma corrida de três-pernas. (Ah, bons tempos que não voltam mais...) A situação agora era diferente. Píton estava poderosa demais. Tendo visto seu covil com meus próprios olhos, sabia que nenhum semideus sobreviveria naquele lugar. Só o ar venenoso queimaria a pele e derreteria seus pulmões. Eu não esperava sobreviver lá por muito tempo também, mas, no fundo, sempre soube que aquela seria uma viagem só de ida.

— Preciso fazer isso sozinho — confirmei.

— Como?

É claro que Meg conseguiria resumir a crise mais importante dos mais de quatro mil anos da minha vida em uma única pergunta impossível de responder.

Balancei a cabeça, desejando ter uma resposta inquestionável.

— Acho que preciso acreditar que... que não vou fazer besteira.

— Hum...

— Ah, fica quieta, McCaffrey.

Ela forçou um sorriso. Depois de mais alguns instantes passando unguento curativo nos meus ferimentos, Meg voltou a falar:

— Então... isso é uma despedida?

Ela engoliu em seco aquela última palavra.

Tentei encontrar minha voz. Parecia tê-la perdido em algum lugar perto dos meus intestinos.

— Eu... eu vou te encontrar, Meg. Depois. Supondo que...

— Vê se não faz nenhuma besteira.

Fiz um som que era algo entre uma risada e um soluço.

— Sim. Mas, de qualquer forma...

Ela assentiu. Mesmo que eu sobrevivesse, não seria o mesmo. O melhor que eu poderia esperar era emergir de Delfos com minha divindade restaurada, que era o que eu queria e sonhava fazia seis meses. Então por que eu me sentia tão relutante em deixar a forma danificada e sofrida de Lester Papadopoulos?

— Só volta para mim, seu bobão. E isso é uma ordem.

Meg me deu um abraço delicado, tomando cuidado com meus ferimentos. Então ficou de pé e correu para ver como estavam os semideuses imperiais, sua antiga família, e, talvez, sua possível futura família também.

Todos os meus outros amigos também pareciam entender.

Will fez mais alguns curativos de última hora. Nico me entregou minhas armas. Rachel me deu uma mochila nova cheia de suprimentos. Mas nenhum deles se estendeu nas despedidas. Sabiam que cada minuto importava. Todos me desejaram boa sorte e me deixaram partir.

Quando me viram, Iiiii-Bling e os tenentes dos troglos fizeram uma saudação formal e tiraram seus chapéus, todos os seiscentos e vinte. Reconheci aquela grande honra. Assenti em agradecimento e atravessei a porta destruída antes que me desfizesse em mais choro meleguento.

Passei por Austin e Kayla na antessala, cuidando de outros feridos e ajudando semideuses mais jovens na limpeza. Os dois abriram sorrisos cansados para mim, em reconhecimento das mil coisas que não tínhamos tempo de dizer uns aos outros. Eu me forcei a seguir em frente.

Perto dos elevadores encontrei Quíron, que ia entregar mais suprimentos médicos.

— Você veio ao nosso resgate — falei. — Obrigado.

Ele olhou para mim do alto, com uma expressão benevolente, a cabeça quase tocando o teto, que não tinha sido criado para acomodar centauros.

— Todos temos o dever de resgatar uns aos outros, não acha?

Assenti, me perguntando como o centauro tinha se tornado tão sábio ao longo dos séculos e por que eu não notara toda aquela sabedoria até me tornar Lester.

— E a sua... reunião com a força-tarefa, foi bem? — perguntei, tentando lembrar o que Dioniso tinha nos contado sobre a ausência de Quíron. Parecia ter acontecido tanto tempo atrás... — Algo sobre uma cabeça de gato decepada?

Quíron riu.

— Uma cabeça decepada. E um gato. Duas... pessoas diferentes. Conhecidos meus de outros panteões. Estávamos discutindo um problema em comum.

Ele simplesmente jogou aquela informação como se não fosse uma granada de explodir o cérebro. Quíron tinha conhecidos em outros panteões? Mas é claro que tinha. E um problema em comum...?

— Será que eu quero saber? — perguntei.

— Não — respondeu ele, sério. — Você não quer mesmo saber. — Ele estendeu a mão. — Boa sorte, Apolo.

Nós trocamos um aperto de mão, e lá fui eu.

Achei a escada e comecei a descer. Não confiava nos elevadores. Durante meu sonho na cela, tinha me visto descendo pela escada da torre ao cair até Delfos. Estava determinado a usar o mesmo caminho na vida real. Talvez não importasse, mas eu me sentiria um idiota se fizesse uma curva errada no caminho até Píton e acabasse preso pela polícia de Nova York na entrada do prédio do Triunvirato S.A.

O arco e a aljava balançavam às minhas costas, batendo nas cordas do ukulele. Minha nova mochila de suprimentos era fria e pesada. Eu me agarrei ao corrimão para que minhas pernas trêmulas não cedessem. Minhas costelas pareciam ter sido recém-tatuadas com lava, mas considerando tudo pelo que eu tinha passado, eu me sentia surpreendentemente inteiro. Talvez meu corpo mortal estivesse me dando uma última forcinha. Talvez minha constituição divina tivesse aparecido para facilitar. Talvez fosse o coquetel de néctar e Mountain Dew correndo por minhas veias. Fosse o que fosse, eu aceitaria toda a ajuda possível.

Dez andares. Vinte. Perdi a conta. Escadas de prédios muito altos são um lugar horrível e confuso. Eu estava sozinho com o som da minha respiração e dos meus passos nos degraus.

Mais alguns andares e comecei a sentir cheiro de queimado. A fumaça fazia meus olhos arderem.

Aparentemente, parte do prédio ainda estava pegando fogo. Ótimo.

A fumaça ficou mais espessa conforme eu descia. Comecei a engasgar e tossir. Tapei a boca e o nariz com o antebraço, mas descobri que meu cotovelo não era um filtro muito bom.

Minha mente vagava. Considerei abrir uma porta lateral para respirar ar fresco, mas não via nenhuma saída. Escadas não deveriam ter saídas de emergência? Meus pulmões gritavam. Meu cérebro desoxigenado parecia prestes a estraçalhar meu crânio, criar asas e voar.

Percebi que talvez estivesse começando a alucinar. Cérebros com asas. Maneiro!

Segui em frente com muito esforço. Espera... O que tinha acontecido com a escada? Quando eu havia chegado ao nível da superfície? Não conseguia ver nada em meio à fumaça. O teto ficava cada vez mais baixo. Estiquei as mãos, procurando algum apoio. De um lado e de outro, meus dedos tocaram rocha cálida e firme.

A passagem continuou se encolhendo. No fim, fui forçado a rastejar, apertado entre duas lajes de pedra horizontal, mal tendo espaço para levantar a cabeça. Meu ukulele ficou apertado no sovaco. Minha aljava arrastava no teto.

Comecei a tremer e hiperventilar, claustrofóbico, mas me forcei a manter a calma. Eu não estava preso. E, por incrível que parecesse, conseguia respirar. A fumaça se transformara em gás vulcânico, que tinha um cheiro e gosto horríveis, mas meus pulmões, apesar dos protestos, continuavam funcionando. Meu sistema respiratório bem que poderia derreter mais tarde, mas no momento eu ainda conseguia inspirar o enxofre.

Aquele cheiro era familiar. Eu estava em algum ponto dos túneis sob Delfos. Graças à magia do Labirinto e/ou alguma feitiçaria de conexão ultrarrápida entre a torre de Nero e o covil do réptil, eu tinha escalado, caminhado, tropeçado e me arrastado para o outro lado do mundo em alguns minutos. Minhas pernas doloridas sentiam cada quilômetro.

Fui me arrastando na direção de uma luz fraca ao longe.

Um ronco ecoava por um espaço bem mais amplo adiante. Algo imenso e pesado respirava.

O túnel apertado acabava de repente. Eu me vi no topo de uma protuberância no fim de um buraquinho em uma parede de pedra, como se fosse uma saída de ar. Abaixo de mim, uma enorme caverna se abria... o covil de Píton.

Quando lutei com Píton antes, milhares de anos atrás, não precisei procurar este lugar. Eu a atraí para a superfície e lutei com ela ao ar livre, sob o sol, o que foi bem melhor.

Agora, no túnel, olhando para baixo, desejei estar em qualquer outro lugar. O chão se estendia por vários campos de futebol, pontuado por estalagmites e cortado por uma teia de fissuras vulcânicas que cuspiam nuvens de fumaça. A superfície irregular rochosa estava coberta por um tapete de horrores: séculos de peles de cobra descartadas, ossos e carcaças ressecadas de... eu nem queria saber. Píton tinha todos esses buracos vulcânicos e nem se dignava a incinerar o lixo?

O monstro em si, mais ou menos do tamanho de uma dúzia de caminhões, ocupava um quarto da caverna, nos fundos. O corpo da serpente era uma montanha de ondas reptilianas, musculosas e retorcidas; além disso, ela era mais do que só uma cobra imensa. Píton mudava e se transformava como bem desejava, criando patas com garras afiadas, ou asas de morcego vestigiais, ou cabeças extras sibilando na lateral do corpo, tudo se ressecando e caindo tão rápido quanto se formava. Ela era um conglomerado reptiliano de tudo que mamíferos temiam em seus pesadelos mais profundos e primitivos.

Eu havia reprimido a lembrança de como Píton era horrenda. Preferia quando ela estava escondida pela fumaça tóxica. A cabeça do tamanho de um carro descansava sobre o corpo curvado. Seus olhos estavam fechados, mas isso não me enganou. O monstro nunca dormia de verdade. Píton só esperava... pelo aumento da sua fome, pela sua chance de dominar o mundo, por pequenos e tolos Lesters pulando na sua caverna.

No momento, uma névoa brilhante parecia cair sobre ela, feito as cinzas de um belo espetáculo de fogos de artifício. Com uma certeza enjoativa, percebi que estava vendo Píton absorver os últimos vestígios do poder do Triunvirato derrotado. O réptil parecia tranquilo, adorando aquela delicinha de pó de Nero quentinho.

Eu precisava me apressar. Tinha uma única chance de derrotar minha velha inimiga.

Não estava pronto. Não estava descansado. Definitivamente não estava no meu auge. Na verdade, eu tinha passado tanto tempo abaixo do meu auge que mal lembrava que ele existia.

Ainda assim, de alguma forma, eu conseguira chegar até ali. Senti um arrepio de poder se acumulando sob a minha pele... talvez meu poder divino, tentando se provar por conta da proximidade com minha antiga arqui-inimiga. Eu esperava que fosse isso, e não meu corpo mortal entrando em combustão.

Consegui pegar o arco, puxar uma flecha e mirar; um trabalho bem complicado quando você está deitado de bruços em um túnel do tamanho de uma caixa de sapatos. Até consegui evitar que meu ukulele batesse na pedra, o que denunciaria minha posição com uma nota fora de tom.

Por enquanto, tudo bem.

Respirei fundo. Isso era pela Meg. Isso era pelo Jason. Isso era por todo mundo que lutou e se sacrificou arrastando minha bunda feia e mortal nos últimos seis meses só para me dar uma chance de redenção.

Fiz força com as pernas, caindo de cabeça do buraco na parede da caverna. Girei no ar, preparei a flecha... e atirei na cabeça de Píton.

33

Sério, pessoal
Esse negócio de hora
Me deixou bem mal

EU ERREI.

Nem precisa fingir que está surpreso.

Em vez de atravessar o crânio do monstro como eu esperava, minha flecha acertou as pedras a alguns metros da cabeça de Píton e explodiu em farpas, que se espalharam pelo chão da caverna sem causar dano algum. Os olhos iluminados de Píton se abriram de repente. Eu caí no centro da caverna, com peles velhas de cobra até os tornozelos. Pelo menos não quebrei as pernas com o impacto. Melhor guardar esse desastre para meu *grand finale*.

Píton me observou, o olhar atravessando a fumaça vulcânica como faróis. A névoa brilhante que a cercava se apagou. Se ela tinha terminado de digerir o poder ou se eu a havia interrompido, era uma incógnita.

Eu esperava que Píton soltasse um rugido de frustração, mas na verdade ela só riu — um ronco grave que liquefez minha coragem. É assustador ver um réptil rir. A cara deles simplesmente não é feita para demonstrar humor. Píton não sorriu, exatamente, mas arreganhou os lábios segmentados e roliços, mostrando bem as presas, e chicoteou a língua bifurcada no ar, provavelmente saboreando o aroma do meu medo.

— Então, aqui estamos. — A voz dela veio de todos os lados, cada palavra fazendo tremer minhas articulações. — Ainda não terminei de digerir o poder de Nero, mas tudo bem. Ele tinha gosto de rato seco mesmo.

Fiquei aliviado de saber que tinha interrompido Píton na degustação do imperador. Talvez isso a tornasse ligeiramente menos impossível de derrotar. Por outro lado, não gostava de como ela soava tranquila, confiante ao extremo.

É claro que eu não parecia uma grande ameaça.

Preparei outra flecha.

— Fuja, serpente. Enquanto ainda pode.

Os olhos de Píton brilharam, tamanha a diversão do monstro com meu ultimato.

— Incrível. Você *ainda* não aprendeu a ser humilde? Como será que é o seu gosto? De rato? De deus? Acho que dá no mesmo, no fim.

Ela estava *tão* errada. Não sobre deuses terem gosto de rato... Isso eu não saberia dizer. Mas eu tinha aprendido, *e muito*, a ser humilde. Tão humilde que, naquele momento, enfrentando minha antiga arqui-inimiga, eu era um poço de insegurança. Não era capaz de enfrentá-la. No que eu estava pensando?

Ainda assim, eu também tinha aprendido outra coisa: a humildade é só o começo, não o fim. Às vezes a gente precisa de mais tempo, e de mais tentativas.

Atirei a flecha. Dessa vez ela acertou Píton bem na cara, resvalando pela pálpebra esquerda e fazendo-a piscar.

Ela sibilou, erguendo a cabeça até ficar seis metros acima de mim.

— Pare de passar vergonha, Lester. Eu controlo Delfos. Ficaria feliz de dominar o mundo através dos meus lacaios, os imperadores, mas fico contente que você tenha eliminado esses intermediários. Eu digeri o poder do Triunvirato! Agora vou digerir...

Minha terceira flecha a atingiu bem na garganta. Não perfurou as escamas. Aí teria sido sorte demais. Mas o golpe foi forte o suficiente para fazê-la engasgar.

Dei a volta em pilhas de pele de cobra e ossos. Pulei uma fissura estreita tão quente que cozinhou minha virilha no vapor. Preparei outra flecha enquanto Píton começava a se transformar. Fileiras de minúsculas asas coriáceas surgiram de suas costas. Duas enormes patas saíram da barriga, erguendo-a de tal forma que mais parecia um dragão de Komodo gigante.

— Entendi — resmungou ela. — Não vai se entregar sem lutar. Tudo bem. Podemos fazer isso com emoção.

Ela inclinou a cabeça como um cachorro ouvindo algum som distante — uma imagem que me fez nunca querer ter um cachorro.

— Ah... Delfos está falando. Quer saber seu futuro, Lester? É bem curto.

A fumaça verde fluorescente foi ficando mais grossa, envolvendo o corpo do réptil, enchendo o ar com o cheiro acre de podridão. Fiquei assistindo, horrorizado demais para me mover, a Píton respirar o espírito de Delfos, desfigurando-o e envenenando seu poder milenar até que começou a falar, a voz ribombante, as palavras carregando o peso inescapável do destino:

— *Apolo cairá...*

— NÃO! — O ódio dominou meu corpo. Meus braços fumegaram.

Minhas mãos brilharam. Eu atirei a quarta flecha, que perfurou o corpo de Píton logo acima da recém-adquirida pata direita.

O monstro tropeçou, perdendo a concentração. Nuvens de gás se dissiparam ao seu redor.

Ela sibilou de dor, batendo as patas no chão para se certificar de que ainda funcionavam.

— NUNCA INTERROMPA UMA PROFECIA! — rugiu Píton.

Então disparou para cima de mim como um trem de carga desgovernado e faminto.

Pulei para o lado, dando uma cambalhota por cima de uma pilha de carcaças quando Píton mordeu o pedaço do chão da caverna bem onde eu estava segundos antes. Rochas do tamanho de bolas de beisebol choveram ao meu redor. Um pedregulho acertou minha nuca e quase me deixou inconsciente.

Píton atacou de novo. Eu estava tentando preparar outra flecha, mas ela foi rápida demais. Dei um pulo para me esquivar, pisando no arco e destruindo a flecha sem querer.

A caverna se tornou uma fábrica maluca de serpente — esteiras, picotadores, compactadores e pistons, tudo feito do corpo ondulado de Píton, todos os componentes prontos para me esmagar. Fiquei de pé rapidinho e pulei uma parte do corpo do monstro, evitando por um triz uma cabeça recém-surgida que tentou me abocanhar.

Considerando a força de Píton e minha própria fragilidade, eu deveria ter morrido várias vezes. A única coisa me mantendo vivo era meu tamanho. Píton era uma bazuca; eu era uma mosquinha. Ela poderia me matar facilmente com apenas um tiro... mas tinha que me pegar primeiro.

— Você ouviu seu destino! — ribombou Píton. Dava para sentir a presença de sua cabeça gigantesca acima de mim. — *Apolo cairá*. Não é lá essas coisas, mas basta!

Ela quase me capturou em uma curva do corpo, mas consegui saltar e me esquivar da armadilha. Minha amiga sapateadora Lavínia Asimov ficaria orgulhosa da minha coreografia caprichada.

— Você não pode escapar de seu destino! — comemorou Píton. — Eu declarei, e assim será!

Isso exigia uma resposta espertinha, mas eu estava ocupado demais arfando e suando.

Pulei no tronco de Píton, usando-a como ponte para atravessar uma das fissuras. Achei que estava sendo esperto até uma pata de lagarto aleatória brotar ao meu lado e arranhar meu tornozelo com as garras. Gritei e caí, tentando desesperadamente me segurar em qualquer apoio enquanto escorregava pela lateral do réptil. Consegui me segurar em uma asa coriácea, que bateu em protesto, tentando me derrubar. Apoiei um dos pés na beirada da fissura e dei um jeito de me arrastar para a terra firme.

Má notícia: meu arco caiu nas profundezas.

Eu não tinha tempo de chorar aquela perda. Minha perna estava ardendo como fogo. Meu sapato estava encharcado com meu próprio sangue. Com certeza aquelas garras eram venenosas. Eu provavelmente tinha reduzido minha expectativa de vida de alguns minutos para alguns *poucos* minutos. Fui mancando até a parede da caverna e me espremi em uma rachadura vertical do tamanho de um caixão. (Ai, mas *por que* eu tive que fazer justo essa comparação?)

Tinha perdido minha melhor arma. Tinha flechas, mas nada com que atirá-las. Quaisquer que fossem os meus arroubos de poder divino, não eram consistentes nem suficientes. Isso me deixava com um ukulele desafinado e um corpo humano que se deteriorava a olhos vistos.

Queria tanto que meus amigos estivessem ali. Eu daria qualquer coisa para ver os tomateiros explosivos de Meg, ou a espada de ferro estígio de Nico, ou até um time de trogloditas velozes para me carregar pela caverna gritando insultos para aquele réptil gigante e apetitoso.

Mas eu estava sozinho.

Espera. Uma pequena faísca de esperança estalou em mim. Não estava *totalmente* sozinho. Remexi a aljava até pegar a Boa e Velha Flecha de Dodona.

COMO VAIS, SENHOR?, zumbiu a voz da flecha na minha mente.

— Vou-me ótimo — arfei. — Tudo indo-se deveras de acordo com o plano.

TÃO NEFASTO ASSIM? EITA.

— Onde está você, Apolo? — rugiu Píton. — Estou sentindo cheiro de sangue!

— Ouviu, flecha? — falei, arfando e delirando por conta da exaustão e do veneno correndo pelas minhas veias. — Consegui obrigá-la a me chamar de Apolo!

UMA IMENSA VITÓRIA, MEU CARO, concordou a flecha. *POIS PARECE QUE ESTÁS QUASE LÁ.*

— O quê? — perguntei.

A voz da flecha pareceu estranhamente baixa, quase triste.

EU NÃO DISSE NADA.

— Disse, sim.

DISSE NADA! PRECISAMO-NOS PREPARAR E FORMULAR UM NOVO PLANO. TU IRÁS PELA ESQUERDA. EU IREI PELA DIREITA.

— Certo — concordei. — Espera. Não dá. Você não tem pernas.

— VOCÊ NÃO PODE SE ESCONDER! — berrou Píton. — VOCÊ NÃO É UM DEUS!

Essa declaração foi como um balde de água fria. Não carregava o peso da profecia, mas ainda assim era verdade. Naquele momento, eu não tinha certeza do que *era*. Certamente não era meu antigo eu divino. Também não era bem Lester Papadopoulos. Minha carne fumegava. Uma luz pulsava sob a minha pele, como o sol tentando atravessar nuvens carregadas. Quando aquilo tinha começado?

Eu estava entre estados, me transformando tão rapidamente quanto Píton. Eu não era um deus. Nunca mais seria aquele velho Apolo. Mas, naquele momento, eu tinha a oportunidade de decidir o que me tornaria, mesmo se aquela nova existência só durasse poucos segundos.

Perceber aquilo destruiu meu delírio como água apagando o fogo.

— Eu não vou me esconder — murmurei. — Não vou me acovardar. Não é isso que vou ser.

A flecha zumbiu, desconfiada.

ENTÃO... QUAL SERÁ TEU PLANO?

Segurei meu ukulele pelo braço e o ergui como um bastão de beisebol. Agarrei a Flecha de Dodona com a mão livre e saí correndo do meu esconderijo.

— ATACAR!

Naquele momento, pareceu um plano perfeitamente são.

Para não dizer que não deu em nada, Píton ficou surpresa.

Imagino como deve ter sido a cena da perspectiva dela: um adolescente sujismundo, com roupas rasgadas, cheio de cortes e contusões, mancando com um pé sangrando, sacudindo um graveto e um instrumento de quatro cordas, gritando que nem um doido.

Corri bem na direção da sua imensa cabeça, que estava alta demais para eu alcançar, então comecei a dar com o ukulele no pescoço de Píton.

— Morra! — *CLANG!* — Morra! — *BLOM!* — Morra! — *CRACK-SPROING!*

No terceiro golpe, meu ukulele se desfez.

O corpo de Píton convulsionou, mas em vez de morrer como uma boa cobrinha, ela envolveu minha cintura, quase gentilmente, e me ergueu até o nível de seu rosto.

Seus olhos iluminados eram do meu tamanho. Suas presas cintilavam. Seu hálito fedia a carne podre.

— Chega. — A voz dela era calma e tranquilizadora. Seus olhos pulsavam no ritmo do meu coração. — Você lutou bem. Deve ficar orgulhoso. Agora pode relaxar.

Eu sabia que ela estava fazendo o velho truque da hipnose dos répteis — paralisando o mamífero pequeno para facilitar a ingestão e a digestão. Lá no fundo, alguma parte covarde de mim (Lester? Apolo? Qual a diferença?) sussurrou: *Sim, relaxar seria ótimo agora.*

Eu tinha *mesmo* me esforçado à beça. Com certeza Zeus veria isso e ficaria orgulhoso. Talvez ele até mandasse um raio, explodindo Píton em pedacinhos e me salvando!

Assim que essa ideia passou pela minha cabeça, percebi que era um pensamento tolo. Zeus não trabalhava assim. A probabilidade de meu pai me salvar era a mesma de Nero ter salvado Meg. Eu tinha que esquecer aquela fantasia. Tinha que me salvar eu mesmo.

Comecei a me debater e lutar. Ainda estava com os braços livres e as mãos cheias. Enfiei o braço do ukulele na dobra de carne de Píton com tanta força que a madeira perfurou as escamas, ficou presa como uma farpa gigante, e sangue verde escorreu do ferimento.

Ela sibilou e começou a me apertar com mais força, forçando todo o meu sangue para a cabeça. Cheguei a ter medo de explodir como um barril de desenho animado.

— Alguém já disse — sussurrou Píton — que você é muito irritante?

EU JÁ LHE FALEI ISSO, disse a Flecha de Dodona em um tom melancólico. *MILHARES DE VEZES.*

Não consegui responder. Não tinha fôlego. Precisei reunir tudo o que me restava de força para impedir que meu corpo explodisse sob a pressão de Píton.

— Bem. — Ela suspirou, o hálito me cobrindo como o vento de um campo de batalha. — Não importa. Chegamos ao fim, eu e você.

Ela apertou com mais força, e minhas costelas começaram a rachar.

34

Agora vai, hein
E lá vamos nós, tchau, tchau
Vejo vocês no final

EU LUTEI.

Eu me contorci.

Dei um soco no corpo de Píton com minha mão minúscula, depois cutuquei a ferida com meu ukulele várias vezes, torcendo para irritá-la até que me largasse.

Em vez disso, seus imensos olhos reluzentes só observavam, calmos e satisfeitos, enquanto meus ossos desenvolviam fraturas que eu conseguia até ouvir. Eu era um submarino na Fossa das Marianas. Meus parafusos estavam estourando.

NÃO MORRAS!, implorou a Flecha de Dodona. *A HORA CHEGOU!*

— O qu...? — tentei perguntar, mas o som mal saiu, de tão pouco ar que havia em meus pulmões.

A PROFECIA A QUE PÍTON SE REFERIA, disse a flecha. *SE DEVES CAIR, POIS QUE ASSIM SEJA, PORÉM, ANTES, USA-ME.*

A flecha se torceu na minha mão, apontando para a cara gigantesca de Píton.

Meus pensamentos estavam confusos, afinal, meu cérebro meio que estava explodindo, mas entender aquilo doeu como ter sido perfurado pelo braço de um ukulele.

Não posso, pensei. *Não.*

NÃO TENS OPÇÃO. A flecha parecia resignada, determinada. Pensei em quantos quilômetros eu havia viajado com aquele pedacinho de madeira, e como eu pouco ouvia suas palavras. Lembrei o que ela me dissera sobre ser expulsa de

Dodona — um galhinho descartável em uma floresta antiquíssima, um pedacinho de que ninguém sentiria falta.

Vi o rosto de Jason. Vi Heloísa, Clave, Jade, Don, o Fauno, e Dakota — todos que haviam se sacrificado para me levar até lá. Agora minha última companheira estava pronta para pagar o preço do meu sucesso — para me permitir a única coisa que sempre me disse para não fazer.

— Não — crocitei o que provavelmente seria a última palavra que eu conseguiria dizer.

— O que foi isso? — perguntou Píton, achando que eu tinha falado com ela. — O ratinho está implorando por misericórdia, é?

Abri a boca, incapaz de responder. A cara do monstro se aproximou, ansiosa para saborear meus últimos gemidos.

FICA BEM, AMIGO, disse a Flecha. *APOLO CAIRÁ, MAS APOLO SE ERGUERÁ NOVAMENTE.*

Com essas últimas palavras, reunindo todo o poder de sua antiga morada, a flecha terminou a profecia do réptil. Píton se colocou ao meu alcance e, com um soluço de desespero, eu enfiei a Flecha de Dodona até as penas no seu enorme olho.

Ela berrou de dor, sacudindo a cabeça de um lado para outro. Seu corpo afrouxou só o suficiente para que eu conseguisse escapar. Eu caí, todo desajeitado, na beira de uma fossa larga.

Meu peito latejava. Algumas costelas quebradas, sim, e talvez um coração partido também. Eu já havia excedido em muito a quilometragem máxima recomendada para o corpo de Lester Papadopoulos, mas tinha que seguir em frente, pela Flecha de Dodona. Tinhas que seguires em frentes.

Precisei de todas as forças para ficar de pé.

Píton ainda se contorcia, tentando desalojar a flecha do olho. Enquanto deus da medicina, eu poderia ter avisado que isso só pioraria a dor. Ver meu antigo projétil shakespeariano espetado na cara da serpente me encheu de tristeza, fúria e insubordinação. Senti que a flecha tinha perdido sua consciência. Eu esperava que tivesse voltado para o Bosque de Dodona, se reunindo aos milhões de outras vozes sussurrantes das árvores, mas temia que simplesmente tivesse deixado de existir. Seu sacrifício fora real e irreversível.

A raiva pulsava dentro de mim. Meu corpo mortal fumegava com toda a força, explosões de luz brilhando sob a pele. Ali perto, vi o rabo de Píton se debatendo. Ao contrário da cobra que circundava o leontocefalino, *essa* serpente tinha começo e fim. Atrás de mim estava a maior das fendas vulcânicas. Eu sabia o que tinha que fazer.

— PÍTON! — Minha voz fez a caverna tremer.

Estalactites caíram ao nosso redor. Eu imaginei, em algum lugar muito acima de nós, mortais gregos paralisados ao ouvir minha voz ecoando pelas ruínas daquele lugar sagrado, as oliveiras tremendo e soltando azeitonas.

O Senhor de Delfos havia despertado.

Píton voltou o sinistro olho que restava para mim.

— Você *não* vai viver.

— Tudo bem por mim — respondi. — Contanto que você morra também.

Agarrei o rabo do monstro e o arrastei em direção ao abismo.

— Mas o que está fazendo? — rugiu ele. — Para com isso, seu idiota!

Com o rabo de Píton em meus braços, pulei da beirada.

Meu plano não deveria ter funcionado. Considerando meu ridículo peso mortal, eu deveria ter ficado pendurado ali como um odorizador de ar num espelho retrovisor. Mas eu estava cheio de uma fúria justiceira. Plantei os pés na parede de pedra e puxei, arrastando Píton para baixo enquanto ela gritava e se contorcia. Ela tentou puxar o rabo de volta para me arremessar, mas meus pés permaneceram firmes, presos à lateral da fenda. Minha força aumentou. Meu corpo brilhava com uma luz ofuscante. Com um grito desafiador final, puxei meu inimigo além da beirada. A parte do seu corpo que jazia espiralada tombou no abismo.

A profecia se realizou. Apolo caiu, e Píton caiu junto.

Hesíodo uma vez escreveu que uma bigorna de bronze levaria nove dias para cair da Terra ao Tártaro.

Eu suspeito de que ele tenha usado a palavra *nove* como metáfora para *Não sei exatamente quanto tempo levaria, mas chutaria muito, muito tempo.*

Hesíodo tinha razão.

Eu e Píton caímos embolados nas profundezas, trocando de lugar, batendo nas paredes, girando da escuridão total para o brilho avermelhado da lava e repetindo todos os movimentos de novo. Considerando a quantidade de dano que meu pobre corpo sofreu, era possível que eu tivesse morrido em algum momento da queda.

Mesmo assim, continuei lutando. Eu não tinha mais nada para usar como arma, então golpeei com punhos e pés, socando o corpo da besta, chutando toda garra, asa ou cabeça recém-criada.

Eu tinha superado a dor e chegado ao nível *agonia extrema é a nova plenitude*. Dei uma pirueta para que Píton absorvesse a maior parte do dano das nossas colisões contra as paredes. Não conseguíamos nos livrar um do outro. Sempre que nos afastávamos, alguma força nos atraía de volta, como o sagrado matrimônio.

A pressão ficou insuportável. Meus olhos saltavam das órbitas. O calor me assava como uma fornada dos biscoitos de Sally Jackson, mas meu corpo ainda brilhava e fumegava, as artérias de luz mais próximas da pele, me dividindo em um quebra-cabeças 3-D de Apolo.

As paredes da fenda se abriram ao nosso redor, e caímos pelo ar frio e tenebroso de Érebos — o reino de Hades. Píton tentou criar asas e sair voando, mas seus apêndices patéticos de morcego não suportaram seu peso, especialmente comigo pendurado às suas costas, quebrando as asas assim que elas brotavam.

— PARE COM ISSO! — rosnou Píton. A Flecha de Dodona ainda estava espetada no seu olho destruído. A cara dela estava coberta por sangue verde que escorria de vários lugares que eu chutara e socara. — EU... TE... ODEIO!

O que só mostra que mesmo arqui-inimigos de quatro mil anos ainda podem encontrar coisas em comum. Com uma explosão imensa, afundamos na água. Na verdade, estava mais para uma corrente violenta de ácido cinza de gelar os ossos.

O Rio Estige nos carregou para longe.

Para quem ama andar numa corredeira categoria cinco em um rio que pode te afogar, dissolver sua pele e corroer qualquer resquício de humanidade, tudo ao mesmo tempo, recomendo fortemente um cruzeiro de serpente pelo Estige.

O rio exauria minhas memórias, minhas emoções, minha força de vontade. Ele arrancava a casca partida de Lester Papadopoulos e me deixava em carne viva, enfraquecido como uma libélula no casulo.

Nem mesmo Píton era imune. Ela lutava com menos ímpeto. Se debatia e tentava segurar as margens com as garras, mas eu lhe dei uma cotovelada no olho bom, depois chutei sua garganta... tudo para mantê-la na água.

Não que eu quisesse me afogar, mas sabia que Píton seria muito mais perigosa em terra firme. Além disso, eu não gostava da ideia de aparecer na porta de Hades na minha condição atual. Uma recepção calorosa estava fora de cogitação.

Eu me agarrei à cara de Píton, usando o cabo sem vida da Flecha de Dodona como leme, guiando o monstro com puxões torturantes. Píton chorava, berrava e estrebuchava. Ao nosso redor, as cataratas do Estige pareciam rir de mim. *Viu? Você quebrou uma promessa. E agora eu o capturei.*

Permaneci firme em meu propósito. Relembrei a última ordem de Meg McCaffrey: *Volta para mim, seu bobão.* Seu rosto permanecia claro em minha mente. Ela havia sido abandonada tantas vezes, usada de formas tão cruéis. Eu não seria mais um luto para ela. Eu sabia quem eu era. Eu era o bobão da Meg.

Píton e eu girávamos pela correnteza cinzenta e então, sem aviso, caímos de uma cachoeira. Mais uma vez mergulhamos, dessa vez em um esquecimento ainda mais profundo.

Todos os rios sobrenaturais deságuam no Tártaro — o reino onde os terrores primordiais se dissolvem e se formam de novo, em que monstros germinam no corpo continental do próprio Tártaro, dormindo eternamente em seu sono eterno.

Não deu tempo de tirar uma selfie. Caímos pelo ar ardente e pelas gotículas da cachoeira abismal enquanto um caleidoscópio de imagens girava, entrando e saindo de vista: montanhas de ossos negros como as escápulas dos titãs; paisagens com textura de carne pontilhadas de bolhas que estouravam revelando dragões e górgonas recém-nascidos; torres de fogo e fumaça escura cuspindo no ar explosões sombriamente festivas.

Caímos ainda mais, no Grande Cânion daquele mundo horripilante, para o ponto mais profundo do reino mais profundo da criação. Então batemos em rocha sólida.

Nossa, Apolo, dizem vocês, com surpresa na voz. *Como você sobreviveu?*

Não sobrevivi.

Àquela altura, eu não era mais Lester Papadopoulos. Não era Apolo. Não tenho certeza de quem ou do que era.

Fiquei de pé — nem sei como — e me vi em uma plataforma de obsidiana que se projetava acima de um oceano infinito ocre e violeta escuros. Com uma mistura de horror e fascínio, me dei conta de que estava à beirada do Caos.

Abaixo de nós se agitava a essência de tudo: a grande sopa cósmica que deu origem a tudo, o lugar onde a vida começou a se formar e pensar: *Ei, eu sou diferente do restante dessa sopa!* Um passo à frente, e eu retornaria àquela sopa. Estaria totalmente derretido.

Examinei meus braços, que pareciam prestes a se desintegrarem. A carne queimava como papel, deixando linhas marmorizadas de luz dourada e brilhante. Eu parecia um daqueles bonecos transparentes de anatomia criados para ilustrar o sistema circulatório. No centro do meu peito, mais sutil do que qualquer ressonância magnética seria capaz de captar, havia um redemoinho de energia violeta. Minha alma? Minha morte? Fosse o que fosse, o brilho estava aumentando, o tom lilás se espalhando pelo meu corpo, reagindo à proximidade do Caos, trabalhando furiosamente para soltar os fios dourados que me mantinham inteiro. Isso provavelmente não era bom...

Píton estava caída ao meu lado, seu corpo também se desfazendo, drasticamente reduzido de tamanho. Ela agora era só cinco vezes maior que eu — como uma serpente ou um crocodilo pré-histórico, a forma uma mistura das duas coisas, o couro ainda ondulando com cabeças, asas e garras disformes. Empalada no seu olho esquerdo, a Flecha de Dodona ainda estava intacta, sem nem um pedacinho de pena fora do lugar.

Píton se ergueu nas suas patinhas atarracadas. Bateu os pés e uivou. Seu corpo estava se desfazendo, se transformando em pedaços de réptil e luz, e devo dizer que eu não gostava daquele novo visual disco-crocodilo. Ela cambaleou na minha direção, sibilando, meio cega.

— Vou destruir você!

Eu queria dizer para ela relaxar. Caos já estava fazendo as honras. Destruindo nossas essências rapidamente. Não precisávamos mais lutar. Poderíamos só ficar ali naquela saliência de obsidiana e nos desfazermos juntos, quietinhos. Píton poderia se deitar no meu colo, olhar para a vastidão do Caos, murmurar *É lindo* e então evaporar, somando-se ao nada.

Mas o monstro tinha outros planos. Píton atacou, mordeu minha cintura e me empurrou para a frente, decidida a me jogar no vazio. Eu não tive como me segurar. Só pude me contorcer e girar de modo que, quando chegamos ao fim da saliência de pedra, ela caiu primeiro. Eu me agarrei desesperadamente à rocha, tentando segurar a beira, enquanto o peso inteiro de Píton quase me partia ao meio.

Ficamos ali pendurados, suspensos no vazio por nada além de meus dedos trêmulos e a boca de Píton em volta da minha cintura.

Eu sentia meu corpo se dividindo em dois, mas não podia soltar. Canalizei toda a minha força restante para as mãos — como eu costumava fazer ao tocar a lira ou o ukulele, quando precisava expressar uma verdade tão profunda que só a música seria capaz de transmitir: a morte de Jason Grace, as provações de Apolo, o amor e respeito que eu tinha pela minha jovem amiga Meg McCaffrey.

De alguma forma, consegui dobrar uma perna. Dei uma joelhada no queixo de Píton.

Ela gemeu. Eu dei outra joelhada, com mais força. Píton reclamou de novo. Ela tentou dizer alguma coisa, mas estava com a boca cheia de Apolo. Eu acertei mais uma vez, com tanta força que senti sua mandíbula rachar. Ela não conseguiu mais se manter presa a mim e caiu.

Não teve palavras finais — só um olhar de horror reptiliano caolho ao mergulhar no Caos e explodir em uma nuvem de espuma roxa.

Continuei pendurado no penhasco, exausto demais para sentir alívio.

Era o fim. Me erguer dali estaria além das minhas capacidades.

Então ouvi uma voz que confirmou meus piores temores.

35

Não sou de ligar
Para coisas materiais
Fora essa rocha

— EU TE AVISEI.

Nunca duvidei de que essas seriam as últimas palavras que ouviria.

Ao meu lado, a deusa Estige flutuava acima do nada. Seu vestido preto e roxo poderia ser uma nuvem do próprio Caos. Seu cabelo voava como uma nuvem de tinta ao redor do belo e irritado rosto.

Não fiquei surpreso por ela conseguir existir ali, sem qualquer esforço, naquele lugar que outros deuses tinham medo de visitar. Além de ser a deusa das promessas sagradas, Estige era a personificação do Rio do Ódio. E, como todo mundo sabe, ódio é uma das emoções mais duradouras, uma das últimas a passar.

Eu te avisei. É claro que ela havia avisado. Meses antes, no Acampamento Meio-Sangue, eu fizera uma promessa apressada. Tinha jurado pelo Rio Estige que não tocaria música ou atiraria com o arco até ser um deus de novo. Havia quebrado as duas promessas, e desde então a deusa Estige vinha embarreirando meu progresso, levando tragédias e destruição para onde quer eu fosse. E lá estava eu, prestes a pagar o derradeiro preço: seria cancelado.

Esperei que Estige arrancasse meus dedos da plataforma de obsidiana e então me desse a língua enquanto eu caía na sopa amorfa de destruição lá embaixo.

Para a minha surpresa, Estige ainda não tinha acabado de falar.

— Você aprendeu? — perguntou.

Se eu não estivesse me sentindo tão fraco, teria rido. Eu tinha aprendido, sim. *Ainda* estava aprendendo.

Naquele momento, me dei conta de que estava pensando em Estige do jeito errado em todos aqueles meses. Ela não tinha colocado a destruição no meu caminho. Eu tinha causado tudo aquilo. Ela não tinha me arrumado problemas. Eu *era* o problema. Ela só tinha apontado minha imprudência.

— Sim — respondi, me sentindo péssimo. — Tarde demais, mas eu entendo agora.

Não esperava misericórdia. Muito menos ajuda. Meu mindinho escorregou da rocha. Só faltavam nove para eu cair.

Os olhos escuros de Estige me observaram. Sua expressão não era exatamente de presunção. Parecia mais uma professora de piano satisfeita quando seu pupilo de seis anos finalmente aprendeu a tocar "Brilha, brilha, estrelinha".

— Segure-se a isso, então — respondeu ela.

— Isso o quê? A pedra? — murmurei. — Ou a lição?

Estige fez um som que não combinava com a beira do Caos: ela deu uma risada sincera.

— Acho que você vai ter que decidir.

Com isso, ela se dissolveu em fumaça, que subiu em direção aos cumes ventosos de Érebos. Eu queria saber voar assim. Mas, infelizmente, mesmo ali, no precipício da não existência, eu permanecia sujeito à gravidade.

Pelo menos tinha destruído Píton. A serpente nunca mais se ergueria novamente. Eu podia morrer sabendo que meus amigos estavam em segurança. Os oráculos foram restaurados. O futuro ainda estava aberto para negócio.

E daí se Apolo fosse apagado da existência? Talvez Afrodite tivesse razão. Onze olimpianos era suficiente. Hefesto podia até transformar isso em um reality show: *Doze é demais*. As assinaturas do seu serviço de streaming iam explodir.

Então por que eu não conseguia soltar as mãos? Continuava agarrado à rocha com uma determinação teimosa. Meu mindinho enfraquecido encontrou apoio de novo. Eu tinha prometido a Meg que voltaria para ela. Não era uma promessa sagrada, mas não importava. Se eu falei, tinha que cumprir.

Talvez fosse isso que Estige havia tentado me ensinar: não importava o quanto declamasse uma promessa aos quatro ventos, nem que palavras sagradas usasse.

O que importava era se você estava falando sério. E se a promessa valia a pena ser cumprida.

Segure-se, falei a mim mesmo. *Tanto à rocha quanto à lição.*

Senti meus braços ficarem mais fortes. Meu corpo parecia mais *real*. As linhas de luz se misturaram até que minha forma fosse uma massa sólida e dourada. Será que era só uma agradável alucinação final, ou será que eu tinha mesmo conseguido me erguer?

Minha primeira surpresa: eu acordei.

Pessoas que se dissolveram no Caos em geral não faziam isso.

Segunda surpresa: minha irmã, Ártemis, estava agachada ao meu lado, o sorriso tão luminoso quanto a lua cheia.

— Demorou, hein? — falou.

Eu me sentei na cama com um soluço e a abracei com força. Toda a dor tinha sumido. Eu me sentia perfeito. Eu me sentia... Quase pensei *como eu mesmo*, mas não tinha mais certeza do que isso significava.

Eu era um deus de novo. Por muito tempo, meu desejo mais profundo tinha sido ser restaurado. Mas, em vez de ficar feliz, eu chorei no ombro da minha irmã. Eu sentia que, se soltasse Ártemis, cairia de volta no Caos. Imensas partes da minha identidade se soltariam, e eu nunca mais conseguiria reencontrá-las.

— Uau, tudo bem. — Ela deu tapinhas sem jeito nas minhas costas. — Certo, irmãozinho. Você está bem agora. Você conseguiu.

Ela se afastou gentilmente dos meus braços. Minha irmã não era muito de chamego, mas permitiu que eu continuasse segurando suas mãos. Sua imobilidade me ajudou a parar de tremer.

Estávamos sentados juntos em uma típica espreguiçadeira grega, em uma câmara de mármore branco com uma varanda com colunas e vista para o Olimpo: uma ampla cidade dos deuses, no topo de uma montanha, muito acima de Manhattan. Cheiro de jasmim e madressilva vinha dos jardins. Ouvi o canto celestial das Nove Musas ao longe — provavelmente o concerto vespertino diário na ágora. Eu estava *mesmo* de volta.

Comecei a examinar meu corpo. Estava coberto apenas por um lençol da cintura para baixo. Meu peito era bronzeado e esculpido à perfeição. Meus braços musculosos não carregavam cicatrizes ou linhas brilhantes de luz. Eu estava lindo, o que me causou certa melancolia. Esforçara-me tanto por aquelas cicatrizes e machucados. Todo o sofrimento que eu e meus amigos havíamos passado...

As palavras da minha irmã de repente foram assimiladas: *Demorou.*

Eu engasguei, desesperado.

— Quanto tempo?

Os olhos prateados de Ártemis analisaram meu rosto, como se tentando estipular quantos danos meu tempo como humano havia causado à minha mente.

— Como assim?

Eu sabia que imortais não tinham ataques de pânico. Mesmo assim, senti meu peito se contrair. O icor no meu coração foi bombeado rápido demais. Eu não tinha ideia de quanto tempo levara para me tornar um deus de novo. Tinha perdido meio ano do momento em que Zeus me zapeou no Partenon até despencar em Manhattan como mortal. Até onde eu sabia, minha *siesta* de recuperação tinha levado anos, décadas, séculos. Todos que eu conhecia na Terra podiam estar mortos. Eu não *suportaria* isso.

— Por quanto tempo fiquei apagado? Em que século estamos?

Ártemis processou a pergunta. Conhecendo-a tão bem quanto eu a conhecia, percebi que ela estava tentada a cair na risada, mas, ouvindo o tom de mágoa em minha voz, gentilmente repensou sua atitude.

— Não se preocupe, irmão — respondeu. — Desde que você lutou com Píton só se passaram duas semanas.

Bóreas, o Vento Norte, não poderia ter exalado com mais força do que eu naquele momento.

Eu me sentei na espreguiçadeira e joguei o lençol longe.

— Mas e meus amigos? Eles devem achar que estou morto!

Ártemis educadamente desviou o olhar para o teto.

— Não precisa se preocupar. Nós... Eu mandei sinais claros de seu sucesso. Eles sabem que você ascendeu ao Olimpo novamente. Agora, por favor, vista alguma coisa. Sou sua irmã, mas não desejo essa visão a ninguém.

— Humpf.

Eu sabia bem que ela só estava brincando comigo. Corpos divinos são expressões da perfeição. É por isso que sempre somos retratados nus em estátuas antigas, porque simplesmente não se deve cobrir algo tão impecável com roupas.

Mesmo assim, seu comentário me tocou. Eu me sentia estranho e desconfortável naquela forma, como se tivesse ganhado um Rolls-Royce sem seguro para dirigir. Eu me sentia tão mais confortável no meu compacto e econômico Lester.

— Eu, hum... Sim. — Olhei ao redor do cômodo. — Tem um armário, ou...?

A risada dela finalmente escapou.

— Um armário. Que fofo. Você pode só desejar estar de roupa, irmãozinho.

— Eu... Ah...

Eu sabia que ela tinha razão, mas estava tão nervoso que até ignorei o *irmãozinho*. Fazia muito tempo que eu não confiava nos meus poderes divinos. Eu temia tentar e falhar. Podia acabar me transformando sem querer em um camelo.

— Ah, tá bom — disse Ártemis. — Permita-me.

Um aceno e de repente eu estava usando um vestido prateado na altura do joelho — do tipo que as seguidoras de minha irmã vestiam —, com sandálias de amarrar até os joelhos. Suspeitava de que também estava com uma tiara.

— Hum... Talvez algo um pouco menos caçadorístico?

— Eu acho que você está lindo. — O canto de sua boca se ergueu um pouquinho. — Mas tudo bem.

Um brilho prateado, e eu estava usando um quíton masculino branco. Parando para pensar, aquela roupa era basicamente idêntica ao traje de Caçadora. As sandálias eram as mesmas. Eu parecia estar usando uma coroa de louros no lugar da tiara, mas isso também não era muito diferente. Convenções de gênero são estranhas. Mas decidi que esse era um mistério para outra hora.

— Obrigado — falei.

Ela assentiu.

— Os outros estão esperando na sala dos tronos. Está pronto?

Eu estremeci, embora provavelmente não pudesse sentir frio.

Os outros.

Eu me lembrei do meu sonho da sala dos tronos — os outros olimpianos apostando no meu sucesso ou fracasso. Eu me perguntei quanto dinheiro tinham perdido.

O que eu poderia dizer a eles? Não me sentia mais igual a eles. Não *era* mais igual a eles.

— Um momento — pedi à minha irmã. — Você se importa...?

— Vou deixar você se recompor. Aviso a eles que já está vindo. — Ela me deu um beijinho na bochecha, compreensiva. — *Eu* estou feliz por você ter voltado. Espero que não me arrependa de dizer isso.

— Eu também.

A imagem de Ártemis estremeceu e desapareceu.

Tirei a coroa de louros. Não me sentia confortável usando um símbolo de vitória daqueles. Passei os dedos pelas folhas douradas, pensando em Dafne, que eu havia tratado tão mal. Não importava se Afrodite havia me amaldiçoado, ainda era culpa minha que a náiade inocente tivesse se transformado em um loureiro só para escapar de mim.

Fui até a varanda. Pousei a coroa na beirada do peitoril, depois acariciei os jacintos que cresciam na treliça — outro lembrete de um amor trágico. Meu pobre Jacinto. Será que eu tinha *mesmo* criado essas flores para homenageá-lo, ou só para afundar no próprio luto e na minha culpa? Eu me peguei questionando muitas coisas que tinha feito ao longo dos séculos. Por mais estranho que pareça, esse desassossego era de certa forma tranquilizante.

Observei meus braços lisos e bronzeados, desejando mais uma vez ter mantido algumas das cicatrizes. Lester Papadopoulos tinha merecido todos os cortes, machucados, costelas quebradas, bolhas nos pés, acne… Bom, talvez não a acne. Isso ninguém merece. Mas todo o resto parecia mais um símbolo de vitória do que os louros, e uma homenagem melhor do que os jacintos.

Eu não tinha muita vontade de estar ali no Olimpo, meu lar que não era um lar. Eu queria ver Meg. Queria me sentar perto da fogueira no Acampamento Meio-Sangue e cantar músicas bobas, ou brincar com os semideuses romanos no refeitório do Acampamento Júpiter, enquanto bandejas de comida passavam voando por nossa cabeça e fantasmas de togas roxas brilhantes contavam suas histórias de antigas aventuras.

Mas o mundo dos semideuses não era o meu lugar. Eu tive o privilégio de viver lá, e precisava me lembrar disso. Isso não significava, porém, que eu não poderia voltar para uma visita. Mas, primeiro, tinha que aparecer para a minha família, por pior que ela fosse. Os deuses aguardavam.

Eu me virei e saí a passos largos do quarto, tentando lembrar como o deus Apolo andava.

36

Oba! Iupi! Viva!
Apolo está na área
Nada de aplausos

POR QUE tão grande?

Eu nunca tinha pensado nisso antes, mas depois de seis meses longe, a sala dos tronos dos olimpianos me chocou, de tão ridiculamente grande que era. Lá dentro cabia um porta-aviões. O grande teto abobadado, sarapintado com constelações, poderia abarcar todas as maiores cúpulas já criadas pelos seres humanos. A lareira central que rugia era do tamanho exato para cozinhar uma caminhonete. E, é claro, os tronos em si eram do tamanho de torres de cerco, criados para seres de seis metros de altura.

Quando hesitei à porta, surpreendido pela enormidade de tudo aquilo, percebi que estava respondendo minha própria pergunta. Todo aquele exagero tinha o intuito de fazer nossos visitantes se sentirem pequenos.

Não era comum deixarmos seres inferiores visitarem, mas, quando isso acontecia, nós gostávamos de ver as pessoas de queixo caído, de fazê-las inclinar o pescoço para conseguirem nos ver direito.

Se então desejássemos descer do trono e ficar do tamanho de um mortal, para levar o visitante para um canto e ter uma conversa em particular, ou para lhes dar um tapinha nas costas que fosse, parecia que estávamos fazendo um gesto muito especial, descendo ao nível deles.

Não havia razão para os tronos não serem de tamanho humano, mas aí pareceríamos humanos demais (e não gostávamos de ser relembrados dessa semelhança). Ou poderiam ter *quinze* metros de altura, mas isso seria muito estranho — todo mundo teria que gritar para ser ouvido, nós precisaríamos de lupas para ver nossos visitantes.

Nós poderíamos até fazer os tronos terem apenas quinze centímetros. Pessoalmente, eu adoraria ver isso. Um herói semideus chega se arrastando à nossa presença depois de alguma aventura terrível, se ajoelha em frente aos deuses em miniatura, e Zeus fala, com uma vozinha de Mickey Mouse: *Bem-vindo ao Olimpo!*

Enquanto eu pensava tudo isso parado à porta, me dei conta de que a conversa dos deuses tinha cessado. Todos haviam se virado para me olhar. O time todo estava presente, o que só acontecia em ocasiões especiais: o solstício, a saturnália, a Copa do Mundo.

Tive um momento de pânico. Será que eu sequer sabia ficar com seis metros de altura? Será que eles teriam que conjurar uma almofadinha para o meu trono?

Troquei um olhar com Ártemis. Ela assentiu — talvez uma mensagem de encorajamento, talvez um aviso de que, se não me enfeitiçasse logo, ela daria uma ajudinha me transformando em um camelo de seis metros com vestido de gala.

Isso me deu a dose de confiança de que eu precisava. Entrei na sala. Para meu grande alívio, minha estatura aumentou a cada passo. Quando cheguei ao tamanho certo, me sentei no meu antigo trono, diretamente em frente ao da minha irmã, com Ares à direita e Hefesto à esquerda.

Eu encarei cada deus de uma vez.

Você já ouviu falar de síndrome do impostor? Tudo em mim gritava *Eu sou uma fraude! Não pertenço a esse lugar!* Mesmo depois de quatro mil anos de divindade, seis meses de vida mortal tinham me convencido de que eu não era um deus verdadeiro. Sem dúvida aqueles onze olimpianos logo perceberiam esse triste fato. Zeus gritaria: *O que você fez com o verdadeiro Apolo?* Hefesto apertaria um botão no seu trono tunado. Um alçapão se abriria no meu assento, e eu seria despejado sem cerimônia de volta à Manhattan.

Em vez disso, Zeus apenas me observou, os olhos tempestuosos sob as sobrancelhas pretas e grossas. Ele tinha escolhido usar um traje tradicional, um quíton branco bem esvoaçante, o que não era um bom modelito para ele, que adorava arreganhar as pernas.

— Você retornou — comentou ele, o lorde supremo das obviedades.

— Sim, Pai. — Eu me perguntei se ouvir a palavra *Pai* foi tão desagradável para ele quanto foi para mim falá-la. Tentei controlar a bile que me subia pela garganta. Consegui abrir um sorriso e observei os outros deuses. — Então, quem ganhou a aposta?

Ao meu lado, Hefesto pelo menos teve a educação de se ajeitar, no trono, desconfortável com a situação, embora, é claro, ele *sempre* estivesse desconfortável. Atena lançou um olhar raivoso para Hermes, como quem diz: *Eu te falei que era uma má ideia.*

— Pô, cara — disse Hermes. — Aquilo foi só para quebrar o nervosismo. A gente estava preocupado com você!

Ares bufou.

— Até porque você não estava indo nada bem lá embaixo. Estou surpreso que tenha durado tanto. — Ele ficou com o rosto todo vermelho, como se tivesse acabado de perceber que estava falando em voz alta. — Ah... Quer dizer, bom trabalho, cara. Você conseguiu.

— Então você perdeu — resumi.

Ares xingou baixinho.

— Atena levou o bolão. — Hermes esfregou o bolso de trás, como se a carteira ainda estivesse doendo.

— Sério?

Ela deu de ombros.

— Sabedoria. Nunca falha.

Poderia ter sido um comercial. A câmera dá foco no rosto de Atena, que abre um sorriso enquanto o slogan aparece na parte de baixo da tela: *Sabedoria. Nunca falha.*

— Então... — Abri as mãos, dando a entender que estava pronto para o que viesse: elogios, insultos, críticas construtivas.

Eu não tinha ideia do que estava na pauta daquela reunião, e me dei conta de que não me importava muito.

Do outro lado da sala, Dioniso tamborilou nos encostos estofados de oncinha do trono. Sendo o único deus no "lado das deusas" naquela sala (longa história), nós dois muitas vezes fazíamos campeonatos de quem piscava primeiro ou revirávamos os olhos um para o outro quando nosso pai se estendia demais em uma anedota. Dioniso ainda estava usando o disfarce desleixado de sr. D, o que irritava

Afrodite, sentada ao seu lado. Dava para ver pela linguagem corporal que ela estava se contorcendo de raiva em seu vestido midi Oscar de la Renta.

Considerando o exílio de Dioniso no Acampamento Meio-Sangue, ele raramente tinha permissão de visitar o Olimpo. Quando isso acontecia, ele em geral tomava o cuidado de só falar quando alguém lhe perguntava alguma coisa. Mas agora ele me surpreendeu.

— Bom, na minha opinião, você fez um trabalho magnífico. Eu acho que, em sua homenagem, *qualquer* deus que esteja sendo punido com uma temporada na Terra deveria ser perdoado imediatamente...

— Não — interrompeu Zeus.

Dioniso se recostou de volta no trono, decepcionado. Eu não podia culpá-lo por tentar. Seu castigo, como o meu, parecia desproporcional e sem sentido. Mas Zeus agia de maneiras misteriosas. Nem sempre conseguíamos entender seu plano. Provavelmente porque ele *não tinha* um plano.

Deméter, que estava tricotando caules de trigo em novas espécies resistentes à seca, como muitas vezes fazia enquanto ouvia nossas deliberações, colocou a cesta de lado.

— Eu concordo com Dioniso. Apolo deveria receber uma medalha.

Seu sorriso era carinhoso. Seu cabelo dourado se agitava em uma brisa inexistente. Procurei alguma semelhança com Meg, mas elas eram tão diferentes quanto um grão de milho e as folhas. Concluí que preferia as folhas.

— Ele foi um escravo maravilhoso para a minha filha — continuou ela. — Tudo bem, precisou de algum tempo para se acostumar, mas dá para perdoar. Se qualquer um de vocês precisar de um escravo para os seus filhos semideuses no futuro, eu recomendo Apolo sem hesitar.

Torci para que fosse uma piada. Mas Deméter, como a temporada de plantação, não era famosa pelo seu senso de humor.

— Obrigado? — respondi.

Ela me soprou um beijo.

Pelos deuses, Meg, pensei. *Eu sinto tanto que a sua mãe seja a sua mãe.*

A rainha Hera ergueu o véu. Como eu tinha visto no sonho, seus olhos estavam vermelhos e inchados de chorar, mas, quando ela falou, sua voz foi firme como bronze.

Ela encarou o marido com uma expressão irritada.

— Pelo menos Apolo *fez* alguma coisa.

— Isso de novo, não — resmungou Zeus.

— Meu escolhido — disse Hera. — Jason Grace. Seu *filho*. E você...

— Não fui *eu* que o matei, mulher! — vociferou Zeus. — Foi Calígula!

— Sim — retrucou ela. — E pelo menos Apolo chorou por ele. Pelo menos *ele* se vingou.

Espera... O que estava acontecendo? Minha madrasta má estava me defendendo? Para a minha surpresa, quando Hera me encarou, seu olhar não era hostil. Ela parecia estar procurando solidariedade, *pena*, até. *Está vendo o que tenho que aguentar? Seu pai é horrível!*

Naquele momento, senti uma pontada de compaixão pela minha madrasta pela primeira vez desde, hum, sempre. Não me entendam mal. Eu continuava não gostando dela. Mas me ocorreu que ser Hera talvez não fosse muito fácil, considerando com quem era casada. No lugar dela, talvez eu tivesse virado uma intrometida intragável também.

— Seja como for — resmungou Zeus —, depois de duas semanas, parece mesmo que a solução de Apolo foi permanente. Píton realmente está morta. Os oráculos estão livres. As Parcas mais uma vez podem fiar seus fios sem estorvos.

Essas palavras me atingiram como cinzas do Vesúvio.

O fio das Parcas. Como eu não havia considerado isso antes? As três irmãs eternas usavam seu tear para tecer o fio da vida tanto de deuses quanto de mortais. Elas cortavam o fio do destino sempre que chegava o momento de alguém morrer. Eram maiores e mais poderosas que qualquer Oráculo. Mais poderosas até que os olimpianos.

Aparentemente, o veneno de Píton tinha feito mais do que simplesmente estrangular profecias. Se ela conseguia interferir com o tecer das Parcas, a serpente poderia terminar ou prolongar vidas como bem entendesse. As consequências seriam horripilantes.

Algo mais me incomodou na frase de Zeus. Ele disse que "parecia" que minha solução era permanente. Isso dava a entender que Zeus não tinha certeza. Eu suspeitava de que, quando caí da beirada do Caos, Zeus não tinha conseguido olhar. Existiam limites até para a *sua* visão de longo alcance. Ele não sabia exatamente o que havia acontecido, como eu havia derrotado Píton, como eu tinha retornado. Eu e Atena nos entreolhamos, e ela assentiu quase imperceptivelmente.

— Sim, Pai — falei. — Píton se foi. Os oráculos estão livres. Espero que isso seja o suficiente para conseguir sua aprovação.

Tendo passado um tempo no Vale da Morte, eu tinha certeza de que minha voz estava muito, muito mais seca.

Zeus cofiou a barba, como se ponderasse sobre as infinitas possibilidades do futuro. Poseidon segurou um bocejo, como se estimando que horas a reunião acabaria para ele poder voltar para a pescaria.

— Estou satisfeito — pronunciou-se Zeus.

Os deuses soltaram um suspiro. Por mais que fingíssemos ser um conselho de doze, aquilo era uma tirania. Zeus não tinha praticamente nada de pai benevolente, estava mais para um líder que governava com punhos de ferro, que tinha as maiores armas e a habilidade de tirar nossa imortalidade caso o ofendêssemos.

De alguma maneira, porém, não me senti aliviado por estar fora da lista maldita de Zeus. Na verdade, tive que me controlar para não revirar os olhos.

— Show — falei.

— Sim — concordou Zeus. Ele pigarreou, meio sem jeito. — Bem-vindo de volta ao círculo dos deuses, meu filho. Tudo se deu de acordo com meu plano. Você se saiu admiravelmente bem. Está perdoado e de volta ao seu trono!

Nesse momento vieram palmas educadas das outras deidades.

Ártemis era a única que parecia feliz de verdade. Ela até me deu uma piscadela. Nossa. Aquele era realmente um dia de milagres.

— Qual a primeira coisa que você vai fazer, agora que voltou? — perguntou Hermes. — Amaldiçoar uns mortais? Talvez levar a carruagem do Sol perto demais da Terra e dar um susto neles?

— Aaaaah, posso ir também? — pediu Ares.

— Acho que vou só visitar alguns velhos amigos. — respondi, dando de ombros.

Dioniso assentiu, saudoso.

— As Nove Musas. Excelente escolha.

Mas essas não eram as amigas que eu tinha em mente.

— Bem! — Zeus olhou em torno da sala do trono, caso algum de nós quisesse uma última chance de puxar seu saco. — O conselho está dispensado.

Os olimpianos sumiram um depois do outro — de volta a sabe-se lá que confusão divina estavam aprontando. Ártemis assentiu para mim, me tranquilizando, e então se desfez em luz prateada.

Ficamos só eu e Zeus.

Meu pai levou a mão à boca e deu uma tossidinha.

— Eu sei que você acha que sua punição foi dura demais, Apolo.

Não respondi. Me esforcei ao máximo para manter minha expressão educada e neutra.

— Mas você precisa compreender — continuou ele. — Só *você* poderia ter derrotado Píton. Só *você* poderia ter libertado os oráculos. E foi o que fez, como eu esperava. O sofrimento, a dor que sentiu na jornada... é uma pena, mas foi necessário. Você me deixou orgulhoso.

É interessante como ele falou: eu tinha deixado *ele* orgulhoso. Eu tinha sido útil para deixá-lo bem na fita. Meu coração não se comoveu. Não senti que aquela era uma carinhosa reconciliação com meu pai. Vamos ser honestos: alguns pais não merecem isso. Alguns não são capazes disso.

Acho que eu poderia ter gritado, xingando-o de tudo quanto é coisa. Estávamos sozinhos. Ele provavelmente esperava isso. Considerando sua falta de jeito naquele momento, acho que talvez até teria feito vista grossa se eu surtasse.

Mas a questão era que isso não faria nenhuma diferença para ele. Não mudaria nada entre nós. Não se pode mudar um tirano tentando ser pior do que ele. Meg nunca poderia ter mudado Nero, não mais do que eu poderia mudar Zeus. Só me restava tentar ser diferente dele. Melhor. Mais... humano. E limitar ao máximo a quantidade de tempo que passava perto dele.

— Eu compreendo, Pai.

Zeus pareceu compreender que o que *eu* compreendi talvez não fosse a mesma coisa que *ele* compreendeu, mas aceitou o gesto, suponho que por falta de opção.

— Muito bem. Então... Bem-vindo de volta.

Eu me levantei do meu trono.

— Obrigado. Agora, se me der licença...

Eu me dissolvi em luz dourada. Havia vários outros lugares em que eu preferia estar, e eu tinha a intenção de visitar todos.

37

Pinochle e morangos
Marshmallows na fogueira
Isso sim que é vida

SENDO UM DEUS, eu tenho a capacidade de me dividir em várias partes. Posso existir em muitos lugares diferentes ao mesmo tempo.

Por causa disso, não tenho certeza de qual dos seguintes encontros aconteceu primeiro. Leiam na ordem que preferirem. Eu estava determinado a rever todos os meus amigos, não importava onde estivessem, e a lhes dar atenção igual mais ou menos no mesmo período.

Mas, primeiro, devo mencionar meus cavalos. Sem julgamentos, por favor. Senti falta deles. Como são imortais, não precisam de alimento para sobreviver. Nem precisam obrigatoriamente fazer a jornada diária pelo céu para manter o Sol funcionando, graças a todos os outros deuses solares por aí ainda mantendo os movimentos do cosmos e também àquela outra coisinha chamada astrofísica. Ainda assim, eu estava preocupado que ninguém tivesse dado comida ou levado meus cavalos para passear em pelo menos seis meses, talvez até um ano inteiro, o que costumava deixá-los meio rabugentos. Por motivos que eu não deveria ter que explicar, ninguém quer seu sol sendo puxado pelo céu por um bando de cavalos rabugentos e irritados.

Eu me materializei na entrada do Palácio do Sol e descobri que meus valetes tinham abandonado o posto. Isso acontece quando você não paga o dracma de ouro diário deles. Mal consegui abrir a porta, porque meses de correspondência tinham sido enfiadas pela fresta. Contas. Folhetos publicitários. Ofertas de cartões de crédito. Pedidos de ajuda de instituições de caridade como Caduceu Vermelho e Dríades Sem Fronteiras. Imagino que Hermes tenha achado engraçado me entregar tantas cartas. Eu precisava ter uma conversinha com aquele cara.

Eu também não tinha interrompido minhas entregas recorrentes das Amazonas, então o pórtico estava lotado de caixas cheias de pasta de dente, sabão em pó, cordas de violão, resmas de tablatura em branco e protetor solar com perfume de coco.

Lá dentro, o palácio tinha recuperado seu velho cheiro de Hélio, como acontecia sempre que eu passava muito tempo fora. Seu antigo dono deixara um odor característico de titã: pungente e enjoativo, meio como desodorante Axe. Eu teria que abrir as janelas e acender um incenso de sálvia.

Uma camada de poeira havia se acumulado no meu trono dourado. Alguns engraçadinhos tinham escrito ME LAVE nas costas da cadeira. *Venti* idiotas, provavelmente.

Nos estábulos, meus cavalos ficaram felizes ao me ver. Chutaram os estábulos, sopraram fogo e choramingaram, indignados, como se dissessem: *Onde Hades você estava?*

Alimentei-os com sua palha dourada preferida, então enchi o bebedouro de néctar. Dei uma boa escovada em cada um, sussurrando carinhosamente nos ouvidos deles até que parassem de me chutar bem naquele lugar, o que considerei um sinal de que haviam me perdoado.

Foi bom fazer algo tão rotineiro, algo que eu já tinha feito milhões de vezes. (Cuidar dos cavalos, quero dizer. Não levar chutes naquele lugar.) Ainda não me sentia como meu antigo eu. Não *queria* me sentir como meu antigo eu. Mas estar nos meus estábulos foi bem mais confortável e familiar do que estar no Olimpo.

Eu me dividi em diferentes Apolos e mandei um deles seguir minha jornada diária pelo céu. Estava determinado a dar ao mundo um dia comum, para mostrar a todos que eu estava de volta, no controle e me sentindo ótimo. Nada de explosões solares, nada de secas nem incêndios florestais. Só Apolo sendo Apolo.

Eu esperava que essa parte de mim servisse como um leme confiável, uma espécie de consciência, enquanto eu fazia minhas outras paradas.

* * *

As boas-vindas que recebi no Acampamento Meio-Sangue foram escandalosas e incríveis.

— LESTER! — cantaram os campistas. — LESTER!

— LESTER?!

— LESTER!

Eu tinha escolhido aparecer na minha antiga forma de Papadopoulos. Por que não em meu corpo divino perfeito e brilhoso? Ou no de um dos Bangtan Boys, ou Paul McCartney de 1965? Depois de reclamar por tantos meses daqueles pneuzinhos e da cara cheia de espinhas, percebi que eu me sentia em casa daquela forma. Quando conheci Meg, ela me garantiu que a aparência de Lester era perfeitamente normal. Na época, essa ideia me deixou horrorizado. Agora, eu achava isso tranquilizante.

— Olá! — gritei, aceitando abraços em grupo que ameaçavam se transformar em debandadas. — Sim, sou eu! Sim, voltei para o Olimpo!

Só duas semanas haviam se passado, mas os novos campistas, que pareciam tão jovens e estranhos quando cheguei, agora andavam por ali feito semideuses veteranos. Enfrentar uma grande batalha (opa, perdão: "uma excursão escolar") faz isso com você. Quíron parecia imensamente orgulhoso de seus pupilos... e de mim, como se eu fosse um deles.

— Você foi muito bem, Apolo — disse ele, segurando meu ombro como o pai carinhoso que eu nunca tive. — Sempre é bem-vindo aqui no acampamento.

Chorar de soluçar nunca seria apropriado para um grande deus do Olimpo, então foi exatamente o que eu fiz.

Kayla e Austin me abraçaram, e nós choramos mais um pouco. Tive que manter meus poderes divinos fortemente sob controle, ou minha alegria e alívio poderiam ter explodido em uma tempestade de fogo capaz de destruir o vale inteiro.

Perguntei de Meg, mas me disseram que ela já tinha ido embora. Voltara para Palm Springs, para a antiga casa do pai, com Luguselwa e os irmãos adotivos do Lar Imperial de Nero. Imaginar Meg lidando com aquele grupo instável de semideuses só com a ajuda de LuBarba, a Pirata, me deixou nervoso.

— Ela está bem? — perguntei a Austin.

Ele hesitou.

— Está. Quer dizer... — Seu olhar era cabisbaixo, como se lembrasse das inúmeras coisas que todos nós vimos e fizemos na torre de Nero. — Você sabe. Ela *vai* ficar bem.

Deixei minhas preocupações de lado por ora e continuei procurando meus outros amigos. Se eles estavam nervosos por eu ser um deus de novo, disfarçaram bem. Quanto a mim, me esforcei bastante para manter a calma, sem ficar seis metros mais alto ou explodir em chamas douradas toda vez que via alguém de quem gostava.

Encontrei Dioniso sentado na varanda da Casa Grande, bebericando uma Coca Zero e parecendo chateado. Sentei-me à mesa de pinochle com ele.

— Bom... — falou ele, suspirando. — Parece que algumas pessoas conseguem seu final feliz.

Acho que ele estava feliz por mim, do seu jeito. Pelo menos tentou controlar a amargura na voz. Não dava para culpá-lo por ter raiva.

Minha punição acabara, mas a dele continuava. Cem anos, comparados aos meus seis meses.

Para ser sincero, porém, eu não considerava mais meu tempo na Terra um castigo. Terrível, trágico, quase impossível... sim. Mas chamar de *punição* dava crédito demais a Zeus. Foi uma jornada... uma jornada importante que eu mesmo fiz com a ajuda dos meus amigos. Eu esperava... eu *acreditava* que todo o luto e toda a dor tinham me transformado em uma pessoa melhor. Eu havia forjado um Lester mais perfeito a partir dos restos do Apolo. Não trocaria essas experiências por nada. E se me dissessem que eu teria que ser Lester por mais cem anos... Bom, dava para imaginar coisas piores. Pelo menos eu não precisaria aparecer nas reuniões de solstício no Olimpo.

— Você vai ter seu final feliz, irmão — falei para Dioniso.

Ele me observou.

— Está falando como deus da profecia?

— Não. — Sorri. — Só como alguém que tem fé.

— Certamente não é fé na sabedoria do nosso pai.

Dei uma risada.

— Fé em nossa habilidade de escrever nossas próprias histórias, não importa o que as Parcas inventem para nós. Fé que você vai encontrar uma forma de fazer vinho com essas uvas amargas.

— Uau, que profundo — murmurou Dioniso, embora eu tenha notado um sorrisinho se formando em seus lábios. Ele indicou a mesa de jogo. — Pinochle, talvez? Nisso, pelo menos, eu sei que consigo acabar com você.

Passei o restante da tarde com ele, que ganhou seis jogos. Só roubou um pouquinho.

Antes do jantar, eu me teletransportei para o Bosque de Dodona, escondido no meio da floresta do acampamento.

Assim como antes, as árvores ancestrais sussurravam em uma cacofonia de vozes: trechos de enigmas e canções, poesias, receitas e previsões do tempo, nada fazendo muito sentido. Sinos dos ventos de bronze se agitavam nos galhos, refletindo a luz da tarde e balançando com a brisa.

— Olá! — gritei. — Eu vim agradecer!

As árvores continuaram sussurrando, ignorando minha presença.

— Vocês me deram a Flecha de Dodona como guia! — continuei.

Notei algumas risadinhas entre as árvores.

— Sem a flecha — falei — minha missão teria falhado. Ela se sacrificou para derrotar Píton. Era mesmo a peça mais incrível de todo o bosque!

Se as árvores conseguissem fazer aquele barulho de disco arranhado, elas o fariam com certeza. Os sussurros sumiram. Os sinos de bronze ficaram pendurados, imóveis, nos galhos.

— Sua sabedoria era inestimável — continuei. — Seu sacrifício, muito nobre. Ela representou este local com honra. Sem dúvidas vou contar à guardiã deste bosque, minha avó Reia, sobre seu serviço impecável. Ela vai saber o que vocês fizeram. Vai saber que, quando precisei de ajuda, vocês enviaram seu melhor.

As árvores voltaram a sussurrar, mais nervosas dessa vez. *Espere. Espere aí, a gente não... O quê?*

Eu me teletransportei antes que as árvores vissem meu sorriso. Torci para que, aonde quer que seu espírito tivesse ido parar, minha amiga flecha estivesse dando uma risada digna de uma comédia shakespeariana.

* * *

Naquela noite, depois da fogueira, fiquei sentado com Nico, Will e Rachel observando as cinzas arderem.

Os meninos estavam sentados lado a lado, Will com o braço ao redor dos ombros de Nico, enquanto o filho de Hades assava um marshmallow em um palito. Ao meu lado, Rachel abraçava os joelhos e encarava as estrelas com alegria, as brasas do fogo refletidas no cabelo vermelho feito um rebanho irritado de *tauri silvestres*.

— Tudo está funcionando de novo — contou ela, tamborilando na têmpora. — As visões estão claras. Consigo pintar. Já fiz até algumas profecias. Chega de veneno de cobra na minha mente. Obrigada.

— Fico feliz — respondi. — E a casa destruída dos seus pais?

Ela riu.

— No fim, foi bom. Antes, meu pai queria que eu ficasse aqui durante o outono. Agora ele diz que talvez seja uma boa ideia fazer o que eu queria desde o começo. Vou tirar um ano sabático em Paris para estudar arte enquanto eles reconstroem a casa.

— Uau, Paris! — comentou Will.

Rachel abriu um sorriso largo.

— Né? Mas não se preocupem, eu volto para cá no verão que vem para lançar a boa profética de novo.

— E se a gente precisar de você nesse meio-tempo... — disse Nico. — Sempre tem a viagem nas sombras.

Will suspirou.

— Eu adoraria pensar que você está sugerindo um fim de semana romântico em Paris, sr. Lorde das Sombras. Mas continua pensando no Tártaro, né? Torcendo para ter alguma orientação profética?

Nico deu de ombros.

— Negócios inacabados...

Franzi a testa. Parecia fazer tanto tempo desde que eles comentaram isso comigo... a compulsão de Nico em explorar as profundezas do Tártaro, a voz que ele ouviu pedindo ajuda.

Eu não queria cutucar uma ferida recente, mas perguntei com a maior gentileza que consegui:

— Tem certeza de que não é... o Jason?

Nico cutucou seu marshmallow enegrecido.

— Não vou mentir. Já pensei nisso. Já pensei em tentar achá-lo. Mas não, isso não tem a ver com ele. — Ele se aconchegou mais em Will. — Tenho a sensação de que Jason fez sua escolha. Eu não estaria honrando seu sacrifício se tentasse desfazer isso. Com Hazel... Ela estava só flutuando por Asfódelos. Dava para ver que não era para ela estar ali. Ela *precisava* voltar. Com Jason, tenho a sensação de que ele está em um lugar melhor agora.

— Tipo o Elísio? — perguntei. — Renascimento?

— Achei que talvez você pudesse me dizer — admitiu Nico.

Balancei a cabeça.

— Infelizmente não tenho a menor noção de assuntos pós-morte. Mas se não é em Jason que você está pensando...

Nico girou o graveto.

— Quando fui para o Tártaro pela primeira vez, alguém me ajudou. E eu... *nós* o deixamos lá embaixo. Não consigo parar de pensar nele.

— É para eu ficar com ciúmes? — perguntou Will.

— Ele é um titã, bobão.

Eu me ajeitei.

— Um *titã*?

— Longa história — falou Nico. — Mas ele não é mau. Ele é... Bem, eu sinto que tenho que procurá-lo, que devo ver se consigo entender o que aconteceu. Talvez ele precise da minha ajuda. Não gosto quando as pessoas são esquecidas.

Rachel deu de ombros.

— Hades não vai se importar de você ficar passeando pelo Tártaro?

Nico deu uma risada seca.

— Ele proibiu terminantemente. Depois daquela situação com as Portas da Morte, meu pai não quer ninguém passeando no Tártaro nunca mais. É aí que os trogloditas entram. Eles conseguem fazer túneis em qualquer lugar, até mesmo lá. Conseguem levar e trazer a gente em segurança.

— *Segurança* é um termo relativo — comentou Will —, considerando que a ideia é totalmente doida.

Franzi a testa. Eu ainda não gostava de imaginar meu filho solar e luminoso mergulhando na terra dos pesadelos monstruosos. Meu tombo recente até a beirada do Caos me lembrou de que aquele era um péssimo local para passar as férias. Por outro lado, não era meu trabalho dizer aos semideuses o que fazer, especialmente àqueles que eu mais amava. Não queria mais ser esse tipo de deus.

— Eu queria poder oferecer ajuda para vocês — falei. — Mas infelizmente o Tártaro fica fora da minha jurisdição.

— Tudo bem, pai — disse Will. — Você fez sua parte. Nenhuma história acaba, né? Só leva para a próxima. — Ele entrelaçou os dedos com os de Nico. — Vamos lidar com o que vier... juntos. Com ou sem profecia...

Juro que não tive nada a ver com isso. Não apertei botão nenhum nas costas de Rachel. Não tinha programado um presente surpresa das Entregas Délficas.

Mas assim que Will falou a palavra *profecia*, Rachel ficou tensa. Respirou fundo. Uma névoa esverdeada se ergueu da terra, girando ao redor dela e penetrando seus pulmões. Ela tombou para o lado, e Nico e Will pularam para segurá-la.

Quanto a mim, eu me afastei de um jeito bem pouco divino, com o coração disparado, digno de um Lester assustado. Acho que todo aquele gás verde me lembrava demais do meu recente passeio com Píton.

Quando meu pânico passou, o momento profético já tinha acabado. O gás se dissipou. Rachel estava deitada confortavelmente no chão, com Will e Nico de pé ao redor dela com expressões perturbadas.

— Você ouviu? — perguntou Nico para mim. — A profecia que ela sussurrou?

— Eu... Não — admiti. — Deve ser melhor se... se eu deixar vocês dois lidarem com essa.

Will assentiu, resignado.

— Olha, não pareceu coisa boa.

— Não, tenho certeza de que não. — Olhei com carinho para Rachel Dare. — Ela é um oráculo maravilhoso.

38

Cenouras e muffins
Biscoitos azuis da Sally
Tô com tanta fome

A ESTAÇÃO INTERMEDIÁRIA parecia muito diferente no verão.

O jardim de Emmie na cobertura do prédio vibrava com tomates, ervilhas, repolhos e melancias. O salão principal vibrava com velhos amigos.

As Caçadoras de Ártemis estavam hospedadas lá depois de tomar uma lavada na sua última excursão para capturar a Raposa de Têumesso.

— Aquela raposa é uma assassina — disse Reyna Avila Ramírez-Arellano, esfregando o pescoço machucado. — Levou a gente direto para um ninho de lobisomens. Ridícula.

— Argh — concordou Thalia Grace, tirando um dente de lobisomem da armadura de couro. — A RT espalha destruição por onde passa.

— RT? — perguntei.

— Mais fácil que ficar falando *Raposa de Têumesso* vinte vezes por dia — explicou Thalia. — De qualquer forma, a raposa passa por uma cidade e desperta todos os monstros num raio de trinta quilômetros. Peoria está basicamente em ruínas.

Parecia uma perda trágica, mas eu estava mais preocupado com minhas amigas caçadoras.

— Está arrependida de se juntar ao grupo? — perguntei a Reyna.

Ela abriu um sorrisão.

— Nem por um minuto. Isso é divertido demais!

Thalia deu um soquinho no ombro dela.

— Excelente Caçadora, essa aqui. Eu sabia. A gente vai pegar essa raposa qualquer dia desses.

Emmie chamou as duas para ajudar a fazer o jantar na cozinha, porque as cenouras não iriam se cortar sozinhas. As amigas saíram juntas, rindo e contando histórias. Fez bem ao meu coração vê-las tão felizes, mesmo que a ideia de diversão fosse uma caça à raposa sem fim que deixaria grandes partes do Meio-Oeste destruídas.

Jo estava ensinando Georgina, a filha dela (talvez minha também), a forjar armas. Quando Georgina me viu, não pareceu nada animada, como se a gente tivesse se visto poucos minutos antes.

— Você guardou meu boneco? — exigiu saber.

— Ah... — Eu poderia ter mentido. Poderia ter produzido magicamente uma cópia exata do boneco de arames e dito *É claro*. Mas a verdade é que eu não fazia ideia de onde aquilo tinha ido parar, talvez em Delfos, ou no Tártaro, ou no Caos? Então falei a verdade: — Quer fazer outro para mim?

Georgina refletiu.

— Deixa pra lá.

E voltou a afiar lâminas em brasa com a mãe.

O guerreiro Litierses parecia estar se adaptando bem. Estava supervisionando o "programa de visitação a elefantes" com os residentes da Estação Intermediária Lívia e Aníbal, do Acampamento Júpiter. Os dois paquidermes estavam se divertindo no terreno dos fundos, flertando e jogando bolas um para o outro.

Depois do jantar, fui encontrar Leo Valdez, que tinha acabado de se arrastar de volta para casa depois de um dia cheio de serviço comunitário. Ele ensinava mecânica para crianças sem-teto no abrigo local.

— Que incrível — falei.

Ele sorriu e mordeu um biscoito de nata que Emmie tinha acabado de fazer.

— Aham. Várias crianças que nem eu, sabe? Nunca tiveram muita coisa. O mínimo que posso fazer é mostrar para elas que alguém se importa. Além disso, algumas são muito boas em mecânica.

— Você não precisa de ferramentas? — perguntei. — De uma oficina?

— Festus! — respondeu Leo. — Um dragão de bronze é a melhor oficina móvel. A maioria dos meninos só vê um caminhão, por conta da Névoa e tal, mas alguns... Eles sabem a verdade.

Jo passou perto da gente no caminho para o loft dos grifos e deu um tapinha no ombro dele.

— Esse aqui está mandando bem. Tem muito potencial.

— Obrigado, mãe — respondeu Leo.

Jo bufou, mas pareceu contente.

— E Calipso? — perguntei para Leo.

Várias emoções passaram pelo rosto dele, o suficiente para me dizer que Leo estava mais apaixonado do que nunca pela antiga deusa e que as coisas continuavam complicadas.

— Ah, ela está bem — respondeu, por fim. — Nunca vi ninguém, tipo, *gostar* do ensino médio. Mas a rotina, o dever de casa, as pessoas... Ela amou. Acho que é tudo muito diferente de estar presa em Ogígia.

Assenti, embora a ideia de uma ex-imortal gostando da escola também não fizesse muito sentido para mim.

— Onde ela está agora?

— Acampamento de banda.

Fiquei olhando para ele sem entender.

— Oi?

— Ela é monitora em um acampamento de banda — explicou ele. — Tipo, para crianças mortais normais que estão aprendendo música e tal. Sei lá. É onde ela vai passar o verão todo.

Leo balançou a cabeça, claramente preocupado, claramente com saudades, talvez tendo pesadelos sobre todos os clarinetistas gatos com quem Calipso pudesse estar andando.

— Não tem problema — completou, forçando um sorriso. — Sabe, um tempinho separados para pensar. Vamos fazer funcionar.

Reyna passou por ali e ouviu a última parte.

— Falando sobre a Calipso? É, precisei ter uma conversinha com *mi hermano* aqui. — Ela apertou o ombro de Leo. — Não se chama uma senhorita de *mamacita*. Você precisa ter mais respeito, *entiendes*?

— Eu... — Leo deu a impressão de querer discordar, depois pareceu pensar melhor. — É, verdade.

Reyna sorriu para mim.

— Valdez cresceu sem a mãe. Nunca aprendeu essas coisas. Agora tem duas mães adotivas incríveis e uma irmã mais velha que não tem medo de colocá-lo na linha quando precisa.

Ela deu um peteleco de brincadeira na bochecha dele.

— Nem me fala — resmungou Leo.

— Animação! — disse Reyna. — Vai ficar tudo bem com a Calipso. Você é bobo às vezes, Valdez, mas tem um coração de ouro imperial.

Próxima parada: Acampamento Júpiter.

Não me surpreendeu que Hazel e Frank tivessem se tornado o mais eficiente e respeitado par de pretores que já liderou a Décima Segunda Legião. Em tempo recorde eles tinham inspirado um esforço de reconstrução de Nova Roma, consertado todo o dano da nossa batalha contra Tarquínio e os dois imperadores, e começado um programa de recrutamento com os lobos de Lupa para atrair novos semideuses. Pelo menos vinte pessoas tinham chegado desde que eu partira, o que me fez questionar onde esse pessoal estava se escondendo e como os outros deuses conseguiram ter tantos filhos nas últimas décadas.

— Vamos instalar mais casernas aqui — contou Hazel enquanto ela e Frank faziam o passeio de cinco denários comigo pelo acampamento reconstruído. — Expandimos os banhos termais e estamos construindo um arco da vitória na estrada principal de Nova Roma para comemorar nossa vitória sobre os imperadores. — Seus olhos cor de âmbar brilharam de animação. — Vai ser banhado a ouro. *Totalmente* exagerado.

Frank sorriu.

— Pois é! Pelo que a gente viu, a maldição de Hazel está oficialmente desfeita. Fizemos um augúrio no altar de Plutão, e o resultado foi favorável. Ela consegue invocar joias, metais preciosos... e usá-los e gastá-los sem causar *nenhuma* maldição.

— Mas a gente não vai abusar desse poder — completou Hazel depressa. — Só vamos fazer isso para melhorar o acampamento e honrar os deuses. Não vamos comprar nenhum iate nem aviões particulares nem cordões de ouro com um pingente escrito "H+F" em diamantes, não é, Frank?

Ele fez um bico.

— Claro... Acho.

Hazel deu uma cotovelada nele.

— Definitivamente não vamos fazer isso — repetiu Frank. — Seria brega.

Frank ainda andava a passos pesados, feito um urso-pardo amigável, mas sua postura estava mais relaxada, seu humor parecia melhor, como se ele estivesse começando a aceitar que seu destino não era mais controlado por um pedacinho de madeira. Para Frank Zhang, assim como para o restante de nós, o futuro era uma página em branco.

— Ah, olha só isso, Apolo! — Ele girou a capa roxa de pretor como se fosse se transformar em um morcego (o que Frank tinha total capacidade de fazer). Em vez disso, a capa simplesmente se transformou em um cardigã largo. — Descobri como faz!

Hazel revirou os olhos.

— Meu querido, amado Frank. Dá para você, por favor, *parar* com esse casaquinho?

— Como assim? — reclamou ele. — É impenetrável *e* confortável!

Mais tarde, fui visitar meus outros amigos. Lavínia Asimov tinha cumprido sua ameaça/promessa de ensinar a Quinta Coorte a sapatear. A unidade agora era temida e respeitada nos jogos de guerra pela habilidade de formar uma parede de escudos em formação tartaruga e fazer um shuffle de três batidas ao mesmo tempo.

Tyson e Ella estavam contentes e de volta ao trabalho na livraria. Os unicórnios continuavam armados. O plano de expansão dos templos de Jason Grace permanecia em andamento, com novos santuários sendo erguidos toda semana.

O que me surpreendeu foi descobrir que Percy Jackson e Annabeth Chase tinham chegado e se estabelecido em Nova Roma, tirando dois meses para se ajustar ao novo ambiente antes de começar o primeiro semestre na faculdade.

— Arquitetura — disse Annabeth, os olhos cinzentos tão brilhantes quanto os da mãe. Ela falou a palavra *arquitetura* como se fosse a resposta para todos os problemas do mundo. — Vou fazer design de ambientes na Berkeley e me matricular na Universidade de Nova Roma também. Suponho que até o terceiro ano eu...

— Ei, calma aí, Sabidinha — interrompeu Percy. — Primeiro você tem que me ajudar a passar pelas matérias do primeiro ano: inglês, matemática e história.

O sorriso de Annabeth iluminou o quarto inteiro.

— Tá bom, Cabeça de Alga, eu sei. Vamos fazer as matérias básicas juntos. Mas você *vai* fazer seu dever de casa sozinho.

— Cara... — reclamou Percy, olhando para mim em busca de apoio. — Dever de casa. Sinceramente!

Fiquei feliz por vê-los tão bem, mas concordava com Percy quanto ao dever de casa. Deuses nunca recebem nem querem nada disso. Nossos deveres são em formato de missões mortais.

— E qual curso você vai fazer? — perguntei.

— É, hum... biologia marinha? Aquacultura? Sei lá. Vou descobrir.

— Vocês dois vão ficar aqui? — perguntei, indicando os beliches.

A Universidade de Nova Roma podia ser uma faculdade para semideuses, mas os quartos dos alojamentos eram tão básicos e sem graça quanto os de qualquer outra faculdade.

— *Não*. — Annabeth pareceu ofendida. — Você já viu como esse cara deixa as roupas sujas espalhadas por tudo quanto é canto? Nojento. Além disso, todos os calouros precisam ficar nos alojamentos, que são separados por gênero. Minha colega só vai chegar em setembro.

— Pois é. — Percy suspirou. — Enquanto isso, vou estar do outro lado do campus, nesse dormitório masculino vazio. A dois quarteirões de distância.

Annabeth deu um tapinha no braço dele.

— Além disso, Apolo, como a gente vai morar não é da sua conta.

Ergui as mãos, me rendendo.

— Mas vocês atravessaram o país inteiro só para chegar aqui?

— Nós e Grover — respondeu Percy. — Foi ótimo, só nós três de novo. Mas, cara, essa viagem...

— Virou tudo de cabeça para baixo — concordou Annabeth. — E para o lado, e na diagonal. Mas chegamos aqui vivos.

Assenti. Isso era, afinal, o melhor que se poderia dizer de qualquer viagem com semideuses.

Pensei na minha viagem de Los Angeles até o Acampamento Júpiter trazendo o caixão de Jason Grace. Percy e Annabeth pareceram ler meus pensamentos. Apesar dos dias felizes que teriam pela frente e do clima geral de otimismo no acampamento, a tristeza ainda permanecia ali, surgindo nos cantos do meu campo de visão feito um dos Lares do acampamento.

— A gente descobriu quando chegou — disse Percy. — Ainda não...

Ele ficou com a voz embargada. Baixou os olhos e cutucou a palma da mão.

— Eu chorei até não aguentar mais — admitiu Annabeth. — Ainda queria... queria estar aqui para ajudar a Piper. Espero que ela esteja bem.

— Piper é muito forte — falei. — Mas, sim... Jason. Ele era o melhor de nós. Ninguém discordou.

— Aliás — falei —, sua mãe está ótima, Percy. Encontrei com ela e com Paul. Sua irmãzinha é fofa demais. Ela ri o tempo todo.

Percy ficou animado.

— Não é? Estelle é demais. Só sinto falta das comidas da minha mãe.

— Acho que posso te ajudar com isso.

Como eu tinha prometido a Sally Jackson, teletransportei um prato de seus biscoitos azuis recém-assados direto para as minhas mãos.

— Cara! — Percy enfiou um biscoito inteiro na boca, maravilhado. — Apolo, você é o melhor. Retiro quase tudo que já falei sobre você.

— Ah, sem problema — respondi. — Espera... Como assim *quase tudo*?

39

Duzentos e dez
São muitos haicais, mas eu
Posso fazer mais...
(*inserir som de um deus sendo estrangulado aqui*)

FALANDO DE Piper McLean, passei a maior vergonha quando apareci para visitá-la.

Era uma linda noite de verão em Tahlequah, Oklahoma. As estrelas pontilhavam o céu e cigarras cantavam nas árvores. O calor se dissipava pelas montanhas. Vaga-lumes brilhavam na grama.

Eu havia desejado aparecer onde quer que Piper McLean estivesse. Acabei indo parar no telhado plano de uma casa de fazenda modesta, a casa da família McLean. Na beirada do telhado, havia duas pessoas sentadas lado a lado, as silhuetas escuras de costas para mim. Uma delas se inclinou e beijou a outra.

Não foi minha intenção, mas fiquei tão envergonhado que pisquei que nem um flash de câmera, me transformando sem querer de Lester para minha forma adulta de Apolo: toga, cabelo louro, músculos e tudo o mais.

O casal apaixonado se virou para me encarar.

Piper McLean estava à esquerda.

À direita havia outra jovem, com cabelo escuro curto e um piercing no nariz que brilhava na escuridão.

Piper soltou a mão da menina.

— Nossa, Apolo. Ótimo timing.

— Ah, foi mal, eu...

— Quem é esse? — perguntou a outra menina, observando minha roupa de lençol. — Seu pai tem um namorado?

Tive que me segurar para não dar um gritinho. Considerando que o pai de Piper era Tristan McLean, antigo queridinho de Hollywood, fiquei tentado a responder *Ainda não, mas posso me oferecer como voluntário*. Mas imaginei que Piper não fosse achar graça.

— Só um velho amigo da família — disse Piper. — Sinto muito, Shel. Pode me dar licença por um segundo?

— Ah, claro.

Piper se levantou e me guiou até a outra extremidade do telhado.

— Ei. Tudo em cima? — perguntou ela.

— Eu... Ah... — Não ficava tão gago desde que era Lester Papadopoulos em período integral. — Só queria passar aqui, ver se você estava bem. Parece que sim, né?

Piper abriu um sorrisinho.

— Bom, está no começo.

— Você está em processo — falei, me lembrando do que ela dissera na Califórnia.

De repente, muitas das coisas que ela me contara começaram a fazer sentido. Sobre não ser definida pelas expectativas de Afrodite. Ou pelas ideias de Hera do que constituía um casal perfeito. Piper estava encontrando o próprio caminho, em vez de seguir o que as pessoas esperavam dela.

— Exatamente.

— Fico feliz por você. — Fiquei mesmo. Na verdade, tive que me esforçar para não brilhar que nem um vaga-lume gigante. — E seu pai?

— Ah, bom, você sabe... de Hollywood de volta para Tahlequah é uma mudança e tanto. Mas parece que ele fez as pazes com isso. Vamos ver. Ouvi dizer que você voltou para o Olimpo. Parabéns.

Não soube muito bem como reagir àquele parabéns, considerando meu incômodo e minha sensação de não merecer nada daquilo, mas assenti. Contei o que tinha acontecido com Nero. Contei sobre o funeral de Jason.

Ela envolveu o corpo com os braços. Sob a luz das estrelas, seu rosto era tão cálido quanto bronze recém-saído das forjas de Hefesto.

— Que bom — disse ela. — Fico feliz que o Acampamento Júpiter tenha feito a coisa certa por ele. Você fez a coisa certa por ele.

— Não sei, não — respondi.

Ela apoiou a mão no meu braço.

— Você não esqueceu. Dá para ver.

Piper quis dizer sobre ser humano, sobre honrar os sacrifícios feitos.

— Não — respondi. — Não vou esquecer. Essa memória faz parte de mim agora.

— Que bom, então. Agora, se me dá licença...

— Hã?

Ela indicou sua amiga Shel.

— Ah, é claro. Se cuida, Piper McLean.

— Você também, Apolo. E, da próxima vez, que tal dar um alô antes de aparecer?

Murmurei uma desculpa, mas ela já tinha se virado para seguir em frente, para sua nova amiga, sua nova vida, para as estrelas no céu.

O último e mais difícil encontro... Meg McCaffrey.

Era um dia quente de verão em Palm Springs. O calor e o clima seco me lembraram o Labirinto de Fogo, mas não havia nada maligno ou mágico envolvido. O deserto só é quente mesmo.

Aeithales, a antiga casa do dr. Philip McCaffrey, era um oásis de vida fresca e verdejante. Troncos de árvores tinham crescido para mudar a forma da estrutura antes totalmente feita pelo homem, tornando-a ainda mais impressionante do que era na infância de Meg. Annabeth ficaria chocada com o design de interiores das dríades locais. Janelas foram substituídas por camadas de vinhas que abriam e fechavam automaticamente para refrescar e sombrear, respondendo às menores flutuações dos ventos. As estufas tinham sido consertadas e agora estavam cheias de espécimes raros de plantas de todo o sul da Califórnia. Fontes naturais enchiam as cisternas e forneciam água para os jardins e para o sistema de resfriamento da casa.

Apareci na minha velha forma de Lester no caminho dos jardins que dava na casa e quase fui espetado pelas Meliai, a tropa pessoal de Meg de sete superdríades.

— Alto! — gritaram em uníssono. — Intruso!

— Sou só eu! — falei, o que não pareceu ajudar. — Lester! — Ainda nada. — Ah, vocês sabem, antigo servo de Meg.

As Meliai baixaram as lanças afiadas.

— Ah, sim — disse uma.

— Servo de Meg — repetiu outra.

— O fraco e insuficiente — completou uma terceira. — Antes que Meg tivesse os *nossos* serviços.

— Pois saibam que eu sou um deus olimpiano completo agora — reclamei.

As dríades não ficaram impressionadas.

— Vamos levá-lo até Meg — disse uma. — Ela será a juíza. Em formação!

Elas formaram uma falange ao meu redor e me escoltaram pelo caminho. Eu poderia ter sumido, saído voando ou feito várias outras coisas incríveis, mas elas tinham me surpreendido. Caí nos meus antigos hábitos de Lester e me deixei ser conduzido até minha antiga mestra.

Nós a encontramos cavando a terra junto de seus irmãos da antiga família de Nero, mostrando como transplantar mudas de cacto. Vi Aemillia e Lucius felizes da vida cuidando dos seus bebês cacto. Até o jovem Cassius estava lá, embora eu não tivesse a menor ideia de como Meg o havia encontrado. Ele estava brincando com uma das dríades, parecendo tão relaxado que mal acreditei que era o mesmo menino que fugira da torre de Nero.

Ali perto, na entrada de um pomar de pêssegos recém-plantados, o *karpos* Pêssego se exibia em toda a sua glória enfraldada. (Ah, claro. Ele apareceu *depois* que o perigo tinha passado.) Estava tendo uma conversa animada com uma jovem *karpos* que supus ser uma local. Ela parecia bastante com Pêssego, inclusive, só que era coberta por uma fina camada de espinhos.

— Pêssego — disse Pêssego a ela.

— Opúncia! — retrucou a jovem.

— Pêssego!

— Opúncia!

Essa parecia ser a discussão. Talvez tivesse a ver com um duelo até a morte entre frutas pela supremacia local. Ou talvez fosse o início da maior história de amor que já madurou. Com os *karpoi*, nunca se sabe.

Meg teve que olhar duas vezes para acreditar que estava me vendo. Então abriu um sorrisão. Estava usando o vestido rosa de Sally Jackson, com um chapéu de jardinagem que parecia o topo de um cogumelo. Apesar da proteção, sua nuca já estava ficando vermelha por trabalhar ao ar livre.

— Você voltou — comentou ela.

Sorri.

— Você está vermelha.

— Vem aqui — ordenou ela.

Seus comandos já não me afetavam, mas eu obedeci mesmo assim. Ela me deu um abraço apertado. Cheirava a opúncia e areia quente. Pode ser que eu tenha ficado um pouco emocionado.

— Vocês continuem aí — falou Meg para seus estagiários.

Os antigos semideuses imperiais pareciam felizes em obedecer. Na verdade, pareciam determinados a continuar plantando, como se sua sanidade dependesse disso, o que talvez fosse o caso.

Meg pegou minha mão e me levou por um passeio pela casa nova, com as Meliai ainda em nosso encalço. Ela me mostrou o trailer onde a Sibila Herófila morava quando não estava na cidade lendo tarô e fazendo tratamentos com cristais. Meg contou, convencida, que a antiga oráculo estava ganhando o suficiente para cobrir todas as despesas de Aeithales.

Nossos amigos dríades Joshua e Aloe Vera ficaram felizes ao me ver. Eles me contaram do trabalho que faziam, viajando pelo sul da Califórnia, plantando novas dríades e se esforçando ao máximo para curar o dano das secas e dos incêndios florestais. Ainda tinham muito a fazer, mas as coisas pareciam melhores. Aloe nos seguiu por um tempo, passando sua meleca nos ombros queimados de Meg e brigando com ela.

Por fim, chegamos à sala principal da casa, onde Luguselwa montava uma cadeira de balanço. Ela havia recebido novas mãos mecânicas, um presente, Meg me contou, do chalé de Hefesto do Acampamento Meio-Sangue.

— E aí, colega de cela! — Lu sorriu e fez um gesto que em geral não era associado a recepções amigáveis. Então xingou e balançou os dedos de metal até que eles se abrissem em um aceno de verdade. — Foi mal. Essas mãos ainda não estão bem programadas. Preciso resolver uns bugs.

Ela se levantou e me deu um abraço de urso. Suas mãos se espalmaram e começaram a fazer cócegas nas minhas costas, mas decidi que isso não devia ser intencional, porque Lu não me parecia muito fã de cosquinhas.

— Você está ótima — falei, me afastando.

Lu riu.

— Estou com minha Plantinha aqui. Tenho um lar. Sou uma boa e velha mortal de novo, e não queria outra coisa da vida.

Tive que me segurar para não responder *Eu também*. Pensar nisso me deixou melancólico. Teria sido inconcebível para o antigo Apolo, mas a ideia de envelhecer naquela linda casa da árvore no meio do deserto, vendo Meg crescer e se transformar em uma mulher forte e poderosa... não parecia nada má.

Lu provavelmente percebeu minha tristeza. Fez um gesto para a cadeira de balanço.

— Bom, vou deixar vocês dois continuarem o passeio. Montar esses móveis da IKEA é a missão mais difícil que tive em anos.

Meg me levou para a varanda enquanto o sol da tarde se escondia atrás das montanhas San Jacinto. Minha carruagem do Sol devia estar voltando para casa naquele momento, os cavalos se animando ao sentir o final da jornada. Eu logo me juntaria a eles... me reunindo ao meu outro eu, de volta ao Palácio do Sol.

Olhei para Meg, que estava secando uma lágrima do rosto.

— Acho que você não pode ficar, não é? — falou.

Segurei sua mão.

— Minha querida Meg.

Permanecemos em silêncio assim por um tempo, observando os semideuses trabalhando nos jardins lá embaixo.

— Meg, você fez tanto por mim. Por todos nós. Eu... Eu prometi recompensá-la quando me tornasse deus de novo.

Ela começou a falar, mas eu a interrompi.

— Não, espera. Entendo que isso estragaria nossa amizade. Não posso resolver os problemas dos mortais com um estalar de dedos. Sei que você não quer uma recompensa. Mas sempre será minha amiga. E se em qualquer momento precisar de mim, mesmo que seja só para conversar, estarei aqui.

Seus lábios tremeram.

— Obrigada. Isso é legal e tal, mas... na verdade, eu ficaria bem contente com um unicórnio.

Meg tinha conseguido de novo. Ela ainda me surpreendia. Ri, estalei os dedos, e um unicórnio surgiu lá embaixo, bufando e cavando o chão com os cascos dourados e prateados.

Ela me abraçou.

— Valeu. Você também vai ser meu amigo, né?

— Enquanto você for minha amiga — respondi.

Ela refletiu.

— É, posso fazer isso, sim.

Não lembro mais o que conversamos. As lições de piano que prometi. Diferentes variedades de suculentas. Os cuidados e a alimentação de unicórnios. Eu estava feliz por estar com ela.

Por fim, quando o sol se pôs, Meg pareceu entender que era hora de eu ir embora.

— Você vai voltar? — perguntou.

— Sempre — prometi. — O sol sempre volta.

Então, queridos leitores, chegamos ao fim das minhas provações. Vocês me acompanharam por cinco volumes de aventuras e seis meses de dor e sofrimento. Pelas minhas contas, leram duzentos e dez dos meus haicais. Como Meg, vocês certamente merecem uma recompensa.

O que gostariam de ganhar? Estou sem unicórnios no momento. Porém, sempre que vocês mirarem e tentarem acertar, sempre que tentarem colocar suas emoções em uma canção ou em um poema, saibam que estarei sorrindo para vocês. Somos amigos agora.

Contem comigo. Estarei sempre aqui para vocês.

GUIA PARA ENTENDER APOLO

Acampamento Júpiter — campo de treinamento para semideuses romanos localizado entre as Oakland Hills e as Berkeley Hills, na Califórnia

Acampamento Meio-Sangue — campo de treinamento para semideuses gregos localizado em Long Island, Nova York

Afrodite — deusa grega do amor e da beleza. Forma romana: Vênus

Agripina, a Jovem — imperatriz romana ambiciosa e assassina, mãe de Nero; era tão dominadora em relação ao filho que ele ordenou que a matassem

ambrosia — alimento dos deuses capaz de curar semideuses quando consumido em pequenas doses; tem o gosto da sua comida favorita

anfisbena — cobra com uma cabeça nas duas extremidades do corpo, nascida do sangue que pingou da cabeça decepada de Medusa

Aniceto — servo leal de Nero; executou a ordem de matar Agripina, mãe de Nero

Aquiles — herói grego da Guerra de Troia; morto por uma flecha no calcanhar, seu único ponto vulnerável

Ares — deus grego da guerra; filho de Zeus e Hera. Forma romana: Marte

Ártemis — deusa grega da caça e da lua; filha de Zeus e Leto e irmã gêmea de Apolo. Forma romana: Diana

Atena — deusa grega da sabedoria. Forma romana: Minerva

Atena Partenos — estátua de doze metros de altura da deusa Atena que antigamente era a figura central no Parthenon de Atenas. Atualmente fica na Colina Meio-Sangue no Acampamento Meio-Sangue

Baco — deus romano do vinho e da orgia; filho de Júpiter. Forma grega: Dioniso

Batalha de Manhattan — a impressionante batalha final da Segunda Guerra dos Titãs

Benito Mussolini — político italiano que se tornou líder do Partido Nacional Fascista, uma organização paramilitar. Governou a Itália de 1922 a 1943, como primeiro-ministro e depois ditador

boare — o equivalente latino a *buu*

Bóreas — deus do Vento Norte

Bosque de Dodona — local de um dos oráculos gregos mais antigos, posterior apenas ao Oráculo de Delfos. O movimento das folhas das árvores no bosque oferecia respostas a sacerdotes e sacerdotisas que o visitavam. O bosque é localizado na floresta do Acampamento Meio-Sangue e só pode ser acessado através do ninho de *myrmekos*

bronze celestial — metal poderoso e mágico usado para criar armas portadas pelos deuses gregos e seus filhos semideuses

Caçadoras de Ártemis — grupo de donzelas leais à deusa Ártemis. São abençoadas com juventude eterna e habilidades de caça enquanto rejeitarem homens

Calígula — apelido do terceiro dos imperadores de Roma, Caio Júlio César Augusto Germânico, famoso por sua crueldade e carnificina durante os quatro anos em que governou, de 37 d.C. a 41 d.C. Foi assassinado pelos próprios guardas

Campos da Punição — seção do Mundo Inferior para onde as pessoas que foram más durante a vida são enviadas para enfrentar a punição eterna por seus crimes após a morte

Campos Elísios — paraíso para o qual os heróis gregos eram enviados quando os deuses lhes ofereciam imortalidade

Caos — primeira deidade primordial e criador do universo; um vazio sem forma abaixo até das profundezas do Tártaro

Caos Primordial — a primeira coisa a existir; um vazio do qual os primeiros deuses foram produzidos

Celta — relativo a um grupo de povos indo-europeus identificados pelas similaridades culturais e uso de linguagens como irlandês, gaélico escocês, galês, entre outras, incluindo o pré-romano gaulês

centauro — raça de criaturas metade humana, metade cavalo. São excelentes arqueiros

Ciclopes — raça primordial de gigantes que tem um único olho no meio da testa

cinocéfalo — ser com corpo humano e cabeça de cachorro

Cisterna — refúgio para as dríades em Palm Springs, Califórnia

Cláudio Eliano — autor romano do início do século III a.C. que escreveu histórias sensacionais sobre eventos estranhos e ocorrências milagrosas e ficou conhecido por seu livro *Sobre a natureza dos animais*

Cômodo — Lúcio Aurélio Cômodo era filho do imperador romano Marco Aurélio. Tornou-se coimperador aos dezesseis anos e imperador aos dezoito, quando o pai morreu. Governou de 177 d.C. a 192 d.C. e era megalomaníaco e cruel; considerava-se o Novo Hércules e gostava de matar animais e de lutar com gladiadores no Coliseu

coorte — grupo de legionários

Corônis — uma das namoradas de Apolo que se apaixonou por outro homem. Um corvo branco que Apolo deixou como guarda contou a ele sobre o caso. Apolo ficou tão irritado com a ave por não ter bicado os olhos do homem que a amaldiçoou, queimando suas penas. Apolo enviou a irmã, Ártemis, para matar Corônis, porque não conseguiu fazer isso sozinho

Cronos — titã senhor da agricultura e das colheitas, da maldade e do tempo. Era o mais jovem, porém mais corajoso e mais terrível dos filhos de Gaia; convenceu vários dos irmãos a ajudarem-no a assassinar o pai, Urano. Foi o principal inimigo de Percy Jackson. Forma romana: Saturno

Dafne — linda náiade que chamou a atenção de Apolo. Ela foi transformada em loureiro para fugir do deus

Dante — poeta italiano do fim da Idade Média que inventou a *terza rima*; autor de *A divina comédia*, entre outros

Dédalo — semideus grego, filho de Atena e inventor de muitas coisas, inclusive o Labirinto onde o Minotauro (parte homem, parte touro) era mantido

Deimos — deus grego do medo

Deméter — deusa grega da agricultura; filha dos titãs Reia e Cronos

denário — moeda romana

Diana — deusa romana da caça e da Lua; filha de Júpiter e Leto, gêmea de Apolo. Forma grega: Ártemis

Dídimos — altar oracular em homenagem a Apolo em Mileto, uma cidade portuária na costa oeste da Turquia moderna

dimaquero — gladiador romano treinado para lutar com duas espadas ao mesmo tempo

Dioniso — deus grego do vinho e da orgia; filho de Zeus. Forma romana: Baco

dracma — unidade monetária da Grécia Antiga

drakon — monstro imenso semelhante a uma serpente amarela e verde com ondulações em torno do pescoço, olhos reptilianos e garras enormes; cospe veneno

dríade — espírito (normalmente feminino) associado com certa árvore

Esculápio — deus da medicina; filho de Apolo. Seu templo era o centro médico da Grécia Antiga

Estação Intermediária — local de refúgio de semideuses, monstros pacíficos e Caçadoras de Ártemis, localizado acima da Union Station, em Indianápolis, Indiana

Estige — poderosa ninfa da água; filha mais velha do titã do mar, Oceano. Deusa do rio mais importante do Mundo Inferior. Deusa do ódio. O Rio Estige foi batizado em homenagem a ela

Érebos — deus grego primordial da escuridão; um lugar de escuridão entre a Terra e o Mundo Inferior

Faetonte — semideus filho de Hélio, Titã do Sol; acidentalmente incendiou a Terra ao dirigir a carruagem do Sol de Hélio, e Zeus o matou com um raio por consequência

fasces — um machado cerimonial envolto em várias estacas de madeira com lâmina em formato de meia-lua; símbolo máximo de autoridade na Roma Antiga; origem da palavra *fascismo*

fauno — deus da floresta romano, parte cabra, parte homem

ferro estígio — metal mágico forjado no Rio Estige capaz de absorver a essência dos monstros e de ferir mortais, deuses, titãs e gigantes. Tem grande efeito sobre fantasmas e criaturas do Mundo Inferior

fogo grego — líquido verde viscoso, mágico e altamente volátil utilizado como arma; uma das substâncias mais perigosas do mundo

Gaia — deusa grega da terra; esposa de Urano; mãe dos titãs, gigantes, ciclopes e outros monstros

Galês — nome que os romanos deram aos celtas e seus territórios

Ganimedes — lindo rapaz troiano que Zeus sequestrou para ser o copeiro dos deuses

gás sassânida — arma química que os persas usaram contra os romanos na guerra

germânicos — guarda-costas do Império Romano das tribos germânicas e gaulesas que se assentaram a oeste do rio Reno

glámon — equivalente grego antigo a *velho imundo*

grifo — criatura voadora parte leão, parte águia

Guerra de Troia — de acordo com as lendas, a Guerra de Troia foi declarada contra a cidade de Troia pelos *achaeans* (gregos), quando Páris, príncipe de Troia, roubou Helena de seu marido, Menelau, rei de Esparta

Hades — deus grego da morte e das riquezas. Senhor do Mundo Inferior. Forma romana: Plutão

harpia — criatura fêmea alada que rouba objetos

Harpócrates — deus do silêncio

Hécate — deusa da magia e das encruzilhadas

Hefesto — deus grego do fogo (inclusive o vulcânico), do artesanato e dos ferreiros; filho de Zeus e Hera, casado com Afrodite. Forma romana: Vulcano

Hélio — titã deus do Sol; filho do titã Hiperíon e da titã Teia

Hera — deusa grega do casamento; esposa e irmã de Zeus. Madrasta de Apolo.

Hermes — deus grego dos viajantes; guia dos espíritos dos mortos; deus da comunicação. Forma romana: Mercúrio

Herófila — Oráculo da Eritreia; faz profecias na forma de jogo de palavras

Héstia — deusa grega do lar e da lareira

Ícaro — filho de Dédalo, mais conhecido por voar perto demais do sol enquanto tentava escapar da ilha de Creta usando as asas de metal e cera inventadas pelo pai; ele morreu por não ouvir os avisos do pai

Irmãs Cinzentas — Tempestade, Ira e Vespa, trio de velhas que dividem um único olho e um único dente e dirigem um táxi nos arredores de Nova York

Jacinto — herói grego e amante de Apolo. Morreu enquanto tentava impressionar o deus com suas habilidades de lançamento de disco

Júlio César — político e general romano cujos feitos militares aumentaram o território romano e, por fim, levaram a uma guerra civil que permitiu que ele assumisse o controle do governo em 49 a.C. Foi declarado "ditador eterno" e implementou reformas sociais que irritaram alguns romanos poderosos. Um grupo de senadores conspirou contra ele e o assassinou em 15 de março de 44 a.C.

Júpiter — deus romano do céu e rei dos deuses. Forma grega: Zeus

karpos (*karpoi*, pl.) — espírito dos grãos; filho de Tártaro e Gaia

Labirinto — um labirinto subterrâneo construído originalmente na ilha de Creta pelo artesão Dédalo para aprisionar o Minotauro

Lar (*Lares*, pl.) — deuses romanos do lar

leontocefalino — ser com cabeça de leão e corpo de homem preso a uma serpente sem cabeça ou rabo; criado por Mitra, um deus persa, para proteger sua imortalidade

Leto — mãe de Ártemis e Apolo com Zeus; deusa da maternidade

Lugus — um dos principais deuses da antiga religião celta

Lupa — deusa loba, espírito guardião de Roma

Marte — deus romano da guerra. Forma grega: Ares

Marsias — sátiro que perdeu para Apolo após desafiá-lo para uma competição musical, o que fez com que ele fosse esfolado vivo

Melíades — ninfas gregas dos freixos, nascidas de Gaia. Elas alimentaram e criaram Zeus em Creta

Mercúrio — deus romano dos viajantes; guia dos espíritos dos mortos; deus da comunicação. Forma grega: Hermes

Minerva — deusa romana da sabedoria. Forma grega: Atena

Minoicos — civilização da Era do Bronze que floresceu por volta de 3000 a 1100 a.C.; o nome vem de rei Minos

Minotauro — o filho meio homem, meio touro do rei Minos de Creta; o Minotauro era mantido no Labirinto, onde matava as pessoas enviadas para lá; foi enfim derrotado por Teseu

Mitra — deus persa adotado pelos romanos que se tornou o deus dos guerreiros; criou o leontocefalino

Monte Olimpo — lar dos doze olimpianos

Morfeu — Titã que colocou todos os mortais em Nova York para dormir durante a Batalha de Manhattan

Mundo Inferior — reino dos mortos, para onde as almas vão pela eternidade; governado por Hades

náiade — espírito das águas

néctar — bebida dos deuses capaz de curar semideuses

Nero — imperador romano de 54 d.C a 68 d.C. Mandou matar a mãe e a primeira esposa. Muitos acreditam que foi o responsável por iniciar um incêndio que destruiu Roma, mas culpou os cristãos, a quem condenava à morte e queimava em cruzes. Ele construiu um palácio novo e extravagante na área destruída e perdeu apoio quando os gastos da construção o obrigaram a aumentar os impostos. Cometeu suicídio

Névoa — força mágica que evita que os mortais vejam deuses, criaturas míticas e ocorrências sobrenaturais substituindo-os por coisas que a mente humana é capaz de compreender

ninfa — deidade feminina que dá vitalidade à natureza

Nova Roma — o vale em que o Acampamento Júpiter é localizado e a cidade — uma versão menor e mais moderna da cidade imperial — onde semideuses romanos vivem em paz, estudam e se aposentam

Nove Musas — deusas que concedem inspiração para artistas e protegem as criações e expressões artísticas. Filhas de Zeus e Mnemosine. Quando crianças, foram alunas de Apolo. Seus nomes são Clio, Euterpe, Tália, Melpômene, Terpsícore, Erato, Polímnia, Urânia e Calíope

omphalos — grego para *umbigo do mundo*; apelido de Delfos, uma fonte que sussurrava o futuro para aqueles que ouviam

Oráculo de Delfos — porta-voz das profecias de Apolo

ouro imperial — metal raro, mortal a monstros, consagrado no Panteão; sua existência era um segredo bem-guardado dos imperadores

pandai (*pandos*, **sing.**) — tribo de criaturas com orelhas gigantescas, oito dedos nas mãos e nos pés e corpos cobertos de pelos brancos que ficam pretos com a idade

Parcas — três personificações femininas do destino. Controlam o fio da vida de cada ser vivo, do nascimento à morte

Pégaso — cavalo alado divino; criado por Poseidon em seu papel de deus dos cavalos

Peleu — pai de Aquiles; seu casamento com a ninfa do mar Tétis foi prestigiado pelos deuses, e um desentendimento entre eles durante o evento acabou levando à Guerra de Troia; o dragão guardião do Acampamento Meio-Sangue é batizado em homenagem a ele

Perséfone — rainha grega da primavera e da vegetação, filha de Zeus e Deméter; Hades se apaixonou por ela e a sequestrou para torná-la sua esposa e rainha do Mundo Inferior

Pítia — a sacerdotisa das profecias de Apolo; nome dado a todos os Oráculos de Delfos

Píton — serpente monstruosa a que Gaia incumbiu de guardar o Oráculo de Delfos

Plutão — deus romano da morte e senhor do Mundo Inferior. Forma grega: Hades

Poseidon — deus grego do mar; filho dos titãs Cronos e Reia, irmão de Zeus e Hades. Forma romana: Netuno

pretor — pessoa eleita para magistrado e comandante do Exército romano

princeps — latim para *primeiro cidadão* ou *primeiro na linhagem*; os primeiros imperadores romanos adotaram esse título, que a partir de então passou a significar *príncipe de Roma*

Raposa de Têumesso — raposa gigante enviada pelos olimpianos para caçar os filhos de Tebas; era seu destino nunca ser capturada

Rei Midas — governante famoso por ser capaz de transformar em ouro tudo que tocava, habilidade concedida por Dioniso

Rio Estige — rio que forma a fronteira entre a Terra e o Mundo Inferior

Roca — imensa ave de rapina

scusatemi — *com licença* em italiano

sátiro — deus grego da floresta, parte bode e parte homem

Saturnália — antigo festival romano que acontecia em dezembro em homenagem a Saturno, o equivalente romano de Cronos

Sibila — uma profetisa

Sibila Eritreia — profetisa do Oráculo de Apolo na Eritreia, na Jônia, que reuniu suas instruções proféticas para evitar desastres em nove volumes mas destruiu seis deles enquanto tentava vendê-los para Tarquínio Soberbo de Roma

sica (*siccae*, pl.) — uma espada curta e curva

Sócrates — filósofo grego (470 a.C. a 399 a.C.) que teve profunda influência no pensamento ocidental

Tarquínio — Lúcio Tarquínio Soberbo foi o sétimo e último rei de Roma, tendo reinado de 535 a.C. até 509 a.C., quando, depois de um levante popular, a República Romana foi estabelecida

Tártaro — marido de Gaia; espírito do abismo; pai dos gigantes. A região mais sombria do Mundo Inferior, aonde monstros vão parar após a morte

taurus silvestre (*tauri silvestres*, pl.) — touro selvagem com couro impenetrável; inimigo ancestral dos trogloditas

Terpsícore — deusa grega da dança; uma das Nove Musas

terza rima — forma de poesia que consiste em estrofes de três versos em que o primeiro e o terceiro rimam e o do meio rima com o primeiro e o terceiro versos da estrofe seguinte

testudo — formação de batalha em que os legionários entrelaçam os escudos para formar uma barreira

Thalia — Musa da comédia

titãs — raça de deidades gregas poderosas, descendentes de Gaia e Urano, que governaram durante a Era de Ouro e foram derrubados por uma raça de deuses mais jovens, os olimpianos

Torre Sutro — uma imensa antena de transmissão vermelha e branca perto da baía de São Francisco em que Harpócrates, deus do silêncio, foi aprisionado por Cômodo e Calígula

Três Graças — deusas da Beleza, da Alegria e da Elegância; filhas de Zeus

triunvirato — aliança política formada entre três indivíduos

Trofônio — semideus filho de Apolo, criador do templo de Apolo em Delfos e espírito do Oráculo das Sombras. Ele decapitou o meio-irmão Agamedes para que não o identificassem depois do roubo do tesouro do rei Hirieu

troglotidas — raça de humanoides subterrâneos que come lagartos e luta contra touros

Troia — cidade pré-romana situada na Turquia dos dias atuais; local da Guerra de Troia

Velocino de Ouro — couro de uma ovelha de lã dourada, símbolo de autoridade e realeza; era protegido por um dragão e touros que cuspiam fogo; Jason recebeu a missão de roubá-lo, resultando em uma jornada épica. Atualmente está pendurado na árvore de Thalia no Acampamento Meio-Sangue para ajudar a fortalecer as barreiras mágicas

ventus (*venti*, **pl.**) — espíritos das tempestades

Vênus — deusa romana do amor e da beleza. Forma grega: Afrodite

viagem nas sombras — forma de transporte que permite que criaturas do Mundo Inferior e filhos de Hades usem sombras para saltar para qualquer lugar na Terra ou no Mundo Inferior, embora deixe a pessoa exausta

Vnicornes Imperant — latim para *Unicórnios mandam*

Vulcano — deus romano do fogo, inclusive o vulcânico, e dos ferreiros. Forma grega: Hefesto

Zeus — deus grego do céu e rei dos deuses. Forma romana: Júpiter

1ª edição	NOVEMBRO DE 2020
reimpressão	OUTUBRO DE 2023
impressão	SANTA MARTA
papel de miolo	PÓLEN NATURAL 70G/M²
papel de capa	CARTÃO SUPREMO ALTA ALVURA 250G/M²
tipografia	ADOBE CASLON PRO